Birgit von Heintze

Die Uckermark ist ausverkauft

Birgit von Heintze

Die Uckermark
ist ausverkauft

Roman

LANGENMÜLLER

Dieses Buch ist ein Roman, wenn auch die Charaktere erkennbare Vorbilder haben, von denen einige biografische Details übernommen wurden. Dennoch sind es Kunstfiguren. Sowohl ihre Darstellung als auch die Handlungsstränge und die Verortung sind fiktiv. Ähnlichkeiten mit tatsächlich lebenden oder toten Personen, Ereignissen oder Orten sind rein zufällig.

© 2023 Langen Müller Verlag GmbH, München
Alle Rechte vorbehalten
Umschlaggestaltung: Sabine Schröder
Umschlagmotiv: Andreas Vitting / Mauritius Images
Satz: Satzwerk Huber, Germering
Druck und Binden: Friedrich Pustet GmbH & Co. KG, Regensburg
Printed in Germany
ISBN: 978-3-7844-3676-0

www.langenmueller.de

Für Florian, Cecilie und Clara

In Erinnerung an Franz und Willi

Ausdauer wird früher oder später belohnt –
meistens aber später.

Wilhelm Busch

Wenn Angela Merkel von dem hektischen Großstadt-Treiben in Berlin genug hat, packt sie die Tasche und verlässt mit ihrem Mann Berlin Richtung Norden. Eine gute Stunde Fahrt liegt vor den beiden. Ihr Rückzugsort ist ein Wochenendhaus in der Uckermark. Hier schaltet die Kanzlerin ab. So wie Angela Merkel fliehen viele Berliner am Wochenende aufs Land: In Brandenburg, zu dem neben der Uckermark auch der Spreewald und die Lausitz gehören, finden sie unberührte Natur, Stille und Abgeschiedenheit.
(ImmoScout24.de)

*

Danke, Internet!

Ein nicht enden wollender Winter hatte die Stadt seit Monaten fest im Griff. Aufgetürmte Schneemassen an den Straßenrändern blockierten die ohnehin hart umkämpften Parkplätze, auf dem spiegelglatten Kopfsteinpflaster rutschten Autos manövrierunfähig ineinander, während sich auf den vereisten Gehwegen Passanten im Stundentakt die Knochen brachen.

Ich schaute aus dem Fenster in den Himmel über Berlin. Schon seit Stunden schneite es große dicke Flocken, die sich für einen kurzen Moment wie ein Schleier auf die Dächer der Häuser legten, bevor sie schmolzen und in Rinnsalen in die überschwappenden Regenrinnen tropften. Ein letztes Aufbegehren des Winters, und das Anfang April.

Das Weiß des Schnees vermischte sich mit dem Schmutz auf dem Fensterglas zu unappetitlichen grauen Schlieren, die vor meinen Augen verschwammen. Wie die Buchstaben auf dem Bildschirm meines Computers, die sich zu Worten zusammenfügen sollten, was sie aber nicht taten.

Konzentrier dich, Rosa«, befahl meine innere Stimme. Denk nach. Nur noch zwei Tage, dann musst du abgeben.

Dieses Schietwetter da draußen war jedoch alles andere als eine Inspiration für einen Artikel über die Balearen. Für die Reiseseite einer Tageszeitung sollte ich den Mythos Ibizas beschreiben, der beliebten Partyinsel im Mittelmeer, die einst vom Fischfang lebte, bevor die Hippies sie als preiswertes Flower-Power-Paradies entdeckten, bis der internationale Jetset einfiel und damit das Preisniveau verdarb. Dass die verschmutzten Fensterscheiben meiner Wohnung meine vollständige Aufmerksamkeit auf sich zogen und mir zu dem Inselmythos leider gerade nichts weiter einfallen wollte, würde meinen Auftraggeber wenig interessieren. Wenn ich nicht lieferte, tat es beim nächsten Mal ein anderer. So war das Leben als Freelancer im Lifestyle-Bereich. Das »Pling« meines Computers riss mich aus meinen Gedanken. *Sie haben eine neue Nachricht.* Ich klickte auf den Link der eingegangenen E-Mail und las. Ungläubig starrte ich auf den Bildschirm. Und las den Text ein weiteres Mal.

»Das ist es!«, rief ich durch die Wohnung. Mit leichtem Herzklopfen und dem Laptop in der Hand lief ich zum Badezimmer, um mit Richard die großartigen Neuigkeiten zu teilen. Richard war seit mehr als zwanzig Jahren mein Mann und der Vater meiner Kinder. Jeden Samstagvormittag lag er, nachdem ihn sein Personal Trainer mit einem Muskelaufbau-Programm gequält hatte, zur Entspannung in der Badewanne. Ein einstündiges, heiliges Ritual, das unter gar keinen Umständen gestört werden durfte. Egal, dachte ich. Schließlich hatte ich *es* soeben gefunden: unser Haus im Grünen. Der Traum auf dem Land. Ein Leben in der Natur. Ein Szenario, das sich wie auf Knopfdruck vor meinem inneren Auge in romantischen Bildern im Weichzeichner-Modus entfaltete. Ja, frohlockte es in mir, die enervierende Immobiliensuche hat nun ein Ende. Danke, Internet.

Ich klopfte dreimal kurz an die Badezimmertür, was mit einem gedehnten »Was ist denn?« beantwortet wurde, bevor ich meinen Kopf und schließlich mich selbst durch die Tür schob. Richard lag mit angezogenen Beinen inmitten einer nach Rosmarin und Zitrone riechenden Duftwolke. Bei einer Körperlänge von einem Meter dreiundneunzig musste er sich zwangsläufig entscheiden, ob die Beine oder der gut trainierte Oberkörper vom Wannenwasser bedeckt waren. Bequem sieht das nicht aus, dachte ich.

»Zeig mal her.« Richard scrollte mit feuchten Schaumfingern über den Bildschirm. »Das dauert mir jetzt echt zu lang«, meinte er mit einem kurzen Blick auf das zweiunddreißigseitige Exposé, wobei er den Laptop von sich schob. »Später, okay?«

»Später ist vielleicht zu spät«, sagte ich.

»Na gut, kannst ja mal einen Termin machen.«

Ich kannte Richard gut genug, um zu wissen, dass er meinen Internetfund immerhin als passabel einstufte, sonst hätte er sich das Haus gar nicht erst anschauen wollen. Andere Immobilienangebote waren da nicht so gut weggekommen. Mit den Kommentaren »zu teuer«, »zu weit weg«, »zu unattraktiv« waren sie schnell wieder vom Tisch gewesen. Richard betrachtete die Dinge eher nüchtern. Seine Emotionen hatte er meist im Griff, im Gegensatz zu mir. Er war die Dampfpfeife auf dem Wasserkessel, die dafür sorgte, mein Überkochen zu verhindern.

Zurück auf den Boden der Tatsachen. Denn da war nicht mehr als das Inserat einer zum Verkauf stehenden Immobilie. Es hatte weder eine Objektbegehung gegeben, noch hatten wir Kenntnisse über die genauen Umstände und Hintergründe. Von einem persönlichen Kontakt zu dem Verkäufer ganz zu schweigen.

*

Von wegen Landflucht

Bevor es mir endlich gelang, den Verkäufer telefonisch zu erreichen, konnte ich das Exposé längst auswendig herunterbeten. Ein ehemaliges Forsthaus inklusive Scheune, mit Garten und altem Baumbestand, achtzig Kilometer südlich von Berlin inmitten eines Waldes. Ein Sechser im Lotto. Wen störten da schon die etwas unscharfen und mit irgendeinem gelblichen Filter bearbeiteten Fotos.

Und das Beste: *Unser* zukünftiges Haus lag direkt an einem Waldsee. Ein Wassergrundstück, nicht zu fassen! Umgeben von nichts als herrlicher Natur und seltenen Schmetterlingsarten wie dem Hochmoor-Perlmutterfalter, vom Aussterben bedrohte Vogelarten wie dem Eisvogel und dem Schwarzstorch, Käfer-Raritäten und anderem Getier. Flora und Fauna in Reinkultur. Das alles wurde auf den zweiunddreißig Seiten detailliert geschildert. Vielleicht war der Verkäufer ja Hobby-Ornithologe, Biologielehrer oder Umweltaktivist?

Je öfter ich die Zeilen überflog, umso mehr wich meine anfängliche Euphorie einer gewissen Skepsis. In mir bohrte die Frage, warum sich jemand von einer solchen Traumimmobilie trennte. Der Mann musste pleite sein oder zumindest Geldsorgen haben. Ein anderer Grund ergab keinen Sinn. Trennungen von Partnern sind bekanntermaßen an der Tagesordnung. Aber doch nicht von einem Objekt wie diesem – eine der wenigen Perlen, die es auf dem abgefischten Immobilienmarkt des Berliner Umlandes überhaupt noch gab. Und dann zu diesem moderaten Preis.

Der Umstand, dass unter der angegebenen Handynummer auch an Tag drei niemand abnahm, beunruhigte mich derart, dass ich wie eine in Käfighaltung drangsalierte Raubkatze durch die Wohnung tigerte. Statt in meinem Homeoffice über den ibizenkischen Mythos zu reflektieren, wischte ich zum dritten

Mal innerhalb einer Stunde über die Arbeitsplatte in der Küche, ordnete den Stapel frisch gewaschener Handtücher nach Größe und kontrollierte das Verfallsdatum der Konservendosen im Vorratsschrank. Das Handy stets in Reichweite. Es war Mittag, als eine mir unbekannte Nummer auf dem Display blinkte.

»Sorry, dass ich Sie jetzt erst zurückrufe, Frau Vonderweide«, sagte jemand mit skandinavischem Akzent am anderen Ende der Leitung. »Sie können sich nicht vorstellen, wie viele Leute wegen der Anzeige in den letzten Tagen bei mir angerufen haben.«

Doch, das konnte ich durchaus. Ganz Berlin sucht schließlich nach Häusern auf dem Land. Entgegen der weitverbreiteten Auffassung, der ländliche Raum würde zunehmend verwaisen und das Dorf als Lebens- und Sozialform hätte keine Zukunft, registrierten etliche Kommunen sogar einen beachtlichen Bevölkerungszuwachs. So stand es zumindest in einer Studie mit dem treffenden Titel »Trend Re-Urbanisierung«, die mir kürzlich auf den Schreibtisch geflattert war. Demnach zog es junge Familien raus aus der Stadt, weil sie sich die explodierenden Mieten nicht mehr leisten konnten oder wollten. Jeder vierte Hauptstädter träumt von einem Wochenendrefugium im Grünen. Landflucht? Von wegen. Mir wurde plötzlich flau in der Magengegend, und eine düstere Ahnung überkam mich. Haus verkauft. Aus der Traum.

»Schauen Sie sich das Haus gern an. Es ist nicht abgeschlossen«, unterbrach der Mann, der sich als Professor Petterson vorgestellt hatte, meine vorauseilende Besorgnis. »Aber zögern Sie nicht zu lange. Es gibt zwei ernsthafte Interessenten.«

Professor Petterson, der sich anhörte wie die nette Männerstimme aus der Ikea-Werbung, skizzierte in wenigen Worten die Situation vor Ort und gab mir Tipps für die Anfahrt. Worte wie Sanierungsbedarf, Umbaugenehmigung, Trinkwasserverordnung streiften *en passant* mein Ohr. Sein letzter Satz über ein bereits vorliegendes Kaufgebot verschwindete im Nirwana meines Kopfes. Ich saß schon mit einem Bein im Wagen auf dem Weg ins Büro meines Mannes. Vom obersten Stock einer ehemaligen Seifenfabrik in Kreuzberg leitete Richard die Berliner Dependance von »Brain & Consulting«, einer amerikanischen Unternehmensberatung mit dem Schwerpunkt Strategieberatung und Organisationsdesign, was in vielen Fällen nichts anderes bedeutete als Personalabbau. Und obwohl Richard als gefürchteter Chefstratege galt, wusste ich, dass ihn diese Optimierungsprozesse und die persönlichen Schicksale dahinter nicht unberührt ließen.

»Mal eben eine Fahrt ins Grüne, wie stellst du dir das vor?«, fragte er. Nicht nur seiner Meinung nach war er in der Firma unentbehrlich.

»Wenn du jetzt nicht mitkommst, verpassen wir die Chance unseres Lebens«, rief ich mit Nachdruck in die Freisprechanlage, »und es liegt an dir, ob wir weiterhin unsere Wochenenden in Prenzlauer Berg zwischen all den ökologisch korrekten Helikopter-Müttern und ihren Bugaboo-Kinderkarren fristen.« Diese reizlose Perspektive konnte Richard offenbar überzeugen. Er kam nach unten und quetschte sich auf den Beifahrersitz meines Minis, wenn auch unter leisem Protest. Diesen und sämtliche Verkehrsregeln missachtend jagte ich den Wagen über den Tempelhofer Damm Richtung Autobahn. Das war schließlich ein Notfall.

Berlin-Liebe

Berlin war eigentlich nie die Stadt meiner Wahl gewesen. Dass ich seit dem Fall der Mauer mehrfach nach Berlin gezogen und wieder weggezogen bin, war allein beruflichen Veränderungen geschuldet. Als Autorin im Medienbereich wird von mir eine gewisse Flexibilität erwartet, Standortwechsel und Umzüge eingeschlossen. »Und Berlin ist ja nicht Gelsenkirchen«, tröstete mich meine Mutter beim ersten Umzug. Immerhin hatte ich hier Anfang der Neunzigerjahre Richard kennengelernt, der für eine vierwöchige Urlaubsvertretung von der alten in die neue Hauptstadt gekommen war. Unsere Büros lagen in der Glinkastraße in einem hässlichen, dem Abriss geweihten Plattenbau unweit des Brandenburger Tors, wo man die Aufbruchstimmung der Nachwendejahre am intensivsten spürte.

Die Stadtsilhouette war geprägt von staubigen Großbaustellen, aus denen Riesenkräne gewiefter Investoren ragten, die die leeren Häuserschluchten mit mehr oder weniger spektakulärer Architektur zu füllen suchten. Vor allem die Mitte Berlins war ein einziges Provisorium. Und da begegnete ich Richard. In einer nach altem Bratenfett stinkenden Pop-up-Kantine liefen wir uns nicht nur über den Weg, wir liefen förmlich ineinander hinein. Dieser Ort war alles andere als romantisch, aber der einzige Mittagstisch in der Umgebung und damit alternativlos. Richard jonglierte gerade sein Essenstablett durch die ausgehungerte Menschenmenge, auf der Suche nach einem freien Platz, als er abrupt stehen blieb. Ich konnte gar nicht anders, als mit meinem beladenen Tablett ungebremst in ihn hineinzusteuern, wobei sich meine Cola Light über seinen teuren Designeranzug ergoss. »Können Sie nicht aufpassen?«, fragte er mit unüberhörbarem Vorwurf in der Stimme.

»Angenehm, die Empörung ist ganz auf meiner Seite«, sagte ich angriffslustig und deutete mit einem Blick auf die Speisen meines Tabletts, die sich zu einem unappetitlichen Brei zusammengefügt und in Spritzern auf meiner neuen Seidenbluse verteilt hatten.

»Oh, tut mir leid«, antwortete er verblüfft und schaute mich für einen Moment an. »Kommen Sie«, sagte er und lotste mich an einen Tisch mit zwei freien Plätzen. »Richard«, stellte er sich mit einem ziemlich umwerfenden Lächeln vor. »Rosa«, sagte ich und erwiderte den festen Händedruck seiner ausgestreckten Hand.

»Warten Sie bitte einen Moment«, sagte er, erhob sich von seinem Platz, schob sich durch die Menge und kehrte mit einem Espresso für sich und einer Cola Light für mich an unseren Tisch zurück, wobei ich ihn kurz musterte. Groß, blond, attraktiv, etwas älter als ich. »Etwas zu essen gab's leider nicht mehr, und das da scheint ungenießbar«, erklärte er mit einem Blick auf unsere beiden Tabletts.

»Ist schon okay«, sagte ich, »nach einer kulinarischen Offenbarung hat es ohnehin nicht ausgesehen.« Wir lachten.

»Darf ich dich als Wiedergutmachung zum Essen einladen? In der Französischen Straße gibt es ein neues Bistro. Heute Abend zwanzig Uhr?« Verwundert über sein Tempo und das prompte Du willigte ich ein. Ein paar Abendessen später, nach einer durchtanzten Nacht im »Tresor«, zu vielen Cocktails im »Blue Note« und im »Dschungel« und einem romantischen Ausflug nach Potsdam ins Schloss Cecilienhof verliebten wir uns und wurden ein Paar, wenn auch vorerst mit getrennten Wohnsitzen. In den darauffolgenden zwei Jahren zogen wir karrierebedingt wie eine Ziehharmonika durch Deutschland, er in die eine, ich in die andere Richtung. Er ging zurück nach Bonn, dann nach München und ich von Berlin nach Hamburg. Eine nicht immer einfache Wochenendbeziehung mit Lufthansa-Frequent-Traveller-Status und großem Vertrauensbonus.

Als wir Mitte der Neunziger heirateten und ich wenig später schwanger wurde mit unserer ersten Tochter Sophie, beschlossen wir, sesshaft zu werden. Ich kündigte meinen Moderatorinnenjob bei einem privaten Fernsehsender und freute mich auf ein Leben ohne Quotendruck. Auf die Zeit als hingebungsvolle Mutter im südlichen Schleswig-Holstein. Denn da waren wir

14

gestrandet, nachdem Richard eine neue Position in Hamburg angenommen hatte. Wir mieteten einen für Norddeutschland typischen Rotklinkerbau aus der Gründerzeit, umgeben von einem großen Garten, der direkt zum See und dem dazugehörigen Bootssteg führte. Mit der Geburt unserer zweiten Tochter Valerie wurden wir eine richtige Familie. Wenig später komplettiert durch Franz, unseren Labrador, und Willi, einen Parson-Terrier. Das Bilderbuchleben einer Bilderbuchfamilie in einem Bilderbuchhaus. Fast.

Anfang der Nullerjahre sollte Richard für seine damalige Firma eine Stelle als Projektleiter in Berlin antreten. Das war kein Angebot. Das war eine Erwartung, der er zu entsprechen hatte. Das Jobangebot traf uns aus heiterem Himmel und völlig unvorbereitet. Ich sah die Idee vom Landleben und meine Vorstellung, unsere Kinder im Grünen fernab von Autoabgasen aufwachsen zu sehen, zerbröseln wie von der Gabel zerdrückte Kuchenkrümel. Wir liebten unser Leben, so wie es war. Wer konnte wissen, mit welchen Überraschungen oder gar Gefahren uns die Hauptstadt konfrontierte? Ich blieb also mit den Kindern in unserem Haus am See. Im Nachhinein betrachtet weiß ich, dass das ein Fehler war. Es gibt Ehen, die funktionieren als Wochenend-Abonnement. Unsere tat es nicht. Als Paar wären wir daran beinahe gescheitert.

Während sich Richard voller Enthusiasmus seinen neuen Aufgaben widmete, wichtige Leute kennenlernte und beinahe jeden Abend Geschäftsessen oder Einladungen auf der Agenda abhakte, saß ich mit zwei kleinen Kindern in dem schönen, aber einsamen Haus. Mein Radius reichte nicht viel weiter als bis zur Tür des Kindergartens. Meine Alltagsroutine bestand aus Haushalt, Kinderentertainment und Hundeerziehung, mein geistiger Input beschränkte sich an manchen Tagen auf Rolf-Zuckowski-Gesänge und die Sesamstraße. Der bloße Anblick des Sandmännchens hatte eine narkotisierende Wirkung auf mich. Kaum hatte ich die Kinder ins Bett gebracht, fiel mir mein müder Kopf beim abendlichen Schreiben von Artikeln beinahe auf die Schreibtischplatte. Am Ende der Woche als alleinerziehende Mutter war ich meistens so erschöpft, dass ich Richard einmal mit den Worten »Gut, dass du da bist, jetzt übernimmst du« empfing statt »Gut, dass du bist«. An unsere gemeinsamen Wochenenden hatten wir hohe Erwartungen, die weder Richard noch ich erfüllen konnten. Richard, der zu Hause entspannen und runterkommen wollte, wurde, sobald er in der Tür stand, von den Kindern oder von meinen endlosen To-do-Listen in Beschlag genommen: »Schatz, kümmerst du dich bitte um den kaputten Fensterhebel, kannst du die Mädchen noch zum Kindergeburtstag fahren und die Getränkekisten ins Auto laden?« Hatte ich für Samstagabend Freunde zum Essen eingeladen, reagierte Richard genervt. »Jedes Wochenende Socializing, ich muss mich ausruhen, will die Sportschau gucken, schlafen.«

»Klar, verstehe. Und ich? Wo bleiben meine Bedürfnisse, meine Wünsche?« »Wieso, du hast doch die ganze Woche Zeit für dich …«

Hahaha.

Immer öfter fuhr Richard schon Sonntagabend wieder Richtung Hauptstadt. Anfangs hatte mir das einen Stich versetzt, dann begann ich mich daran zu gewöhnen. Es war eine Abwärtsspirale der Entfremdung, bei der wir gerade noch rechtzeitig die Notbremse gezogen hatten. Mit dem Umzug der Familie nach Berlin.

∗

Woher nehmen, wenn nicht stehlen?

Ich hasste den Stadtverkehr Berlins, in dem Staus und Verkehrschaos an der Tagesordnung sind. Wer über die Leipziger Straße fährt, eine der wichtigsten Verkehrsadern der Hauptstadt Richtung Stadtmitte und Potsdamer Platz, ist zu Fuß fast schneller, als wenn er sich in diese Feinstaub und Giftstoffe versprühende Blechlawine einreiht. Für bestimmte Strecken innerhalb des Berliner Zentrums war ich schon vor geraumer Zeit auf U- und S-Bahn umgestiegen. Das ging meistens schneller und war, wenn nicht gerade total überfüllt, deutlich nervenschonender. Nie zuvor war mir der Tempelhofer Damm so endlos lang erschienen wie an diesem Apriltag. Als wir endlich auf die Autobahn Richtung Dresden abbogen, begann sich meine innere Anspannung ein wenig zu lösen. Über Nacht hatten sich die schwarzgrauen Schneeberge in matschige Pfützen verwandelt. Trotzig räumten sie die Bühne und machten Platz für die ersten zaghaften Frühlingsboten. Mit jedem Meter, den wir Berlin hinter uns ließen, spürten wir den Einzug der neuen Jahreszeit. Die Bäume erschienen plötzlich viel grüner, der Himmel blauer, das Vogelgezwitscher lauter.

»Der Petterson sagte, es gäbe bereits zwei potenzielle Käufer«, begann ich das Gespräch.

»Das hätte ich an seiner Stelle auch behauptet«, brummte Richard, den Blick konzentriert auf das Handy gerichtet, damit ihm auch ja keine Nachricht aus dem Büro entging. »Reine Verkaufstaktik. Der Mann steigert dadurch die Attraktivität des Objektes.«

»Vielleicht ist da aber doch was dran – so vielversprechend, wie er das Objekt beschrieben hat. Da würde es mich nicht wundern, wenn es noch viel mehr Interessenten gäbe.«

»Und selbst wenn. Von solchen Ansagen darf man sich nicht unter Druck setzen lassen. Was meinst du, wenn ich in Kundengesprächen so emotional rangehen würde und mich von all dem, was mein Gegenüber so behauptet, beeindrucken ließe …« Richard lockerte mit einer Hand den Knoten seiner Krawatte, während seine andere Hand über das Display des Handys wischte. »Glaub mir, mit solchen Typen habe ich ständig zu tun. Da muss man cool bleiben.«

»Wow, ich bin beeindruckt«, entgegnete ich ironisch. »Deine Menschenkenntnis ist wieder einmal verblüffend.« Doch ich wusste, dass Richard tatsächlich innerhalb weniger Minuten sein Gegenüber erfasste. Dabei irrte er sich selten bis gar nicht. Ein siebter Sinn, der sicher auch dazu beitrug, dass er sich im Job immer noch erfolgreich behauptete, obwohl die jüngeren Kollegen stets an seinem Stuhlbein sägten, kaum dass er sich umdrehte. Ich bewunderte ihn dafür. Trotzdem nervte es mich, dass er gedanklich selbst jetzt am Schreibtisch saß. Schließlich war diese Fahrt doch eine notwendige Maßnahme in einer äußerst wichtigen Mission.

Es war nicht die erste Immobilie, die wir in Brandenburg besichtigten. Seit eineinhalb Jahren waren wir auf der Suche nach einem Häuschen im Grünen, einer Wochenendalternative zu unserem turbulenten Leben in der Hauptstadt. Das Landleben in Light-Version, mit einem Standbein in der urbanen Zivilisation. An freien Tagen und in den Ferien sollte es dann »Tschö, Berlin, wir sind dann mal weg« heißen. Weg vom Gestank, vom Dreck, von der Enge und den Touristen, die sich mittlerweile scharenweise mit organisierten Bus- und Segway-Touren über den Prenzlauer Berg ergossen.

Ich hatte mich bei diversen Immobilienmaklern in die Kundenkartei aufnehmen lassen und auf den einschlägigen Internetportalen Suchanzeigen eingestellt. Wochenendhaus, Datsche, Seegrundstück, Haus mit Garten, Scheune waren die Schlagwörter, mit denen ich Immobilienscout, eBay Kleinanzeigen und Immonet fütterte und von denen ich mir erhoffte, dass

18

sie uns aufs Land zurückbringen würden. Tatsächlich erhielt ich fast täglich E-Mails mit Angeboten für Baugrundstücke, Gartenhäuser, Schrebergärten, Resthöfe und Einfamilienhäuser, größtenteils in weit abgelegenen Regionen Brandenburgs, von deren Existenz ich noch nie zuvor gehört hatte. »Jwd, janz weit draußen«, wie der Berliner sagt.

Nur wenige der vorgeschlagenen Objekte entsprachen meinen Suchkriterien und unseren Vorstellungen. Ich pickte mir die spärlichen Rosinen aus dem Angebotskuchen, rief die Makler an, vereinbarte Termine. Zu unseren Wochenendritualen zählte fortan nicht mehr der Bummel über den Kollwitzmarkt mit anschließender Einkehr bei unserem Lieblingsösterreicher auf ein kleines Schnitzel und ein Viertel Veltliner, sondern Besichtigungstouren durch die Weiten Brandenburgs.

Dass die angepriesenen Objekte den oft blumig formulierten Anzeigentexten in der Realität selten entsprachen, zeigte auf eindrucksvolle Weise die »Romantische Datsche mit direktem Zugang zum Kähnsdorfer See«. Was die Schönheit der Landschaft betraf, hatte der Autor der Anzeige nicht übertrieben. Umgeben von weitläufigen Äckern und Mischwäldern war der sechsundzwanzig Hektar große Kähnsdorfer See ein Badeparadies mit diversen Uferstegen und einem kilometerlangen Sandstrand, der sich auch bei den Urlaubern des nahe gelegenen Campingplatzes großer Beliebtheit erfreute. Direkt an den Campingplatz schlossen sich zahlreiche Lauben an, von denen eine die inserierte Datsche sein sollte. Die unmittelbare Nachbarschaft von Campingplatz und Datsche trübte meinen ersten positiven Eindruck schon ein wenig. Unser Weg führte vorbei an einigen ungepflegten Bungalows, die ursprünglich wohl alle mal im selben Format erbaut worden waren, durch verschiedene Um- und Anbauten aber nun den Individualisierungswünschen ihrer Besitzer Ausdruck verliehen. Was diese Häuser einte, waren der beständige, offenbar unverwüstliche

DDR-Außenputz, achtlos entsorgtes Baumaterial an den jeweiligen Grundstücksgrenzen und die Hundezwinger in den
Vorgärten, aus denen uns mehrstimmiges Hundegebell entge-
genschallte. Mir war zuvor schon aufgefallen, dass Vierbeiner
auf dem Land häufig in Outdoor-Gehegen verwahrt wurden,
ganzjährig, Tag und Nacht. Man betrachtete sie als Wach- oder
Jagdhunde und weniger als Familienmitglieder, weshalb Hun-
dehaltung im Haus im ländlichen Brandenburg augenscheinlich kaum vorkam.

Am Ende der Bungalowreihe residierte Hotte Hermann, der
Betreiber des Campingplatzes und Herr über die Laubenkolo-
nie. Sein Hund war ein mächtiger Rottweiler mit einer noch
mächtigeren Eisenkette um den Hals, die spannte und in das Fell
schnitt, wenn er sich beim Knurren und Bellen aufbäumte, um
Haus, Hof und Herrchen zu bewachen. Das brachte dem Objekt
»Romantische Datsche« einen weiteren Minuspunkt auf meiner
persönlichen Bewertungsskala ein. Als uns Hotte Hermann, der
eigentlich Horst hieß, »aber alle sagen Hotte zu mir«, gegenüberstand, kam ich schnell zu dem Schluss, dass dieser Prototyp
eines Schwergewichtboxers keinen Kettenhund brauchte. Wohl
eher ein paar Nachhilfestunden in deutscher Geschichte, die im
Idealfall zur Verbannung der schwarz-rot-weißen Reichsflagge
mit Eisernem Kreuz aus seinem Vorgarten beitragen könnten.

»Lass uns gehen«, raunte Richard. Aber da standen wir schon
vor der Laubenpiepe, wie Hotte Hermann die ziemlich ver-
wahrloste Datsche bezeichnete. Ein nicht mal zwanzig Quadratmeter kleiner, muffiger Bretterverschlag, dem eigentlich
nur noch die Abrissbirne etwas Gutes tun konnte, um Platz zu
schaffen für etwas, das dem Adjektiv »romantisch« tatsächlich
nahekommen würde. Als Hotte Hermann auch noch vierzig-
tausend Euro Abstand »in bar« verlangte, die aber nicht den
Erwerb der Datsche beinhalteten, sondern – ja, was eigentlich?,
hatten wir endgültig genug.

Die Konsequenz war, dass wir unsere Besichtigungstouren durch die Weiten Brandenburgs fortsetzen mussten, sowohl an Samstagen als auch sonntags. Denn Brandenburg ist groß. Sehr groß.

»Wie lange fahren wir denn noch?«, fragte Richard, der endlich die Sprache wiedergefunden hatte. »Stand in Pettersons Exposé nicht etwas von achtzig Kilometern?«

»Es kann nicht mehr lange dauern«, versuchte ich ihn und mich zu beruhigen. Ich warf einen kurzen Blick auf den Tachometer. Mein Verdacht, dass sich die angegebenen achtzig Kilometer lediglich auf die Autobahnstrecke bezogen, bestätigte sich. Endlich kam die Ausfahrt Biegenfelde. Von hier aus ging es auf die Landstraße Richtung Lieberow. Laut Navigationssystem würden wir das Ziel in dreißig Minuten erreichen. Aber selbst eine halbe Stunde kann einem wie eine gefühlte Ewigkeit erscheinen.

Wir passierten Dörfer, deren Namen ich mir einzuprägen versuchte: Wüsteritz und Sorgerow, gefolgt von Himmelmark und Seelendorf.

Wo war sie wohl, die Seele des aus vielleicht zwanzig Häusern bestehenden Ortes, dessen tristes Einheitsgrau vergangener DDR-Tage bunt leuchtenden Hausfassaden gewichen war? Lag sie über den Beeten penibel gepflegter Vorgärten? Bewachte sie das Denkmal für die gefallenen Soldaten der beiden Weltkriege? Schwebte sie über der Dorfkirche, einem mittelalterlichen Feldsteinbau mit Fachwerkturm und roten Biberschwanzziegeln, an der wir gerade vorbeifuhren? Augenscheinlich erst in jüngster Vergangenheit renoviert, wie fast alle Kirchen, die wir auf unseren vielen Fahrten durch Brandenburg gesehen hatten.

»In dreihundert Metern rechts abbiegen«, meldete sich die Stimme des Navis. Bevor ich über die enorme Anzahl von Gotteshäusern im atheistischen Osten weiter nachdenken konnte, setzte ich den Blinker, bog ab und trat aufs Gaspedal, als könnte ich damit meiner zunehmenden Nervosität davoneilen. Auf was würden wir wohl stoßen und in welchem Zustand? Ich machte mich auf alles gefasst.

*

Die Wandlitz-Enklave

Unser Freund Maik war Ossi. Ein Brandenburger durch und durch. Als er anbot, bei der Suchaktion nach einem Wochenenddomizil behilflich zu sein, nahmen wir dankbar an. Es konnte doch nicht sein, dass es im seenreichsten Bundesland mit dreißigtausend Kilometern Fließgewässern und mehr als dreitausend Seen kein einziges Grundstück am Wasser gab, das erstens noch zu haben und zweitens bezahlbar war. Das sah Maik genauso und lud uns in einen geräumigen Geländewagen, der der Firma gehörte, für die er seit vielen Jahren als Fuhrparkmanager und Faktotum tätig war. Mit ihm und seiner Freundin Doreen ging es nun auf verschiedene Spritztouren durch Brandenburg. Ausflüge mit Perspektivwechsel. Richard und ich sahen Land und Leute, den Osten und die ehemalige DDR plötzlich mit anderen Augen. Es war wie das Eintauchen in eine bislang unbekannte Welt.

Maik, der mit seinem kurz geschorenen Haar und dem muskelbepackten Oberkörper aussah wie der Türsteher eines Berliner Szeneclubs, war ein Wendekind, kurz vor dem Mauerfall in Wandlitz geboren. Sein Vater war Kaderarzt einer Elitesportgruppe gewesen, die er nicht nur medizinisch betreute, sondern durch die Verabreichung von Hormonpräparaten zu körperlichen Höchstleistungen trieb und damit den Goldmedaillen-spiegel der DDR bei internationalen Wettbewerben steigerte. Das brachte Maiks Vater finanzielle Zuwendungen und Anse-hen innerhalb des Parteiapparates ein – und nach der Wende zahlreiche Klagen seiner ehemaligen Patienten, deren Gesund-heit er wissentlich irreparabel geschädigt hatte. Vielleicht mit ein Grund, weshalb Maiks beruflicher Ehrgeiz nicht in einer akademischen Laufbahn gemündet war.

»Wandlitz war schon immer eine Enklave treuer Parteigenos-sen«, erzählte Maik, während er uns durch die Schorfheide mit ihren ausgedehnten Wäldern chauffierte. »Für Verdienste am sozialistischen Vaterland ließ sich das Regime nicht lum-pen. Da gab's dann auch mal ein schickes Seegrundstück«, fuhr er mit sarkastischer Stimme fort. »Berühmt war die Gegend aber schon zu Kaisers Zeiten. Später folgten die Nazis, dann die Spitzenfunktionäre der SED. Honecker ging sogar so weit, dass er die Schorfheide für Jahrzehnte als Staatsjagdgebiet vor der Öffentlichkeit abriegelte. Außer Erich hatten nur weni-ge auserwählte Genossen Zugang. Das Volk musste draußen bleiben.«

Wir umrundeten mit dem Geländewagen den Wandlitzsee, der aufgrund seiner Lage im Berliner Speckgürtel auch bei Ausflüg-lern beliebt ist.

Den Uferrand säumten Villen teils historischen Ursprungs, vie-le mit feinem Gespür fürs Detail saniert. Daneben moderne Architektenhäuser oder das, was in den Prospekten von Bau-trägern gerne als Landhausvilla angepriesen wird. Von nahezu jedem Haus kannte Maik die Geschichte, wusste über Bewoh-ner, ungeklärte Eigentumsverhältnisse und Erbstreitigkeiten Bescheid.

Maik stoppte den Wagen in der Seeallee vor einem verwilderten Garten, der zusammen mit einem Gartenhäuschen samt Aus-baugenehmigung für einen sechsstelligen Betrag zum Verkauf stand. Gucken kostet bekanntlich nichts, und so liefen wir über den Rasen, vorbei am Häuschen, hinunter Richtung Wasser. Bis wir unvermittelt von einem Zaun gestoppt wurden. »Halt!«, schien er zu sagen. Bis hierher und nicht weiter.

»Was ist das denn?«, rief Richard überrascht. »Ein Seegrundstück ohne Zugang zum Wasser?«

»Schaut mal«, sagte Maik und deutete nach rechts. »Der gesamte Uferstreifen scheint dem Nachbarn zu gehören.« Eine Vermutung, die der Verlauf des Maschendrahtzaunes und ein späterer Blick auf die Flurkarte bestätigten.

»Kurz vor der Wende und der politisch unklaren Lage hatte das Katasteramt alle Hände voll zu tun«, erzählte Maik, während wir nach Berlin zurückfuhren. »Da haben viele noch mal richtig hingelangt.« So wurde die eigene Grundstücksgrenze mal eben verschoben und im Grundbuch eingetragen, was nicht das Eigene war.

Abends überlegten Richard und ich, ob wir uns das Objekt in Wandlitz überhaupt würden leisten können.

»Das würde nur funktionieren, wenn wir komplett rausziehen«, rechnete Richard vor. »Und da stellt sich die Frage, ob es das wert ist.«

»Wie meinst du das?«

»Na ja, wir reden hier über ein Gartenhaus, wenn auch irgendwann mal einem ausgebauten. Dafür Berlin ganz aufzugeben ist ja eigentlich nicht das, was wir geplant haben, oder?«

Ich zuckte die Schultern. »Weiß nicht. Ich habe über die Option noch nicht nachgedacht. Soll ich dann morgen überhaupt noch mal hinfahren?«

»Klar. Wenn es gelingt, den fehlenden Uferstreifen zu bekommen und damit direkten Seezugang, sähe die Sache schon anders aus.

Am nächsten Tag startete ich mit einem von uns aufgesetzten Vorstellungsschreiben erneut Richtung Wandlitz. Ländlich-leger in Gummistiefel und Wetterjacke gekleidet begann meine Pilgerfahrt in die Seeallee, um den Nachbarn zu überzeugen, uns die fehlenden zwanzig Meter zur Wasserkante zu überlassen. Ich klingelte an der schmiedeeisernen Pforte, hinter der ein mit Natursteinen gepflasterter Weg zu einem beeindruckend schönen Jugendstilhaus mit gelber Fassade und grünen Fensterläden führte. Nach dem dritten Klingeln erschien ein ergrauter Mitsechziger in der Haustür.

»Wat is?«, schnauzte er grußlos, ohne sich einen Zentimeter aus dem Türrahmen zu bewegen.

»Guten Tag, mein Name ist Rosa Vonderweide«, rief ich betont fröhlich. »Bitte entschuldigen Sie die Störung. Könnten wir kurz sprechen?« Ich wedelte mit dem Brief in der Hand, den ich ihm übergeben wollte. In Hausschuhen und mit abweisender Körperhaltung schlurfte er auf mich zu, blieb jedoch auf halbem Weg stehen, als müsste er einen Sicherheitsabstand wahren.

»Mein Mann und ich möchten gerne wieder aufs Land ziehen und interessieren uns für das Nachbargrundstück«, begann ich meine vorbereitete Ansprache. Weiter kam ich nicht.

»Dit könn' Se vajessen«, schnitt er mir das Wort ab. »Leute wie Sie woll'n wa hier nich haben!« Ohne mich oder meinen Brief eines weiteren Blickes zu würdigen, drehte er sich um und verschwand im Haus.

»Aber … Sie kennen mich doch gar nicht!«, rief ich ihm fassungslos hinterher. »Hören Sie, ich möchte doch nur …« Doch da hatte er die Tür bereits hinter sich zugeschlagen.

Auf der Rückfahrt heulte ich Tränen der Wut, die die am Morgen sorgsam aufgetragene Wimperntusche in dünne schwarze Rinnsale verwandelten. »Wo leben wir denn«, wetterte ich ins Telefon, »dreißig Jahre nach dem Mauerfall, und der Typ hat immer noch ein zugemauertes Hirn!« Mit dem Handrücken wischte ich mir über die Wangen, womit mein Make-up vollends ruiniert war, was ein prüfender Blick in den Rückspiegel bestätigte.

»Wer weiß, wozu es gut ist«, versuchte mich Richard zu trösten. »Wir wollen doch beide keinen Nachbarn, der einem die Butter auf dem Brot nicht gönnt und aufs Frühstücksei spuckt, oder?« Richard hatte recht. Wie so oft. Manchmal ist es das Schicksal, das einem komplizierte Entscheidungen abnimmt.

$$*$$

Die Uckermark ist ausverkauft

Mein Vater stammte aus der Uckermark. Einundzwanzig Hundeschlittenstunden nordöstlich von Berlin, wie er immer sagte. Er konnte so lebendig von dieser hügeligen Landschaft mit ihren geheimnisvollen Buchenwäldern und endlosen Seenketten erzählen, dass ich als Kind an seinen Lippen hing, um ihm immer neue Anekdoten zu entlocken. Trotz seiner Heimatverbundenheit hatte mein Vater nichts Eiligeres zu tun, als sein despotisches Elternhaus zu verlassen, sobald er die Schule beendet hatte. Mit nicht einmal zwanzig Jahren heuerte er als Matrose bei einer Hamburger Reederei an und fuhr fortan auf einem Frachter über die Weltmeere.

Die Erinnerungen meines Vaters an die Mark Brandenburg hatten mich nie ganz losgelassen. Seine alte Heimat, die Uckermark, war auch deshalb schon seit meiner frühesten Kindheit zu meinem geheimen Sehnsuchtsort geworden. Da, wo er einst so glücklich gewesen war, wäre ich es vielleicht auch. Und so hatte ich mich an einem warmen Spätsommertag vor ein paar

Jahren einmal auf Spurensuche an die Kindheitsstätte meines Vaters begeben, einen Picknickkorb und meine beiden Mädels auf der Rückbank meines Wagens.

Schmiedfelden, ein Einhundertfünfzig-Seelen-Dorf mit Bullerbü-Atmosphäre, liegt nördlich der Kreisstadt Angermünde, eine knappe Stunde Autofahrt entfernt von unserem Berliner Großstadtleben. Wir parkten das Auto am Rand eines Sonnenblumenfeldes, auf dem sich die Blüten sehnsüchtig der Sonne entgegenreckten. Ich erkannte die ehemalige Dorfschule, in der mein Großvater Lehrer gewesen war, in deren einzigem Klassenraum alle Kinder des Dorfes von ihm mit Strenge und Rohrstock unterrichtet wurden.

Wir schlenderten über das buckelige Kopfsteinpflaster vorbei an der Dorfkirche, wo mein Großvater bei Sonntagsgottesdiensten den dünnen Gesang der kleinen Gemeinde auf der Orgel begleitet hatte. Das Elternhaus meines Vaters hingegen konnte ich nicht ausfindig machen. Es war wohl einem modernen Neubau gewichen, der mit seinen Schilderungen und dem Bild in meinem Kopf nichts gemein hatte.

Hinter jedem Busch, hinter jedem Haus meinte ich den kleinen Jungen mit schwarzen Haaren und blauen Augen zu sehen. Der Junge, der beim Sprung in den Dorfweiher auf dem Steg ausgerutscht war, wobei er sich mehrfach die Nase brach. Der in die Kirschbäume geklettert war, um die abgelutschten Kerne auf die frisch gewaschenen und im Wind flatternden Bettlaken des Nachbarn zu spucken, wofür er von meiner Großmutter reichlich Backpfeifen kassierte.

»Und hier war Opa ein kleiner Junge?«, fragte Valerie, meine Jüngste.

»Ja«, sagte ich und drückte sie zärtlich an mich. »Hier hat er einen Streich nach dem anderen ausgeheckt.« Ich dachte an die unbeschwerten Kindertage meiner Töchter, an unser altes Zuhause, den See, in dem die Mädchen mit ihren orangefarbenen Schwimmflügeln unter Richards geduldiger Regie erste Schwimmversuche unternommen hatten. An den Garten mit seinen großen Rhododendren, in denen sich die Kinder Höhlen gebaut hatten. Ich sehnte mich plötzlich nach dem Leben im Grünen, nach Natur und Ruhe. Vielleicht könnte ich in der Uckermark auch meinem Vater wieder näher sein, der viel zu früh gestorben war.

Auf der Rückfahrt parkte ich spontan vor einem Maklerbüro im Zentrum von Angermünde, das mit dem Slogan »Ihr Vertrauen ist unsere Motivation« warb. Ich schilderte der Maklerin, einer Mittdreißigerin, die dem Styling ihrer wasserstoffblonden Mähne und den überlangen Fingernägeln vermutlich viel Zeit widmete, was wir suchten. »Alleinlage ist gar nicht so entscheidend«, ergänzte ich die Aufzählung. »Aber Wasserlage wäre schön.«

Die Maklerin, die Frau Wagenknecht hieß, ihrem äußeren Erscheinungsbild nach offenkundig jedoch in keinem verwandtschaftlichen Verhältnis zu der gleichnamigen Politikerin stand, schaute mich an, als wenn ich nicht ganz bei Trost wäre. »Wissen Sie, Frau …«

»… Vonderweide«, parierte ich eilig, während mein Blick wie paralysiert an den gefährlich hohen Heels ihrer senfgelben Plateaupumps klebte, die einen farblich interessanten Kontrast zu ihrem nicht minder gefährlich knapp geschnittenen Kostüm in Apfelgrün bildeten.

»Frau Vonderweide, Sie wollen das, was alle wollen. Nur waren die schneller.« Sie warf einen prüfenden Blick auf ihren neonpinkfarbenen Nagellack und fügte mit einem gelangweilten Unterton und ohne den Anflug eines Bedauerns hinzu: »Die Uckermark ist ausverkauft.«

*

Im brandenburgischen Kiefernwald

Wir bogen in einen schmalen Feldweg ab, der zwar asphaltiert, aber trotzdem nicht für die allgemeine Nutzung freigegeben war, worauf ein Verkehrsschild am Wegesrand unmissverständlich hinwies. »Durchfahrt verboten, land- und forstwirtschaftlicher Verkehr frei. Kein Winterdienst«, las Richard vor. »Na toll, und nun?«

»Wir fahren da jetzt rein«, gab ich entschlossen zurück, und mit einem kleinen Triumph ergänzte ich: »Petterson sagte, das sei okay. Anwohner hätten Wegerecht. Auch künftige.« Den Hinweis, dass hier im Winter kein Schnee geräumt würde, schob ich gelassen beiseite. »Wir haben das Haus ja noch nicht mal gesehen, wozu also über ungelegte Eier brüten?«, sagte ich und steuerte meinen Wagen schnurstracks über den Weg, der links und rechts flankiert wurde von riesigen Rapsfeldern, die in wenigen Wochen in voller Blüte stehen würden. Am Ende des Feldes begann der Wald wie das Tor zu einer anderen Welt. Plötzlich waren wir umschlossen von Baumriesen, allesamt Kiefern, die in den für Brandenburg typischen Monokulturen ihr Dasein fristeten.

Seit beinahe zweihundert Jahren war die Kiefer hier die dominante Baumart. Was von der Natur keineswegs so gewollt war. Holz galt jedoch lange als favorisierter Bau- und Brennstoff und Bäume wurden in großen Mengen gefällt. Nach dem Zweiten Weltkrieg erlebten die deutschen Wälder einen regelrechten Kahlschlag. In der DDR forstete man die brachliegenden Flächen mit Kiefern auf, um schnell maximalen Ertrag zu erzielen. Umweltschutz und Klimapolitik? Fehlanzeige. Durch die Monokulturen wurde jedoch ein prima Nährboden für Parasitenbefall und großflächige Waldbrände geschaffen, die in den vergangenen Sommern extrem wüteten. So hatte ich es in einer Berliner Tageszeitung gelesen, ein Aufregerthema, über das sämtliche Medien berichtet hatten. Ich fragte mich, warum die Kiefernplantagen auch heute noch knapp siebzig Prozent des brandenburgischen Waldbestandes ausmachten. Wo war es nur, das viel gepriesene ökologische Bewusstsein?

Ich lenkte meinen Wagen hinein in diesen gigantischen Schlund, der uns wie ein gefräßiges Raubtier zu verschlingen drohte. Bis zu vierzig Meter ragten die mächtigen Baumriesen mit den markanten zweifarbigen Stämmen gen Himmel. Ich fröstelte ein wenig bei der Vorstellung, dass das Haus inmitten eines finsteren Nadelbaumdschungels liegen sollte. Richard hingegen fing an zu schwitzen. Er öffnete das Schiebedach, und vereinzelte Strahlen der Frühlingssonne fielen auf uns und durch die schnurgeraden Baumreihen, die hier und da von Waldwegen unterbrochen wurden. An den Gabelungen stapelten sich frisch geschlagene Stämme zu imposanten Gebilden, deren intensiver harziger Geruch sich unmittelbar im Autoinneren ausbreitete. Der Duft der ätherischen Öle hatte etwas Vertrautes, ich inhalierte ihn tief, wie damals das Latschenkieferextrakt von Kneipp, das mir meine Mutter in meiner Kindheit zur Bekämpfung einer Erkältung unter die Nase geschoben hatte.

»Ich verstehe Sie gerade ganz schlecht«, rief Richard in sein Handy. »Die Verbindung ist hier irgendwie …« Tut-tut-tut. »Tot«, sagte er an mich gewandt und ließ das Telefon entspannt in die Tasche seines Jacketts gleiten. »Kein Empfang, was soll's.«

Ich schaute ihn verwundert an.

»Das Büro. Hat Zeit bis später.«

»Huch, hab ich mich gerade verhört? Seit wann hat denn dein Büro Zeit bis später?«

Richard grinste und atmete hörbar die Waldluft ein. Offenbar zeigte sie auch bei ihm Wirkung. Wie ein verwunschener Pfad im Zauberwald schlängelte sich der Feldweg, der nun ein Waldweg war, immer tiefer hinein in die Nadelholzkolonie. Es kam mir merkwürdig vor, dass das Objekt unserer Begierde auch nach zwei weiteren Kilometern immer noch nicht zu sehen war. Vorbei an einer Schonung mit jungen Kiefern machte der Weg hangabwärts eine Kurve. Hier und da hatte sich das mächtige Wurzelwerk der Bäume unter den asphaltierten Belag gegraben, sich mit aller Kraft gegen ihn gestemmt, wodurch kraterartige Erhebungen die einst glatte, geschlossene Fläche in eine ruckelige Buckelpiste verwandelt hatten. Unter Getöse holperte der Wagen schließlich über die Bohlen einer kleinen Holzbrücke. »Hallo, aufwachen!«, schien diese uns zuzurufen. Denn hier, hinter verwilderten Hecken und grünem Dickicht, tauchte endlich das Haus auf.

»Du hast das Ziel erreicht«, skandierte das Navigationsgerät wie zur Bestätigung.

Auf Fontanes Spuren

Wer in Berlin lebt und sein Sozialleben pflegen möchte, tut dies am besten unter der Woche. Freunde treffen, ins Kino gehen, das neue asiatische Restaurant an der Ecke ausprobieren: gerne. Montag bis Donnerstag. Denn am Wochenende flog die halbe Stadt aus. Gefühlt zumindest. Wer es sich irgendwie leisten konnte, nannte ein Häuschen im Grünen sein Eigen oder war Mitglied einer Eigentümergemeinschaft, in der Kosten und Nutzungsrechte an der Immobilie nach demokratischem Proporz geteilt wurden. Oder erbte, mit etwas Glück, den Schrebergarten von der Großtante. Oder stellte den bei eBay ersteigerten, ausrangierten Zirkuswagen auf eine brandenburgische Wiese.

An den Platanen, die zu beiden Seiten die Kollwitzstraße in Prenzlauer Berg säumten, hingen immer häufiger angepinnte Zettel. Wurde früher auf diese Weise nach entflogenen Wellensittichen und verlorenen Schlüsselbunden gefahndet, dienten die Baumstämme heute als Maklerbörse: »Datsche gesucht.« Bei erfolgreicher Vermittlung winkte oft ein lukrativer Finderlohn.

Die Idee vom Leben auf dem Land war dabei kein neuzeitliches Phänomen einer stressgeplagten modernen Gesellschaft, die die ländlichen Räume wiederentdeckte, um entschleunigt mit den Händen in der Erde zu wühlen, Tomaten- und Kartoffelbeete anlegte und sich dabei selbst verwirklichte. Mein Philosophielehrer hatte während seines Unterrichts kaum eine Gelegenheit ausgelassen, mir und den anderen mehr oder weniger aufmerksamen Kursteilnehmern unter die Nase zu reiben, dass kein Geringerer als Jean-Jacques Rousseau bereits im achtzehnten Jahrhundert über die Suche nach dem Ursprünglichen, dem Guten, Wahren, Schönen philosophiert und das Landleben als ideale Lebensform verklärt hatte. »Gähn«, hatte mein pubertäres Hirn signalisiert. Aber irgendwas davon war offenkundig hängen geblieben. Und so war ich keineswegs verwundert, dass selbst einhundert Jahre später das Thema »Raus aufs Land« immer noch topaktuell war. Denn auch Theodor Fontane, einer meiner absoluten Lieblingsautoren, hatte zu seiner Zeit eine allgemeine Großstadtmüdigkeit konstatiert, der man am Wochenende durch Ausflüge ins Grüne zu entkommen suchte. Dreißig Pfennige hatte das Zugbillet von Berlin in den Spreewald gekostet. Und da gab es weder BahnCard noch Seniorentarife. Fontane hatte allerdings ähnliche Beobachtungen gemacht wie ich auf meinen zahlreichen Exkursionen. »Brandenburg ist ein zweites Klein-Sibirien, die Lebenszeichen einer Welt dort draußen sind selten, aber kommen doch vor.«

Genau. Denn spätestens am Freitagnachmittag wurden die gepackten Taschen, Einkäufe, Kinder und Hunde ins Auto geladen, und los ging's Richtung Uckermark, Prignitz oder Spreewald. Da man sein grünes Glück mit den in der Stadt Zurückgelassenen teilen und sich damit auch zugleich gegen eventuell aufkommende Einsamkeit und Langeweile wappnen wollte, sprachen die Wochenend-Landeier gerne Einladungen aus. Geburtstage, Grillabende, Gartenfeste fanden bevorzugt auf der eigenen Scholle statt, die in nahezu allen Fällen unmittelbar vor den Toren der Hauptstadt lag. Angeblich.

»Ist nur einen Katzensprung von Berlin entfernt«, wurde da fabuliert, »eine gute Stunde, und schon seid ihr da.«

Zeitangaben, die mit der Realität meist wenig zu tun hatten. Bei dichtem Verkehr hatte man nach sechzig Minuten gerade mal die Berliner Peripherie hinter sich gelassen. Strecken, die in Wirklichkeit mit doppelter Fahrzeit zu beziffern gewesen wären, wurden schöngeredet, um die Eingeladenen nicht von vornherein abzuschrecken. Bis man irgendwann selber daran glaubte. Wer hockte an einem freien Nachmittag schon gerne stundenlang hinterm Steuer für einen kurzen Ausflug ins Niemandsland? Und dienten diese zeitlichen Optimierungsversuche nicht auch der eigenen Beruhigung? War doch alles nicht so schlimm, das bisschen Autofahren, die »etwas mehr als eine Stunde« saß man doch locker auf einer Gesäßhälfte ab.

Auch Professor Petterson hatte es mit der Formulierung der angegebenen Entfernung nicht so genau genommen. Knapp eineinhalb Stunden Autofahrt lagen hinter uns, als wir das Waldhaus endlich erreichten.

*

33

Das Haus im Wald

Mit klopfendem Herzen parkte ich den Wagen vor einem windschiefen Tor und stellte den Motor ab. Es war nicht verschlossen, wie von Petterson beschrieben. Trotzdem war der Drahtzaun, der das Grundstück zum Waldweg abgrenzte, niedergetreten. Offensichtlich sehr entschlossen und mit so großer Wucht, dass selbst die Betonpfeiler gebrochen waren und aussahen wie abgeknickte Zahnstocher. Richard stemmte einen der beiden Torflügel auf, dessen Scharniere metallisch quietschten, und wir betraten den Garten.

Von der Sonne beschienen präsentierte sich uns ein verwildertes Biotop, umgeben von alten Laubbäumen, deren junges Blattgrün sich im Wind wiegte. Als wären diese Frühlingsboten allein nicht schon eine Offenbarung für uns Großstädter, lag am Ende der Wiese der Waldsee, eingebettet von sanften Hängen. Ein behütetes Tal, wie auf einem der Gemälde von Caspar David Friedrich. Rechts vom See ortete ich hinter hohen Gräsern das leise Plätschern eines kleinen Baches, das nur von Vogelgezwitscher und dem Brummen der Insekten überboten wurde.

Ein fließendes Gewässer auf dem eigenen Grundstück war weit jenseits dessen, wovon ich zu träumen gewagt hatte. Zumal der Fluss im Feng-Shui für Wohlstand und Reichtum stand, was in unserer jetzigen Situation nicht schaden konnte.

Links vom See befand sich eine Scheune mit bemoostem Dach und einer doppelflügeligen Holztür, um die sich wilder Wein rankte. Eine verträumte Kulisse, die sich Pinterest nicht besser hätte ausdenken können. Wir waren keine zehn Minuten auf dem Grundstück, doch es fühlte sich alles so vertraut und selbstverständlich an. Als hätte dieses Fleckchen Erde schon seit Langem darauf gewartet, von uns entdeckt zu werden.

»Was sagst du, Rosa?«

»Ein absoluter Traum!«, rief ich und drehte mich zu Richard. Ich kannte seine Antwort schon, bevor er sie aussprach.

»Das hier ist einfach unglaublich«, sagte er, nahm mich in die Arme und drückte mich an sich. »Das kaufen wir!«

Unsere Euphorie wurde just gedämpft, als wir uns dem Haus zuwandten. Es stand unter einer majestätischen Douglasie, deren ausladende Zweige dem Gebäude beinahe etwas Trutzhaftes verliehen. Ein rechteckiger Zweckbau, wie er in den fünfziger Jahren häufig im Osten errichtet wurde. An den Außenmauern klafften Risse im bröckelnden grauen Putz. Von den braunen Holz-Fensterläden bröselte die Farbe. Und das einst rote Ziegeldach war von einer dichten, grün-grauen Moosdecke überzogen. Marode Regenrinnen hingen wie lustlos an der Fassade, und die am Dach verbliebenen quollen über von Tannennadeln, Zapfen und Zweigen, sodass der Regen der letzten Jahre das Mauerwerk stetig durchfeuchtet hatte.

Mit den geschönten Bildern aus dem Exposé hatte dieses Objekt wenig gemein. Mit einem romantischen Forsthaus, das sich durch historische Details wie Fachwerk oder eine schmückende Balustrade hervorhob, noch weniger.

Über einen holzverschalten Anbau an der Stirnseite gelangten wir durch die angelehnte Haustür ins Innere. Unangenehme feuchte Kälte schlug uns entgegen. Die Luft roch muffig und abgestanden. In einem einsamen Lichtstrahl flirrte der aufgewirbelte Staub. Hier lebte schon lange keiner mehr.

Etliche Fensteröffnungen waren mit Sperrholzplatten vernagelt. An einer der wenigen noch intakten Scheiben klebte ein selbst gemachtes Fensterbild mit einem zwinkernden Smiley. Ich überlegte, wer ihn da wohl platziert haben mochte. Vielleicht ein Kind oder seine Mutter? Die Türen zu den Zimmern waren aus den Angeln gehoben, die Griffe abmontiert. Stühle waren zu Kleinholz zerlegt, Heizkörper aus den Wänden gerissen, zerstört oder gar nicht mehr vorhanden. Raufasertapete klebte nur noch fetzenweise und gab den Blick frei auf die bloßen Mauern.

Im Anbau ragten lange Nägel bedrohlich aus der Wand, die den vorherigen Bewohnern vermutlich als Garderobe gedient hatten. Über einen schmalen Flur gelangten wir in die Küche, in der als einsames Relikt vergangener Zeiten ein verrosteter Küchenherd stand.

»Sieh mal!« Richard deutete auf eine Lampe mit blauem Zwiebelmuster auf weißem Glasschirm, die wie vergessen an der Zimmerdecke pendelte. Sie hatte die Invasion mutwilliger Zerstörung wundersamerweise unbeschadet überstanden. Von der Küche führte unterhalb einer Bodenluke eine geschwungene Eisentreppe hinunter in den modrig riechenden Keller, einen sogenannten Kriechkeller, in dem man sich lediglich in gebückter Haltung aufhalten konnte. Selbst diese eingeschränkte Bewegungsmöglichkeit hatte die Randalierer nicht abhalten können, die ausgedienten Wassertanks zu zerlegen.

Ich griff nach Richards Hand, die sich beschützend um meine legte, als wir die schmalen Stufen hinauf in das Dachgeschoss stiegen, an dessen Ende sich ein einziger Raum mit einem einzigen Fenster befand. Zu beiden Seiten des dunklen Flures stießen wir auf kleine Kammern, Verschlägen gleich, in die kein Tageslicht drang. Schweigend kehrten wir nach unten zurück, durchquerten die Küche und drei angrenzende Räume im Erdgeschoss. Im Badezimmer klemmten Fragmente eines grünen Waschbeckens an der Wand, dessen Reste sich in Scherben über den Bodenfliesen verteilten. Verblasste Blümchensticker von »Pril« zierten die hellblauen, quadratischen Kacheln, über denen ein »Alibert«-Spiegelschränkchen installiert war, wie ich es aus dem Haus meiner Großeltern kannte. Ich zuckte zusammen, als ich darin mein Gesicht entdeckte, das mir mit dem Ausdruck ungläubigen Entsetzens entgegenstarrte.

»Wer macht so was?«, fragte ich immer noch fassungslos und betrachtete die zertrümmerte Kloschüssel, die auf den aufgerissenen Linoleumboden der Veranda geschleudert worden war.

»Jemand mit viel Wut im Bauch und wenig Verstand im Kopf«, versuchte Richard die brachiale Gewalt, die sich hier ihren Weg gebahnt hatte, zu erklären.

Mit weit weniger Enthusiasmus schlugen wir den Weg zur Scheune ein, der zurück über die Wiese Richtung See führte, vorbei an einem betagten Birnbaum und einer Gruppe junger Erlen. Vorsichtig schob ich den verrosteten Riegel des morschen Tores zur Seite, das den Blick in eine große Tenne freigab, die in einem offenen Giebel mündete. An den Wänden hatten sich die ungebetenen Besucher mit teils dilettantisch wirkenden Graffitis verewigt und ihrem Unmut mit Sprüchen wie *We hate Cops* und *Fuck you* Ausdruck verliehen. Und als wäre ich dabei gewesen, hörte ich den dumpf hämmernden Sound von Techno-Beats, die den Sprayern die musikalische Untermalung für ihren blinden Aktionismus geboten hatten. Ich sah Bier- und Wodkaflaschen kreisen, die nun als Leergut verstreut auf dem Steinboden der Scheune lagen.

Durch die Nähe zum See war die Scheune spürbarer feucht, trotz kreuzförmiger Durchlüftungen in den rot verklinkerten Giebelseiten. Das war möglicherweise der Grund dafür, dass die rechte Außenwand bereits abgesackt war. Das Gebälk des Dachstuhls schien jedoch in gutem Zustand, ebenso wie die alten Eisenfenster, durch deren mattes Glas gedämpftes Licht drang, das auf die ehemaligen Schweinebuchten und Futtertröge fiel.

Das alte Gemäuer offenbarte mühelos seinen Charme und die gestalterischen Möglichkeiten. Ich erkannte endlich wieder das Gute und konnte vor meinem inneren Auge bereits einen mannshohen Kamin mitten im Raum sehen, links davon eine lange Tafel mit vielen Gästen, die anschließend *vis-à-vis* in einer gemütlichen Lounge-Ecke entspannen würden. Der ehemalige

Heuboden wäre ideal für eine offene Galerie und böte Platz für ein Schlafzimmer. Und darunter könnten wir ein Bad mit kleiner Sauna einbauen.

»Am besten wäre es, das Haus abzureißen und die Scheune zu sanieren, was meinst du?«, unterbrach Richard meine Gedanken. Ich nickte zustimmend. Doch diese Idee sollte sich leider als reines Wunschdenken erweisen.

*

Der geschmeidige Professor

Noch während der Rückfahrt riefen wir Professor Petterson an. Wir verabredeten uns für den nächsten Tag in einem Café in Berlin-Mitte nahe der Charité, an der der Professor einen Lehrstuhl für Medizinische Psychologie innehatte. Am Abend überlegten wir uns, was es zu erfragen galt. Richard legte sogar die Reihenfolge der Fragen fest und machte sich sorgfältig Notizen. Vorbereitung ist schließlich alles. Ich war ziemlich aufgeregt, als ich an Petterson und das bevorstehende Gespräch dachte. Viel zu lange überlegte ich am darauffolgenden Morgen, welches Outfit für dieses Treffen das geeignete sei. Auf Designerhandtasche und High Heels konnte ich getrost verzichten, das würde garantiert einen falschen Eindruck erwecken. Ich entschied mich für meinen ziemlich abgerockten Burberry-Trench und flache Stiefeletten, die zu diesem grauen Apriltag passten. Statt mit der U-Bahn war ich mit dem Auto unterwegs, suchte eine gefühlte Ewigkeit nach einem Parkplatz und kam prompt zu spät.

Als ich etwas atemlos das überfüllte Café betrat, erspähte ich Richard neben einem großen Blonden an einem Fenstertisch. Beide erhoben sich, als sie mich bemerkten, wobei Petterson

Richard um mindestens eine Handbreite überragte. Was nicht so oft vorkam, denn Richard stach mit seiner Größe für gewöhnlich aus jeder Menschenmenge heraus. Petterson wirkte in seinem schlecht sitzenden Anzug schlaksig, die Schulterpartie war viel zu weit, die Jacketttaschen ausgebeult. Er hatte, wie um von seiner Körpergröße abzulenken, eine leicht gebeugte Haltung, fuhr sich mit der linken Hand durch das schüttere Haar, während er mir zur Begrüßung die rechte Hand entgegenstreckte. Richard küsste mich flüchtig auf die Wange und zog vom benachbarten Tisch einen Stuhl hinzu. Vor ihm stand bereits ein doppelter Espresso, für mich hatte er einen Earl Grey bestellt, dessen Teebeutel schon viel zu lange gezogen hatte. Der Professor nippte an einer Club-Mate, während er seinen Blick auf mich richtete.

»Mir ist es damals genauso ergangen wie Ihnen«, sagte Petterson an mich gewandt. »Ich habe mich sofort in das Grundstück und die Landschaft verliebt.«

»Es war vermutlich keine leichte Entscheidung, sich davon zu trennen«, kam mir Richard zuvor.

»Bei aller Begeisterung für das Objekt frage ich mich offen gestanden schon, wo die Schwachstelle liegt«, fügte ich ein wenig forsch hinzu. »Warum verkaufen Sie, Herr Professor?« Augenblicklich spürte ich Richards Fuß an meinem Knie.

»Sie waren dort«, entgegnete Petterson gelassen. »Und Sie haben gesehen, dass es viel zu tun gibt. Ich musste feststellen, dass das Objekt meine zeitlichen Kapazitäten momentan einfach übersteigt. Und je länger es leer steht, umso schlechter für die Substanz.«

Als er meinen nach wie vor zweifelnden Blick bemerkte, gab er doch noch ein wenig mehr von sich preis. Bjarne Petterson war vor zehn Jahren nach Berlin gekommen, um hier in Kooperation mit der Stockholmer Universität ein Forschungsprojekt über psychobiologische Stresserfahrungen zu begleiten. Er verliebte sich in die Stadt – und in eine seiner Studentinnen. Als ihm diese verkündete, schwanger zu sein, heiratete Petterson die fünf-undzwanzig Jahre jüngere Frau. Da hatte er bereits seine erste Immobilie in Berlin-Friedrichshain erworben und wenig später eine weitere. Eine Ruine in der Uckermark, die er abriss und auf deren Fundament er eine Blockhütte baute, ein Holzhaus in Schwedenrot als Reminiszenz an seine alte Heimat.

Zufällig hatte er von einer Immobilienliste des Landes Brandenburg erfahren, in der seltene Liegenschaften zum Kauf angeboten oder versteigert wurden. Darunter Herrenhäuser, Bauernhöfe, ehemalige Mühlengebäude. Getrieben von einer Mischung aus Beuteinstinkt und Neugier schrieb er sich in die Liste ein, bis ihm das Land vor zwei Jahren das Forsthaus im Friedetal angeboten hatte. Der Professor schlug zu. Für ein Fünftel dessen, was er nun verlangte, wie sich später heraus-stellen sollte. Allerdings ohne mit seiner jungen Frau darüber gesprochen zu haben, die mittlerweile mit zwei Kleinkindern in der Hauptstadt saß und die Fahrten in die Uckermark schon als Umweltfrevel empfand. Eine weitere Immobilie hielt sie für völlig unnötig, weshalb sie dem Professor das Waldhausprojekt madig machte. Um den innerfamiliären Frieden nicht weiter zu gefährden, sah er schließlich nur noch eine Lösung: Das Haus musste weg, und zwar so schnell wie möglich. Wobei er sich offenkundig entschied, auf die etwaigen Probleme in seinem seitenlangen Verkaufsexposé nicht weiter hinzuweisen. Hatte er diese vielleicht sogar gezielt verschwiegen, getreu dem Motto: Reden ist Silber, Schweigen ist Gold?

Als er das Haus erwarb, war es bereits zwölf Jahre unbewohnt, erzählte Petterson. Zuletzt befand es sich im Besitz des Lan-des Brandenburg und hatte dem Revierförster als Wohnhaus gedient. Schon zu DDR-Zeiten wurde das Waldhaus von der Obrigkeit jagdlich genutzt.

Petterson hatte große Pläne für das kleine Haus gehabt. Er plante ein *Bed & Breakfast* für Wanderer und Fahrradfahrer, die in dem schönen Naturschutzgebiet des Friedetals die Artenvielfalt und vom Aussterben bedrohte Tiere und Pflanzen erkunden sollten. Er hatte sogar eine Aufladestation für Elektrobikes vorgesehen, die zusammen mit der Installation von Sonnenkollektoren vom Bauamt in Wüsteritz genehmigt worden waren. Inklusive dem von Petterson geplanten Abriss der Veranda.

»Wir würden das Objekt für uns als privaten Rückzugsort nutzen«, erläuterte Richard. »Wobei wir am liebsten mit der Sanierung der Scheune beginnen würden. Das Haus ist doch recht marode.«

»Das hätte ich auch gerne so gemacht«, antwortete der Professor. »Sie befinden sich aber nicht nur im Naturschutzgebiet, Sie befinden sich im sogenannten Außengebiet. Da gibt es jede Menge strenge baurechtliche Einschränkungen und Auflagen. Die besagen, dass das Haus mit dem Erwerb zu sanieren ist. Für die Scheune gibt es bislang keine Umbaugenehmigung. Und ich sehe da auch eher eine geringe Chance.«

Ich schaute ungläubig zu Richard, versuchte jedoch, mir meine Enttäuschung nicht anmerken zu lassen. Einer Eingabe folgend sagte ich schnell: »Ich habe schon beim Betreten des Hauses den potenziellen Charme gespürt und mir überlegt, wie es sich wieder herrichten lässt.«

Petterson lächelte. »Überlegen Sie's sich. Mir liegen zwei schriftliche Kaufgebote vor, die sogar über dem liegen, was ich eigentlich haben will.«

Er verabschiedete sich und drehte sich mit einem vielsagenden Lächeln noch einmal zu uns um, als er bereits in der Tür stand. Draußen kleksten erste Regentropfen auf den Gehsteig. Petterson zog ein mausgraues Plastikcape aus seiner Aktentasche, zurrte seinen Fahrradhelm fest, bevor er sich auf sein Rad schwang und leichtfüßig davonradelte.

»Geschmeidig«, stellte ich verblüfft fest. Es sollte nicht die einzige Überraschung bleiben.

Kaum hatte der Kellner einen weiteren Espresso und einen Tee abgestellt, sagte Richard: »Das war übrigens nicht das, was man strategische Gesprächsführung nennt. Du fragst ihn als Erstes nach der Schwachstelle ...«

»Ich habe nie behauptet, ein Stratege zu sein«, sagte ich achselzuckend und betrachtete den Stapel Unterlagen, den uns Petterson überlassen hatte. »Ich bin einfach nur neugierig. Und wir haben doch eine Menge erfahren.« Richard schüttelte unmerklich den Kopf und blätterte durch diverse Gutachten, Bauanträge und Genehmigungen. Auch die nötigen Sanierungsmaßnahmen waren auf einem DIN-A4-Blatt aufgelistet. Sie beruhten auf der Einschätzung einer Architektin, die Petterson bereits mit der Planung beauftragt hatte.

»Ich verstehe immer noch nicht, warum der Mann verkauft«, sagte Richard. »Zeit? Davon haben wir doch alle zu wenig.«

»Du hast es ja gehört«, antwortete ich und schnupperte an meinem Tee, »seine Frau macht ihm Stress. Wozu sollte er da noch eine weitere Baustelle eröffnen?«

»Weiß man das nicht vorher?«

»Darf ich dich daran erinnern, dass auch du mit Sternchen in den Augen auf den See geschaut hast und am liebsten dageblieben wärst? Sieh es doch mal positiv. Er verkauft, was wir seit Langem suchen.«

»Trotzdem, mein Gefühl sagt mir, das hier irgendwas nicht stimmt.«

»Ja, der Preis. Wir sind jetzt offenkundig in einem Bieterverfahren.«

Richard schaute mich an und grinste. »Seit wann interessieren dich denn Preise?«

»Und seit wann gehst du nach deinem Gefühl?«

*

Der Zuschlag

Haussanierung statt Scheunenausbau, diese Kröte war für Richard trotzdem kaum zu schlucken. Er hatte sich verliebt. Und zwar in die Möglichkeiten, die die Scheune bot. Nicht in die miefige Enge eines kleinen Hauses, wo er darauf achten musste, vor den Türrahmen rechtzeitig den Kopf einzuziehen.

»Du wirst sehen, das Haus hat Potenzial«, versuchte ich ihn zu überzeugen. »Und die Lage erst recht.«

»Ich habe mir das alles etwas anders vorgestellt«, erwiderte Richard stur, nicht ahnend, dass er mit diesem Satz soeben das Mantra für die kommenden Jahre eingeläutet hatte.

Richard war regelrecht frustriert über die nicht vorhandene Genehmigung eines Scheunenausbaus, mehr noch, er stellte das gesamte Projekt infrage. Ich ließ alle positiven Argumente, die für das Haus und das Grundstück sprachen, abermals in die Debatte einfließen. Und überzeugte schließlich Richard und ein bisschen auch mich selbst. Noch am selben Abend setzten wir ein schriftliches Kaufgebot auf. Wir diskutierten stundenlang darüber, wo unsere preisliche Schmerzgrenze lag. Und die müsse realistisch bleiben, meinte Richard, dürfe sich nicht an dem orientieren, was die anderen Interessenten möglicherweise in den Ring werfen würden. Hier zählten ausschließlich unser Kontostand und unsere finanziellen Möglichkeiten. Die waren, trotz Richards gutem Gehalt, nicht unerschöpflich. Das ganze Vorhaben war ohnehin nur möglich, weil Richards Großmutter ihren Lieblingsenkel im Testament mit einer großzügigen fünfstelligen Summe bedacht hatte. Diese sollte zusammen mit der Auszahlung eines Bausparvertrages unser Forsthauskapital bilden.

»Beim Kaufpreis allein wird es nicht bleiben«, rechnete Richard vor. »Grunderwerbssteuer, Notar- und Grundbuchkosten kommen noch hinzu. Von den Sanierungskosten einmal ganz abgesehen. Bei dem Zustand des Hauses werden die nicht unerheblich sein.«

Die Situation erinnerte mich daran, wie wir vor mehr als zwanzig Jahren mit unserem künftigen Vermieter zusammensaßen, um die Miethöhe des Hauses in Schleswig-Holstein zu verhandeln. Ich hatte noch nie zuvor erlebt, dass drei Menschen es fertigbrachten, mehr als zwanzig Minuten schweigend an einem Tisch zu sitzen, darauf wartend, dass die andere Seite einknickt. Richard hatte sich schließlich erhoben mit den Worten, dass er nicht mehr als die gebotene Summe zahlen könne und wolle. Er hätte nicht nur die Verantwortung für seine junge Familie, er wolle auch morgens ohne Reue aufwachen und in sein Spiegelbild schauen können. Diese Ansage hatte nicht nur mich beeindruckt, sondern auch den Eigentümer des Hauses. Wir bekamen den Mietvertrag für das Haus am See, das uns für so lange Zeit eine Heimat war.

Richard und ich kamen überein, dass er sich am nächsten Tag allein mit dem Professor treffen sollte.

»Eine rein strategische Maßnahme«, versicherte Richard. »Petterson kommt mir vor wie einer, der ein Mann-zu-Mann-Gespräch bevorzugt.«

»No problem«, gab ich mich eine Spur zu schnell einverstanden. Ich war insgeheim ganz froh, nicht dabei sein zu müssen. Wer weiß, vielleicht würde es in einen stundenlangen Verhandlungsmarathon ausarten. Komplizierten Gesprächen ging ich am liebsten aus dem Weg. Ich war nicht taktisch, noch nicht mal diplomatisch. Aus mir purzelten die Sätze oft einfach so heraus, ohne vorher meine innere Kontrollschranke passiert zu haben. Richard nannte das meine »grenzenlose Spontaneität«. Ich wusste, dass er oft genug dachte, »Klappe halten wäre manchmal durchaus von Vorteil«.

Natürlich saß ich an diesem Mittag wie auf Kohlen. Was würde Richard sagen, was würde Petterson antworten? Kaum auszuhalten auch der Gedanke daran, dass vielleicht keine Einigung erzielt werden könnte. Damit hätte sich der Traum vom Forsthaus als ein besonders kurzlebiger erwiesen. Als Richard anderthalb Stunden später endlich anrief, griff ich mit leicht zitternder Hand zum Handy.

»Alles klar«, sagte er.

»Was jetzt?«

»Wir haben's. Petterson verkauft.«

»An uns?«

»An dich und mich!«

*

Ein Projekt für Ausdauersportler

Ich jubelte, ich lachte, ich weinte. Ich lachte immer noch laut vor mich hin, als wir das Telefonat schon längst beendet hatten. War das alles zu fassen? Es hatte tatsächlich geklappt. Ich bewunderte Richard einmal mehr für sein Verhandlungsgeschick. Jedes Detail des Gesprächs, das nicht länger als eine halbe Stunde gedauert hatte, wollte ich von ihm hören. Erst später, nach einer Runde mit den Hunden um den Kollwitzplatz und einem saftigen Tritt in die breiige Hinterlassenschaft von einem Fremdköter, setzte mein Verstand wieder ein. Ich wunderte mich doch ein wenig darüber, dass Petterson die höheren Gebote der beiden Mitbewerber ausgeschlagen hatte, um uns den Vorzug zu geben.

»Weißt du, was ich Petterson nicht so richtig abnehme?«, fragte ich, als wir am selben Abend bei Käse vom Biomarkt, köstlichem Walnussbrot und einem Glas Rotwein die Begegnung zwischen Richard und dem Professor aufarbeiteten.

»Du wirst es mir sicher gleich verraten«, antwortete Richard, genussvoll kauend und mit vollem Mund. Mit einem einfachen Korkenzieher öffnete er rasch die Weinflasche, einen Nero Tinto aus Portugal, goss den Wein in die bereitgestellten Gläser und nahm einen großen Schluck.

»Der Herr Professor und seine Rolle als Gutmensch. Oder ist er kaufmännisch genauso wenig begabt wie du und ich, wenn es darum geht, lukrative Immobiliengeschäfte abzuschließen?«

»Was soll das denn heißen?«, fragte Richard in einer Mischung aus belustigt und gekränkt, beließ es jedoch dabei, denn er wusste, dass ich ihm sonst mit der Schrottimmobilie kommen würde, die *er* sich vor unserer Ehe hatte andrehen lassen und die lange Zeit tapfer abbezahlt werden musste. »Petterson will einfach einen Strich unter das Thema ziehen«, fuhr er fort. »Lieber weg mit dem Haus, bevor es Frau und Kinder sind. Und er sagte, dass er uns von allen Bewerbern am ehesten im Waldhaus sieht.«

»Aha. Und warum uns und nicht die anderen Interessenten?«

»Jesses, Rosa! Der eine ist ein offenbar *zu* betuchter Geschäftsmann, der das Grundstück als Anlageobjekt für seine Tochter erwerben wollte. Das zweite Kaufgebot stammt von einer Gruppe junger Architekten, denen Petterson wohl das Knowhow, aber nicht die Beständigkeit zutraut.«

»Hmm«, grübelte ich, während ich die Walnüsse aus dem Baguette pulte und sie mir gedankenverloren in den Mund schob, gab mich aber mit der Antwort fürs Erste zufrieden.

Gleich am nächsten Tag fuhr ich raus zum Haus. Auf der Rückbank Labrador Franz und Terrier Willi, auf dem Beifahrersitz die Grundrisse, Zollstock und Marschproviant für Zwei- und Vierbeiner. Ich hatte mich zur Vorortinspektion mit Olaf verabredet, meinem ältesten Freund aus Grundschultagen. Er war mein Seelentröster, mein menschgewordenes Tempotaschentuch, wenn man bedenkt, wie viele Stunden ich ihm schon die Schultern nass- und die Ohren vollgeheult hatte. Mit ihm konnte ich mich vor Lachen ausschütten, und er hatte stets Rezepturen zur allgemeinen Weltverbesserung parat. Olaf war mein Einfach-alles-Versteher. Bis Richard in mein Leben kam und ihn zumindest in dem einen oder anderen Bereich ablöste. Dass Olaf schwul war, war für Richard eine innere Beruhigung und die Basis, auf der er dieses enge Bündnis zwischen mir und einem anderen Mann zu tolerieren vermochte.

Olaf hatte es zusammen mit seinem Angetrauten Robert schon vor zehn Jahren in die brandenburgische Pampa gespült, wo sie zum richtigen Zeitpunkt, für überschaubares Geld und vor allem ganz ohne Makler die Orangerie eines alten Herrenhauses erworben hatten, die sie *peu à peu* weitestgehend in Eigenleistung sanierten. Olaf war ein begnadeter Gartendesigner, was für ihr Projekt sicher hilfreich war, denn er konnte wie seine Architektenkollegen Grundrisse entwerfen und zeichnen. Und er hatte Fantasie, Vorstellungsvermögen und einen ausgezeichneten Geschmack, der sich nahezu eins zu eins mit meinem deckte. Als erster Außenstehender durfte und sollte er deshalb unser künftiges Landrefugium begutachten. Der Notartermin würde erst in zwei Wochen stattfinden, sodass ausreichend Zeit war, um Olaf als Experten unseres Vertrauens in die Kaufentscheidung einzubeziehen.

Ich war nervös. Vielleicht würde er das Haar in der Suppe finden. Ich hörte ihn schon einen seiner beschwörenden Sätze sagen wie: »Um Gottes willen, Finger weg und bloß nicht kaufen!« Mit der Bewertung von Immobilien kannte er sich aus, bei Unzulänglichkeiten zeigte er keine Gnade und redete, im Gegensatz zu mir, nichts schön. Diese Direktheit schätzte ich. Mit seinem VW-Käfer, einer alten »egal, Hauptsache Cabrio«-Klapperkiste bremste er laut hupend vorm Gartentor, wo er von Franz und Willi schwanzwedelnd in Empfang genommen wurde.

»Wen hast du denn hier bestochen, Darling?«, fragte Olaf und deutete mit dem Kopf Richtung Grundstück. Ich umarmte ihn, was leicht war, denn Olaf war mit etwas über ein Meter siebzig nicht viel größer als ich. Während er begeistert »Wow« und »Ach Gottchen, wie cool ist das denn!« rief, schlenderten wir, flankiert von den tobenden Hunden, über die verwilderte Wiese. Olaf breitete theatralisch die Arme aus, als wollte er den Garten mitsamt dem alten Baumbestand umfassen. Am See hielt er plötzlich inne, schob sich seine Ray-Ban-Sonnenbrille in die blonde Prinz-Eisenherz-Frisur und betrachtete das Wasser, auf dem sich die umstehenden Baumriesen im Licht der Frühlingssonne spiegelten. »Rosa, das hätte ich auch gekauft. Sofort!«

Olafs Augen scannten kurz die Scheune, bevor sie das Haus heranzoomten. »Hm«, entfuhr es ihm hin und wieder, während ich ihn durch die Räume führte, die er mit kritischer Miene und äußerst konzentriert inspizierte. Er klopfte mal an diese, mal an jene Wand, kletterte in den Kriechkeller und durch die Abseiten des Daches, stocherte in Holzbalken und analysierte die Bodenschichten, untersuchte die alten Kastenfenster und staunte über die maroden Kabel, die aus den Wänden hingen.

»Es ist machbar«, beantwortete er meinen fragenden Blick. »Aber das hier ist ein Projekt für Ausdauersportler. Sprintern würde ich von so einer Totalsanierung abraten.«

»Totalsanierung? Kannst du das auch mal für Normalsterbliche formulieren?«

»Ein Gebäude, das insgesamt vierzehn Jahre leer stand, mit Feuchtigkeit im Mauerwerk, einem nassen Keller und komplett veralteten Leitungen, lässt sich nicht innerhalb von drei Monaten und mal eben so wieder herrichten. Wenn man es richtig machen will.«

Und wie »richtig« gehen sollte, erklärte Olaf mir in den Folgetagen in aller Ausführlichkeit. Interessanterweise wies er auf

48

Schwachstellen hin, die die von Petterson engagierte Architektin gar nicht gesehen zu haben schien.

∗

Vom Fischer und seiner Frau

Der Kurfürstendamm in Berlin war dreigeteilt. Richtung Wittenbergplatz hatten sich Einzelhandelsketten und Kaufhäuser niedergelassen, mit dem KaDeWe als luxuriösem Highlight, Richtung Halensee die nicht ganz so noblen Boutiquen und Restaurants, ein paar Autohändler und am Ende ein großer Baumarkt. In der Mitte des Ku'damms, zwischen Olivaer Platz und Tauentzien, hatte sich die geballte Eleganz angesiedelt. Kein Luxuslabel, das hier nicht mit einem Flagshipstore vertreten war. Die Kanzlei des Notars befand sich im eleganten mittleren Abschnitt des berühmten Boulevards, an der Ecke zur Schlüterstraße. Richard hatte sich an diesem Tag freigenommen. Ich konnte mich kaum erinnern, wann er das zuletzt getan hatte. Bei der Geburt der Kinder? Am Tag unserer Hochzeit?
Trotz verstopfter Straßen und mühsamer Parkplatzsuche erreichten wir Punkt zehn Uhr über ein marmornes Gründerzeit-Treppenhaus die imposanten Büroräume im ersten Stock. Professor Petterson saß bereits mit übergeschlagenen Beinen in einem der cognacfarbenen Ledersessel, als wir das beeindruckende Entree der Kanzlei Meyer-Lübke & Partner betraten. Rechnet ein Notar eigentlich nach Gebührentabelle ab oder darf er dem Mandanten die exklusive Bürolage und eine vermutlich exorbitante Miete anteilmäßig aufs Honorar schlagen?, schoss es mir durch den Kopf, bevor wir in dem mit englischen

Antiquitäten ausstaffierten Büro von Dr. Meyer-Lübke Platz nahmen.

Der Professor war augenscheinlich im selben Anzug erschienen, den er schon bei unserem ersten Treffen getragen hatte. Nur wirkte dieser jetzt noch ausgebeulter und zerknitterter. Er streckte seine dünnen Beine, deren Enden in altmodischen Riesen-Sneakern versanken, ungeniert von sich. Während ich stocksteif auf der harten Sitzfläche eines Barockstuhls verkrampfte und dabei versuchte, den Worten Dr. Meyer-Lübkes konzentriert zu folgen. Volle Aufmerksamkeit hatte ich mir für dieses Meeting verordnet, für jeden Satz und jedes Wort. Schließlich stand am Ende das Unterzeichnen des Kaufvertrages, und ein Haus kauft man nicht alle Tage. Für mich war es zugegebenermaßen das erste Haus, an dessen Kauf ich beteiligt war, und demzufolge auch mein erster Notartermin. Ich hatte die Länge der Beurkundung mit ein, zwei Stunden veranschlagt. Tatsächlich dauerte es bis zur Vertragsunterzeichnung und den alles besiegelnden Unterschriften viereinviertel Stunden. Meine Aufmerksamkeitskurve erlitt nach ungefähr der Hälfte der Zeit den ersten Knick, in der einhundertdreiundneunzigsten Minute brach sie nahezu vollständig ein. Dr. Meyer-Lübke las korrekterweise den gesamten Kaufvertrag vor, Zeile für Zeile, Seite für Seite, und das in ziemlich gemächlichem Tempo.

»Haben Sie dazu noch Fragen?«, wandte er sich gelegentlich an Richard und mich, was mich jedes Mal aufschrecken ließ.

»… wird darauf hingewiesen, dass die Wasserqualität und Wassermenge erneut begutachtet werden sollte …«

Die sonore Stimme des Notars lullte mich ein, weckte Kindheitserinnerungen an den Vorleser meiner Märchenplatten. Vor allem »Vom Fischer und seiner Frau« hatte gefühlt eine Million Mal auf meinem Plattenspieler gedudelt, jene Geschichte über die nimmersatte Ilsebill, die von immer größeren Häusern träumte und Allmachtsfantasien hatte.

»… schließt das hier vorliegende Gutachten einen eventuellen Rückstand von Pestiziden im Dachstuhl weitestgehend aus.«

Zum Glück war ich nicht Ilsebill, und bei unserem Objekt handelte es sich auch nicht um ein Schloss, sondern um ein kleines Häuschen im Wald.

»Herr und Frau Vonderweide, ich gratuliere Ihnen zu Ihrem Haus«, schloss Dr. Meyer-Lübke die Sitzung und schüttelte Richard und mir die Hände, nachdem wir beide den Kaufvertrag unterschrieben hatten. Merkwürdig, dachte ich, die erwartete Euphorie, der Freudentaumel wollten sich bei mir nicht einstellen. Im Gegenteil, mich beschlich eine seltsame Beklommenheit. Ich fühlte eine nie gekannte Dimension von Verantwortung.

Zusammen mit dem Professor verließen wir die Kanzlei. Auf dem Weg nach unten sprachen wir über den plötzlichen Wetterumschwung. »Und schon war er da, der Frühling«, hörte ich mich sagen und bemerkte im selben Moment die Belanglosigkeit meiner Worte.

»Viel Glück«, verabschiedete sich der Professor mit einem breiten Lächeln, stieg auf sein Fahrrad und verschwand im Getümmel des Berliner Verkehrs. Er wirkte irgendwie erleichtert.

Wir fuhren direkt in das Restaurant, das wir uns in sentimentaler Erinnerung an unser erstes Date hin und wieder für besondere Anlässe gönnten. Im »Borchardt« auf der Französischen Straße hatten wir vor einer gefühlten Ewigkeit nicht nur unser erstes Rendezvous. Hier, im Herzen Berlins, versöhnten wir uns, wenn es zuvor gekracht hat. Kostbare Momente, in denen es zweitrangig war, ob ein teurer Restaurantbesuch die gerade vorherrschende Ebbe in der Haushaltskasse noch weiter verschlimmerte. Der Kellner führte uns zu unserem Lieblingstisch, Richard bestellte eine Flasche Rosé Champagner und zweimal Wiener Schnitzel, einmal mit, einmal ohne Kartoffelsalat. Dieser Mittwoch war ein besonderer Tag, und wir hatten etwas zu feiern. Wir waren nun Eigentümer eines Hauses. Und das notariell beurkundet, dokumentiert und datiert an unserem einundzwanzigsten Hochzeitstag, dem dreizehnten Mai.

»Ein gutes Omen«, sagte Richard und schaute mich liebevoll und aufmunternd an, als würde er mein Unbehagen spüren. »Wir sind jetzt Hausbesitzer!«

Ich bemerkte den Stolz in seiner Stimme, der mich rührte und den ich mit meinem plötzlich aufflackernden Unbehagen nicht ins Gegenteil verkehren wollte. Ich atmete tief durch. »Prost, mein Schatz, auf uns, unser Haus und viele glückliche Jahre.« Ich küsste ihn, nahm einen großen Schluck vom eisgekühlten Champagner und genoss, wie sich das Prickeln im Mund ausbreitete. Die wirren Paragrafen und Klauseln verblassten mit jedem weiteren Schluck und waren auf einmal wie weggeblasen. Und mit ihnen die Angst und der Zweifel. Zumindest vorerst. Auf einem Kellnerblock zeichnete ich das Haus in groben Umrissen, skizzierte meine längst erdachten Umbauvisionen so gut ich es eben vermochte, malte Rechtecke in die Dachfläche, die Gauben symbolisierten, und gekringelte Schlangenlinien, die Biberschwanzziegeln darstellten. Ich versah die Veranda mit bodentiefen Fenstern und gönnte dem Haus eine großzügige Terrasse, die von üppigen Beeten gesäumt wurde. Mit jedem Strich auf dem Papier kehrten die Zuversicht und die Freude über das Haus zurück. Tatsächlich war ich überzeugt, dass man eine vergleichsweise unspektakuläre Immobilie durchaus in ein ansehnliches Häuschen verwandeln konnte. Richard betrachtete mein Werk interessiert, aber verhalten, und es bedurfte eines weiteren Glases Champagner, um seine Skepsis aufzuweichen.

Aufbau Ost

Erika Leer hatte ihr kleines Architekturbüro kurz vor der po-
litischen Wende eröffnet und damit zum richtigen Zeitpunkt.
Seitdem subventionierte der Staat die Baubranche unter dem
Motto »Aufbau Ost« mit jeder Menge Fördermitteln und be-
scherte den Betrieben überquellende Auftragsbücher. Ein
Boom, von dem der wenig ausgeprägte Ehrgeiz Erika Leers absolut unberührt blieb. Sie war eine Einzelkämpferin mit längst
erloschenem Kampfgeist, die in erster Linie überschaubare
Projekte wie Einfamilienhäuser für Privatleute realisierte. Für
Professor Petterson hatte sie bereits die Arbeiten am Schwe-
denhaus in der Uckermark begleitet, im Anschluss sollte sie das
Forsthaus in den Spreetälern richten. Außer der Sanierungsge-
nehmigung sowie der Bewilligung einer neuen Brunnenanlage
hatte sie jedoch in den letzten zwei Jahren nichts erwirkt. Der
Professor empfahl sie zwar als kompetent und zuverlässig. Das
war aber nicht gleichbedeutend mit durchsetzungsstark oder
kreativ, wie uns bald klar wurde.
Ich traf mich mit ihr Ende der Woche auf dem Grundstück.
Erika Leer war eine kleine, kompakte Endfünfzigerin, auf deren rundem Kopf eine praktische, helmartige Kurzhaarfrisur
festgetackert schien. Sie streckte mir zur Begrüßung ihre schlaf-
fe Hand entgegen. Schon als Kind waren mir Menschen, die
einem bei der Begrüßung nicht in die Augen sehen, suspekt.
Wenn dann die gereichte Hand auch noch wabbelig feucht und
wie tot in der eigenen lag, ließ das doch häufig auf eine schwa-
che, verunsicherte Persönlichkeit schließen. Und so war es denn
auch.
Auf der Kühlerhaube meines Wagens breiteten wir die von ihr
erstellten Ansichten und Grundrisse aus, und ich erklärte ihr
anhand meiner eigenen Zeichnungen, wie wir uns das Haus im
Ergebnis vorstellten. Ich lobte ihre Idee mit den Dachgauben,

die für mehr Platz und Licht sorgen würden. Für alles andere hatten Richard und ich hingegen abweichende Pläne. Während ich mich bemühte, meine Begeisterung darüber ein wenig zu dämpfen, um ihre Entwürfe nicht ungewürdigt vom Tisch zu wischen, verstummte Frau Leer zusehends. Ein konstruktives Brainstorming, in dem man sich gegenseitig Ideen-Bälle zuwarf, wie ich es mit Olaf gerne machte, war mit Erika Leer nicht möglich. Im Gegenteil. Ich hatte das Gefühl, sie verstand gar nicht, worum es uns ging. Vielleicht weil sie ahnte, dass erneute Arbeit auf sie zukäme. Alternative Vorschläge müssten angefertigt und beim Bauamt eingereicht werden.

»Die Veranda wollte der Professor doch abreißen«, sagte Frau Leer und deutete zaghaft auf meine Zeichnung, in der die Veranda das optische Highlight der zum Garten hin ausgerichteten Südseite darstellte.

»Wir möchten den ursprünglichen Charakter des Hauses lieber erhalten«, erklärte ich ruhig. »Zumindest soweit das möglich ist.«

»Der Professor fand die Veranda architektonisch unpassend zum Haus, ja geradezu hässlich«, wagte Frau Leer einen letzten Widerspruch, bei dem sie die Worte »der Professor« so ehrfürchtig betonte, als würde sie vom heiligen Erlöser sprechen.

»Das mag schon sein, dass der Professor seine Vorstellung von Ästhetik hat, aber wir haben eine andere. Und die gilt ab sofort.« Kaum hatte ich die letzten Worte ausgesprochen, bedauerte ich auch schon, mich nicht mehr zurückgehalten zu haben. Ich lächelte Frau Leer entschuldigend zu und schlug eine freundlichere Tonart an. »Sie sind ja mit den behördlichen Auflagen bestens vertraut, Frau Leer, und Sie wissen ja, dass das Haus mitten im Naturschutzgebiet steht. Leider dürfen wir an der Größe des Hauses nichts ändern. Und da wäre es doch schade, wenn wir auf wertvolle Wohnquadratmeter verzichten.«

Frau Leer ließ nicht erkennen, ob meine versöhnlich gemeinte Botschaft zu ihr durchgedrungen war. Weder ein Kopfnicken noch ein Schulterzucken waren ihr zu entlocken. Ihr Blick blieb absolut ausdruckslos. Wir verabredeten dennoch, die nächsten Tage zu telefonieren, und verabschiedeten uns. Es sollte das erste und letzte Mal sein, dass wir einander persönlich begegneten.

*

Komm vorbei, Darling!

Ich schaute Frau Leer in ihrem Wagen nach, den sie langsam und bedächtig den Hügel hinaufsteuerte, um dann hinter den Kiefern zu verschwinden. Erst in dem Moment war mir klar, dass ich nun zum ersten Mal allein auf dem Grundstück war. Mitten im Wald. Ohne Richard. Ohne die Hunde. Ohne die Kinder, die in Wien und in München studierten und das Projekt »Haus im Wald« nur aus unseren Telefonaten, von Fotos und Videos unserer WhatsApp-Gruppe kannten. Ich war mutterseelenallein. Kein Mensch weit und breit.
Einer spontanen Eingebung folgend ging ich zum See, vorbei an einem Meer aus Farnen, die gerade ihre eingerollten Blattwedel entfalteten, und den Holundersträuchern, deren filigrane Blüten einen süßlichen Duft verströmten. Erst jetzt bemerkte ich, wie intensiv die Maisonne die Luft bereits erwärmt hatte, obgleich auf den Grashalmen in Ufernähe noch immer der Morgentau perlte. Zum Schutz gegen die Feuchtigkeit breitete ich meine gewachste Wetterjacke aus, streckte mich der Länge nach auf der karierten Innenseite aus und betrachtete das Grün, das um mich herum aus dem Boden schoss. Ich schloss die Augen und lauschte in die Natur. Das Vogelgezwitscher erklang

lauter als beim letzten Mal, und der Bach plätscherte nicht, er rauschte. Oder kam es mir nur so vor, weil ich etwas hören *wollte*, das mich von dem Gefühl des Alleinseins ablenkte? Aber eigentlich fühlte ich mich weder einsam noch verlassen. Ich fühlte eine tiefe Entspannung, eine innere Ruhe, wie ich sie schon seit Langem nicht mehr gespürt hatte. Ich sog die Frühlingsluft ein und musste wieder an unser ehemaliges Zuhause in Schleswig-Holstein denken. Achtzehn Jahre Landleben hatten mich geprägt. Ich beobachtete weit oben am Himmel den sich rasch auflösenden Kondensstreifen eines Düsenjets als einzigem Zeichen menschlicher Zivilisation.

Das laute, kehlige Schreien eines Fischreihers, der mit ausgebreiteten Flügeln auf einem aus dem Wasser ragenden Baumstamm landete, ließ auch mich wieder in der Wirklichkeit ankommen.

Schon mehrfach hatten Richard und ich über die von Frau Leer erstellten Grundrisse gesprochen, die voll und ganz auf das Vorhaben von Professor Petterson ausgerichtet waren. Sie mussten unseren Bedürfnissen angepasst werden, das war uns schnell klar geworden. Und wenn Frau Leer dies nicht umzusetzen vermochte, dann würde ein anderer Architekt beauftragt werden. Ich stand auf, streckte und dehnte Arme und Beine, nahm meine Jacke und marschierte entschlossen zum Haus. Noch einmal durchquerte ich Raum für Raum, fotografierte mit der Handykamera jeden Winkel, nahm mit dem Zollstock Maß und machte mir Notizen. Dann rief ich Olaf an.

»Bist du zu Hause?«

»Komm vorbei, Darling!«

*

Gutes Design, schlechtes Design

»Piccolöchen!«, rief Olaf mir zur Begrüßung entgegen und klimperte dabei mit zwei Sektgläsern. Auf ihn war doch immer Verlass.

Ich machte es mir auf der Chaiselongue gemütlich, die Olaf mit bequemen Kissen und einem kuscheligen Plaid für mich vorbereitet hatte, und genoss die Aussicht auf die von ihm und Robert angelegte Obstbaumplantage, aus deren Früchten die beiden im Spätsommer literweise aromatischen Apfelsaft pressten, Gelee und Kompott einkochten. Nachdem ich Olaf von der unfruchtbaren Begegnung mit Frau Leer berichtet hatte, überlegten wir, wie ein Nutzungskonzept für das Haus aussehen könnte. Die Ideen sprudelten nur so aus uns heraus.

Schon während der Suche nach einem ländlichen Domizil hatte ich intensive Studien betrieben, Bildbände wie »Countryhomes« und »Lebenstraum Landhaus« nach Gestaltungsideen durchforstet und Nachahmenswertes mit gelben Klebezetteln markiert. Unglaublich, wie viele Bücher es zu diesem Thema gab, von der Masse an Wohnmagazinen ganz abgesehen, die auf etlichen Regalmetern allein in unserem Kiez-Kiosk angeboten wurden. Sämtliche Ausgaben der vergangenen Monate von »Landlust«, »Living at home«, »Schöner Wohnen« und »Liebes Land« türmten sich rund um meine Betthälfte, sodass das Zubettgehen nur noch von Richards Seite aus möglich war.

Hin und wieder präsentierte ich Richard meine neuesten Fundstücke zum Thema »Tipps für eine erfolgreiche Haussanierung«. Und ich wurde eine Meisterin im Erstellen von Materiallisten und dem Sammeln von Inspirationen auf Instagram und Pinterest. Über die optische Gestaltung waren wir uns weitgehend einig. In Berlin lebten wir in einem modernen Umfeld. Für das Haus auf dem Land wünschten wir uns beide die Atmosphäre einer urigen Hütte, in der viel gekocht und gegessen wird.

Denn Restaurants gab es selbst im weiteren Umkreis des Forsthauses nur wenige. Die Küche würde das Herzstück des Hauses sein, flankiert von einem langen Esstisch. Und damit der Koch, also ich, auch Gesellschaft hätte, wollten wir die Räume öffnen und ineinander übergehen lassen. So weit, so gut. Dass die Definition einer »urigen Atmosphäre« durchaus Interpretationsspielraum bot und sich daraus kolossale Missverständnisse und grundlegende Meinungsverschiedenheiten ergeben konnten, sollten wir im Laufe der nächsten Zeit noch mit voller Wucht erfahren.

Einstweilen reifte in mir die Erkenntnis, dass es das Traumhaus, das mir vorschwebte, in der Form wohl nie geben würde. Ich schob Olaf eine Ausgabe von »Gartenträume« über den Tisch, mit weich gezeichneten Fotos eines verwunschenen englischen Cottages, das aussah wie in der Komödie mit Cameron Diaz und Kate Winslet.

»Wie hieß noch mal der Film?«, fragte ich Olaf. »Na ja, du weißt, was ich meine. Ich bin jedenfalls schockverliebt. So ein Haus ... mehr geht nicht.«

»Rosa-Darling, ich will dich keineswegs desillusionieren, nur, so ein Haus wirst du aus dem Forsthaus nicht hervorbringen.« Ich nickte, nicht sonderlich überrascht von Olafs Worten, und nippte an meinem Sekt. »Weißt du, diese Zeitschriften machen mir ohnehin mehr Frust als Lust. Warum ist beinahe alles, was mir gefällt, so unfassbar teuer? Wer kann sich das leisten? Sessel, Lampen, Sideboards für Zigtausende! Oder hier, schau mal, die Fliesen kosten einhundertfünfundfünfzig Euro pro Quadratmeter ... pro Quadratmeter!«, rief ich so laut, als hätte Olaf einen Hörschaden. Ich bedachte ihn dabei mit einem vorwurfsvollen Blick, beinahe so, als sei er für die Preisgestaltung verantwortlich. Er nickte trotzdem verständnisvoll und schenkte mir nach. »Das wären bei einer Gesamtfläche von ... Himmel, das kann ich im Kopf nicht ausrechnen. Da wird einem ja ganz schwindlig!« Ermattet von meinem Vortrag ließ ich mich in die Chaiselongue zurücksinken.

»Wer der Meinung ist, dass gutes Design teuer ist, sollte sich die Preise für schlechtes Design ansehen. Hab ich mal irgendwo gelesen«, sagte Olaf und grinste. Ich lachte.

»Immerhin weiß ich, dass uns die Ausstattung des Hauses auch noch in zehn Jahren gefallen soll. Angesagter Schnickschnack kommt uns nicht in die Tüte.«

»Und damit bist du den Zeitgeistopfern gegenüber doch klar im Vorteil«, fand Olaf. »Mein Rat: Bei Festinstalliertem wie Böden, Kacheln, Küche und so weiter sollte man nicht geizen. Die Teile müssen euch hundertprozentig gefallen. Alles andere macht ihr später, wenn irgendwann mal wieder Geld übrig ist.« Wir steckten die Köpfe über meinen Zeichnungen und den Grundrissen zusammen. Olaf legte ein Pergamentpapier darüber, auf dem er mit einem Filzstift ein paar Linien zog.

»Unters Dach soll ein Schlafzimmer mit Bad für Richard und mich kommen, ins Erdgeschoss der Bereich für die Mädchen«, sagte ich und deutete auf meine Skizzen.

»Klingt doch schon mal nach einem guten Plan«, kommentierte Olaf. »Und was wünscht sich der Göttergatte?«

»Du kennst ihn ja. Das Wichtigste für ihn ist ein Kamin, vor dem er sitzen und lesen kann, die Hunde zu seinen Füßen. Und im Bad eine große, frei stehende Wanne, am liebsten mit Ausblick«, fasste ich das Gespräch mit Richard vom Vorabend zusammen.

»Ich mach mir dazu mal ein paar Gedanken und schick sie dir per Mail, okay?«

*

Ost-West-Krimi

Die erste Anschaffung für das Projekt Forsthaus war ein altmodischer Handrasenmäher, der ohne Strom, dafür mit viel körperlichem Einsatz funktionierte und der dem Wildwuchs der Wiese ein wenig Einhalt gebieten sollte. Was gar nicht so leicht war, da eine bauwütige Truppe von Wühlmäusen und Maulwürfen das ehemals platte Land unablässig in beachtliche Hügelformationen verwandelte.

Es waren unbeschwerte Wochenenden in diesem ersten Sommer als Hausbesitzer. Wir fuhren aufs Land, wann immer es die Zeit erlaubte, und freuten uns schon am Montag darauf, die kommenden freien Tage wieder entspannt auf unserem Grundstück abzuhängen. Richard hatte den Picknickkorb aus dem Keller gekramt und ich die verstaubte Kühltasche, die ich für unsere Ausflüge mit ein paar Schmankerln füllte. Am Seeufer breiteten wir die Handtücher aus und wagten ein paar zaghafte Schwimmversuche in dem reichlich verschlammten Wasser. Was unseren Labrador nicht im Geringsten davon abhielt, darin ausgedehnte Bäder zu nehmen und sich anschließend kräftig zu schütteln, vorzugsweise direkt über dem noch nicht verspeisten Picknick. Wir dösten in der Sonne, neben uns die müde getobten Hunde. Das Leben hätte nicht schöner sein können. Doch, dachte ich manchmal, könnte es schon, wenn das Haus fertig und bewohnbar wäre. Aber davon waren wir noch weit entfernt.

Die zweite Anschaffung bestand in einer Rolle gelber Plastikschläuche, sogenannte Drainagerohre. Diese sollten die defekten Regenrinnen ersetzen und den Ablauf des Regenwassers optimieren. Richard und Maik waren im Baumarkt offenbar einer Art Kaufrausch erlegen, denn aus dem Kofferraum quoll das halbe Sortiment der Heimwerkerabteilung, neben diversen Werkzeugen, Schrauben, Klebeband und einigen Gartengeräten. Für Maik war es heute der erste Besuch im Forsthaus, und als wären seine handwerklichen Begabungen nicht schon hilfreich genug, wurden seine Anmerkungen zum Haus zu einer augenöffnenden Lehrstunde.

Dass es mitten im Wald eine wenn auch seit Jahren stillgelegte Telefonleitung und Stromversorgung gab, hatte Maik schon verwundert, als wir ihm die ersten Details des Hauses geschildert hatten.

»Da haben wohl einflussreiche Parteibonzen ihre Kontakte in die Chefetage spielen lassen«, sagte er und nickte in Richtung Zaun und Betonstützen. »Die kenn ich aus Wandlitz. Damit hatten sie ihre ganze Waldsiedlung eingezäunt, schön abgeschirmt vom Rest des Arbeiter- und Bauernstaates.« Maik lachte sarkastisch. »Die Pfeiler und auch die Lampe überm Scheunentor stammen mit Sicherheit aus NVA-Beständen.«

Neben Beziehungen zur Nationalen Volksarmee hatte man hier wohl auch Zugriff auf andere ergiebige Quellen gehabt, denn die türkisfarbenen Badfliesen klebten laut Maik nur an den Wänden treuer Staatsdiener. Als wir unserem Freund die kleinen Kammern im Dachgeschoss zeigten, die auf mich wie Gefängniszellen wirkten, darin ein Sammelsurium von meterlangen Kabelbündeln, Schaltern, Drähten und schließlich die gepolsterte Tür, hinter der die Treppe nach unten führte, verstummte er für einen Moment.

»Alter Schwede.« Maik pfiff durch die Zähne. »Das erklärt nun auch die drei Antennen auf dem Dach.« Was Richard und ich bereits vermutet hatten, fügte sich nun wie die Teile eines Puzzles zusammen: Dass das Forsthaus eine MfS-Vergangenheit gehabt hatte, wussten wir bereits von Professor Petterson. Für uns machte es jedoch einen Unterschied, ob diese Mauern zeitweilig Jagdgesellschaften mit Funktionären des MfS, dem Ministerium für Staatssicherheit, beherbergt hatten oder hier Abtrünnige gegen ihren Willen festgehalten worden waren.

»Durchaus möglich, dass die Stasi hier auch Terroristen aus der BRD versteckt hat«, überlegte Maik.

Ich schaute ihn ungläubig an. »Nicht dein Ernst, oder? Kann es sein, dass du zu viele merkwürdige Ost-West-Krimis schaust?« Maik schüttelte den Kopf. »Ich weiß, das hört sich nach einer extrem schrägen Story an, aber zehn Jahre vor dem Mauerfall ist das tatsächlich passiert.«

Und so erfuhren wir, wie gut dreihundert Kilometer jenseits der deutsch-deutschen Grenze im brandenburgischen Briesen gewaltbereite Kriminelle und Mörder, die in den siebziger Jahren für ihre linksradikalen Ideologien die gesamte Bundesrepublik hatten erzittern lassen, auf Sozialismus getrimmt worden waren. Aus Terroristen der Roten Armee Fraktion waren über Nacht brave DDR-Bürger geworden. Ausgestattet mit neuen Identitäten, gefälschten Geburts- und Heiratsurkunden, Schul- und Ausbildungszeugnissen, hatte man sie als Lehrer, Jugendtrainer, Arzt und Fotograf in den Alltag der DDR integriert. »Nach wenigen Wochen beherrschten sie die sozialistischen Sitten, die dumpfen Parolen und sogar den sächsischen Dialekt«, erzählte Maik.

»Unvorstellbar. Und niemand kam denen je auf die Schliche?«, fragte Richard.

»Doch«, antwortete Maik. »Anfang der neunziger Jahre wurden sie von ihren Verbrechen eingeholt, sie wurden verpfiffen. Von ihren ehemaligen Stasi-Betreuern.«

Die Rückfahrt nach Berlin gestaltete sich zunächst schweigsam. In mir hallten Maiks Worte nach, ich bekam die Bilder, die sich durch seine Erzählungen auftaten, nicht aus meinem Kopf. Sollte das Forsthaus tatsächlich Unterschlupf einer Terrorbande gewesen sein? Was für eine schreckliche Vorstellung.

»Selbst wenn sich in unserem Haus derartiges abgespielt hat, könnten wir es nicht ändern«, sagte Richard, während wir auf die Autobahn abbogen. »Geschichte rückgängig machen geht nicht.« Ich schwieg und schaute verbissen auf die Fahrbahn. »Es gibt keinerlei Beweise, dass das Haus ein terroristisches Auffanglager oder ein Gefängnis für Andersdenkende war«, fuhr Richard fort.

Als ich weiterhin schwieg, begann er laut über historische Gebäude und die damit verbundenen Schreckensherrschaften nachzudenken. Im Reichspropagandaministerium der Nationalsozialisten säße heute das Bundesministerium für Arbeit, in der ehemaligen Krupp-Repräsentanz ein Berliner Elite-Gymnasium. Und im Olympiastadion, wo wir doch erst kürzlich Coldplay zugejubelt hatten, hatten sich zuvor die Nazis samt ihrem Terrorregime feiern lassen. Erst als wir die Stadtgrenze Berlins erreichten, hielt Richard inne und schaute mich an.

»Wie soll ich in unserem Haus unbeschwert leben, wenn auch nur ein Quäntchen Wahres daran ist?«, fragte ich. »Es wäre das denkbar schlechteste Karma, das ich mir vorstellen kann.«

»Jetzt mach dich nicht verrückt«, sagte er sanft. »Lass uns lieber auf das konzentrieren, was jetzt wichtig ist. Zum Beispiel auf die Fertigstellung der Baupläne.«

Auf so eine pragmatische Weise lösen nur Männer Probleme, dachte ich. Aber ich war entschlossen, die Sache nicht einfach auf sich beruhen zu lassen. Ich würde Nachforschungen anstellen. Die Spuren der Vergangenheit zu ignorieren, war offenbar Richards Option. Aber nicht meine.

Exit-Strategie

Bisher verliefen die Fahrten ins Forsthaus ohne nennenswerte Auseinandersetzungen. Beinahe in stillem Einvernehmen, abgesehen von Richards Bürostress, der als ungebetener Mitreisender stets anwesend war und sich nicht mal eben so abschütteln ließ. Uns einte die Vorfreude auf unser gemeinsames Projekt und die Aussicht darauf, ein Leben in der Natur zusammen zu gestalten.

»Kneif mich mal«, sagte ich an einem unserer faulen Nachmittage am See zu Richard, denn ich wollte sichergehen, nicht gleich aus einem gar zu schönen Traum zu erwachen. Stattdessen beugte er sich zu mir und küsste mich.

»Mach dir keine Sorgen, das Haus ist da, wir sind da. Alles ist gut.« Es war, als würde die friedliche Aura des Friedetals auf uns und unser Miteinander abfärben.

Meine nebenher betriebene Recherche zur Geschichte des Hauses erschöpfte sich in den uns bereits bekannten Fakten. Es fand sich nichts, das den Verdacht einer Unterbringung von Mitgliedern der RAF bestätigt hätte. Und ja, auch ich war nicht darauf versessen, das Unglück aufzuspüren oder es sogar heraufzubeschwören. Trotzdem fühlte ich, dass mit dem Haus irgendetwas nicht stimmte.

Da diese *bad vibrations*, wie Olaf sie nannte, die positive Stimmung gefährden könnten, behielt ich meine Zweifel für mich und stürzte mich stattdessen in den weiteren Planungsprozess. Olaf hatte drei verschiedene Entwürfe angefertigt, von denen Richard und ich einen gemeinsamen Favoriten wählten – ohne dass der eine von der Wahl des anderen wusste. Olaf war es sogar gelungen, auf den vorhandenen Quadratmetern ein kleines Gästebad unterzubringen.

»Und, tadaa, ein HWR«, rief ich begeistert und zeigte Richard das skizzierte Miniquadrat, ein Hauswirtschaftsraum, der Platz bot für Waschmaschine, Putzzeug, Getränkekisten. Meine Euphorie übertrug sich auf Richard, endlich gab es einen konkreten Plan, wenn auch vorerst nur auf dem Papier. Zwar wäre ihm die Badewanne links vom Fenster lieber gewesen statt rechts. Aber eine Badewanne benötigte nun mal ein Abflussrohr, und das verlief auf der anderen Seite, was selbst Richard einleuchtete. Auf ihn wirkten die Grundrisse wie »böhmische Wälder«, und er räumte ein, dass er sich vieles von dem, was da im Maßstab eins zu fünfzig gezeichnet war, nicht so richtig vorzustellen vermochte. Woraufhin ich ihn durch die Räume führte und wortreich versuchte, ihn in die Gestaltung einzubeziehen. Was wir nun brauchten, war ein bauvorlageberechtigter Architekt, der unsere Überarbeitung beim Bauamt in Wüsteritz einreichte, was Olaf aus fachrechtlichen Gründen nicht durfte. Und Erika Leer nicht sollte.

Mit ihr und ihrer zaghaften Art, das spürten wir schon seit Wochen, würden Richard und ich vermutlich noch im nächsten Jahr auf die Genehmigung unserer Umbaumaßnahmen warten. Wir suchten nach einer Möglichkeit, wie wir uns von Erika Leer trennen konnten. Schließlich war sie nie die Architektin unserer Wahl, sondern die von Professor Petterson.

»Wir sollten sie nicht verprellen oder ihr das Gefühl geben, dass wir ihre Kompetenz anzweifeln«, meinte Richard. »Wer weiß, wen sie kennt und ob sie möglicherweise noch eine Lawine gegen uns ins Rollen bringt.«

»Es ist doch unser gutes Recht zu entscheiden, mit wem wir das Haus bauen wollen«, sagte ich. »Nirgends steht geschrieben, dass wir ihr verpflichtet sind.«

»Dann kannst du ihr ja sagen, dass wir keinen Bock mehr auf sie haben.«

»Haha, sehr witzig! Wenn uns diese Entscheidung schon so viel Kopfzerbrechen bereitet, wie soll es dann erst werden, wenn die Bauarbeiten richtig losgehen?« Ich strich über Richards Arm und überlegte, wie ich ihm die Rolle des Überbringers schlechter Nachrichten zuschieben konnte. »Die Leer ist nun mal eine, die sich von dir mehr beeindrucken lässt als von mir.« Ein kleiner Appell an Richards Eitelkeit, der nicht nur die gewünschte Wirkung erzielte, sondern durchaus der Wahrheit entsprach.

Mit Bedacht und Feingefühl legte Richard ihr also in einem persönlichen Gespräch die Beendigung der Zusammenarbeit nahe. Überraschenderweise schien Frau Leer über diese Entscheidung ziemlich erleichtert. Die Chemie stimmte nicht, das war allen Beteiligten klar. Doch obwohl sie so leise in unserem Leben aufgetaucht war, glich ihr Abgang einem fulminanten Paukenschlag. Anders konnte man die Höhe der Aufwandsentschädigung, die Erika Leer uns abschließend in Rechnung stellte, kaum bezeichnen.

*

Stereotype Vorstellungen

Ich liebte es, die Autobahn wann immer möglich zu verlassen und mit geöffnetem Schiebedach und wehenden Haaren über die Landstraße zu kurven. Es war herrlich, unbekannte Routen zu testen und somit in die neue Wochenendheimat einzutauchen. Manchmal schalteten wir das Navi aus und ließen uns treiben. Hielten spontan an, genossen die Aussicht, erkundeten den einen oder anderen Wanderweg. Kehrten ein in die wenigen Gasthöfe, die entlang der Strecke und in den Dörfern noch bewirtschaftet wurden. Und landeten bei einer dieser Exkursionen in Himmelmark, unserem Nachbardorf, dem wir zuvor keine große Beachtung geschenkt hatten. Hier, am Ende einer Sackgasse, stand hinter dichten Kirschlorbeersträuchern auf einem kaum einsehbaren Grundstück eine sanierte Gründerzeitvilla, mit aufgearbeitetem Fachwerk in Giebel und seitlichem Turm. Ein architektonisches Kleinod, dessen grün schimmerndes Kupferdach die stuckverzierten Erker schützte. Ich betrachtete die kunstvoll gefertigten, mehrflügeligen Sprossenfenster, in denen sich die

Nachmittagssonne spiegelte. Richard wollte gerade wenden, als ich neben der Eingangspforte ein dezentes Metallschild entdeckte: Planungsbüro Hartmann – Ingenieure und Architekten.

»Wer ein Haus so stilsicher und fachgerecht saniert, weiß vermutlich, was er tut, oder was meinst du?«, wandte ich mich an Richard und zeigte auf das Metallschild. »Vielleicht ist das unser Mann.« Ich stieg aus und klingelte.

Als niemand öffnete, machte ich ein Foto des Schildes, auf dem auch eine Telefonnummer zu lesen war. Noch am selben Abend rief ich an. Ohne Erfolg.

Büro Hartmann schien wie verwaist. Erst im fünften Anlauf konnte ich unter der Festnetznummer jemanden erreichen.

Frau Hartmann gab sich wortkarg, als ich mein Anliegen vortrug. Sie versprach, ihrem Mann meinen Anruf auszurichten, und notierte meine Kontaktdaten. Am nächsten Tag rief Herr Hartmann zurück. Auch er wirkte verhalten. Um welches Objekt es denn ginge?

»Ach«, sagte Hartmann, »das Forsthaus im Friedetal. Das gibt es tatsächlich noch?« Sein Interesse schien geweckt. Zumindest für einen Moment. Er erklärte, dass er eigentlich nicht mehr arbeite. Er würde es sich überlegen.

»Bis dann«, verabschiedete ich mich. Aber da hatte er schon aufgelegt.

Bis zum Wochenende hörte ich nichts. Meine innere Unruhe wuchs von Tag zu Tag. Auch Richard wirkte angespannt. Im Haus passierte nichts, und trotzdem musste der aufgenommene Sanierungskredit bedient werden. Monat für Monat. Aber das Büro Hartmann schien uns ideal für unser Bauvorhaben. Zumal ein hiesiger Architekt sicher die örtlichen Handwerksbetriebe kannte und auch die zuständigen Sachbearbeiter im Wüsteritzer Bauamt.

Als ich schon jede Hoffnung aufgegeben hatte, klingelte mein Handy. Ausgerechnet an der Kasse im Supermarkt, hinter mir eine endlose Schlange ungeduldig Wartender, vor mir ein riesiger Berg mit den Vorräten für die nächsten Tage. Normalerweise drückte ich in solchen Situationen den Anrufer weg, aber das hier war Hartmann und damit eine Ausnahme. Ich suchte entschuldigend den Blick der Verkäuferin, während ich Hartmann den von ihm vorgeschlagenen Termin für Samstagnachmittag bestätigte und dabei hastig die Einkäufe über das Warentransportband bugsierte. Ich zahlte, warf einen kurzen Blick auf Bon und Wechselgeld und verließ den Supermarkt bestens gelaunt.

Als Richard und ich pünktlich am Grundstück vorfuhren, stand Herr Hartmann schon da. Ich war überrascht. Da er *eigentlich* nicht mehr arbeitete, war ich davon ausgegangen, dass er aus Altersgründen seine Berufstätigkeit beendet hätte. Aber Ulrich Hartmann war schätzungsweise in Richards Alter, von ähnlicher Statur und mit ähnlich grau meliertem Haaransatz. Er kam mit dynamischen Schritten in eleganten Wildlederslippern auf Richard und mich zu, das knitterfreie Leinensakko trug er lässig über der Schulter. In seinem akkurat gebügelten weißen Hemd und der hellen Chino sah er aus, als käme er direkt vom Einkaufsbummel über den Ku'damm. Ulrich Hartmann war meilenweit entfernt von meiner stereotypen Vorstellung eines älteren Ossis aus dem tiefsten Brandenburg, praktisch gekleidet in Mehrzweckhose, Allwetterjacke und Trekkingsandalen.

Nach einer Tour durch Haus und Scheune blieben wir noch einen Moment im Garten stehen. »Sie trauen sich ja was«, sagte Hartmann und deutete mit dem Kopf Richtung Wald. »Wie kommen denn zwei Großstädter aus dem Westen in die östliche Provinz?« Er klang unverhohlen neugierig, jedoch ohne Ironie. Scheinbar hatte nicht nur ich Vorurteile. Richard beschrieb in kurzen Sätzen, wie wir Eigentümer des Forsthauses wurden. Ich erzählte von unserer Landerfahrung in Schleswig-Holstein.

Von Hartmann erfuhren wir, dass er und seine Frau viele Kirchen im Umkreis saniert hatten, dazu Herrenhäuser und Altstadtdenkmäler und sich mit historischer Bausubstanz bestens auskannten. Eher beiläufig erwähnte er noch mal, dass er, wenn überhaupt, nur ausgewählte Projekte und Aufträge annehmen würde. Zu gerne hätte ich an dieser Stelle nachgehakt, verkniff mir die Frage jedoch und beschloss, sie mir für einen späteren Zeitpunkt aufzuheben.

Unsere Unterhaltung glich einer vorsichtigen Annäherung, an deren Ende Hartmann anbot, sich die Unterlagen und den vorliegenden Grundriss anzusehen. Alles Weitere könne man in den kommenden Tagen besprechen.

»Das wird teuer«, sagte Richard, als Hartmann in seinem Mercedes-Geländewagen davongefahren war.

»Kann sein«, antwortete ich. »Aber gibt es eine Alternative?«

Mit Sicherheit wird alles gut

In unserem Berliner Freundeskreis hatte sich die Kunde von unserem brandenburgischen Immobilienerwerb in null Komma nichts verbreitet. Jedes Mal, wenn wir auf einer Veranstaltung Bekannte trafen oder mit Freunden privat zu Abend aßen, war das Forsthaus im brandenburgischen Nirgendwo ein beliebter Gesprächsauftakt. Einige schienen jedoch nur auf den Moment zu warten, um reinzugrätschen und von eigenen Latifundien zu berichten, die sich in der Regel in einer »zivilisierten« Gegend befanden. Oder auf Usedom oder Mallorca. Wo das soziale

Umfeld stimmte und die Wertsteigerung des Objektes schon mit dem Zeitpunkt des Erwerbs garantiert war. Gefühlt dreihundertachtzig Handyfotos wurden mir wie zum Beweis unter die Nase geschoben, in kitschigen Farbfiltern ertränkte Motive, die belegen sollten, was für einen Wahnsinnsblick man aus der Wahnsinnsvilla auf die Mega-Ostsee hat, da kann Sylt doch glatt einpacken, dazu die Wahnsinnsgattin mit ihrem Wahnsinnsgeschmack … und, ach ja, wo liegt noch mal das Forsthaus?

Berlin gierte nach Neuigkeiten, nach Klatsch und Tratsch. Wie auf den letzten Seiten der bunten Societymagazine wurde genau registriert, wo sich die Stadt wieder einmal selbst feierte und wer dabei gewesen war. An einem Freitagabend hatte unser Freund Magnus zur Vernissage in seine Galerie in die Auguststraße geladen. Zu bestaunen waren großformatige, analog geknipste Schwarz-Weiß-Porträts von mehr oder weniger Prominenten, eine Serie, die der Fotograf »Pack« genannt hatte. Eine Abwertung, die er als Türsteher nur zu gut kannte, getreu dem Vorurteil: mega Muckis, wenig Hirn. Immerhin war er oberster Wächter von Berlins »härtester Tür«, dem weltweit bekannten und berüchtigten Technoclub »Berghain«. Er allein entschied, wer reindurfte – und wer nicht. Der auffällig gepiercte und martialisch tätowierte Künstler war anwesend, alle kamen.

»Habe gehört, ihr seid jetzt auch unter die Landeier gegangen?«, sagte jemand, den ich bislang nur vom Sehen kannte. »Ahhh, lass mich raten, sicher in die Uckermark, hab ich recht? Da sind se ja jetzt alle hin.«

Was geht den das an?, dachte ich und schüttelte den Kopf. »Wir nicht.« Ich unterzog mein Gegenüber einem Schnellcheck: Typ unangenehmer Besserwisser-Wessi, definitiv kein Sympathieträger.

»Nich? Is wohl auch besser so, ich mein, die Uckermark is ja so was von Mainstream. Da faseln alle von Individualität, laufen in den gleichen Markenklamotten rum, fahren ihre Oldtimer-Defender, hängen sich die gleiche Kunst an die Wand …«, er hielt kurz inne und machte eine ausladende Geste, damit ich den Bezug zu den Galerieräumen, in denen wir standen, auch ja kapierte, »und treffen rund um den sanierten Bauernhof die gleichen Leute, vor denen se eigentlich flüchten wollten, stimmt's?«

So ganz unrecht hatte er nicht, musste ich mir eingestehen, entschied mich aber, ihm keine weitere Steilvorlage zu bieten, und zuckte nur mit den Schultern. »Also nicht die Uckermark. Wohin denn dann?«, bohrte der Typ, der augenscheinlich unter einer akuten Form von sozialer Distanzlosigkeit litt. »Spreetäler.« Ich gab mich einsilbig, in der Hoffnung, den Typen abzuschütteln. Einer Zecke gleich hatte der sich aber bereits festgebissen und quasselte ungefiltert weiter. »Hahaha, das ist doch schon Grenzgebiet, stimmt's? Polen, Land der Autodiebe, Drogenkuriere und Kleinkriminellen.« Er schickte seiner dümmlichen Bemerkung ein grunzendes Lachen hinterher. Ich hatte genug. Mit Rücksicht auf unseren Gastgeber verkniff ich mir eine passende Antwort, drehte mich um und ließ ihn stehen. Leute wie ihn, deren eindimensionale Denkstrukturen mit mangelnder Kenntnis in Geografie um die Wette eiferten, waren keinerlei Mühe wert.

Das Interesse an unserem neuen Status als Eigentümer einer Immobilie war zweigeteilt. Da waren die einen, die sich erkennbar mit uns freuten und damit für die Mehrheit standen. Bei den anderen schwang ein Anflug von Neid mit, was man der Art ihrer Fragestellung und ihren Kommentaren entnehmen konnte. Auch wenn Richard stets bemüht war, den Ball flach zu halten, das Haus als »Waldhütte« und die Gegend als »am Arsch der Welt« bezeichnete, worunter sich die meisten offenbar etwas vorstellen konnten.

Am liebsten tauschte ich mich mit den Wohlmeinenden aus, den wahren Freunden. Einige von ihnen hatten mit eigenen

Bauprojekten Erfahrungen gemacht, von denen wir durchaus profitieren konnten. Ich notierte die Tipps sorgfältig in einem eigens mitgeführten Büchlein, um meiner notorischen Zettelwirtschaft vorzubeugen. Einen besonderen Rat erteilte mir Ingo, der Mann von Dörte, die von sich selber sagte, sie sei ein paranoider Angsthase. Dörte verriegelte sogar tagsüber alle Fenster und Türen, sodass die Frischluftzufuhr ausschließlich über eine Klimaanlage erfolgen konnte. Ingos Hobby war deshalb das Thema Sicherheit, über das er fast schon missionarisch referierte. Keiner kannte sich auf dem Markt von Überwachungskameras und appgesteuerten Bewegungsmeldern auch nur annähernd so gut aus wie er.

»Ihr solltet unbedingt einen *Panic Room* einplanen«, sagte er, als er mich zur Seite nahm.

»Einen Panic-was?«, fragte ich.

»Du bist da draußen sicher auch mal ohne Richard«, meinte Ingo, »stell dir vor, du wirst überfallen. Was machst du dann? Mit den Einbrechern verhandeln, einen Tee trinken? Nein, ein Panic Room muss sein.«

Was es mit diesem ominösen Raum auf sich hatte, erklärte mir Ingo mit ernster Miene bis ins Detail: Es handelte sich um einen gesicherten Innenraum mit schusssicheren Wänden und gepanzerter Stahltür, in den gewaltsames Eindringen nicht möglich war. »Die sprengstoffsichere Variante ist in eurem Fall wohl nicht nötig«, räumte Ingo ein. »Richard ist ja kein Politiker oder so. Aber die Direktverbindung zu einem Wachdienst und der Polizei ist unumgänglich.« Ich nickte zögernd. Mehr schien Ingo von mir auch nicht zu erwarten. »Ich werde darüber mal mit Richard sprechen«, beschloss Ingo. Anscheinend war ich seiner Meinung nach nicht ausreichend kompetent, wenn es um die wirklich wichtigen Dinge ging.

Dieser an sich gut gemeinte Ratschlag löste in mir ein gewisses Unbehagen aus, denn mit den Gefahren, die auf dem Land möglicherweise lauerten, hatte ich mich zuvor nicht beschäftigt. Richard auch nicht. Uns war die Alleinlage durchaus bewusst, mehr noch, sie war sogar erwünscht. Trotzdem googelte ich später am Abend nach Anbietern für Sicherheitstechnik und Alarmanlagen, um mir nicht irgendwann vorwerfen zu müssen, ich hätte mich nur halbherzig um lebenswichtige Maßnahmen gekümmert.

»Mit uns auf Nummer sicher gehen« und »Mit Sicherheit wird alles gut« lauteten die verheißungsvollen Versprechungen, mit denen man um das Vertrauen der Kundschaft warb. Keine Frage, mit der Furcht vor Gefahr ließ sich Geld verdienen. Viel Geld. Denn nachdem sich herausstellte, dass so eine Aufrüstung *à la Fort Knox* einen fünfstelligen Betrag kostete, war das Thema Panic Room für uns vorerst vom Tisch.

Monopoly, Edition Ost

Diplom-Ingenieur Ulrich Hartmann hatte schon zu DDR-Zeiten alles richtig gemacht. Durch ein ausgefeiltes Beziehungsgeflecht erwarb er hier und da Grundstücke, auf die er nach der Wende Häuser baute – eine Art »Monopoly«, Edition-Ost. Die begehrte Schlossallee hieß in seinem Fall jedoch Seestraße, eine Eins-a-Wasserlage in Wüsteritz, wo er diverse Villen gekauft und Mehrfamilienhäuser errichtet hatte. Unumwunden erzählte er, wie er durch geschickte Schachzüge sein Immobilienportfolio stetig erweiterte und von den Mieteinnahmen ein äußerst angenehmes Dasein führen konnte. Meine bis dahin noch nicht gestellte Frage, warum er nicht mehr arbeiten müsse, hatte sich damit von selber beantwortet. Mit seiner Ehefrau Martina, einer

Architektin, die er schon während des Studiums kennengelernt hatte, bewohnte er seit fast dreißig Jahren die Villa am Himmelmarker Forst, auf deren geschätzt sechshundert Quadratmetern Gesamtfläche auch die Büroräume der Hartmanns untergebracht waren. Repräsentativ gelegen in der Beletage, wo Richard und ich zu unserem ersten Planungsgespräch an einem edlen Designertisch auf den dazugehörigen »Tulip Chairs« Platz nahmen. Hartmanns Honorar bemaß sich prozentual am Investitionsvolumen und war, neben dem Schmerzensgeld für die geschasste Frau Leer, die erste konkrete Summe unserer Kalkulation.

»Wir müssen bei der Sanierung mit dem von der Bank geliehenen Geld auskommen«, betonte Richard gleich zu Beginn unseres Treffens. Seine Augen ruhten auf mir. »Und wir geben nicht einen Cent mehr aus.« Vielleicht war der fehlende Blickkontakt zu Hartmann der Grund, weshalb dieser sich nicht angesprochen fühlte und sich später an nichts erinnern konnte.

Zusammen definierten wir das Aufgabenspektrum und kamen überein, dass Hartmann eine Art Bauleiterfunktion übernehmen sollte, um auf der künftigen Baustelle die einzelnen Gewerke zu koordinieren und zu kontrollieren. Das war auch deshalb sinnvoll, da dieser Part von uns wegen der Entfernung nach Berlin kaum übernommen werden konnte. »Kein Problem«, erbot sich Hartmann. Er radle ohnehin des Öfteren am Grundstück vorbei. Nur würde er dafür, anders als Erika Leer, keine dreißig Cent Kilometergeld berechnen.

»Und wann geht's los?« Die Frage brannte Richard unter den Nägeln.

»Sie meinen, wann Baubeginn ist? In Wüsteritz mahlen die Mühlen eher gemächlich«, sagte Hartmann. »Und zu viel Druck bewirkt erfahrungsgemäß genau das Gegenteil. Aber keine Sorge, das Bauamt darf sich für die Genehmigung nicht länger als sechs Monate Zeit lassen.«

»Was? Ein ganzes halbes Jahr?«, eiferte sich Richard. »Dann kommen wir doch mitten in den Winter.«

»Innerhalb dieser sechs Monate muss eine Entscheidung fallen. Sonst können Sie klagen. Aber wer will das schon? Und meistens geht es ja auch schneller.«

Während Hartmann uns die Reihenfolge der einzelnen Gewerke auf der künftigen Baustelle erläuterte und wir die Grundrisse final absegneten, ließ ich meinen Blick diskret durch die geöffneten Türen wandern, die die Raumfluchten miteinander verbanden. Hier war alles weiß. Die glatt verputzten Wände, die vorhanglosen Fenster, ja selbst die alten Dielen des Fußbodens, was den sparsam möblierten Zimmern eine kühle Distanz verlieh. Passend zu dieser Atmosphäre war das Meeting von Sachlichkeit und dem Blick auf die Uhr bestimmt. Denn Richard musste zurück ins Berliner Büro. Und Hartmann in den Tennisclub Wüsteritz e. V., wo man ihn zu einem Herrendoppel erwartete.

Wir waren bereits bei der Verabschiedung, als ich von der Idee eines Panic Rooms erzählte und um Hartmanns fachliche Einschätzung bat. Ich bemerkte Richards warnenden Blick, seine Augen funkten R-O-S-A-!, beinahe so, als könnte er per Wimpernschlag meinen Namen morsen und mich damit zum Schweigen bringen. Hartmann hingegen lachte. Er lachte immer lauter. »Wo planen Sie denn auf dieser kleinen Fläche Ihren Panikraum?«, gluckste er schließlich, als hätte ich gerade den Witz der Woche zum Besten gegeben. »In der schmalen Abseite der Dachschräge? Oder im Kriechkeller?« Hartmann konnte sich kaum wieder einkriegen. Jetzt fiel auch Richard in die Lachsalve ein wie in einen Kanon. Ein komplizenhaftes Übereinkommen, das sämtliche Peinlichkeit zu mir rüberwandern ließ.

Nein, sagte Hartmann, als er sich endlich beruhigt hatte. Eine kugelsichere Stahlkonstruktion sei aufgrund ihres enormen Gewichts der Statik des Hauses nicht zuträglich. Da könne ich ihm vertrauen, er sei schließlich Ingenieur und wüsste, wie es um die Kräfteverhältnisse stünde.

✳

Time is Money

»Warum tust du das?«, fragte ich gekränkt, als wir wieder im Auto saßen.

»Warum tue ich was? Was meinst du?«

»Du fraternisierst mit dem Typen und machst mich lächerlich.«

»Rosa, diese Idee mit dem Panic Room ist doch total überzogen. Wenn wir auf dem Niveau über Baumaßnahmen diskutieren, werden die Pläne nie fertig!«, antwortete Richard genervt und beschleunigte den Wagen.

»Ich verstehe vollkommen, dass du anfangen willst. Aber nicht, indem du über mich und meine Meinung einfach so hinwegfegst. Einem erfolgreichen Projekt geht immer eine gründliche Planung voraus. Dein Spruch, oder?«

»Ja, aber in einem realistischen Rahmen. Unser Haus ist eine kleine Hütte in einem Naturreservat und keine Megavilla im Grunewald.«

»Genau. Das sagen sich die Einbrecher auch, wenn sie die *kleine Hütte* ausräumen. Sicherheitsrelevante Themen müssen doch von Anfang an in die Planung einfließen. Zumindest sollte man darüber nachdenken dürfen. Auch und gerade mit dem Architekten.«

»Klar soll man das. Nur nicht in epischer Breite. Diese Meetings sind kein Kaffeekränzchen. Du hast nach seiner fachlichen Meinung gefragt, und die hat er dir mitgeteilt, oder nicht?«

Ich schwieg. Meinen aufkeimenden Ärger schluckte ich wie ein in Wasser aufgelöstes, bitter schmeckendes Aspirin. Zurück blieb ein schaler Geschmack, das Gefühl der Herabwürdigung. Glaubte Richard wirklich, dass mir der Zugang zu seiner Welt, der Geschäftswelt, fehlte? Auch als Mutter im Hauptjob und Lifestyle-Journalistin im Nebenerwerb wusste ich, dass Meetings straff getaktet sind. *Time is Money* war mir durchaus ein Begriff. Ein Frageverbot hingegen nicht.

Richard spürte, dass ich sauer war, blieb aber bei seinem Standpunkt. Er sagte, er wolle ausufernde Diskussion vermeiden. Wozu die gute Stimmung der letzten Zeit gefährden wegen solcher Nichtigkeiten, nachdem nun endlich ein fähiger Architekt gefunden war. Hartmann würde, da war sich Richard sicher, das Projekt in die richtigen Bahnen lenken. Überhaupt – das Landhaus sollte nicht mit Problemen behaftet sein, die ihm zusätzlich Kraft raubten. Das tat der Job schon zur Genüge. Nein, dort wollte er Energie tanken und zur Ruhe kommen. Wenn er sich austoben wollte, dann allenfalls beim Holzhacken. Und nicht bei so unnötigen Debatten wie der gerade geführten. Punkt.

*

Die drei von der Baustelle

Weil Richards Ungeduld mit jedem Tag wuchs, hoffte ich, ein Kinobesuch würde für Ablenkung sorgen. Ich hatte zwei Tickets« für die seit Wochen ausverkaufte Komödie »Er ist wieder da« ergattert, mit Oliver Masucci als wiedererwachtem und in der Neuzeit gestrandetem Hitler. Während mich ein Film mitunter so in seinen Bann zog, dass ich das Hier und Jetzt komplett vergaß, konnte sich Richard selbst auf diese lustige Persiflage nicht einlassen. Nervös trommelte er mit den Fingern auf seiner Sitzlehne, schlug im Wechsel die Beine übereinander, machte sich über die Popcorntüte her, trank sein Bier, holte sich ein zweites. Irgendwann stupste ich ihn an und bat ihn, mir mit seiner Nervosität nicht den Abend zu verderben. Der dann aber verdorben war, weil Richard mir laut flüsternd weismachen wollte, dass er überhaupt nicht nervös sei, was aber von mir und den Zuschauern um uns herum gänzlich anders gesehen wurde. Erst als Hartmann uns zwei Tage später sein Okay für erste Entrümplungsarbeiten im Forsthaus gab, das künftig nur noch »die Baustelle« heißen sollte, konnte sich Richard entspannen. Aufräumen und Entsorgen von Schrott und Unrat stellten rechtlich gesehen keine baulichen Maßnahmen dar, und so hielt der erste Bauschuttcontainer Einzug in unseren Garten. Maik hatte ihn in Wüsteritz organisiert, genauso wie eine Elektrofirma, die einen Verteilerkasten für Baustrom im Haus installierte. Als uns Maik von einer fähigen polnischen Handwerkertruppe vorschwärmte, lag plötzlich so etwas wie Hoffnung in der Luft.

»Die haben's echt drauf, egal ob Maurer- oder Sanitärarbeiten«, beschrieb Maik die handwerklichen Fähigkeiten seiner Kumpel, »Elektro, Malern, Fliesen kriegen die auch hin.« Abgerechnet würde pro Stunde, zu einem, wie Maik befand, sehr moderaten Stundensatz. »Und alles ganz legal!« Denn Tomek, der Chef der Truppe, hatte ein angemeldetes Gewerbe in Berlin. Mit ihm einigten wir uns darauf, sofort mit der Arbeit zu beginnen – eine Entscheidung, die von Hartmann wenig begeistert aufgenommen wurde. Und die Richard und mich beinahe in den Ruin treiben sollte. Doch erst mal ging es voran, und Richard fand seine innere Balance wieder.

Tomek erschien an einem Montagmorgen im Spätsommer, mit einem Sortiment unterschiedlicher Arbeitsgeräte auf der Ladefläche seines Transporters und mit Piotr, Bogdan und Marek im Gefolge. Die drei Männer luden einen in die Jahre gekommenen Wohnwagen ab, der ihnen als Unterkunft dienen sollte. Als ich dort hineinspähte und sah, in was für einem jämmerlichen Zustand er war, rief ich Maik an.

»Der Wohnwagen, in dem Tomek seine Leute einpfercht, ist ein Loch. Die können sich da noch nicht mal richtig waschen. Das Ding ist eine Zumutung!«

»Hm«, murmelte Maik, gelobte jedoch, Tomek auf diesen verwahrlosten Hasenstall anzusprechen.

Die letzten Septembertage waren sehr warm, über Garten und Haus lag noch die Hitze des Sommers, als Spitzhacken, Schaufeln und Schubkarren das Grundstück in eine richtige Baustelle verwandelten. Wände wurden bis auf die Grundmauern freigelegt, Linoleum, Rohre, Leitungen und Holzvertäfelungen herausgerissen. Tomek sollte einmal in der Woche nach dem Rechten schauen und die nächsten Schritte absprechen. Denn, und das war ein erhebliches Problem, keiner seiner drei Mitarbeiter sprach Deutsch. Lediglich Piotr verstand ein paar Brocken, aber nicht, wenn es um kompliziertere Inhalte ging. Da Tomek seine Handwerker-Brigaden auf mehreren Baustellen zwischen Hamburg und Polen einsetzte, war er oft tagelang nicht erreichbar, wofür er stets den vielen Funklöchern im deutschen Netz die Schuld gab. Seine Unzuverlässigkeit belastete das Verhältnis und ließ bei uns erste Anzeichen von Unzufriedenheit aufkommen. Tomek brachte seine einzelnen Baustellen durcheinander. Er vergaß, was wir ihm auftrugen, mit dem Ergebnis, dass Dinge gar nicht oder erst wesentlich später erledigt wurden. Ging es jedoch um die Abrechnung des Arbeitslohnes, war Tomek genauer als jede Stechuhr. Und er kassierte kräftig. Beträge, von denen seine Männer vermutlich nur einen Bruchteil erhielten. Ungläubig musterte ich die vierstellige Summe der Zwischenbilanz, die Richard mir nach Ablauf des ersten Monats präsentierte. »Die Stunden einzeln abzurechnen, war eine Scheißidee«, sagte Richard und tippte endlose Zahlenkolonnen in seinen Taschenrechner. »Wenn das stimmt, was die auf ihrem Stundenzettel notiert haben, arbeiten sie rund um die Uhr und ohne jede Pause.« Er schüttelte den Kopf. »Das stinkt nicht nur zum Himmel, das stinkt mir gewaltig!«

Mir ging es genauso, weshalb ich mein Redaktionsmeeting für den kommenden Vormittag absagte. Stattdessen fuhr ich zur Baustelle. Ohne jede Vorankündigung stand ich plötzlich im Garten. Der Duft frisch gebratener Grillwurst, die bei offenem Feuer über der heißen Glut brutzelte, lag in der Luft. Lagerfeuerromantik bei achtundzwanzig Grad im Schatten und einer seit Wochen anhaltenden Waldbrandgefahr, auf die diverse Warnschilder in großen Lettern hinwiesen.

»Hey, so geht das nicht!«, rief ich und wedelte hektisch mit den Armen. »Leute, das ist absoluter Irrsinn, ein Funke reicht, und die ganze Bude, ach was, der ganze Wald fackelt ab!« Meine Stimme klang schrill. »Fire risk, do you understand?«, versuchte ich es auf Englisch. Drei verständnislose Augenpaare blickten mich an. Entschlossen füllte ich einen Eimer mit Seewasser und goss ihn über die Feuerstelle.

Und als ließe sich dieser BBQ-Wahnsinn noch überbieten, warf Bogdan im selben Moment mit lässigem Schwung die Angelroute in den See, in dem es einen reichen Bestand an Karpfen und Hechten gab. Was die drei offenbar schon herausgefunden hatten, da rund um die Feuerstelle ein nicht zu übersehender Haufen von Gräten und Fischabfällen vor sich hin stank. Nur Marek, der Jüngste, groß und besorgniserregend dünn, fegte mit ungelenken Bewegungen die maroden Stufen der Veranda, die demnächst durch neue ersetzt werden sollten.

»Für Urlaub am Waldsee bezahlen wir Ihre Leute nicht«, beschwerte ich mich auf Tomeks Mailbox. »Und auch nicht für nicht erbrachte Leistungen.« Denn am nächsten Freitagmittag war auf der Baustelle, auf der vereinbarungsgemäß bis sechzehn Uhr gearbeitet werden sollte, niemand mehr anzutreffen.

Piotr, Bogdan und Marek hatten sich bereits fürs Wochenende in Richtung Polen verabschiedet.

*

Wurststullen-Palaver

Zeit ist ein relativer Begriff. Ist ein Monat lang? Wie fühlen sich acht Stunden an? Im Urlaub vergeht die Zeit wie im Flug. Wartet man hingegen auf eine immer noch nicht erteilte Umbaugenehmigung, dehnen sich ein paar Tage zu einer gefühlten Ewigkeit. Die Sechsmonatsfrist war längst abgelaufen, weshalb Richard und ich in Begleitung von Ulrich Hartmann einen persönlichen Besuch im Bauamt Wüsteritz planten. Trotz eines bestätigten Termins mussten wir stundenlang im Wartebereich verharren. Endlich öffnete sich die Tür, und eine schwammige Endvierzigerin, die in ihrer Behäbigkeit deutlich älter wirkte, nuschelte: »Kommen Se rein!« Kauend und mit Krümeln an den Lippen, deren dünne Linien in traurigen Mundwinkeln endeten, deutete sie mit einer knappen Geste auf zwei Stühle vor ihrem Schreibtisch. Sie machte sich gar nicht erst die Mühe, eine weitere Sitzgelegenheit zu organisieren, weshalb ich neben der Tür und damit außerhalb ihres Sichtfeldes stehen blieb.
»Ihr Antrag dauert noch«, erklärte Frau Grimmke, die zuständige Sachbearbeiterin, ohne Umschweife. Sie wies auf ein paar Aktenordner zu ihrer Rechten, unter denen ihre aufgeklappte Tupperdose samt angebissener Wurststulle hervorlugte, was den durchdringenden Salamigeruch im Büro erklärte. »Sie wissen schon, dass das Haus ein Wochenendobjekt ist, oder? Unter der Woche dürfen Sie es nicht nutzen.« Ihr Tonfall klang gebieterisch. Sie blätterte in einer Akte, als suchte sie nach einem Para-

grafen, auf den sie ihre Aussage stützen konnte. »Die Nutzung ist ausschließlich im Sommer möglich.«

Richard zwang sich zur Ruhe. »Was heißt denn Sommer?«

»Wenn's draußen warm ist.«

»Was genau meinen Sie?« Er konnte sich nur mit Mühe beherrschen. »Meine Frau fühlt sich ab fünfundzwanzig Grad wohl, ich finde auch sechszehn Grad durchaus angenehm, um im Freien zu sitzen.«

»Ich meine die Sommermonate«, antwortete Frau Grimmke ungerührt. Sie blätterte stoisch von einer Aktenseite zur nächsten, wobei sie jedes Mal in kurzen, abgehackten Bewegungen ihren fettigen Zeigefinger mit Spucke befeuchtete.

Ich wandte meinen Blick ab. »Lassen Sie das!«, hätte ich am liebsten gerufen, zog es aber vor, in Deckung zu bleiben. Richard rang sichtlich nach Fassung und atmete tief ein. »Mai bis Oktober? Welche Zeitspanne umfasst Ihrer Ansicht nach der Sommer? Oder beziehen Sie sich auf die kalendarische Definition?«

»Frau Grimmke, jetzt mal unter uns«, schaltete sich Hartmann ein. »Diese Aussage ist doch reine Willkür. Wo steht das geschrieben?«

Die Frage prallte an Grimmkes verkrümeltem Schutzpanzer ab wie Pfeile an der Ritterrüstung. Sie verzog keine Miene und tat so, als hätte sie Hartmann nicht gehört.

Energisch klappte sie den Aktenordner zu. Die Audienz war beendet. »Weitere Anfragen stellen Sie künftig telefonisch«, schob Frau Grimmke noch fix hinterher und berief sich auf die Abarbeitung der Anträge nach Eingang. Auf Hartmanns Einwand, die Frist sei doch bereits abgelaufen, zuckte sie nur müde mit den Schultern.

Richard hatte sich besonnen und versuchte sich in einer Charmeoffensive, aber auch die zog bei Frau Grimmke nicht. »Vielleicht ist sie diese Art der Konversation nicht gewohnt oder weiß schlichtweg nicht, wie man auf Nettigkeiten angemessen reagiert«, lautete meine anschließende Gesprächsanalyse.

»Ist mir ehrlich gesagt auch wurscht. Ich bin Antragsteller und kein Therapeut«, schnaufte Richard.

»Manche Verhaltensmuster verselbstständigen sich, ihre Ursachen liegen häufig weit in der Vergangenheit.« So ähnlich hatte ich es mal in einem Psycho-Ratgeber gelesen. »Niemand wird feindselig geboren.« Ich beendete meinen küchenphilosophischen Diskurs mit einem aufmunternden Augenzwinkern, doch Richard hatte mit dem Thema noch keineswegs abgeschlossen.

»Wie selbstgefällig die Grimmke hinter ihrem Schreibtisch thronte … das war doch einfach nur ätzend«, eiferte er sich.

»Die weiß genau, dass sie mit der Antragsbearbeitung hinterherhinkt. Und dann dieser lächerliche Einwand mit der Nutzung in den Sommermonaten.«

»Hartmann sprach doch mal davon, dass man sein Recht einklagen kann«, sagte ich.

»Davor hat er nun aber ausdrücklich gewarnt. Jede Aggressivität sei hier kontraproduktiv. Im Gegenteil, er appelliert an unsere Geduld. Die blöde Kuh sitzt am längeren Hebel.«

Und das stellte Frau Grimmke nur wenige Wochen später erneut unter Beweis.

*

Wie heißen Sie?

Wir hatten beschlossen, nach unserem glücklosen Vorsprechen etwas Ruhe einkehren zu lassen. Um einer weiteren Eskalation vorzubeugen, sollte ich diejenige sein, die einen erneuten Anlauf wagte. »Versuche, sie auf deine Seite zu ziehen«, gab mir Richard noch mit auf den Weg. »Appelliere an die Frauensolidarität.« Ich verdrehte die Augen. Als wenn ich darauf nicht selber gekommen wäre.

An einem Dienstagnachmittag rief ich die Sachbearbeiterin an. Ich hoffte auf ein freundliches Gespräch von Frau zu Frau, aber meine innere Anspannung übertrug sich auf meine Stimmbänder. Ich schluckte.

»Hallo, Frau Grimmke. Haben Sie eine Minute?«

»Was wollen Sie?«

»Es geht um unsere beantragte Umbaugenehmigung.«

»Aktenzeichen?«

»Äh, das habe ich leider gerade nicht zur Hand.«

»Adresse?«

»Bitte? Ähm ja, die Adresse: Alte Försterei 1 in Himmelmark-Seelendorf.«

»Himmelmark oder Seelendorf?«

»Himmelmark Bindestrich Seelendorf.«

»Jetzt entscheiden Sie sich mal! Entweder-oder!«

»Im Bauantrag steht Himmelmark Bindestrich Seelendorf.«

»Gibt's nicht. Nachname?«

»Vonderweide.«

»Von der was?«

»Vonderweide, in einem Wort …«

»Auch das noch!« Sie bellte so laut in den Hörer, dass meine Ohren wehtaten. »Ich habe bereits Feierabend! Ich wusste, dass es ein Fehler ist, ans Telefon zu gehen! Das hat man nun davon!« Bevor ich irgendetwas entgegnen konnte, hörte ich nur noch, wie am anderen Ende der Leitung der Hörer mit großer Wucht aufgeknallt wurde. Frauensolidarität. Haha.

*

Ein Fass ohne Boden

Die Mädchen freuten sich auf die beginnenden Semesterferien und die sorglose Zeit, die vor ihnen lag. Endlich wieder in Berlin, endlich wieder bei Mama und Papa. Und bei den Hunden. Wobei Letztere die Begeisterung hin und wieder dämpften, da man zum Gassigehen verdonnert wurde. Ungefragt und nicht verhandelbar, einfach nur der bloßen Anwesenheit geschuldet. Zum Glück liebten beide Töchter nicht nur uns, sondern ganz besonders die vierbeinigen Familienmitglieder.

»Wochenende, Leute«, trällerte Valerie durch die Wohnung. Ich füllte einen Picknickkorb für unseren ersten Familienausflug zum ländlichen Refugium. Alle wuselten durcheinander, die Hunde waren erkennbar aufgeregt. Richard und ich mindestens genauso, wir waren gespannt, was die Mädchen zum neuen Familiendomizil, Außenstelle Brandenburg, sagen würden. Richard fasste während der Autofahrt die Ereignisse der vergangenen Monate noch mal für alle Anwesenden zusammen, von mir genüsslich ergänzt durch die detaillierte Wiedergabe des Telefonates mit Frau Grimmke.

»Kann es sein, dass man euch da einfach nicht haben will?«, fragte Sophie, unsere Älteste. »Vielleicht denken die, jetzt kommen die Wessis auch noch in die entlegensten Winkel und nehmen den Ossis die Sanierungsprojekte weg.«

Ich schüttelte den Kopf. »Das ist nichts Grundsätzliches, glaube ich. Es gibt überall Menschen wie die Grimmke, die gefrustet sind vom eigenen Dasein und ihren Missmut an denen auslassen, die ihnen von Amtswegen ausgeliefert sind.«

»Druckreife Analyse, Mami«, feixte Sophie.

»Schade, dass du sie nicht mehr fragen konntest, was sie davon gehabt hat, als sie deinen Anruf entgegennahm«, sagte Valerie. Wir lachten.

»Fakt ist, das Ding hätte jeder kaufen können«, ergänzte Richard, »das war schließlich eine öffentliche Ausschreibung. Damals ein Schnäppchen, das dann der Schwede geschossen hat.«

»Wieso hat der Professor eigentlich den Zuschlag bekommen und nicht ein Ortsansässiger?«, wollte Sophie wissen. »Oder hat sich niemand aus der Gegend für das Waldhaus interessiert?«

»Doch, soweit wir wissen, gab es sogar einige Interessenten aus dem Dorf. Nur wussten sie im Gegensatz zu uns, dass es hier Probleme mit dem Wasser gibt«, sagte ich. »Außerdem hatte Professor Petterson mit der Idee seiner Radwander-Pension ein sogenanntes öffentliches Nutzungskonzept, und damit konnte er überzeugen.«

»Gut für euch, Mami«, sagte Valerie, woraufhin Sophie sie in die Seite stupste. »Du meinst wohl gut für dich und mich!«

»Hey, du bist so 'ne Erbschleicherin, Sophie, echt krass!«

Alle lachten, und wir erreichten das Forsthaus in ausgelassener Stimmung. Sie kippte in dem Moment, als wir ausstiegen, die Wagentüren waren noch nicht geschlossen.

Als ich erwartungsvoll in die Gesichter meiner Töchter schaute, entging mir nicht ihr vielsagender Blickkontakt. Es war, als erlebte ich ein *Déjà-vu*. Ich sah die beiden plötzlich vor mir, da waren sie vielleicht vier und fünf Jahre alt. Es war Heiligabend, wir hatten uns unter dem großen Weihnachtsbaum im Wohnzimmer versammelt, zusammen mit den Großeltern, Tanten, Onkeln, alle Jahre wieder. Die Kinder waren aufgeregt, gleich würde der Weihnachtsmann kommen und die ersehnten Geschenke bringen. Was er aber nicht tat. Statt des pinkfarbenen Barbie-Hauses packte Sophie einen Lego-Bauernhof aus. Und Valerie sollte sich über einen Holzstubenwagen freuen, obwohl sie sich eine rosa Plastikwiege für Baby Annabell erhofft hatte. Die Enttäuschung in den Gesichtern meiner beiden Kleinen würde ich nie vergessen. In diesem Moment begegnete ich ihr erneut. Ich scheiterte bei dem Versuch, die angespannte Stille zu überspielen.

»Das ist jetzt nicht euer Ernst!«, sagte Sophie, die als Erste die Sprache wiederfand. Sie zeigte mit einer schlaffen Handbewegung auf das Haus, das in seinem Baustellendasein zugegebenermaßen auch noch das letzte bisschen Charme eingebüßt hatte. Valerie schaute kurz zu ihrer Schwester. »Nun lass doch mal.« Aber mehr kam auch von ihr nicht.

Richard war außer Hörweite und steuerte mit den Hunden Richtung See, den Franz mit flatternden Ohren für ein Schlammbad erstürmte, den laut bellenden Willi auf den Fersen, der stets an der Uferkante abbremste, weil er wasserscheu war.

»Alles klar?«, fragte Richard Minuten später. Mit einem Blick in unsere versteinerten Mienen wusste er, dass dem nicht so war.

»Ich verstehe nicht, wie ihr in so eine Bruchbude investieren konntet!«

»Sophie, das hier ist eine Baustelle, das wird schon noch«, bemühte sich Richard um Schadensbegrenzung.

»Das Ding ist ein Fass ohne Boden.«

»Verstehe, du bist jetzt die Sanierungsexpertin in der Familie oder wie?«

»Papa, Sophie, hört bitte auf!«, mischte sich Valerie ein. »Wir wollen ja nur verstehen, warum ihr euch mit so einem Projekt das Unglück ans Bein bindet. Und dann auch noch so weit weg von Berlin.«

Ich zwang mich zu einem Lächeln. »Ihr müsst euch nicht sorgen, wir haben das hier im Griff. Und Glück oder Unglück ist keine Frage der Entfernung. Berlin ist schließlich nicht aus der Welt …«

»… aber gefühlt weiter weg als der Mond«, unterbrach mich Sophie, die Arme abweisend vor der Brust verschränkt. »Apropos, ich würde dann gerne zurück. Bin noch verabredet.«

*

Wellness-Oasen

Als wir wieder zu Hause waren, blinkte Olafs Nummer auf meinem Handydisplay. »Gut, dass du anrufst«, sagte ich geknickt. »Großer Gott, was ist passiert?«

Ich berichtete von unserer Familienexpedition, die so positiv gestartet war, um dann in jähem Frust zu enden.

»Ach, ihr Frauen nun wieder. Was hast du erwartet?«, fragte Olaf. »Wichtig ist, dass Richard und du an das Projekt glaubt. Den Kindern müsst ihr es weder recht machen noch irgendwas beweisen. Das habt ihr über zwanzig Jahre gemacht. Kopf hoch, Darling und ab-ha-ken!«

Das sagte sich so leicht. Olaf hatte keine Kinder und konnte nicht nachvollziehen, wie schmerzhaft und verletzend Konflikte mit den »lieben Kleinen« sein konnten. Über die Reaktion meiner Mädchen brütete ich noch eine ganze Weile. Sie verstärkte meine eigenen Zweifel, die ich nach dem Notartermin in meinem tiefsten Inneren vergraben hatte. Ein paar Provokationen der Töchter hatten gereicht, um sie erneut heraufzubeschwören. Richard hatte zudem mit blumigen Schilderungen in unserem Familien-Chat völlig überzogene Erwartungen bei den Kindern geweckt. Da wurden Vergleiche bemüht, die keine waren, denn unser Forsthaus konnte in keiner Weise mit dem wunderbaren Spa-Hotel »Bleiche« im Spreewald mithalten, in das wir hin und wieder für ein paar Tage entschwanden. »Wir haben jetzt unsere eigene Wellness-Oase.« Unsere eigene Wellness-Oase? Schön wär's.

Im Laufe der Jahre hatten wir uns mit den aus Bayern stammenden Hoteliers angefreundet. Als wir ihnen von unseren Plänen erzählten, hatten sie uns bestärkt. »Es geht nichts über eigenen Grund und Boden, den man im Idealfall selber bewirtschaftet«, lautete ihre Devise. Sich unabhängig machen, in der Lage sein, ein autarkes Leben zu führen. Möglichst als Selbstversorger, mit einem Hühnerstall plus Gemüsegarten. »Wenn nicht jetzt, wann dann? Jünger werdet ihr nicht«, hatte unser Freund gesagt. Seine Argumente überzeugten uns, denn sowohl ihm als auch seiner Frau musste klar sein, dass wir mit unserem Neuerwerb und den damit verbundenen Kosten künftig nicht mehr in der Lage sein würden, ihr Resort in der gewohnten Regelmäßigkeit aufzusuchen.

Wieder sah ich das von den bayrischen Freunden geschaffene Ambiente der »Bleiche« vor mir. Alles wirkte so, als sei es schon immer da gewesen. Und das lag nicht nur an den ausgesuchten Antiquitäten, über denen großformatige Ölbilder oder barocke Spiegel hingen. Es war dieser Materialmix aus lehmverputzten Wänden, rauem Holz, knorrigen Balken, unter denen man, tief versunken in den Leinenkissen der Sofas, das knisternde Feuer in den Sandsteinkaminen betrachtete. Genau so stellte ich mir unser künftiges Zuhause vor. Dieses Gefühl von Geborgenheit und Behaglichkeit sollte es vermitteln.

Bei einem unserer Besuche verriet der Bayer mir, woher die schönen Metallfenster und antiken Baumaterialien stammten, und er empfahl einige lokale Handwerksbetriebe. »Holt mehrere Angebote ein, vergleicht die Preise«, sagte er. »Ein Handwerker, der sofort Zeit hat, ist nicht der Beste.« Es wäre klug gewesen, vor allem diesen Rat zu beherzigen. Was wir aber nicht taten.

Knochenfunde und andere Kalamitäten

Acht Monate ließ uns Frau Grimmke vom Bauamt Wüsteritz schmoren. Bis sie sich nicht länger zu verweigern wusste und gezwungenermaßen die Baugenehmigung erteilte. Ihrer gezielten Entmutigungstaktik hatten wir uns tapfer entgegengestellt. Von einer verbitterten Sachbearbeiterin und ihren Machtspielchen ließen wir uns nicht in die Knie zwingen.

Das Haus war unterdessen leer, befreit von allem Unrat. Aber die Spuren der Vergangenheit ließen sich nicht einfach so beseitigen. Sie holten uns ein, wann immer wir glaubten, sie gerade überwunden zu haben.

Nachdem wir mit Tomek übereingekommen waren, ihm und seinen Männern eine weitere Chance zu geben, wurde das Fundament des Hauses tiefer gelegt, um ein paar Zentimeter an Raumhöhe zu gewinnen. Dafür gruben Piotr, Bogdan und Marek schubkarrenweise märkischen Sand aus, der sich dann im Garten zu beachtlichen Haufen türmte. Daneben lagen Berge aus Feldsteinen, die bislang die Außenwände gestützt hatten, eine Konstruktion, die Hartmann als nicht belastbar bezeichnete. Deshalb wurde dem Haus eine neue Bodenplatte aus Beton verpasst, darüber kamen Dämmung und Dichtung und obendrauf der Estrich. Fertig war der Lagenlook, weniger modisch, dafür stabil. Im Kriechkeller hatten die Männer ein aufwendig gemauertes Deckengewölbe freigelegt, das vermutlich der älteste Teil des Hauses war. Im Laufe der Jahrzehnte hatten nachfolgende Generationen das Haus erweitert, ergänzten es durch eine Veranda und einen Windfang, schafften Räume, die Zeitzeugen wurden für die Teilung und die Wiedervereinigung Deutschlands. Und nicht nur dafür.

Bei den Abrissarbeiten des Windfangs stießen Piotr, Bogdan und Marek auf einen grausigen Fund. Hartmann hatte den Anbau zuvor als völlig verrottet und unrettbar eingestuft. Ein neuer Windfang sollte gebaut und dafür ein stabiles Fundament gegossen werden. In achtzig Zentimetern Tiefe entdeckten die Männer plötzlich Knochen unterschiedlicher Größe. Anstatt uns zu informieren, befüllten sie in unüberlegter Hast die ausgehobene Grube vollflächig mit Beton. Als das schlechte Gewissen zu nagen begann, riefen sie Tomek an, der eilig einen Krisenrat einberief. Zusammen mit Hartmann und den Polen standen Richard und ich kurz darauf vor der mittlerweile nahezu durchgehärteten Fläche des neuen Fundaments, das zu einer unfreiwilligen Grabkammer geworden war. Während Tomek übersetzte und zeigte, an welcher Stelle seine Männer die Knochen ausgegraben hatten, überlegte ich, ob es in der Vergangenheit wohl noch mehr Ballast gegeben hatte, der auf unserem Grundstück beseitigt worden war.

»Was haben sich Ihre Leute bloß dabei gedacht, Tomek?«, fragte ich, wissend, dass ich darauf keine Antwort bekommen würde. Hartmann grinste süffisant. »Das nennt man wohl Knochenentsorgung auf effiziente Art.«

»Es ist nicht auszuschließen, dass es sich um menschliche Überreste handelt.« Richard bedachte Tomeks Leute mit einem vorwurfsvollen Blick. »Leider können wir das jetzt nicht mehr nachprüfen.«

Bei dem Gedanken an Menschenknochen wurde mir übel. Und da es sich an dieser Stelle wohl kaum um prähistorische Steinzeitrelikte handelte, fiel mir blitzartig die Story von den Ex-Terroristen und ihren Stasi-Schergen ein. Ob einer von ihnen hier das Zeitliche gesegnet hatte?

»Wer weiß, vielleicht fand hier auch ein ungeliebter Ehepartner seine letzte Ruhe«, witzelte Hartmann.

»Fakt ist, Mord verjährt nicht«, unterbrach ihn Richard und fügte stirnrunzelnd hinzu: »Wenn es denn einer war.«

»Also, das war unter Garantie kein Haustier«, meinte Hartmann, »schließlich vergräbt niemand seinen toten Hund direkt vor der Wohnungstür.«

»Spekulationen bringen uns keinen Millimeter weiter.« Mich ärgerte Hartmanns Flapsigkeit, obwohl ich ihm in diesem Punkt sogar recht gab. »Was machen wir denn jetzt?«

»Wir müssen die Polizei verständigen«, erklärte Richard.

»Und die stellt umfängliche Nachforschungen an und gräbt möglicherweise Tote aus, von denen Sie gar nichts wissen wollen«, warf Hartmann ein, dieses Mal ohne jede Ironie. »Dann rücken die Archäologen an, und Ihre Baustelle wird für Jahre gesperrt. Und wenn Sie Pech haben, wird das hier alles wieder abgerissen.« Er deutete auf das Haus und das neue Betonfundament. Hartmann erzählte von einem früheren Projekt, wo in einer ähnlichen Situation erst die Polizei und Rechtsmedizin den Fundort abriegelten und anschließend monatelange Ausgrabungsarbeiten des Forschungsinstitutes für frühzeitliche Geschichte folgten. Man fand weder weitere Knochen noch wurde historisch Relevantes zutage befördert. Dem Bauherrn hingegen wurde der komplette Zeitplan durcheinandergewirbelt, und man stellte ihm obendrein die Ausgrabungskosten in Rechnung. »Natürlich ist es eine juristisch heikle Angelegenheit, einen solchen Fund unter den Teppich zu kehren«, schloss Hartmann seine Ausführungen. »Aber sollte es sich tatsächlich um menschliche Gebeine handeln, wären die mindestens so alt wie der Windfang. Und der wurde eindeutig zu DDR-Zeiten errichtet.«

»Vielleicht es ist besser, wenn Tote weiterschlafen«, meldete sich Tomek zu Wort. »Hier, man kann nix mehr machen!« Tomek war die ganze Sache erkennbar unangenehm, und auch seine Männer schwiegen betreten.

»Ja, vielleicht ist es besser, die Toten ruhen zu lassen.« Hartmann räusperte sich. Er bot an, die Angelegenheit mit seinem Tennispartner, dem Amtsleiter von Wüsteritz, »auf dem kleinen Dienstweg« zu klären, wenn es denn unserer Beruhigung diente. Wir waren unschlüssig. Weder Richard noch ich wollten als Handlanger einer vereitelten Straftat dastehen. Wir beschlossen, Hartmanns Angebot anzunehmen. Trotzdem ließ uns der Fund nicht los.

Nachts suchten mich wirre Träume heim. Wie ein Vulkan spuckte das Erdreich binnen Sekunden einen ganzen Berg von Knochen aus, die sich wie von Geisterhand zu einem menschlichen Gerippe zusammensetzten. Mit einem schwarzen T-Shirt bekleidet, auf dem ein roter Stern mit Maschinengewehr prangte, dem Symbol der Roten Armee Fraktion, schlich das Skelett auf mich zu. Kam immer näher, bedrohlich mit den Kiefern klappernd, um laut und gellend aufzulachen wie am Ende des Michael-Jackson-Songs »Thriller«. Ich erwachte schweißgebadet.

Je länger ich über Hartmanns Sarkasmus und den Knochenfund nachdachte, umso aufgebrachter war ich. Schlimm genug, dass mich absurde Hirngespinste im Schlaf verfolgten. Wir konnten doch nicht so tun, als ob da nichts als Sand gewesen wäre. Ich wälzte mich noch eine Stunde von einer Seite auf die andere, bevor ich vor meiner Schlaflosigkeit kapitulierte.

Müde und unausgeschlafen ging ich in die Küche, setzte Teewasser auf, füllte China Jasmin in den Papierfilter, den ich erst aus der Kanne nahm, als der süßliche Duft des Jasmins in meine Nase zog. Mit zwei Teetassen steuerte ich zurück ins Schlafzimmer, wo Richard es sich bereits im Bett gemütlich gemacht hatte, die Branchennews auf dem Handy sortierte und seine E-Mails las.

»Weißt du, was das Gespräch von Hartmann und seinem Tenniskumpel ergeben hat?«, fragte ich und reichte ihm eine Tasse.

»Nee, will ich ehrlich gesagt auch nicht.« Er pustete kleine Wellen auf die Oberfläche des heißen Tees. »Die oberste Behördeninstanz hat jetzt Kenntnis von diesem Fall und entscheidet, ob der Sache nachgegangen wird oder nicht.«

»Richard!« Ich holte tief Luft. »Da liegt vielleicht irgendeine unschuldige Seele verbuddelt auf unserem Grundstück, und du und dein neuer Freund Hartmann geht einfach zur Tagesordnung über? Was, wenn die Grimmke davon erfährt? Die dreht uns daraus 'nen Strick, ich sag's dir!«

»Das wird nicht passieren, ich verlass mich da auf Hartmann. Es ist doch so: Keiner von denen hat Lust, in alten DDR-Fällen rumzuschnüffeln und sich die Hände schmutzig zu machen. Sonst kommen die sich womöglich noch selber auf die Schliche.« Richard grinste. »Wer weiß, wer da mit wem gekungelt hat.« »Besser eine Leiche vor der Tür als eine im Keller oder was willst du mir damit sagen? Ich finde das überhaupt nicht witzig.« »Ich auch nicht. Aber die Alternative kennst du.« Richard betrachtete nachdenklich die Hirschmotive auf der Teetasse. »Wenn da jetzt alles auf- und umgegraben wird, schwebt der Pleitegeier schneller über uns, als wir rechnen können. Wir sind dann unter Umständen das Haus los. Ist es das wert?« Er schaute mich fragend an, worauf ich zögernd den Kopf schüttelte. »Der Fund ist gemeldet, dabei sollten wir es belassen«, fuhr Richard fort. »Auf uns kommen noch genug Themen zu, über die es sich aufzuregen lohnt.«

Wieder einmal sollte er recht behalten.

*

Glanzziegel in XXL

Schon bei unseren ersten Überlandfahrten war mir aufgefallen, dass die Brandenburger ihre Vorliebe fürs Bunte fröhlich zelebrierten. Nach vierzig Jahren sozialistisch grauer Tristesse dominierten heute Grün-, Rot- und Gelbtöne die Hausfassaden. Hin und wieder in phosphoreszierender Ausführung, was für das Auge des Betrachters eine besondere Herausforderung darstellte und nicht ganz der Farbhistorie brandenburgischer Fassadengestaltung entsprach. Die verweist auf elegante Pastelltöne und lässt als mutige Variante allenfalls »Preußisch-Ocker« gelten. In Seelendorf befand sich gleich hinter dem Ortsschild ein Einfamilienhaus, dessen türkisblau gestrichene Fassade mit den him-

94

melblauen Dachziegeln wetteiferte. Ich musste zugeben, dass ich diese Kombination nicht gerade preisverdächtig fand. Olaf formulierte es wie immer drastischer: »Diese Farbkombi ist ein Griff ins Klo.« Stundenlang konnte er sich über die seiner Meinung nach ästhetischen Verirrungen anderer auslassen.

»Ogottogott, gibt's denn hier keine Geschmackspolizei«, ätzte er. »Farbe gehört ins Beet und nicht aufs Dach.«

Ich lachte. »Schatzi, weder du noch ich sind der Maßstab aller Dinge. Einerseits kritisieren wir andere für ihren fehlenden Mut zur Farbe. Kaum traut sich einer, ist es uns auch nicht recht. Über Geschmack lässt sich bekanntlich streiten, stimmt's? Und hat eure Orangerie nicht auch ein rotes Dach?«

»Jahaa, Rooosaa, hast ja recht! Außerdem fordere ich schon seit Langem Toleranz für Andersdenkende!« Olaf knuffte mich in die Seite, um ansatzlos mit der Lästerei fortzufahren.

Neben dem Trend zur Villa Kunterbunt fiel die Wahl vieler Brandenburger bevorzugt auf glänzende Dachziegel, die der Fachhandel in großer Auswahl anbot. Diese Ziegel hatten sich auch schon in unserer früheren Heimat Schleswig-Holstein zunehmender Beliebtheit erfreut. Maigrün, Farngrün, Jadegrün, Karibik lauteten einige der fantasievollen Namen der grünen Farbpalette. Das rosafarbene Modell Orchidee fand zum Glück seltener seinen Weg aufs Dach. Dafür zählten Edelholz, Karminrot und Hellgrau zu den Topfavoriten des individuellen Dachdesigns. Die Ziegel gab es in Keramik, Ton oder Kunststoff, waren mal uni, zweifarbig oder geflammt, wobei die geflammte Variante dem Dach eine ziemliche Dramatik verlieh. In Sorgerow hatte ein Hausbesitzer als Hinweis auf das Baujahr die Zahl 2014 aus weißen Pfannen in die grüne Dachfläche eingelassen, so groß, dass die Ziffern einem schon von Weitem wie ein überdimensioniertes Werbeplakat ins Auge stachen.

Die Gestaltungsmöglichkeiten schienen endlos. Dank meiner Beobachtungen wusste ich immerhin, wie unsere künftige

Dacheindeckung auf keinen Fall aussehen sollte. Mit diesen Ausschlusskriterien fühlte ich mich bestens vorbereitet für die Erstbesprechung mit dem Chef der Firma »Giersch-Dachbau GmbH«.

Gerd Giersch war seit dreißig Jahren im Geschäft, demzufolge kannten er und Hartmann sich von diversen Baustellen, weshalb Hartmann den Dachbauer wärmstens empfohlen und damit dem örtlichen Handwerk den Weg zu unserer Baustelle geebnet hatte. Giersch war stolz auf seine Firmengeschichte und seine daraus resultierende Expertise. Wenn es ums Dach ging, war er ganz weit vorne, so seine eigene Einschätzung. Leider fehlte Giersch jeder Sinn für Ästhetik. Er zwang seine üppigen Brust- und Bauchpolster in ein figurbetontes Shirt, über dem ein Goldkettchen mit Sternzeichenanhänger klimperte. Sein dunkel getöntes Haar gleißte im Sonnenlicht rötlich, was ihn jedoch nicht zu stören schien. Gierschs mangelndes Gespür für Farben machte nicht vor unserer Haustür halt. Es würde noch für reichlich Stress auf der Baustelle sorgen.

Ich holte eine Auswahl an dunkelgrauen Musterziegeln aus dem Kofferraum und breitete sie vor Hartmann, Giersch und Richard aus. Auch Gerd Giersch hatte Anschauungsmaterial mitgebracht und präsentierte uns einen mausgrauen Ziegel, Format XXL, in strahlender Hochglanzversion. Ein Anblick, der sofort mein Alarmsystem aktivierte.

»Wir hatten eher an etwas Filigranes gedacht, an eine Eindeckung mit Biberschwanzziegeln in matter Optik.« Ich deutete auf meine Musterexemplare. »Ganz klassisch, wissen Sie, was ich meine?« Meine Frage richtete sich sowohl an Gerd Giersch als auch an Ulrich Hartmann. Nur reagierte keiner von beiden. Deshalb fuhr ich fort. »Diese glänzende Optik, die aussieht, als hätte es gerade geregnet, ist nicht das, was wir uns vorgestellt haben.« Ich sah zu Richard in Erwartung seiner Unterstützung, die ebenfalls ausblieb.

»Der Vorteil eines Glanzziegels ist die pilzresistente Oberfläche, auch Algen und Flechten haben da keine Chance.« Giersch redete mit erhobenem Zeigefinger in die allgemeine Sprachlosigkeit hinein. Eine Geste, die meinen sofortigen und heftigsten Widerstand provozierte. Sowohl meine Mutter als auch meine Großmutter hatten stets versucht, ihren Kommandos per Fingerzeig mehr Gewicht zu verleihen. Ihre erhobenen Gliedmaße, die sich augenblicklich und ohne Vorwarnung in mein Auge und sonst wohin hätten bohren können, fand ich schlimmer als die Verbote oder Strafen, die daran anknüpften.

»Außerdem lassen sich Großfalzziegel schnell verlegen, und man benötigt geringere Stückzahlen«, fuhr Giersch unbeirrt fort, immer noch mit dem Finger in der Luft.

»Wieso schnell? Stehen Sie unter Zeitdruck?«, fragte ich etwas zu impulsiv, um im selben Moment zurückzurudern. »Ehrlich gesagt finde ich diese großen Dinger nicht gerade passend zu unserem kleinen Haus.«

»Sie müssen sich das als Gesamtbild vorstellen«, unterbrach mich Giersch. »Außerdem haben hier alle Großfalzziegel.«

»Und genau deshalb wollen wir sie nicht.« Endlich. Da war er wieder, mein Richard.

Widerspruch oder Kritik war Gerd Giersch offenbar nicht gewohnt. Er wirkte geradezu beleidigt, als er seine Großfalzziegel wieder einpackte und mit Hartmann im Hausinneren verschwand. Ich strahlte Richard an, ja, er war mein Seelenverwandter. Meistens jedenfalls. Wir gegen den Rest der Welt. Wäre ja wohl gelacht, wenn wir uns einem Gerd Giersch und seiner Selbstherrlichkeit beugen würden. Ich war überzeugt, dass Richards Ansage für ihn eine neue Erfahrung war. Und aus Erfahrungen lernte hoffentlich auch ein Giersch, der es bisher gewohnt war, den Wunsch des Kunden auszublenden. Wir betraten den Dachboden, wo Hartmann und Giersch gerade einen der dicken Balken begutachteten, die bei der Entkernung freigelegt worden waren.

»Sieht aus, als wäre da irgendein Holzschutzmittel drauf«, sagte Hartmann und tippte an den Balken.

»Die kristalline Oberfläche lässt das zumindest vermuten«, bestätigte Giersch.

Richard blickte von einem zum anderen. »Und was bedeutet das?« In seiner Stimme schwang ein für Außenstehende kaum hörbares Vibrato, eine unterdrückte Nervosität, die vermutlich nur ich wahrnahm.

»Wir sollten das abklären lassen, bevor die Dacharbeiten losgehen«, meinte Hartmann. »Sie wollen ja nicht in einem verseuchten Dachstuhl schlafen, oder?«

*

Ein toxischer Cocktail

Holzschutzmittel. Warum sollte man Holz denn nicht schützen, fragte ich mich, während ich geschälte Ingwerstückchen und Zitronenscheiben in eine Kanne gab und mit sprudelnd heißem Wasser übergoss. Was war daran verkehrt? In der kalten Jahreszeit unterstützte ich mein Immunsystem schließlich auch, indem ich es bei drohender Erkältung mit Vitamin C boosterte. Mit meinem heißen Ingwerwasser, in das ich noch einen großzügig bemessenen Teelöffel Honig hineinrührte, saß ich über mein Laptop gebeugt und tippte »Holzschutzmittel DDR« in die Suchleiste. Was ich dann las, war alles andere als ermutigend. Der Einsatz von hochgiftigen Holzschutzmitteln im Kampf gegen Schädlinge war auch im Osten über Jahrzehnte an der Tagesordnung gewesen. Anfang der siebziger Jahre wurden diese Chemiekeulen in den alten Bundesländern verboten. In der DDR gab man sich weniger zimperlich und pinselte Dachstühle noch bis zum Verfallsdatum der Republik mit dem Konzentrat »Hylotox IP« ein. Der Name klang so gefährlich wie der Inhalt: ein toxischer Cocktail aus Dioxiden, der nur für die Verwendung im Außenbereich vorgesehen war. Weil es aber nichts anderes gab, verarbeitete man das Zeug sorglos und nichts ahnend sogar in Wohnräumen. Ich war entsetzt, las aber gerade deshalb weiter. So erfuhr ich, dass sich noch Jahrzehnte später schwerwiegende gesundheitliche Folgen bemerkbar machten. Die Palette reichte von Erkrankungen der Haut und Atemwege bis zur Schwächung des Immunsystems. Andere Beschwerden wie Konzentrationsstörungen, Kopfschmerzen, Gereiztheit, Leistungsschwäche, Müdigkeit und Schlafstörungen wirkten dagegen beinahe harmlos. Gereizt und müde? Das war ich in letzter Zeit auch! Hatte das Zeug möglicherweise schon meine Zellen befallen? Den Rest des Artikels überflog ich hastig. Häufig sonderte kontaminiertes Holz einen öligen Geruch ab und auf der Oberfläche glitzerten Kristalle wie Raureif ... stopp! Genauso verhielt es sich mit den Balken im Dachstuhl unseres Forsthauses. Instinktiv griff ich mir an die Schläfen. Ich war plötzlich erschöpft. *Too much information.* Ich klappte den Laptop zu und schob meinen Becher beiseite. Ingwer konnte mir hier gerade nicht weiterhelfen. Ich ging zurück in die Küche und holte mir eine Tüte Chips.

Noch am selben Abend bat Richard unseren Anwalt, den Kaufvertrag nach Hinweisen auf Gutachten und deren Inhalte zu prüfen. Waren hier gesundheitsgefährdende Details unzureichend beschrieben worden? Bei nachgewiesener Vertuschung lässt sich der Kaufpreis mindern. Das hatte unser Anwalt bestätigt. Er bestätigte aber auch, dass der Vertrag über das »gebrauchte« Haus einen Haftungsausschluss beinhaltete. »Haftungsausschluss? Was heißt das?«, wollte ich wissen.

»Dass wir keinen Anspruch auf irgendeine Form von Gewährleistung haben«, erklärte Richard nüchtern. »Die Angaben zum Haus erfolgten angeblich nach bestem Wissen und Gewissen. Und wenn wir dagegen mit einem Bausachverständigen prozessieren, dann dauert das bis zum Sankt-Nimmerleins-Tag.«

»Warum kommen Leute wie Petterson mit solchen krummen Dingern durch?« Ich erinnerte mich an den Tag der Vertragsunterzeichnung. »Vielleicht war Petterson auch deshalb so erleichtert, weil er von den verseuchten Balken wusste.«

»Du unterstellst ihm damit arglistige Täuschung, um es mal in Juristendeutsch auszudrücken.«

»Es wäre zumindest eine Erklärung dafür, dass er das Haus so fix abstoßen wollte.« Ich sah jedoch ein, dass es zu nichts führte, sich weiterhin in irgendwelchen Betrugsfantasien zu ergehen. Jetzt musste eine Entscheidung getroffen werden. Zwei Möglichkeiten standen laut Ulrich Hartmann zur Wahl: der Abriss des kontaminierten Dachstuhls, um diesen durch einen neuen zu ersetzen. Oder die sogenannte Verkofferung der giftverströmenden Balken. »Dabei werden die Balken nicht scheibchenweise in einem schicken Rimowakoffer verpackt, sondern in profaner Alufolie, die das Holz samt darin befindlicher Schadstoffe luftdicht einkapselt«, dozierte Hartmann, der sich ein Grinsen über den Koffer-Scherz nicht verkneifen konnte. »Das ganze Konstrukt wird anschließend im Trockenbau mit Rigips verkleidet.«

Der Gedanke daran, dass das Gift dann immer noch im Haus wäre, empfanden weder Richard noch ich als eine Lösung, die sich gut anfühlte. Das waren Altlasten, von denen man sich befreien musste. Und hatten wir nicht immer von einem Dachboden geträumt, der sich bis in den Giebel hinein öffnet und dabei den Blick auf das alte Gebälk freigibt? Schweren Herzens entschieden wir uns also für die erste Option.

»Verfluchte Scheiße, das hat uns gerade noch gefehlt! Ein neues Dach sprengt unsere gesamte Kostenrechnung.« Richard raufte sich die Haare, während er die einzelnen Positionen der von Hartmann errechneten Baukosten wie auf einem Schachbrett hin und her schob. Wo ließe sich in dieser ohnehin knappen Budgetierung einsparen? Auf welche Schritte konnten wir vorerst verzichten, welche Arbeiten könnten zu einem späteren Zeitpunkt erfolgen? Denn ein neuer Dachstuhl inklusive Gauben und Neueindeckung sollte ein Zehnfaches dessen kosten, was wir ursprünglich für die Instandsetzung des Dachs kalkuliert hatten. Die antiken Eichenbalken, die ich bei einem Händler für historische Baumaterialien ausgesucht hatte, um dem Dachstuhl ein wenig Patina zu verleihen, noch nicht mitgerechnet.

»Bedenken Sie, dass das Haus hoffentlich nur einmal sein Inneres nach außen kehrt. Neue Wände und Böden wollen Sie nicht wieder aufreißen, um Kabel oder Rohre zu verlegen, für die vorher kein Geld da war«, sagte Hartmann, als wir mit ihm über unsere Idee sprachen, bei Sanitär und Elektrik einzusparen. »Vielleicht verzichten Sie erst mal auf die frei stehende Badewanne oder auf die Malerarbeiten. Das Dach packen Sie nur einmal an.«

Richtfest im Alleingang

Eine Woche später war vom alten Dach nichts mehr zu sehen. Sämtliche Giftbalken mussten teuer als Sondermüll entsorgt werden, die bemoosten Dachpfannen fanden ihre letzte Ruhe im Bauschuttcontainer. Nur der Schornstein stand noch und ragte in trotziger Erhabenheit in den Himmel. Bei eisiger Kälte errichteten die Zimmerleute den neuen Dachstuhl, arbeiteten zur Seeseite die Gauben und auf der gegenüberliegenden Seite die Dachfenster ein. Damit sah das Haus plötzlich aus wie ein richtiges Haus. Eine totale Typveränderung. Wie bei einer Vorher-nachher-Show. Das Haus hatte jetzt einen Charakter. Da wir auf ein Richtfest verzichtet hatten, wollte ich die Arbeiter mit einem Frühstück überraschen, als kleines Dankeschön und Wertschätzung ihrer Arbeit. Sie hatten bereits mit der Dämmung der Dachschrägen begonnen, als ich mit heißem Kaffee, belegten Brötchen und ofenfrischen Berlinern, zu denen die Brandenburger »Pfannkuchen« sagen, an der Baustelle vorfuhr. »Kleine Nervenstärkung!«, rief ich frohgelaunt in die Runde, nicht wissend, dass *ich* gleich diejenige sein würde, die eine Beruhigungsspritze benötigte. Mein Blick fiel auf die nagelneuen Querbalken im Dachstuhl, wo eigentlich die antiken Eichenbalken vorgesehen waren.

»Herr Giersch, Sie haben da offenbar etwas missverstanden«, rief ich mühsam beherrscht ins Handy. »Sehen Sie sich das bitte an. Wann können Sie hier sein?«

Gerd Giersch erschien unrasiert und insgesamt zerknittert auf der Baustelle, umgeben von einer Wolke penetranter Alkoholausdünstungen. Darüber konnte auch seine Mentholzigarette nicht hinwegtäuschen, die er sich umständlich in den Mund schob. Offenbar hatte er das Richtfest unseres Hauses ausgiebig und im Alleingang gefeiert. Er glotzte mich aus glasigen Augen an, als ich ihm klarzumachen versuchte, dass die richtigen Balken immer noch unter einer Plastikplane lagen. »Das da muss weg«, sagte ich bestimmt, wobei ich länger als nötig und mit deutlich erhobenem Zeigefinger erst auf seine Zigarette, dann auf die noch frisch nach Sägewerk duftende Dachstuhlkonstruktion zeigte. Wortlos ließ Giersch seine Kippe in den Sand fallen und trat sie umständlich mit der Stiefelspitze aus.

✳

Ein verkorkster Abend

Am Abend überraschte ich Richard mit einem selbst gekochten Thaicurry, einem unserer gemeinsamen Lieblingsessen. »Urlaub für den Gaumen« nannten wir Rezepte wie dieses. Gelbe und rote Currypaste hatte ich immer im Vorratsschrank, genauso wie ein oder zwei Dosen Kokosmilch. Alles andere kaufte ich auf dem Nachhauseweg bei unserem türkischen Gemüsehändler an der Ecke, inklusive einem Bund frischen Koriander und Zitronengras. Beim Hacken von Zwiebel und Knoblauch hatte ich den schwankenden Giersch vor Augen, was meine Bewegungen mit dem scharfen Küchenmesser beschleunigte. Ob Giersch einer war, der morgens schon den ersten Kurzen kippte, um überhaupt in den Tag starten zu können? Oder war er eher der Gelegenheitstrinker, der am Vorabend zu tief ins Glas geschaut hatte? Immerhin war es mir gelungen, den Schluckspecht in die Schranken zu weisen. Da machte es auch nichts, dass mir die Zwiebeln nun die Tränen in die Augen trieben. Ich würzte das Curry großzügig mit Chiliflocken, schmeckte mit Kurkuma und Kreuzkümmel ab. Zu blöd, dass wir durch diese unnötige Aktion wieder wertvolle Zeit verloren hatten. Und das alles nur, weil dieser benebelte Typ unfähig war zuzuhören. Ich zerkleinerte den Koriander mit dem Wiegemesser unter so großem Druck, dass er beinahe matschig wurde.

Der Tisch war gedeckt und unser Lieblingsrosé kalt gestellt, als Richard in der Tür stand, sich müde aus seinem Mantel schälte und auf den Stuhl fallen ließ. Er hatte einen anstrengenden Tag gehabt, das spürte ich sofort. Doch anstatt ihn erst mal ankommen zu lassen, überwog mein Drang, sofort und ohne Vorwarnung Gerd Giersch am Tisch zu sezieren. Während ich ausführlich das Baustellendebakel schilderte und mich über Giersch und seinen einfallslosen Dachziegelvorschlag mokierte, stocherte Richard lustlos im Thaigemüse herum. Zu spät bemerkte ich, dass ich den Abend in die falsche Richtung gelenkt hatte.

»Rosa, wieso eigentlich Grau und nicht Rot?«, fragte er unvermittelt und mit gereiztem Unterton.

»Was meinst du?«, fragte ich zurück, obwohl ich genau wusste, worauf sich seine Frage bezog.

»Das Dach!«, schnaubte er und legte die Gabel beiseite. »Ich wollte ein rotes Dach, kein graues.«

»Ahhh, das Dach. Na ja, ich hatte dir doch von dem Farbkonzept erzählt, über dem Olaf und ich so lange gebrütet haben, erinnerst du dich? Rote Dachziegel hätten da nun überhaupt nicht reingepasst. Anthrazit auf dem Dach und an den Fensterläden verleiht dem Haus ein bisschen mehr Eleganz. Das wird toll aussehen.«

»Ich will kein elegantes Haus. Und überhaupt. Immer Olaf. Ist das jetzt etwa sein Haus?«

»Natürlich nicht. Du und ich … wir waren uns doch einig, das Haus von außen so unauffällig wie möglich zu gestalten. Ein rotes Dach mitten im Wald würde leuchten und hätte damit eine Signalwirkung. Das verursacht nur unnötige Aufmerksamkeit. Darüber hatten wir doch gesprochen.«

»Signalwirkung … Aufmerksamkeit … Was für ein Schmarrn! Ein dunkles, düsteres Dach ist jedenfalls nicht das, was ich mir vorgestellt habe. Ich möchte es hell und freundlich.« Richard knallte das Weinglas so heftig auf die Tischplatte, dass der Stiel abbrach und der Wein auf Tisch und Fußboden schwappte. Er fluchte laut. Die Hunde, die eben noch erwartungsvoll zu unseren Füßen gehockt hatten, verkrochen sich mit eingezogenem Schwanz auf ihre Plätze.

Als ich mit einem Wischtuch in der Hand an den Tisch zurückkehrte, hatte sich Richard schon ins Schlafzimmer verzogen. »Na super«, murmelte ich in einer Mischung aus Sarkasmus und Selbstmitleid über den verkorksten Abend. Ich ließ mich auf einen Stuhl sinken und weinte. Dieses Mal echte Tränen.

Am nächsten Morgen erwachte ich in dem Bewusstsein, nicht so tun zu können, als sei nichts gewesen. Statt Richards Wutanfall zu ignorieren, musste ich ihn wieder ins Boot holen. Ihm versichern, dass es unser gemeinsames Projekt war und bleiben würde. Ich atmete tief ein, ermahnte mich, behutsam vorzugehen und nicht wieder mit dem schwingenden Hackebeil.
»Richard, es tut mir leid, dass ich dich gestern so überfahren habe«, begann ich, als er gerade versuchte, die Reste aus der Zahnpastatube zu quetschen. »Der Abend gestern und das Gespräch … das war wirklich nicht meine Absicht.«
Richard brummte etwas Unverständliches und schaute dabei konzentriert auf seine Zahnbürste.
»Lass uns nicht in dieser Stimmung in den Tag starten«, sagte ich leise, wobei ich ihm über den Rücken strich und mich an ihn schmiegte. Dass er sich nicht abwandte, wertete ich als Zustimmung.

Idiot!

Ein Dach über dem Kopf zu haben, war wie ein sicherer Hafen. Es behütet seine Bewohner, schützt sie vor allen Unwettern, Feinden und Widrigkeiten – und wenn es gut isoliert ist, auch vor der Kälte des Winters und der Hitze des Sommers. Es ist das wichtigste gestalterische Element, der krönende Abschluss und damit die Visitenkarte eines Hauses. Unser Forsthaus war kein architektonisches Meisterwerk, das sich durch eine außergewöhnliche Dachkonstruktion oder preisgekröntes Design hervortat. Es war ein rechteckiger Zweckbau mit einem klassischen, ziemlich unspektakulären Satteldach. Die Gauben zur Seeseite würden für etwas mehr Wohnfläche sorgen und einen herrlichen Ausblick auf das Wasser ermöglichen. Wie reizvoll würden sie im Zusammenspiel mit einer Biberschwanzeindeckung aussehen, die weit verbreitet in der brandenburgischen Bauhistorie war. Nach den vorausgegangenen freudlosen Debatten über die Gestaltung des Hauses war ich froh, dass wir mit dieser abgerundeten schmalen Ziegelform ein Modell gefunden hatten, das uns beiden gefiel. Leider war das Biberschwanzprojekt für unser Dach zum Scheitern verurteilt. Hartmann sei Dank.

Der Diskussion mit Dachdeckermeister Gerd Giersch über die Dachziegel war Ulrich Hartmann offenbar wenig konzentriert gefolgt. Anders war sein Fehler nicht zu erklären. Die reklamierten Dachbalken waren mittlerweile ausgetauscht, alles war vorbereitet für den finalen Schritt, die Verlegung der Dachziegel. Als ich erfuhr, dass Hartmann die Dachlatten nur für Standardziegel kalkuliert hatte, war es bereits zu spät. Eine Biberschwanzeindeckung, die schwerer wog, hatte sich somit erledigt. Das erklärte er ohne jedes Bedauern.

»Wieso wollen Sie plötzlich Biberschwanz aufs Dach?« Hartmanns Stimme schnarrte durchs Telefon. »Davon war doch nie die Rede.«

»Aber natürlich! Gleich beim ersten Treffen mit Herrn Giersch haben wir darüber gesprochen, das denke ich mir doch nicht aus!«, erwiderte ich und merkte, wie meine Stimme zu zittern begann. »Ich hatte doch sogar die Musterziegel dabei …«

»Tja, das lässt sich jetzt nicht mehr ändern«, sagte Hartmann barsch. »Sie müssen so was schriftlich machen. Nicht einfach nur so dahinsagen.«

Ich warf das Handy auf meinen Schreibtisch und tobte durch die Wohnung. Was fiel ihm ein? Mich wie ein Schulkind zu behandeln, das die Hausaufgaben nicht erledigt hatte. »Idiot! Iiidiooot!!!«, schrie ich und schlug mit der Faust so fest auf die Tischkante, dass meine Hand sich anschließend wie gelähmt anfühlte. Die verschreckten Hunde legten die Ohren an und betrachteten mich, als müssten sie Frauchen sofort einen Maulkorb verpassen. Mit tauben Fingern tippte ich Richards Nummer. Als ich ihn endlich erreichte, pochte der Schmerz in meiner nunmehr auf Pampelmusengröße angeschwollenen Hand, was meinen Missmut befeuerte. Woran das Telefonat mit Richard nichts änderte. »Bitte schrei nicht so in den Hörer, ich bin nicht taub!«, monierte er. »Was soll ich dazu sagen, ohne zu wissen, was dem vorausgegangen ist? Und ja, natürlich musst du alles schriftlich protokollieren«, bekräftigte er zu allem Überfluss Hartmanns Aussage.

»Richard, das ist jetzt nicht dein Ernst«, sagte ich matt und legte auf. Ich fühlte mich plötzlich völlig kraftlos, ließ mich auf die Hundematte plumpsen und vergrub meine Nase in Franz' braunem Fell. Mein Buddha-Hund leckte mir über die Wange, als wollte er mir sagen: »Alles wird gut.«

Olaf, schoss es mir durch den Kopf. Er ging gleich ran, hörte geduldig zu, ohne meinen Redeschwall zu unterbrechen. »Wer sind wir denn, wenn wir nicht mal mehr die Art der Dacheindeckung unseres Hauses bestimmen können?«, rief ich so laut, als säße er am anderen Ende der Welt. »Unfähige, ahnungslose Wessis, die ihr Schicksal ergeben in die Hand eines ach so erfahrenen Ossis legen?«

»Rosa, Darling, beruhige dich. Wir haben genau das gleiche Dilemma erlebt.« Olaf erzählte, dass sie sich bei dem wunderschönen Mansardendach ihrer Orangerie gegen Biberschwanz entscheiden mussten. »Die Fläche war einfach zu groß und hätte uns ein Vermögen gekostet.« Und Olaf wäre nicht mein verlässlicher Kummerkasten, wenn er nicht auch gleich eine Alternative aus dem Hut gezaubert hätte. Ein Dachziegel, der den komplizierten Namen »Doppelmuldenfalz« trug. »Das ist eine preiswerte und sehr ansehnliche Ziegelform, die seit Mitte des neunzehnten Jahrhunderts zum Einsatz kommt, auch für historische Häuser«, erläuterte er. »Vor einhundertsiebzig Jahren wurde sie sogar auf der Pariser Weltausstellung ausgezeichnet. Du wirst sehen, das wird *très chic!*«

Ich hatte mich halbwegs auf Normaltemperatur abgekühlt und begriff, dass jeder weitere Jähzorn reine Energieverschwendung wäre. Energie, die ich nur wenige Tage später noch gebrauchen würde, denn die nächsten Hiobsbotschaften waren bereits im Anmarsch.

✳

Hilfe, das Haus stürzt ein!

Tomeks Truppe hantierte während des Dach-Chaos weitestgehend unbeobachtet vor sich hin. Die ganzen Entscheidungsprozesse hatten mich von ihrer Anwesenheit komplett abgelenkt. Piotr, Bogdan und Marek schafften es, sich nahezu unsichtbar zu machen. Um dann mit einem gewaltigen Paukenschlag in unser Bewusstsein zurückzukehren.

Rund um das Haus sollte das Trio Schächte für Drainagen ausheben, um das feuchte Mauerwerk trockenzulegen. In Handarbeit, mit Spaten und Hacke, denn die Mauern ruhten auf Feldsteinen, einer typischen Bauweise in dieser Gegend, die jedoch äußerst fragil war. Hier war absolutes Feingefühl gefragt. Ein falscher Hieb konnte das Haus zum Einsturz bringen. Und genau das passierte beinahe.

Ich wollte gerade Pjotr begrüßen, als dieser mit der Hacke ausholte und auf das Fundament an der Giebelseite zielte. Mit diesem einen Schlag traf er die verwundbarste Stelle des Hauses. Die Wand vibrierte, der neue Dachstuhl ächzte und knackte, das ganze Haus erzitterte wie bei einem Erdbeben. Aus dem Gemäuer drangen bedrohliche Geräusche, wuchsen an zu einem dramatischen Crescendo einer dissonanten Sinfonie. Dort, wo gerade noch ein intaktes Mauerwerk gewesen war, klaffte innerhalb weniger Sekunden eine kopfbreite Öffnung, ein dunkler Schlund, der sich über die gesamte Längsseite des Hauses zog. Ich erstarrte, war nicht in der Lage, mich zu bewegen oder gar wegzulaufen, stand dort wie angewurzelt inmitten einer Staubwolke, die aus der Öffnung quoll. Wäre das Haus in sich zusammengestürzt, hätte es mich unter sich begraben. Das war's jetzt, dachte ich nur. Für einen gefühlt endlosen Moment standen die Dachdecker, die Polen und ich reglos mit offenen Mündern da und stierten auf den beträchtlichen Riss, der sich wie die Zacken eines Blitzes durch das abgesackte Mauerwerk zog.

Hansi, der Vorarbeiter der Dachdecker, kam als Erster wieder zu sich. »Nu mach ma dalli!«, kommandierte er seine und die polnische Truppe. »Wir müss'n die Stelle sofort abstütz'n.« Und an mich gewandt: »Wat ham die Hirnis da nur wieda jemacht?« Seine Kollegen kamen mit Balken angelaufen, alle schrien durcheinander, auf Deutsch und auf Polnisch. Dass es nicht zum Totalschaden kam, war der Betonmischmaschine der Polen zu verdanken, deren Inhalt Pjotr geistesgegenwärtig in das beschädigte Fundament goss. Erst als der Statiker aus dem Nachbardorf herbeieilte, ein Freund und Tennispartner von Hartmann, und nach einigen Untersuchungen vorläufig Entwarnung gab, begann ich wieder normal zu atmen. Er empfahl den unverzüglichen Einbau eines Metallträgers als zusätzliche Stütze.

Ich war immer noch total konfus, als Richard anrief. In unzusammenhängenden Sätzen berichtete ich, dass wir gerade um Haaresbreite unser Haus verloren hätten.

»Steht es noch?«, fragte er.

»Ja, aber dieses riesige Loch … ich weiß gar nicht, wie die das wieder hinkriegen wollen.«

»Die schaffen das schon, da bin ich sicher. Das Haus ist nicht eingestürzt. Niemand ist verletzt. Darum geht's doch! Ich kann hier gerade nicht weg. Wir sehen uns heute Abend, okay?« Die Sache kam offenbar irgendwie ungelegen.

Trotz der dramatischen Ereignisse verabschiedeten sich die Handwerker wie gewohnt pünktlich in den Feierabend. Aus Angst, die Baustelle allein zu lassen, kauerte ich mich auf einen abgesägten Baumstamm und ließ das Haus nicht aus den Augen. Zu sehr überwog die Sorge, eine Art Nachbeben könnte doch noch zum Einsturz führen. Ich saß völlig in mich gekehrt, konnte die Geschehnisse des Tages immer noch nicht ganz zuordnen. Ging es hier überhaupt noch mit rechten Dingen zu? Ich dachte an unseren Familienausflug und Sophies Anspielung, ob wir hier vielleicht unerwünscht waren. Aber nein, was hier passierte, waren unglückliche Zufälle. Auch wenn die Häufung der Vorkommnisse zugegeben mysteriös war. Das hohe Pfeifen eines Bussards, der über mir mit weit ausgebreiteten Flügeln vor dunklen Wolkenwänden kreiste, holte mich zurück in die Realität, als die ersten Regentropfen fielen.

Mein Körper fühlte sich klamm und steif an, sodass ich mich nur mit Mühe aus meiner unbequemen Sitzposition lösen konnte. Mit letzter Kraft sank ich auf den Fahrersitz meines Wagens, verharrte noch einen Moment, bevor ich startete. Die Strecke nach Berlin fuhr ich wie in Trance. Als Richard gegen Mitternacht von einem Essen mit Kunden nach Hause kam, war er überrascht, als er mich vollständig bekleidet und reglos auf dem Bett liegend im Dunkeln vorfand. Er zog mir die Stiefel aus, half mir aus meiner Daunenjacke und der Jeans, deckte mich zu. Ich schlief tief und fest, als er ein paar Minuten später mit einem heißen »Träum schön«-Tee ins Schlafzimmer zurückkehrte.

*

Meine Schwägerin, die Schamanin

Siebzehneinhalb Minuten lagen zwischen der Geburt von Richard und seiner Zwillingsschwester, Minuten, in denen die Ärzte im Kreißsaal davon ausgingen, Richard sei das einzige Neugeborene. Dass da noch ein weiteres Baby im Geburtskanal steckte, registrierte man erst im allerletzten Moment, als ein junger Assistenzarzt noch mal genauer hinschaute. Mit einem beherzten Griff zog er Caroline heraus und rettete ihr somit das Leben. Richards Eltern freuten sich über das unerwartete Glück im Doppelpack, obwohl beide in den ersten Lebensjahren der Zwillinge reichlich überfordert waren. Caroline erlitt bei dieser dramatischen Geburt ein postnatales Trauma, das sie später in diversen Gesprächstherapien aufzuarbeiten versuchte. Als Kind betrachtete sie Richard immer als großen Bruder, der die kleine Schwester vor anderen beschützte, wofür sie ihn bewunderte. Sah man die beiden nebeneinander, wäre niemand auf die Idee gekommen, dass es sich um Zwillinge handelte. Richard überragte Caroline schon als Teenager um beinahe zwei Köpfe. Auch in ihrem Wesen hätten sie unterschiedlicher nicht sein können. Caro, wie sie von allen gerufen wurde, war das Schattenkind, das den Glanz, den der Bruder schon von Kindesbeinen an ausstrahlte, nicht mal ansatzweise reflektierte. Trotz aller Unterschiede standen sie sich sehr nah. Erst im Erwachsenenalter wuchs eine innere Distanz zwischen ihnen. Anders als Richard, der zielorientiert seine akademische Laufbahn an internationalen Eliteuniversitäten absolvierte und ein Stipendium an der Columbia University in New York erhielt, brach Caroline ihr sozialpädagogisches Langzeitstudium im neunzehnten Semester ab. Sie jobbte mal als Streetworkerin, dann als Musiktherapeutin, arbeitete in einer Mütterberatungsstelle, kümmerte sich um Kinder aus sozialen Brennpunkten. Sie schien auf einer endlosen Suche nach Erfüllung, einem Lebensinhalt und war stets auf der Durchreise. In Australien lebte sie eine Weile bei den Aborigines. Von den australischen Ureinwohnern lernte sie nicht nur deren Blasinstrument, das Didgeridoo, zu spielen, sondern ließ sich zur Schamanin ausbilden. Die Heilkräfte der Natur und die uralten Menschheitsfragen hatten sie schon immer fasziniert.

Als Schamanin fand sie nicht nur Anerkennung und zu sich selbst, sondern entdeckte in diesen Jahrtausende alten Heilmethoden und Ritualen eine Marktlücke, die sie im stressgebeutelten Deutschland zu einem profitablen Geschäftsmodell ausbaute. Mit Trommeln und Klangschalen reiste sie fortan in ihrem Wohnmobil durch die Republik. Sie reinigte die verschmutzte Aura in Betrieben und stärkte das energetische Umfeld. Zu ihrer Klientel gehörten Zahnärzte und Sterneköche, mittelständische Schraubenfabrikanten und Vorstände namhafter Dax-Konzerne. Für mich hatte das alles ein bisschen nach Hokuspokus und Hexenküche geklungen, aber Verzweifelte klammern sich bekanntlich an jeden Strohhalm.

»Frag doch mal Caro«, ermunterte mich Richard, der sich sowohl um mich als auch um die Geschehnisse auf der Baustelle sorgte. »Wenn man schon eine Gespenstervertreiberin in der Familie hat … Schaden kann es nicht. Und du schläfst dann vielleicht auch wieder besser.«

Ich musste lachen. Durchgeknallte Phänomene und ich, das passte in meinen Augen so gut zusammen wie Donald Trump und die Wahrheitsliebe. Selbst wenn drei Viertel aller Deutschen angeblich schon mal eine sogenannte paranormale Erfahrung hatten, wozu sowohl *Déjà-vus* als auch Wahrträume zählten, würde *ich* mich noch lange nicht lächerlich machen. Am Abend blieb ich beim Zappen durch die Fernsehsender bei einer Talkshow hängen, in der eine Expertenrunde über Parapsychologie, der Wissenschaft von okkulten Erscheinungen, diskutierte. Ein Fachmann für Spukphänomene berichtete über äußerst ungewöhnliche Erfahrungen seiner Patienten. Da hörte eine Mutter die Stimme ihrer längst verstorbenen Tochter auf dem Anrufbeantworter. Bewohner eines Hauses erzählten von Türen, die plötzlich mit großer Wucht zuschlugen, von knarrenden Treppenstufen, über die keiner lief, von aufflackernden Lichtern, denen sich kein technischer Defekt zuordnen ließ. Mit dem Gefühl, nicht allein im Haus zu sein, der Wahrnehmung des Übersinnlichen, dem sogar Sigmund Freud nachgeforscht hatte, befand ich mich also in bester Gesellschaft.

»Gibt es Geister oder gibt es keine?«, fragte der Moderator abschließend in die Runde. Die Kamera zoomte auf das Gesicht des Parapsychologen, der, vollständig in Schwarz gekleidet und die Hände andächtig im Schoß gefaltet, mit fester Stimme antwortete: »Ja, ich bin überzeugt, dass es sie gibt.«

Ich schaltete den Fernseher aus und beschloss, Caroline ins Vertrauen zu ziehen. Einen Versuch war es wert.

Die Geister, die ich nicht rief

Meine Schwägerin war eine viel beschäftigte Unternehmerin mit einem durchgetakteten Terminkalender. Eine Tatsache, die in Richards Wahrnehmung noch nicht richtig angekommen war, schließlich war er bisher der einzige Erfolgreiche seiner Familie. Für eine Objektanalyse benötigte Caroline vorab die Beantwortung eines umfänglichen Fragenkatalogs, die geografischen Koordinaten und Informationen über die bisherigen Bewohner.

Ihre erste Maßnahme bestand darin, die Aura des Umfelds zu erspüren. Sie platzierte ihre Yogamatte am Seeufer und vertiefte sich, dem Haus zugewandt, in eine einstündige Meditation. Mit einer Wünschelrute, die aus einer Y-förmigen Astgabel bestand, verschwand sie anschließend im Hausinneren. Zu gerne hätte ich ihr dabei zugesehen, wie sie die Spur der Geister aufnahm. Ob sie mit ihnen kommunizierte und wenn ja, was die Seelen wohl zu sagen hätten. Ob sie freundlicherweise mal erklären könnten, was der ganze Mist, der sich in den vergangenen Wochen kübelweise über uns ergossen hatte, eigentlich sollte. Doch Caroline bestand darauf, die Atmosphäre des Hauses allein auf sich wirken zu lassen. Die Rituale erforderten ihre vollständige Konzentration, die von außen nicht gestört oder beeinflusst werden durfte.

Nach einer gefühlten Ewigkeit kehrte sie lächelnd in den Garten zurück.

»Die gute Nachricht ist, dass ich auf keine störenden Wasseradern gestoßen bin«, beantwortete Caro meinen erwartungsvollen Blick.

»Und die schlechte?«

»Ihr habt leider das Pech, dass das Haus keine Ruine war.«

»Keine Ruine? Es war ziemlich kaputt, glaub's mir.« Ich lachte gequält.

»Kann ich mir vorstellen. Aber spukende Seelen bevorzugen nun mal Orte, die noch funktional sind. Und in dem Zustand befand sich euer Haus, richtig?«

Ich nickte. »Und wie werde ich die Geister, die ich nicht rief, wieder los?«

»Sie zu vertreiben, wie man es aus Horrorfilmen kennt, funktioniert leider nicht.«

»Und was sollen wir machen? Die spukenden Seelen auf eine Friedenspfeife einladen?«

»Ihr solltet versuchen, euch mit ihnen gutzustellen. Es gibt Geister, die neuen Bewohnern durchaus positiv begegnen.«

»Wenn man bedenkt, was hier schon alles passiert ist, zählen unsere offenbar nicht dazu«, sagte ich resigniert. »Ich will mich außerdem nicht mit irgendwelchen Gespenstern anfreunden. Ich will, dass sie verschwinden. Und mit ihnen der ganze Schlamassel.«

Caroline legte besänftigend ihre Hand auf meinen Arm. »Probier's mal mit weißem Salbei. Der hat schon bei den indigenen Völkern Wunder bewirkt. Der Rauch des Salbeis verbannt negative oder störende Energien.«

Kaum saß ich wieder zu Hause am Schreibtisch, googelte ich, wo ich bei uns im Viertel dieses heilbringende Wunderkraut kaufen konnte, und stieß dabei auf die esoterische Buchhandlung in der Parallelstraße. Schon häufig war ich an dem hübschen kleinen Laden mit der einladenden Sitzbank vor der Tür vorbeigelaufen. Ein Blick in die Auslage des Schaufensters hatte genügt, um festzustellen, dass die Bücher thematisch ziemlich weit von mir und meinen literarischen Vorlieben entfernt waren.

Zum ersten Mal betrat ich also die von Räucherstäbchen vernebelten Verkaufsräume. Auf die Frage der freundlichen Verkäuferin, wie viel Salbei ich benötige, wählte ich die größte Packung, was sie mit einem mitfühlenden Blick zur Kenntnis nahm. Jetzt nur nicht schwächeln, dachte ich, klemmte mir die Papiertüte, in deren Mitte ein schwarz-weißes Yin-Yang-Zeichen aufgedruckt war, unter den Arm und ging erleichtert nach Hause.

Einer kleinen Karte, die die Verkäuferin meinem Einkauf beigefügt hatte, konnte ich entnehmen, wie man weißen Salbei verwendet. Eine Art Gebrauchsanleitung für Neu-Schamanen, ein Wegweiser durch spirituelle Welten. Sie endete mit den Worten: »Wo weißer Salbei brennt, werden böse Geister krank.« Na also.

*

Grau ist nicht gleich grau

Als ich am nächsten Tag zur Baustelle fuhr, war ich voller Tatendrang und Vorfreude auf mein Räucherritual. Mit dem weißen Salbei würde ich neue, positive Strömungen in Bewegung setzen und den Geistern ein für alle Mal klarmachen, dass der Spuk ab sofort ein Ende haben würde. Oder vielleicht doch nicht?

Als mein Blick kurz vor der Holzbrücke das Dach mit den neuen Ziegeln streifte, trat ich vor Schreck mit voller Kraft auf das Bremspedal, als könnte ich damit den Film, der vor meinen Augen ablief, anhalten und zurückspulen. Alles auf Anfang, bitte! Der Wagen kam ruckartig zum Stehen, meine Handtasche flog wie ein Geschoss durch das Auto. Die Tüte mit dem Salbei rutschte unter den Beifahrersitz, wo sie bis auf Weiteres unbemerkt und noch nicht einmal vermisst feststecken würde. Noch im selben Augenblick vergaß ich meine eigentliche Mission. »Nein«, murmelte ich, »das kann nicht sein.« Mit einer raschen Handbewegung schob ich die Sonnenbrille aus dem Gesicht. Es konnte sich hier doch nur um eine optische Täuschung handeln, hervorgerufen durch den Farbfilter der Brillengläser. Ich sprang aus dem Wagen, umrundete das Haus im Stechschritt, stolperte über Maulwurfshügel, fing an zu schwitzen, versuchte, mit einem tiefen Atemzug gegen ein aufsteigendes Ohnmachtsgefühl anzukämpfen. »Das ist sicher nur eine Frage des Lichts«, sagte ich laut zu mir. Auf der Südseite des Hauses und im Sonnenschein würde sich bestimmt ein ganz anderes Bild ergeben. Aber nein. Auch hier leuchteten die Dachziegel eindeutig *braun* vor der knallblauen Kulisse des Brandenburger Himmels. Braun, wie die Rippen einer Tafel Vollmilchschokolade! Braun, braun, braun! Ich sah mich um und entdeckte Hansi, den Vorarbeiter.

»Welche Farbe haben die Dachziegel, Hansi?«, fragte ich und rang nach Luft.

Hansi bemerkte meine Anspannung und stutzte einen Moment. Er schaute zum Dach, dann wieder zu mir, dann wieder zum Dach. »Ick würd sagen, die sind bräunlich, also so'n bisken gräulich … ähm … eigentlich eher bräunlich-gräulich.«

»Bräunlich-gräulich? Finden Sie nicht, dass die Ziegel durch und durch braun sind?«, fragte ich den erkennbar verunsicherten Hansi. Obwohl meine Nummer auf dem Display bei Gerd Giersch vermutlich alles andere als Begeisterung auslöste, ging er gleich nach dem zweiten Klingeln ran. »Wir haben hier ein Problem, Herr Giersch. Und zwar ein ziemlich großes!«

Meine ganze Aufregung nur um der Farbe willen verstanden weder Giersch noch Hartmann, deren Blicke keine dreißig Minuten später über das Dach und die Ziegel streiften. Und ich begriff, dass sie es nicht verstehen *wollten*.

»Das ist doch sonnenklar«, referierte Hartmann mit wichtiger Miene, »bei unterschiedlichen Lichtverhältnissen variiert der Farbton nun mal.« Meine Kehle war wie zugeschnürt. »Herr Hartmann, Sie sind doch unser Architekt, wo ist Ihre Solidarität?«, wollte ich fragen. »Warum können Sie nicht zugeben, dass mich meine Wahrnehmung nicht täuscht und ich recht habe?« Die Worte blieben mir jedoch im Hals stecken.

»Die Ziegel sind grau. Das steht ja auch auf der Verpackung. Und auf dem Lieferschein«, bekräftigte Giersch und zog wie zum Beweis ein Papier aus der Hosentasche. »Doppelmulden-falz in Anthrazit«, las Giersch vor.

»Das da«, stieß ich mühsam hervor, »ist nicht Anthrazit. Ich möchte, dass Sie das mit dem Hersteller abklären, bevor Sie hier weitermachen … bitte.« Meine Stimme hatte beinahe etwas Flehendes. Hoffte ich wirklich, dass Gerd Giersch in seiner unendlichen Güte und mit nur einem Telefonat den Farbton der Dachziegel ändern und in die gewünschte Farbe transformieren könnte?

»Und, wie war's?«, rief Richard gut gelaunt, kaum dass er am Abend die Wohnung betrat. Als hätte jemand einen Wasserhahn aufgedreht, sprudelten die Worte nur so aus mir heraus. Ich berichtete ihm, wie Hartmann und Giersch über meinen Kopf hinweg bestimmt hatten, dass Braun und Grau ab sofort in etwa dasselbe seien, wofür ein Lieferschein als Beweis herhalten musste. Dass meine Aufregung als völlig unnötig eingestuft wurde und mich beide behandelt hatten, als sei ich eine hysterische Großstadtzicke, die sich mal ein bisschen entspannen sollte. Von dem Blick, den Gerd Giersch bei der Verabschiedung Ulrich Hartmann zugeworfen hatte und der keiner weiteren Interpretation bedurfte. Und nein, das bildete ich mir nicht ein. Ich hatte schließlich Augen im Kopf. Und denen entging nichts. Auch nicht, dass Gierschs Leute bereits ein Drittel der Fläche mit den falschen Ziegeln eingedeckt hatten.

Richards piepende Mailbox stoppte meinen Redeschwall. Eine Nachricht von Giersch, der, um die Konfrontation mit mir zu umgehen, vorsorglich Richards Handy angewählt hatte. »Herr Vonderweide, Giersch hier. Ähm, ich wollte Sie nur informieren … also, der Hersteller der Dachziegel hat sich gemeldet. Er sagt, die gelieferte Ware kann man nicht reklamieren. Ist halt ein Naturprodukt. Da kann der Farbton auch mal abweichen. Tja, da kann man nichts machen. Grau ist eben doch grau.«

Richard drückte die Rückruftaste. »Und Ihr Auto ist rot, weil der Verkäufer das behauptet? Obwohl alle sehen, dass es sich um einen blauen Wagen handelt? Sind Sie farbenblind, Herr Giersch?«

Aber auch Richards Einwand änderte nichts. Das Dach blieb, wie es war: braun.

*

Die Ilsebill der Neuzeit

Das Maifest bei Olaf und Robert war jedes Jahr der Saisonauftakt. Hier wurde die warme Jahreszeit willkommen geheißen und der Natur gehuldigt. Für Richard und mich war die Einladung zudem eine angenehme Ablenkung vom Baustellenfiasko. Wir entschieden uns für eine Landpartie über die brandenburgischen Alleenstraßen.

»Ein vergleichbar wertvolles, lebendiges Kulturerbe ist in keinem anderen Bundesland zu finden. Mehr als siebzig Prozent des Alleenbestandes aus Eiche, Linde oder Ahorn ist älter als achtzig Jahre.« Ich las Richard einen Artikel vor, auf den ich im Internet gestoßen war. Damals pflanzte man die grünen Tunnel, um Reisenden in ihren Kutschen sowie Bauern auf Fuhrwerken Schatten zu spenden, die Landschaft zu strukturieren und Straßen zu markieren. Nun fuhren wir mit offenem Dach unter dem dichten Grün, durch das vereinzelte Sonnenstrahlen fielen. Vorbei an einem auffallend schönen Barockschloss, dem Sitz der gräflichen Familie, die seit Jahrhunderten hier beheimatet war. Nach dem Krieg war sie zwar von den Russen zwangsenteignet und vertrieben worden, doch nach der Wende hatte der Graf die ehemaligen Besitztümer seiner Vorfahren vom Staat zurückgekauft und sich als Landwirt niedergelassen. Da er bodenständig und ohne jeden Standesdünkel war, respektierten die Alteingesessenen ihn und seine Familie. Olaf hatte den für die Öffentlichkeit zugänglichen Park anhand historischer Vorlagen rekonstruiert und damit eindrucksvoll seine Kompetenz als Landschaftsarchitekt unter Beweis gestellt. Das gräfliche Anwesen fand selbst in englischsprachigen Gartenmagazinen Erwähnung und wurde zum touristischen Aushängeschild der Region.

Aus Dank bot ihm der Graf die halb verfallene Orangerie zum Freundschaftspreis an, die in Sichtweite zum Schloss hinter einer Abzweigung verborgen lag. Auch den eigenen Grund und Boden hatte Olaf in einen grünen Traum verwandelt. Buchsbaumformationen und weiß blühende Staudenbeete rahmten die Kiesauffahrt, an deren Ende ein antiker Springbrunnen den ankommenden Besucher mit einem leisen Plätschern empfing. Auf der großen Wiese, die in einer Obstbaumplantage mündete, hatte sich die weiß gekleidete Gästeschar, die dem Dresscode *Shades of White* beinahe ausnahmslos gefolgt war, unter cremefarbenen Landhausschirmen in gemütlichen Korbsesseln niedergelassen. Man applaudierte Olafs Nichte, die mit ihrem äußerst agilen Großvater ein Federballmatch bestritt. Franz und Willi tobten mit drei anderen Hunden über den Rasen, wobei sie versuchten, einer Truppe junger Väter und deren Söhnen den Fußball abzuluchsen. Bilder wie aus einem Werbevideo für generationenübergreifendes Landleben im Luxussegment. Richard und ich suchten uns einen Platz im Schatten der alten Kastanie, über uns weiße Lampions, die zu fortgeschrittener Stunde die darunter stehenden weiß eingedeckten Tische beleuchten würden.

»Stell dir vor, irgendwann ist unser Haus fertig und wir machen dann auch so eine schöne Sommerparty.« Ich nahm Richards Hand und drückte sie zärtlich.

»Unser Haus kannst du doch gar nicht mit dem hier vergleichen«, erwiderte Richard.

»Wieso nicht? Unser Haus und der Garten sind doch ein Traum.«

»Du vergleichst Äpfel mit Birnen. Eine Hütte im Wald ist kein repräsentatives, voll ausgestattetes Herrenhaus. Davon mal abgesehen ist das hier für Olaf und Robert der Lebensmittelpunkt. Unser Leben spielt in Berlin. Das Forsthaus ist fürs Wochenende, nicht mehr und nicht weniger.« Richard entzog sich meiner Hand.

»Das ist mir absolut bewusst. Aber abgesehen davon, dass man Partys durchaus auch in einer Waldhütte feiern kann, wollen wir vielleicht irgendwann mal eine Option auf mehr, zum Beispiel mehr als nur ein Wochenende im Haus sein. Und da kann es doch nicht schaden, wenn man die Voraussetzungen dafür schafft und von vornherein in vernünftige Bäder und so investiert.«

»Das kann man – wenn man die Kohle dafür hat. Ehrlich, Rosa, ich wundere mich, dass du plötzlich solche Fantasien hast.« Er erinnerte mich an die Gartenlaube am Teupitzer See, auf die wir während unserer Immobilien-Besichtigungstour durch Brandenburg gestoßen waren. Tatsächlich war ich anfangs Feuer und Flamme gewesen, obwohl auf die Laube die Beschreibung »bodenständig« am ehesten zutraf. Sie war lediglich mit einfachsten Mitteln und Plumpsklo im Garten ausgestattet. Der Luxus war das herrliche Wasserpanorama. Aber da die Laube auf einer Insel lag, hätte man parallel auch noch ein Boot anschaffen müssen. Klang superromantisch, war aber in erster Linie superunpraktisch, was auch mir schnell klar geworden war.

Richard sah mich nachdenklich an. »Ich will damit nur sagen, dass wir mal sehr bescheiden an das Projekt Wochenendhäuschen rangegangen sind. Deine Dimensionen haben sich mittlerweile total verschoben. Und das macht mir manchmal ein bisschen Angst.« Seine Worte überraschten mich, ich fühlte mich geradezu unbehaglich. Sollte er recht haben? War ich tatsächlich gerade im Begriff, mich in etwas zu verrennen? Etwas, das mit unserer ursprünglichen Idee nichts mehr zu tun hatte? Ich, die Ilsebill der Neuzeit, die allzu hoch hinauswollte und damit dem armen Fischer Richard das Leben schwer machte? Das wollte ich auf keinen Fall. Aber ich fühlte mich bereits so sehr mit unserem Haus verbunden, dass ich in ihm vielleicht mehr sah als Richard.

Wie ein Schmetterling flatterte Olaf von einem Gast zum nächsten, Familie, Freunde, Nachbarn aus dem Dorf. Er kümmerte sich um jeden einzelnen, brachte die Gäste miteinander ins Gespräch, versorgte sie mit Getränken, während der stille und zurückhaltende Robert als Grillmeister darauf achtete, dass die Wildschweinwürste aus der gräflichen Jagd nicht verkohlten. Olaf sprach so viel, dass es für zwei reichte, eine Tatsache, die dem eher wortkargen Robert sehr entgegenkam. Es war mutig von den beiden, sich inmitten einer traditionellen Dorfgemeinschaft anzusiedeln und dann auch gleich mit Hauptwohnsitz. Zwei Männer in einem Haushalt, ein Thema, das selbst nach Jahren noch den dorfinternen Klatsch befeuerte. Olaf wusste um die hiesige Homophobie, die auch noch im einundzwanzigsten Jahrhundert grassierte, denn seine Haushaltshilfe, die aus dem Dorf stammte, war ihm eine zuverlässige Informantin. »Schön, dass ihr da seid, Darlings«, begrüßte uns Olaf, drückte uns zwei Gläser mit Erdbeerbowle in die Hand und ein Küsschen auf die Wangen, bevor er uns Richtung Haus lotste. »Ich möchte euch etwas zeigen.«

Bei dem Wiederaufbau der Orangerie hatten Olaf und Robert erhaltenswerte Bausubstanz restauriert und mit einem modernen Look ergänzt, Mauerwerk ließ man unverputzt, sodass die Räume den rauen Charme eines Industrielofts verströmten.

Wir durchquerten die Küche und die angrenzende Halle, lang gestreckte Zimmerfluchten, die in einem halbrunden Salon mit bodentiefen Metallfenstern endeten. Olaf deutete auf ein paar Sprossenfenster, die an der Wand lehnten. »Die habe ich mal auf dem Dachboden einer alten Scheune entdeckt. Wir konnten sie für die Orangerie leider nicht verwenden. Aber vielleicht passen sie ja in euer Projekt?«

*

Allet aus eenem Guss

Wer auf Wohnzeitschriften, Pinterest oder Instagram vertraute, wusste, dass es für die eigenen vier Wände gerade nichts Cooleres gab als den *Industrial Look*. Im Englischen klang die Wortschöpfung, die sinngemäß nichts anderes bedeutete als Fabriketagenoptik, noch mal ungleich cooler. Der Industrial Look war hip, schick, angesagt. Metallfenster gehörten so selbstverständlich dazu wie das Amen in der Kirche. Wer die nicht in die Altbausanierung einbezog, hatte entweder einen ganz anderen Geschmack oder schlichtweg keine Ahnung. Oder, wie wir, kein ausreichendes Budget für diesen zeitgeistigen Luxus. Fenster mit einem Metallrahmen hätten sich in unserer Veranda gut gemacht, ihr damit den Hauch eines Wintergartens verliehen, da waren Richard und ich uns einig. Umso mehr bedauerte ich, dass die von Olaf überlassenen Rahmen hier nicht passten. Und erschwingliche Metallfenster schien es nicht zu geben, was mich mehr enttäuschte als Richard. Für ihn hatten Fenster im Wesentlichen eine praktische Funktion. Auf und zu. Vor allem verfügte Richard über die Gabe, Tatsachen zu akzeptieren. Während ich keine Ruhe gab und Wochen darauf verwendete, die Fensteranbieter und Metallbauer über die Grenzen Brandenburgs abzuklappern, viele Kilometer fuhr und diverse Gespräche führte, bis auch ich endlich begriff, dass Eisenfenster mit unserem Budget nicht kompatibel waren. Da uns Hartmann mit seinen Alternativvorschlägen, Fenster aus Kunststoff oder Aluminium, auch nicht überzeugte, blieb nur eine Lösung: Holzfenster. Mit Akribie zeichnete ich jedes einzelne Fenster auf Millimeterpapier, zermarterte mir den Kopf über Anzahl und Platzierung der Sprossen und bat Hartmann, den Entwurf zu prüfen. Wir holten drei Angebote ein und entschieden uns für die Firma »Friedetaler Fensterbauer« aus Seelendorf. Laut Hartmann fertigte man hier solide Produkte aus Kiefernholz zu fairen Konditionen. Dass es sich wieder um eine von seinen Seilschaften handelte, wunderte uns mittlerweile nicht mehr, erklärte jedoch das in Aussicht gestellte schnelle Lieferdatum. Die Sache eilte, schließlich gab es einen Ablaufplan, in dem andere Handwerksbetriebe bereits beauftragt und eingeplant waren.

Das Aufmaß für die Fenster nahm der Geschäftsführer persönlich. Harald Winde hantierte mit einem elektronischen Laser-Messgerät, das er geschickt mit den zwei verbliebenen Fingern seiner rechten Hand bediente. Die drei anderen Finger waren während seiner Lehrjahre einer Kreissäge zum Opfer gefallen, wie er nebenbei erzählte.

»Die Fensterrahmen werd'n weeß, nehm ick an?« Winde schaute zu Hartmann, als würde der die Antwort geben.

»Nein, anthrazit«, sagte ich.

»Anthrazit? Ick sach ma so, eene dunkle Farbe bleicht schnella aus, grade uff de Südseite, wo die janze Zeit die Sonne ruffknallt.« Harald Winde fuhr sich durch sein lichtes rotblondes Haar. Er blickte erneut zu Hartmann. »Die müss'n Se in een paar Jahr'n wieda streich'n.«

»Was haben Sie immer mit Ihrem Anthrazit?« Hartmann schüttelte den Kopf und warf mir einen verständnislosen Blick zu. »Jetzt auch noch die Fensterrahmen, wie sieht das denn aus?«

»Es gibt für das Haus ein Farbkonzept, und das sieht nun mal Dunkelgrau für die Rahmen vor«, sagte ich und klang dabei weniger bestimmt, als ich es mir vorgenommen hatte. Wieso musste ich die Farbwahl überhaupt erklären? Es waren schließlich *unsere* Fenster. Und *unser* Haus.

»Die meesten Fensterrahmen, die wir bau'n, sind weeß oda braun.«

»Das mag sein, Herr Winde. Aber wie ich schon sagte, wir hätten gerne anthrazitfarbene.«

Harald Winde war erkennbar irritiert, geradezu ratlos, brachte dann aber das Gespräch übergangslos auf die Vorzüge von Rollläden, die im Zuge des Fenstereinbaus gleich mitinstalliert werden müssten. Darüber diskutierte er mit Hartmann, wobei beide so taten, als sei ich nicht anwesend. Da hier alle Häuser Rollläden vor den Fenstern hatten, kam es für Harald Winde gar nicht in Betracht, dass sich ein Kunde allen Ernstes dagegen entscheiden könnte. Umso erstaunter schaute er mich aus seinen weit aufgerissenen, wässrigen Augen an, als ich sagte, dass es keine Rollläden geben würde.

Hartmann hatte offenbar genug. »Am besten, Sie klären das unter sich, dafür brauchen Sie mich nicht.« Er verabschiedete sich mit einem Kopfnicken und verschwand auf seinem Mountainbike Richtung Wald.

Ein merkwürdiger Abgang, dachte ich und konzentrierte mich wieder auf Harald Winde, der gerade in einer schriftlichen Notiz vermerkte, dass wir auf Standard-Fenstergriffe ebenfalls verzichten wollten. »Ooch keene Oliven oda wat?« Ich schaute ihn fragend an. »Na, zusätzliche Schlösser, die man von drinnen abschließ'n tut. Oliven heißen die.«

Ich verneinte und erklärte leicht genervt, dass das Haus durch robuste Fensterläden geschützt und mit Kameras überwacht würde. Und dass wir für Fenster und Türen handgefertigte Eisengriffe ausgesucht hätten.

»Ah, ick vasteh', keene Plaste, wa? Allet aus eenem Juss«, sagte er jovial, dieses Mal den Blick auf mich gerichtet, denn Hartmann war ja nicht mehr da. Er kam mir vor wie eine Nacktschnecke, die überall dort, wo sie längskroch, ihre klebrig triefende Schleimspur hinterließ. »Sie mach'n imma allet anders als die ander'n, stimmt's? Sie ham wirklich 'n ausjefall'nen Jeschmack, sach ick ma so.« Sein Tonfall war eine Mischung aus Anzüglichkeit, Gönnerhaftigkeit und Unterwürfigkeit. Ich wusste nicht, was davon ich abstoßender fand, und war froh, als er seine Sachen nahm und abzog.

$$*$$

Baumaterialien mit Patina

Als Bauherr sollte man Rechtfertigungen für bereits getroffene Entscheidungen vermeiden, genauso wie das Diskutieren von Geschmacksfragen. Anfangs hatte ich mich den Handwerkern gegenüber in diversen Erklärungsversuchen geübt: »Wir wollen aus dem alten Haus kein neues machen, deshalb verwenden wir Baumaterialien mit Patina.« Nach dem Motto: mit dem Haus und nicht dagegen. Und da es in unserem Forsthaus außer den alten Kastenfenstern nichts gab, was man hätte erhalten können, suchte ich nach altem Scheunenholz für die Verkleidung der Gauben und der Veranda, spürte bei eBay alte Reichsklinker für das Sichtmauerwerk in den Giebelseiten auf und einen ausrangierten Futtertrog aus Sandstein, der uns künftig als Waschbecken dienen sollte. Was vor allem Ulrich Hartmann nur ein wiederholtes Kopfschütteln entlockte. »Was wollen Sie mit dem ollen Zeug?« Hier war man froh, sich von dem alten Kram zu verabschieden, ihn zu entsorgen, sich nach vierzig Jahren sozialistischer Standardausrüstung mit neuer, blitzblanker Ware aus dem Baumarkt einzudecken. Und wir holten uns einen alten Schweinetrog und vergraute Holzbretter ins Haus und waren sogar bereit, dafür auch noch Geld auszugeben. Ich war sicher, dass das unter den Handwerkern für den einen oder anderen Schenkelklopfer sorgte, wenn man uns nicht sogar für total bescheuert hielt.

Mit unserer Vorliebe für Historisches waren Richard und ich jedoch nicht allein. Landauf, landab gab es Händler, die sich auf antike Baumaterialien spezialisiert hatten und damit die große Nachfrage bedienten. An einem sonnigen Samstag fuhren wir nach Mecklenburg-Vorpommern, um bei einem Händler für historische Baustoffe zu stöbern. Lagerhallen, groß wie Fußballfelder, waren hier gefüllt mit Materialien und Unikaten aller Dekaden. Barocksofas und Kirchenbänke standen neben Möbelklassikern des DDR-Designs, es gab Backsteine und Jugendstil-Fliesen, gusseiserne Kamine und Keramik-Kachelöfen. Sogar Intarsienparkett aus verfallenen Gutshäusern, auf denen einst adelige Herren in eleganter Kleidung die nicht minder herausgeputzten Damen zur Quadrille gebeten hatten. Hundert Jahre alte Holzpaneele und Dielenbretter, die die Erinnerungen sämtlicher Schritte in sich bewahrten. In einer Halle standen Türen unterschiedlicher Epochen. Hier fanden wir die eine, die der Hingucker unseres Dachgeschosses werden sollte. Eine doppelflügelige Gründerzeittür mit gedrechselten Kapitellen und geschnitzten Rosetten, die vor einem Jahrhundert in einem Berliner Altbau als Wohnungstür gedient hatte. Ein paar Zierleisten und die Glaseinsätze fehlten, aber die Originalbeschläge waren noch vorhanden.

Tomek bot an, die Tür in seiner polnischen Werkstatt aufzuarbeiten. Dankbar nahm ich an, sagte noch lachend, die Tür solle unbedingt ihren alten Charakter behalten. Was Tomek offenbar nicht gehört hatte. Als er die Tür zurückbrachte und stolz präsentierte, hätte ich sie beinahe nicht wiedererkannt. Man hatte ihr jede Patina genommen und damit jede Lebensspur getilgt. Die Tür war schlichtweg totsaniert. Da ich nur stumm auf die Tür starrte, ergriff Tomek das Wort: »Sieht aus wie neu«, meinte er stolz, während ich bereits überlegte, ob sich die gelblichen Ölschichten, die beide Türseiten millimeterdick durchtränkten, wohl jemals wieder entfernen ließen. Beim Einbau der Tür ins Dachgeschoss gab es gleich das nächste Problem.

»Problem? Was für 'n Problem?«, fragte Hartmann und betrachtete die geschlossenen Türflügel. »Passt doch.«

»In Breite und Höhe schon. Aber sie lassen sich nicht öffnen«, sagte ich und zeigte auf das Hindernis, einen der Querbalken im Dachstuhl, der die Türflügel blockierte. »Ich verstehe nicht, wie das passieren konnte, Herr Hartmann. Ich hatte Ihnen die Türmaße doch per E-Mail geschickt.« Da ich vorausgesehen hatte, dass er das Gegenteil behaupten würde, drückte ich ihm wortlos die ausgedruckte Nachricht in die Hand. Eins zu null für mich.

Die geheimnisumwitterte Kiste

Meine Leidenschaft für Hörbücher hatte ich nicht erst mit den Fahrten durch Brandenburg entdeckt. Schon zu Schleswig-Holstein-Zeiten hatte ich es geliebt, mir unterwegs vorlesen zu lassen, weshalb ich bei unserem letzten Umzug meterweise Hörbuchkassetten und CDs aussortieren musste. Neben Literaturklassikern und diversen Podcasts hörte ich am liebsten Krimis. Und es passierte nicht selten, dass ich so lange im Auto sitzen blieb, bis der Mörder überwältigt war oder ich zumindest einen Verdacht hatte, wer die ahnungslose Tante erwürgt haben könnte.

Dass selbst der aufregendste Thriller an Spannung vom wirklichen Leben überboten werden konnte, erfuhr ich, als ich eines Morgens um sieben Uhr die Baustelle erreichte.

»Verschwunden?«, fragte ich die Dachdecker, die allesamt noch etwas verschlafen wirkten. »Wer ist verschwunden? Und was für eine Kiste?«

»Na, alle Mann ab ins Auto und tschüss.« Vorarbeiter Hansi machte eine wegwerfende Handbewegung. »Wir war'n jrade hier anjekomm'n, da sind die plötzlich wech. Und vorher ham se zu dritt so 'n Riesending ins Auto jeschleppt.«

»Was für 'n Riesending?«

»Manno, wat weeß icke …«

»Dit sah aus wie 'ne Kiste«, bestätigte Hansis Kollege, »die hatt'n da 'ne Decke rüberjelegt. Als würd'n se wat vasteck'n. Jedenfalls hatt'n die's ziemlich eilich.«

Ich zückte mein Handy. »Ein Gegenstand, der in eine Decke gehüllt und dann klammheimlich abtransportiert wurde? Nehmen Sie es mir nicht übel, aber das sieht ganz danach aus, als wollten Ihre Männer etwas verbergen. Können Sie das bitte schnell klären?« Ich hinterließ die Frage auf Tomeks Mailbox, denn er ging wie üblich nicht ran. Als ich nach einer Stunde immer noch nichts von Tomek gehört hatte, bat ich Richard, ihn anzurufen. Doch auch er konnte seiner Empörung über die höchst merkwürdigen Vorkommnisse nur auf Tomeks Anrufbeantworter Luft machen. Erst als er drohte, die Zahlungen einzustellen, wenn Tomek sich nicht sofort meldete, rief dieser zurück. Er habe die Leute zu einem Notfall abkommandieren müssen, weshalb sie in aller Eile zusammenpacken und losfahren mussten, erklärte Tomek und beteuerte, dass ihm von einer Kiste nichts bekannt sei. Richard schilderte die Beobachtungen der Dachdecker und forderte Tomek auf, seine Mitarbeiter zu befragen. »Wenn Ihre Leute etwas eingepackt haben sollten, das ihnen nicht gehört, dann ist das Diebstahl.« Und um Tomeks spürbare Verunsicherung noch ein wenig zu intensivieren: »Einen Diebstahl meldet man der Polizei. Aber das wissen Sie ja, Tomek, oder?« Das kleinlaute Gemurmel am anderen Ende der Leitung nutzte Richard, um auf den Müll hinzuweisen, den Pjotr, Bogdan und Marek auf der Baustelle hinterlassen hatten. Tomek versprach, dass jemand kommen und aufräumen würde. Eine der vielen leeren Versprechungen, denen keine Taten folgen würden, das wusste ich bereits jetzt.

Als der Gestank einer geöffneten Thunfischdose, in der noch eine von Fliegen übersäte Gabel steckte, nicht länger zu ertragen war, zog ich entschlossen Gummihandschuhe an und begann, zig Müllsäcke mit angebrochenen Kekstüten, leeren Raviolidosen und Dutzenden Softdrinkflaschen zu befüllen, die sich in Haus und Garten angesammelt hatten. Ich musste daran denken, dass wir vor wenigen Monaten ernsthaft über Tomeks Vorschlag nachgedacht hatten, ihn und seine Leute das Haus komplett sanieren zu lassen. Zum Sparpreis, wie Tomek versichert hatte, alles ganz billig, alles ganz schnell, alles aus einer Hand. Zum Glück waren wir nicht auf diese Sirenengesänge hereingefallen. Ich stopfte einige Fundstücke, die von dem mehrmonatigen Aufenthalt der Polen zeugten, in den nächsten sauberen Sack. Darunter ein einzelner Turnschuh – den dazu passenden hatte Pjotr Gerüchten zufolge im Betonfundament versenkt, zusammen mit den Knochen – eine Trainingsjacke an einem durchgebogenen Metallbügel, Campinggeschirr, Handtücher, ein batteriebetriebenes Radio, eine Wolldecke. Pjotr, Bogdan und Marek taten mir plötzlich leid. Ihre Habe, die sie sich unter harten Bedingungen erarbeitet hatten, einfach so zu entsorgen, stand mir nicht zu. Ich beschloss, die Dinge vorerst aufzubewahren. Doch in der Frage nach der geheimnisumwitterten Kiste würde ich nicht lockerlassen. Damit würde Tomek dieses Mal nicht so einfach davonkommen. Bald schon erhielten wir tatsächlich einen Hinweis.

✳

Die Geschichte vom gierigen Genossen

Von unserem Freund Maik hatten wir in den zurückliegenden Wochen nichts gehört. Sein Chef hatte ihn kurzfristig nach Ibiza beordert, wo er sich um dessen Anwesen kümmern sollte. Die Sommersaison stand vor der Tür, die Finca musste entstaubt, die Pool-Liegen überprüft und die Palmen gegossen werden. Vermutlich wurde Maiks Aufgabenspektrum als Fuhrparkmanager damit allzu großzügig ausgelegt, aber für Maik bedeutete die Kurzreise auf die Balearen einen Tapetenwechsel – und im Herbst würde es als Wiedergutmachung für seinen Hausmeistereinsatz zwei Wochen Gratisurlaub auf der Partyinsel geben. Doreen nutzte Maiks Abwesenheit, um die Eröffnung ihres Nagelstudios vorzubereiten, wo sie unter dem verheißungsvollen Namen »Doreens Dream Nails« die Fuß- und Fingernägel der Wandlitzer künftig mit Schellack, Acryl und Strasssteinchen aufhübschen würde.

Nun hatten sich beide für einen Sonntagsbesuch im Forsthaus angekündigt, und während Doreen ein Tablett mit selbst gebackenem Erdbeerkuchen durch den Garten balancierte, baute Maik den klapprigen Campingtisch auf, den ich mit dem englischen Geschirr unseres Picknickkorbs eindeckte. Kaffee und Tee standen in Thermoskannen bereit, und Richard versuchte, die lauwarme Proseccoflasche im Bach auf eine akzeptable Trinktemperatur zu kühlen. Franz und Willi beobachteten das

Treiben konzentriert, in der Hoffnung, dass ein paar Kuchenkrümel für sie abfallen würden.

Es gab viel zu erzählen. Vor allem von den neuesten polnischen Ereignissen auf der Baustelle. Schließlich war der Kontakt zu Tomek und Co durch Maiks Vermittlung zustande gekommen und Maiks Interesse an den Geschehnissen entsprechend groß. Richard und ich hofften, Maik könnte bewirken, was Richards Drohungen bislang nicht geschafft hatten, nämlich an Tomeks Gewissen zu appellieren und mit der Wahrheit über den Hals-über-Kopf-Aufbruch herauszurücken.

»Die drei könnten möglicherweise einen Volltreffer gelandet haben.« Maik schob sich den Rest Erdbeerkuchen in den Mund, nahm einen Schluck Kaffee und lehnte sich entspannt im Campingstuhl zurück. »Wusstet ihr, dass sich keine zehn Minuten von hier das größte Wirtschaftsverbrechen der DDR-Geschichte zugetragen hat?« Er schnippte ein paar Kuchenbrösel von seinem T-Shirt und fuhr fort. »Der Täter hieß Günter Wurm, ein studierter Ökonom und Stasi-Offizier, der in zwei Jahrzehnten ein gigantisches Vermögen zusammengerafft hat. Und das mit hoher krimineller Energie.« Maik, der erkennbar Spaß an der Dramaturgie seiner Story hatte, leerte in einem Zug seine Kaffeetasse. »Anfang der sechziger Jahre vermittelte Wurm in einer eigens gegründeten Scheinfirma Geschäfte zwischen Unternehmen im Westen und in der DDR. Dafür kassierte er von beiden Seiten Provisionen. Alles geschah unter dem Deckmantel des Ministeriums für Staatssicherheit, aber vorbei am offiziellen DDR-Außenhandel. Um seine dreisten Geschäfte durchzuziehen, schmierte er sämtliche Instanzen. Bezirksräte bekamen modernste Technik aus Fernost und der staatliche Forstbetrieb Hightech-Holzverarbeitungsmaschinen des imperialistischen Klassenfeindes. Die DDR-Elite versorgte er mit allen gewünschten Luxusgütern, einschließlich Traumgrundstücken, Wohnungen und Telefonanschlüssen.«

»Davon konnten viele DDR-Bürger nur träumen«, unterbrach ihn Doreen. Maik nickte. »Wurm agierte in immer größerem Stil und mit zunehmendem Größenwahn. Über die Jahre häufte er rund achtzig Kilo Gold, Brillanten und Silbermünzen an, hinzu kamen Millionenbeträge in Ost- und West-Mark. Der reinste Wahnsinn.«

»Und das hat niemand gemerkt?«, fragte ich und konnte kaum glauben, was ich da hörte.

»Doch. Irgendwann geriet Wurms Imperium auf den Radar vom MfS, und Stasi-Chef Mielke ließ den gierigen Genossen bespitzeln. Wurm machte kurz entschlossen den Laden dicht. Er überwies einen Teil des Bargeldes auf ein Staatskonto und dachte, damit wäre er aus dem Schneider und seine Verfolger los. Aber nix da. Bei einer Durchsuchung von Wurms konspirativer Wohnung in Berlin fand man in der Röhre eines Kachelofens noch mehr Kohle, Devisen in sechsstelliger Höhe.«

Maik straffte sich. »Den eigentlichen Coup aber landete die Stasi in Wurms privater Jagdhütte, die übrigens irgendwo hier in der Gegend gestanden haben soll.« Er grinste und rieb sich die Hände. »Wurm hatte in den Wänden der Hütte tatsächlich Goldbarren vermauert. In anderen Verstecken fand man Waggonladungen von Schnapsflaschen und Westzigaretten. 1981 hat ihn dann der oberste Gerichtshof der DDR still und heimlich zu fünfzehn Jahren Haft verurteilt. Tja, wer weiß, vielleicht sind Pjotr, Bogdan und Marek jetzt Goldbarrenbesitzer und machen Dolce Vita an der Weichsel.«

»Das Gold haben die längst eingeschmolzen oder weiter Richtung Osten verschachert, jede Wette.« Richard kräuselte die Stirn.

»Vielleicht sind sie auch nur auf eine Schatulle gestoßen, wie sie bei Grundsteinlegungen traditionell vermauert werden«, mutmaßte ich, wobei ich das Wort »nur« mit Gänsefüßchen in der Luft untermalte. »Eine Art Zeitkapsel mit 'ner Tageszeitung, ein paar Münzen, Dokumenten, den alten Bauplänen …«

»Vielleicht taucht die Kiste ja wieder auf«, sagte Doreen. »Für euch hätten solche Fundstücke eine Bedeutung gehabt, für die Typen ist der Wert doch gleich null.« Sie sah mich mitfühlend an und tippte Maik auf die Schulter. »Du musst Tomek noch mal ausquetschen und zwar richtig.«

»Die Frage ist doch, wie viele von Wurms Verstecken damals ausgehoben wurden und welche unentdeckt blieben«, sagte Maik. »Als Parteibonze hätte er sich jederzeit Zugang zum Forsthaus verschaffen können, um in aller Seelenruhe ein geheimes Warenlager anzulegen. Gut möglich also, dass die Polen genau hier ein weiteres Depot freigeschaufelt und leer geräumt haben.«

»Vierzig Jahre alten Schnaps könnte man jedenfalls durchaus noch trinken.« Richard öffnete den Prosecco mit einem leisen Plopp und füllte die Gläser.

»Und die Goldbarren hätten die Einlagerung ebenfalls problemlos überstanden«, meinte Doreen.

Maik nickte bestätigend. »Zu dumm, dass man Wurm nicht mehr fragen kann.«

»Was wurde aus ihm?«, fragte ich.

»Der saß keine zwei Jahre im Knast, und plötzlich war er tot.«

Und tschüss!

Verbales Krisenmanagement gehörte noch nie zu meinen herausragenden Eigenschaften. Ich war zwar nicht auf den Mund gefallen, wenn es darum ging, meine Meinung zu verkünden, aber strategische Gesprächsführung zählte eindeutig nicht zu meinen Stärken. In Diskussionsrunden reagierte ich oft zu impulsiv, zu emotional, wenn Sachlichkeit oder gar Taktieren erforderlich gewesen wären. Ich fragte mich oft, warum das so war. Ich war doch eine Frau des Wortes, hatte Kommunikationswissenschaften studiert, mehr noch, ich verdiente mit der Formulierung von Texten sogar mein Geld. Trotzdem passierte es nicht selten, dass ich mich von Gesprächspartnern einschüchtern ließ oder in die Defensive gedrängt sah. Meine Psychologen-Freundin Susanne war schon seit Jahren der Ansicht, dass ich das mal »aufarbeiten« sollte. Sie vermutete, mein Verhalten sei auf frühkindliche Erfahrungen zurückzuführen, damit also ein erlernter und abgespeicherter Reflex. »Wenn du willst, dass das aufhört, musst du dich deinem Dämon stellen«, hatte Susanne geraten. »Dann traust du deiner Einschätzung, anstatt sie vor dir selbst und anderen ständig zu verteidigen.«

Hartmann hatte immer wieder instinktiv in diese Kerbe geschlagen und meine Schwachstelle ausgenutzt. Ich überlegte, wie ich Richard klarmachen konnte, dass Hartmanns Verhalten mir gegenüber nicht akzeptabel war. Richard war überzeugt, dass es ohne Hartmann auf der Baustelle nicht ging. Eine Position, die sich Hartmann meiner Meinung nach weidlich zunutze machte.

»Hartmann überspannt den Bogen, er attackiert mich oder nimmt mich nicht ernst. Er zweifelt meine Entscheidungen an, auch gerne vor Publikum«, beschwerte ich mich, als es auf der Baustelle wieder mal zu einem Disput gekommen war. »Das geht so nicht weiter.«
Richard schaute mich ruhig an. »Das wird es auch nicht.«
Ich war überrascht. Dass er so schnell einlenkte und sich überzeugen ließ, hatte ich nicht erwartet.
»Die Kerle reden über meinen Kopf hinweg, tun so, als sei ich überhaupt nicht anwesend«, schimpfte ich weiter. »Und dann

immer darauf rumzureiten, was hier alle haben und wie man es nicht macht. Das geht mir so was von auf den Keks!«

»Ich glaube, du hast mich gerade nicht richtig verstanden, Rosa.« Richard klang nun deutlich aufgebrachter. »Hartmann rief mich vorhin an, er hat keinen Bock mehr. Nicht mehr auf die Baustelle und nicht mehr auf dich. Hartmann schmeißt hin. So sieht's aus!«

Ich starrte Richard ungläubig an. »Weil ich entscheiden will, welche Farbe unsere Fenster haben? Das ist ja wohl mein gutes Recht!«

»Nein, weil du heute Ansagen machst, die du morgen wieder änderst. Weil du dem Elektriker sagst, du willst dimmbare Schalter und dann wieder doch nicht. Weil du dem Maurer sagst, dass du das Loch, das er gerade in die Wand haut, woanders hinhaben willst. Dieses Hü und Hott macht Hartmann verrückt.«

»Das stimmt so nicht! Und was heißt hier Hü und Hott? Ich habe mich gegen die Dimmer entschieden, bevor der Elektriker auch nur ein Kabel verlegt hat. Im Übrigen sind die Baupläne mittlerweile über ein Jahr alt, da kann es doch vorkommen, dass man Details noch mal auf den Prüfstand hebt. Ich dachte, du und ich, wir sind Verbündete. Stattdessen paktierst du mit Hartmann.«

»Ich paktiere mit niemandem. Ich sehe die Fakten. Und die sehen gerade so aus, dass wir eine Bruchbude im tiefsten Brandenburg haben und du den Architekten vergrault hast!«

Ich schnappte mir meinen Autoschlüssel und die Hunde und stürmte aus der Wohnung. Nichts wie weg. Weg von Richard, weg von dem ganzen komplizierten Quark. Hier bekam ich keine Luft, hier bekam ich allenfalls Kopfschmerzen. Was hatte Richard gesagt? Ich hätte Hartmann vergrault? Die Wahrheit war, dass ich meine Änderungswünsche nicht nur rechtzeitig geäußert, sondern auch gut begründet hatte. Sie passten Hartmann wohl grundsätzlich nicht, weil sie ihn zum Umdenken zwangen. Aber warum stellte Richard sich vor Hartmann, verteidigte ihn sogar? Hatte sich jetzt die ganze Welt gegen mich verschworen?

Ich hastete vorbei an leuchtend gelben Rapsfeldern, darüber der von weißen Wattebäuschen betupfte azurblaue Himmel. Doch für dieses Farbspiel der Natur hatte ich keinen Blick. Tränen liefen mir über die Wangen und nahmen mir die Sicht, auch für das Schöne. Von wegen Richard, mein *Partner in Crime*. Aber so einfach funktionierte unsere Paardynamik eben doch nicht. Manchmal ging er mir einfach nur auf die Nerven.

Mein Auto lotste mich wie von allein direkt zum Haus von Olaf.

»Du lieber Himmel, Rosa, wie siehst du denn aus? Was ist los?«

»Hartmann! Er kann uns nicht mehr behilflich sein. Er versteht weder, was wir wollen, noch versteht er mich«, zitierte ich Hartmanns Kündigungsgrund.

»So einfach schmeißt man nicht hin, auch ein Hartmann nicht. Damit begeht er nämlich Vertragsbruch!« Olaf schob eine Packung Kleenex über den Küchentisch. Ich putzte mir die Nase und brauchte einen Moment, ehe ich weitersprechen konnte.

»Jetzt mal ehrlich: Findest du, dass man im Laufe eines Bauvorhabens Dinge über den Haufen werfen darf? Muss man stoisch an Entscheidungen festhalten, die vor langer Zeit getroffen wurden? Ich habe nicht Hartmann als Bauleiter infrage gestellt, sondern lediglich die Idee geäußert, drei Wände nicht zu verputzen. Stattdessen möchte ich sie mit alten Brettern vertäfeln. Ich meine, wie unflexibel kann man sein? Er ist doch unser Architekt, der für uns arbeitet und den wir bezahlen, und nicht mein fleischgewordenes Korrektiv!«

Olaf stimmte mir zu. »Alles wird gut, Rosa, das kriegen wir schon hin. Richard und du, ihr müsst jetzt erst mal wieder aufeinander zugehen.« Olaf tätschelte meine Hand. »Und kein

Wort zu den Handwerkern auf der Baustelle. Wenn die rauskriegen, dass der Bauleiter von Bord gegangen ist, nutzen sie das aus und bescheißen euch, wo es nur geht.«

Ich fing wieder an zu heulen. Auch Olaf kamen die Tränen, was aber daher rührte, dass Willi unbeobachtet sein Beinchen gehoben und den Vintagesessel, einen »Eames Lounge Chair«, angepinkelt hatte. Ich scheuchte die Hunde nach draußen und versuchte mich in Schadensbegrenzung, sowohl am teuren Designermöbel als auch an meinem verschmierten Gesicht.

Olafs Einschätzung zu Hartmann beschäftigte mich für die Dauer der Rückfahrt. Auf ihn wirkte es so, als habe Hartmann das Projekt Forsthaus von Anfang an falsch eingeschätzt. Und nicht nur das Projekt, sondern auch uns als Bauherren. Wir hatten zwar genauso wenig Ahnung wie seine anderen Klienten, nur waren diese wahrscheinlich leichter zu lenken und sogar dankbar, wenn er ihnen schwierige Entscheidungen abnahm. Hartmann war keineswegs bewusst, dass meine mangelnde Erfahrung mit Bauprojekten nicht gleichbedeutend war mit fehlender Vorstellung in Gestaltungsfragen. Er hatte mich unterschätzt. Für ihn galt, Beschluss ist Beschluss. Basta. Selbst dann, wenn sich zwischenzeitlich eine andere Situation ergeben hatte. Sogar meine Vorschläge für den späteren Innenausbau, der gar nicht mehr zu Hartmanns Aufgaben gehörte, provozierten seinen Widerstand. Fast kam es mir so vor, als würde ihn schon meine bloße Anwesenheit auf der Baustelle kirremachen. Keine Frage, das Forsthaus war für den Architekten alles andere als ein glatter Durchmarsch. Ich erinnerte mich an eine unserer ersten Baubesprechungen in Hartmanns durchdesignter Büroetage.

»Der einzige Standort für Ihren Kamin ist die Ecke im Wohnzimmer. Dort befindet sich der direkte Anschluss«, sagte Hartmann, wobei er mit dem Finger den Grundriss beinahe durchbohrte.

»Ich hätte den Kamin aber lieber hier«, sagte ich und zeigte auf die Wandmitte des danebenliegenden Raums.

»Das geht nicht. Jedenfalls nicht so ohne Weiteres. Dafür müsste extra ein zweiter Schornstein errichtet werden. Und das kostet! Sowohl Platz als auch Geld.« Hartmann schaute Richard an, wissend, dass er gerade seinen Giftpfeil in Richards Achillesferse geschossen hatte.

»Muss der Kamin wirklich dort sein, Rosa?«, fragte mich Richard, ohne auf Hartmanns Argumentation einzugehen. Ich nickte. »Okay«, sagte Richard an Hartmann gewandt, »dann ist es so.«

Es war spät geworden, als ich den Prenzlauer Berg in zuversichtlicher Stimmung erreichte. Dank Olaf verstand ich jetzt besser, warum die Situation eskaliert und auch Hartmann in gewisser Weise überfordert war. Aber das Wichtigste war jetzt Richard. Nach der dritten Runde um den Kollwitzplatz fand ich endlich eine freie Parklücke. In den umliegenden Restaurants verabschiedeten sich gerade die letzten Gäste, die Stühle wurden hochgestellt. Ich ließ die Hunde noch mal an den Baum pinkeln und belohnte sie mit einem Leckerli. Zu Hause brannte kein Licht, Richard lag schon im Bett. »Komm, lass uns wieder vertragen«, murmelte er schlaftrunken, den Arm nach mir ausstreckend, als ich unter die Decke schlüpfte.

»Das wollte ich dir auch gerade vorschlagen.« Erleichtert kuschelte ich mich an ihn und sog den vertrauten Geruch seiner Haut ein.

Das Abkommen

Die Fahndung nach Tomek und der vermeintlichen Schatzkiste blieb trotz hartnäckigem Nachfragen ohne jedes Ergebnis. Die gesamte polnische Truppe hatte sich in Luft aufgelöst. Irgendwann sprachen wir nicht mehr über den Fall, wir hatten ihn schlichtweg verdrängt. Das war sicher auch gut so, der Mensch kann nur eine begrenzte Menge an Seelenmüll mit sich herumtragen, wenn er überleben will. Das Letzte, was wir von Tomek sahen, war eine Fuhre mit altem, wunderschön ergrautem Scheunenholz, die er eines Tages auf dem Grundstück abgeladen hatte. »Ein Geschenk«, hatte er auf einen kleinen Zettel gekritzelt, der zwischen zwei Brettern steckte. Wir freuten uns über den unerwarteten Versuch einer Wiedergutmachung und hatten keinerlei Bedenken, dieses »Geschenk« anzunehmen von einem, der jetzt vielleicht wie Dagobert Duck im Gold schwamm.

Ich nahm ein paar Bretter, stellte sie nebeneinander und demonstrierte Richard, wie schön sie an der Wand im Kaminzimmer aussehen würden. »Hüttenfeeling im Friedetal«, kommentierte ich, und Richard lachte. Wir deckten den Holzstapel mit Plastikplanen ab, die wir mit Ziegelsteinen beschwerten. Damit schufen wir ungewollt und unterstützt von den ergiebigen Regenfällen des Sommers ein Eldorado für die unterschiedlichsten Tiere: Tausendfüßler, Nacktschnecken, Spinnen, Regenwürmer, aber auch Waldeidechsen und Schlangen, große und kleine Käfer, die sich im Altholz einnisteten und ihre Eier ablegten. Gerade Letztere würden sich noch als unsere ärgsten Feinde erweisen.

Richard hatte Ulrich Hartmann zu einer Aussprache bewegen können, bei der sie eine Flasche Rosé »Miraval« leerten und bei der Neige übereinkamen, dass Hartmann wieder als Architekt und Bauleiter zur Verfügung stünde. Unter der Bedingung, dass alle Absprachen nur zwischen ihnen beiden liefen, Hartmann also zu mir keinen Kontakt mehr hätte. Richard war so erleichtert über diese Wendung, dass er Hartmann vermutlich alles zugesichert hätte. Obwohl ich die Entscheidung als diskreditierend empfand, war mir die neue Kommunikationsform nur recht. Ich wollte Hartmann genauso wenig sehen oder sprechen wie er mich.

Bis zu dem Nachmittag, an dem ich die Tür des Forsthauses aufschloss und mir extrem feuchte Luft entgegenströmte. In sämtlichen Räumen hatte sich der frisch aufgetragene Putz in großen Segmenten von den Wänden gelöst, die wiederum so durchnässt waren, als hätte sie gerade jemand mit dem Gartenschlauch abgeduscht. Kondenswasser lief in Bächen die Fensterscheiben hinunter und sammelte sich in Pfützen auf dem Betonfundament. Ich riss sämtliche Fenster und Türen auf, um der tropischen Luftfeuchtigkeit entgegenzuwirken. Mit wenig Erfolg, denn die Außenluft war regendurchtränkt und damit genauso klamm. Im Garten sah es nicht es nicht viel besser aus. Der See war über die Uferkante geschwappt und hatte die Wiese in einen sumpfigen Weiher verwandelt. Tote Fische trieben stinkend auf der Wasseroberfläche, ein Anblick wie in einem Weltuntergangsszenario. Einer Ahnung folgend lief ich ins Haus zurück, klappte die Luke hoch, die in den Kriechkeller führte. Ich knipste die Taschenlampenfunktion meines Handys an und sah meine ärgste Befürchtung bestätigt. Der Keller war vollgelaufen, das Wasser stand hier knöchelhoch, es roch brackig nach Kloake. Mir drehte sich der Magen um. Weniger vom Geruch, sondern von dem, was nun folgen würde.

»Im Haus herrscht ein Klima wie im Dschungel, der Keller säuft ab, der Garten ist geflutet«, beschrieb ich Richard das Desaster am Telefon, den ich gerade noch am Gate und kurz vor dem Abflug nach Frankfurt erwischte.

»Es hilft nichts, du musst Hartmann hinzuziehen. Ich werde ihn auf deinen Anruf vorbereiten.«

Erst jetzt dämmerte Richard offenbar, welche Konsequenzen das Abkommen mit Hartmann haben würde. Denn weder er noch Hartmann hatten bedacht, dass Richard sich bei seinem Jobpensum kaum um die täglichen Baustellenbelange kümmern konnte. Hartmann kam um mich nicht herum. Und ich nicht um Hartmann. Vielleicht war das ja ein erster Schritt in Richtung Defizitbewältigung, eine Art Therapie, wie sie mir Susanne empfohlen hatte? Indem ich Hartmann als *Sparringspartner* betrachtete, wie der Boxer im Ring die Schwachstellen meiner Deckung erkannte und an meinem offensiven Schlagabtausch feilte? Vielleicht. Ulrich Hartmann nahm meinen Anruf gleich nach dem ersten Klingelton entgegen. Sachlich und ohne jede persönliche Wertung schilderte ich ihm die Lage. »Soll ich mich um einen Luftentfeuchter kümmern? Ich könnte ihn in Wüsteritz anmieten und gleich abholen.«

»Das ist nur Kosmetik. Hier müssen andere Maßnahmen her«, lautete seine knappe Diagnose.

Nur zwei Tage später wurde dem Forsthaus eingeheizt, um der Nässe entgegenzuwirken. An den Wänden hingen nach einem stundenlangen Einsatz der Heizungs- und Sanitärfirma unsere neuen, anthrazitfarbenen Heizkörper. Es brauchte nicht allzu viel Fantasie, um sich auszumalen, wie sie wohl aussähen, wenn demnächst die Räume neu verputzt würden und Trockenbauer, Maler und andere Handwerker ihre unachtsamen Spuren hinterlassen hatten. Aber den Gedanken daran musste ich ausblenden, es galt jetzt, eine Krise zu bewältigen.

Es war Mitte Juli, über dem Garten lag die Feuchtigkeit eines Regenwaldes, im Haus herrschten Saunatemperaturen, und die Heizkosten erreichten den Siedepunkt.

*

Eine bittere Bilanz

Im Spätsommer ruhten die Arbeiten auf der Baustelle. Das war weniger dem Umstand geschuldet, dass sich alle Handwerksbetriebe randvoller Auftragsbücher erfreuten und man oft wochen- oder monatelang auf einen freien Termin warten musste. Nein, der Grund war, dass unser Forsthauskonto leer war. Schlimmer noch: Es war im Minus. Die Serie aus Pech und Pannen hatte nicht nur Nerven gekostet, sondern auch unser gesamtes Budget aufgezehrt. Das Haus hingegen war nach wie vor im Rohbau und damit in einem Zustand, in dem es sich weder bewohnen noch verkaufen ließ. Und, bei aller Pfadfinderromantik, als improvisiertes Sommercamp war es auch nicht nutzbar. Zwar waren die Elektroleitungen und Wasserrohre verlegt, die Wände verputzt, aber es gab weder ein Bad noch eine Küche. Ins Dachgeschoss gelangte man nur über eine wackelige Hühnerleiter. Die alte, halsbrecherische Treppe hatten wir rausgerissen, die neue war weder beauftragt, geschweige denn bezahlt. Richard notierte die Zahlen dieser bitteren Bilanz, bei deren Anblick mir ganz flau im Magen wurde. Nun waren wir unserem Traum vom Leben auf dem Land so nahe gekommen, sollte er hier etwa schon enden, bevor er überhaupt richtig begonnen hatte?

»Was haben wir uns mit diesem Haus bloß aufgehalst«, stöhnte Richard und sah mich erschöpft an. »Ich sag's dir ehrlich Rosa, ich kann nachts nicht mehr schlafen. Ich weiß nicht, wie wir das alles bezahlen sollen.«

Ich nickte. »Ich werde meine Lebensversicherung verkaufen.«

»Deine Altersvorsorge?« Richard klang überrascht, in seinem Blick flackerte ein Hoffnungsschimmer.

»Das Haus ist jetzt unsere Altersvorsorge.« Ich hatte keinen Zweifel an meiner Entscheidung, im Gegenteil, sie fühlte sich durch und durch richtig an. Mit dem Rotstift gingen wir jedes

Angebot durch, strichen die Positionen ein weiteres Mal zusammen. Außenanlagen wie die Terrasse oder einen neuen Zaun würde es in absehbarer Zeit nicht geben. Wir entschieden, dass Richard auch noch mal mit der Bank sprechen würde. Von meinem bald auslaufenden Sparvertrag sollte die Innenausstattung finanziert werden. Es gibt für alles eine Lösung, wenn auch nicht immer eine bequeme.

*

Spiel mir das Lied vom Tod

Um das Haus zu lüften, fuhr ich so oft wie möglich raus. Ich öffnete Fenster und Türen und ließ die frische Luft durch die Räume zirkulieren. Unter den alten Birnbaum im Garten stellte ich zwei Malerböcke, auf die ich die neuen Fensterläden aus schwerem Lärchenholz wuchtete. Ich versah sie mit einem Präparat gegen Fäulnis, Pilz- und Algenbefall, trug anschließend eine Grundierung und dann ein sattes Blaugrau auf, das einen schönen Kontrast zu dem dunklen Grün ergeben würde, in dem die Hausfassade gestaltet werden sollte. Die matten Farben des englischen Herstellers waren einzigartig und leider alles andere als ein Schnäppchen, für sie war mein gesamtes letztes Honorar draufgegangen. Aber grau ist eben doch nicht einfach nur grau.

Mit den Händen zu arbeiten hatte mir schon immer Spaß gemacht, es hatte etwas Meditatives und gab mir das gute Gefühl, durch Eigenleistung das Haus zu gestalten und obendrein Kosten zu sparen. Ich war so vertieft in meine Arbeit, dass ich vor Schreck zusammenfuhr, als wie aus dem Nichts ein Mann vor mir stand. Instinktiv hielt ich Ausschau nach den Hunden.

»Meine Güte, haben Sie mich erschreckt!« In meiner Stimme schwang etwas leicht Panisches. Während Willi den Typen laut bellend umsprang, unterzog ich ihn einem Schnellcheck und versuchte abzuschätzen, ob von ihm eine Gefahr ausgehen könnte. Er war klein und dick, fast so hoch wie breit.

»Das Tor war nur angelehnt, da kannste ja mal kieken, hab ich mir gesagt.« Er streckte mir die Hand entgegen. »Beil. Beil wie Axt«, stellte er sich vor und griente verzückt über sein Wortspiel. Aha, offenkundig ein Sprachakrobat, ein harmloser Schnacker. Ich rang mir ein Lächeln ab. Wer weiß, vielleicht war er aus der Gegend, da war es besser, höflich zu reagieren.

»Ich wohne die Straße runter, einenhalb Kilometer weiter rein in den Wald«, bestätigte er dann auch gleich, wobei er die dünnen Spitzen seines ausladenden Schnurrbartes zwirbelte. Ein extravaganter Schnauzer, der von seiner Dickleibigkeit ablenken sollte, lautete meine spontane Diagnose.

»Und?«, erkundigte er sich neugierig. »Haben Sie schon Wasser gefunden?« Die Frage kam so unvermittelt, dass ich einen Moment brauchte, um zu begreifen, dass er nicht das Wasser im See meinte.

»Wasser?«

»Na, Trinkwasser ... Wasser aus dem Hahn«, half er mir auf die Sprünge und machte mit der Hand eine Drehbewegung, als bediene er in der Luft einen imaginären Wasserhahn. Erkennbar brannte ihm die Frage unter den Nägeln. Ich dachte an den Brunnenbauer, der, anders als die von Petterson beauftragten Vorgänger, in achtzig Metern Tiefe immerhin auf Wasser gestoßen war. Seit Monaten bastelte er im Brunnenschacht herum, montierte Pumpen, Schalter und Schläuche, die teilweise aussahen, als hätte er sie dem Schrotthändler abgeluchst. Das Wasser, das er damit in wechselnden Farbschattierungen zutage förderte, entsprach nicht einmal ansatzweise der vom Gesetzgeber vorgeschriebenen Trinkwasserqualität. Er experimentierte mit chemischen Zusätzen und versah die Anlage mit allerlei Filtern. Hin und wieder entnahm er Proben, um diese von einem Labor auf Keime und Schadstoffe untersuchen zu lassen. Jedes Mal verabschiedete er sich mit aussichtsreichen Worten: »Das wird schon.« Oder: »Ich bin dran.« Oder: »Kriegen wir hin.« Er war kein Mann langer Erklärungen, er bevorzugte Drei-Wort-Sätze, ohne dabei allzu konkret zu werden.

»Na ja, wir sind kurz davor«, erwiderte ich zögernd.

»Wirklich?« Herr Beil schien überrascht und griff erneut nach seiner Bartspitze, als müsse er sich an etwas festhalten. »Es gab hier ja einige in der Gegend, die das Haus kaufen wollten, wissen Sie, aber ohne Wasser geht's natürlich nicht! Ist ja schließlich kein Camp für Überlebenstraining.« Wieder griente er.

»Ach, die Wasserproblematik war also allgemein bekannt?«, fragte ich und klang dabei neugieriger als beabsichtigt.

»Na klar, das war doch der Grund, weshalb der Förster mit seiner Familie hier vor zig Jahren ausgezogen ist. Irgendwann kam nur noch braunes Wasser aus dem Hahn. Eine Plörre, die man nicht trinken konnte und die Klamotten beim Waschen verfärbte. Schließlich war Schicht im Schacht, der Brunnen versiegte.« Herr Beil drehte wieder an den Bartspitzen und fasste nach seinem Gürtel, als wolle er sich vergewissern, dass sich beides noch an seinem Platz befand. Er geriet in einen Redefluss, der nur schwer zu unterbrechen, geschweige denn zu stoppen war, erzählte von den Stasi-Verwicklungen des Försters und seiner Frau, ziemlich brisant das alles, man könne sich das gar nicht vorstellen. Dann hatten sie noch dieses schwierige Kind, total verhaltensauffällig. Und über die Ehe der beiden wolle er lieber kein Wort verlieren.

»Das ist wohl auch besser so«, nutzte ich seine bedeutungsschwere Atempause und griff nach meinem Farbpinsel, in der Hoffnung, Herr Beil würde das Signal verstehen. »Ah, ich seh schon, Sie sind beschäftigt. Muss dann auch mal wieder«, sagte er prompt. Herr Beil hatte sich schon Richtung Gartentor aufgemacht, als er sich noch einmal zu mir umdrehte: »Ich kann ja hin und wieder nach dem Rechten sehen, bin ja sozusagen um die Ecke …«

»Nett, Sie kennengelernt zu haben«, antwortete ich, ohne auf sein Angebot einzugehen. Mein erleichtertes Aufatmen über seine Verabschiedung war ihm vermutlich kaum entgangen.

Als ich ihm nachsah, fiel mir auf, dass über Beils mächtigem Bauch nicht nur der Gürtel spannte, sondern zusätzlich auch noch rot karierte Hosenträger. Ich musste unwillkürlich grinsen. Was sagte Henry Fonda alias Bösewicht Frank in »Spiel mir das Lied vom Tod«? »Kann man einem Mann trauen, der sich einen Gürtel umschnallt und außerdem noch Hosenträger? Einem Mann, der noch nicht mal seiner eigenen Hose vertraut?«

Nein. Kann man nicht.

*

Geliebter Franz

An den verregneten Tagen dieses Sommers, der sich mit seinen kühlen Temperaturen alles andere als sommerlich anfühlte, verlegte ich meine Malerwerkstatt in die Veranda, die sich nach wie vor im Rohbau befand, weshalb vereinzelte Farbkleckse auf dem Betonboden niemanden störten. Nicht einmal mein penibles inneres Ich. Die nassen Wände waren inzwischen durchgetrocknet, dank der immer noch voll aufgedrehten Heizkörper und meiner Belüftungstouren. Die Malerböcke hatte ich vor den bodentiefen Fenstern aufgebaut, sodass ich zwischendurch in den Garten blicken konnte. Daneben stand der klapprige Campingtisch mit Pinseln, Küchenrolle, Malerkrepp und Farbeimer, meinem Teebecher und meinem Smartphone, aus dem eine meiner Spotify-Playlists dudelte, von mir begleitet mit Summen oder Pfeifen, um von der mäßigen Klangqualität abzulenken. Franz hatte sich zu meinen Füßen platziert, den großen Kopf auf einer Pfote abgelegt. Hin und wieder entfuhr ihm ein tiefer Seufzer.

Seit elf Jahren war er der unangefochtene Mittelpunkt der Familie. In jedem Telefonat erkundigten sich die Mädchen zuallererst nach ihrem geliebten Labrador, mit dem sie zusammen aufgewachsen waren. Im Laufe der Zeit hatten sie ihn mit diversen Spitznamen überhäuft. Er reagierte auf Franzi, Franzl, Butzelbär oder Bubi, wenn auch nicht immer einhergehend mit dem gewünschten Gehorsam. Wenn sichergestellt war, dass der geliebte Hund wohlbehalten und bester Dinge war, galten weitere Fragen der Mädchen Willi, dem anderen Vierbeiner, und danach erst dem elterlichen Befinden.

In den letzten Wochen war Franz deutlich ruhiger geworden. Was zum einen seinem Alter, zum anderen seinen chronischen Gelenkschmerzen geschuldet war, die ihn schon seit Jahren plagten und trotz der Verabreichung von Schmerzmitteln nur geringfügig gelindert werden konnten. Auf unseren Spaziergängen durch den Prenzlauer Berg trottete Franz oft kraftlos hinter uns her und konnte dann nur mit Leckerlis dazu bewegt werden, die abendliche Runde durchs Viertel zu drehen. Unsere Ausflüge aufs Land hingegen schienen ihn zu mobilisieren. Sie waren für ihn wie ein Jungbrunnen, was uns hoffen ließ, dass es um seine Gesundheit doch nicht so schlecht bestellt war. Willi, der Terrier, war zwei Jahre jünger, hatte die Energie eines Duracell-Hasen und buhlte pausenlos um Aufmerksamkeit, indem er jedem sein quietschendes Plastikschweinchen präsentierte und einen dabei keine Sekunde aus den Augen ließ. Von dieser Agilität hatte sich der behäbigere Franz früher stets mitreißen lassen. Aber nun wollte der Funke nicht mehr überspringen.

Franz richtete sich mühsam auf und reagierte zögerlich auf meine Versuche, ihn in den Garten zu locken. Die Sonne schob sich durch den wolkenverhangenen Himmel, über der Wiese stieg Dampf auf, als mich die Hunde durch das kniehohe Gras zum See begleiteten. Von einem morschen Liegestuhl aus schaute ich Franz zu, wie er ins Wasser stakste. Nach einigen vorsichtigen Bewegungen hielt er inne, stand beinahe starr und bewegungsunfähig, als suchte er nach einem Ausweg, wie er dem Wasser entkommen konnte. Nur mit Mühe und meiner Hilfe schaffte er es zurück ans Ufer.

Am Abend blieb sein Futternapf unangetastet, noch vor wenigen Wochen absolut unvorstellbar. Er, der über einen eingebauten Wecker und unbändigen Appetit zu verfügen schien und mich stets mit hartnäckigen Stupsern daran erinnerte, wenn es Zeit für sein Futter war. Nun aber verkroch sich Franz auf seine Matte und schaute mich lange aus müden Augen an. Ich legte mich zu meinem Hund, beobachtete das unregelmäßige Heben und Senken seines Brustkorbs, lauschte bang seiner flachen Atmung. Mir wurde schmerzhaft bewusst, dass das der Moment des Abschiednehmens war. Am nächsten Morgen war Franz tot.

Es war, als hätte man mir das Herz herausgerissen. Nie wieder würde er seine samtweichen Ohren über den Rand seiner Hundekiste hängen lassen, nie wieder würde er seinen Kopf auf meine Füße legen, wenn ich abends auf dem Sofa saß, um sich von mir genüsslich den Nacken kraulen zu lassen.

Auch Richard war tief getroffen. Er rief im Büro an, sagte, es gäbe einen Trauerfall in der Familie. Stundenlang hockten wir neben dem bereits erkalteten Körper und weinten gemeinsam um unseren Hund, bis die Mitarbeiter des Tierkrematoriums kamen, um ihn abzuholen. Auch Willi spürte die Veränderung, suchte anfangs überall den großen Bruder und wirkte verstört. Der kleine Terrier tröstete uns mit seiner Anhänglichkeit, aber der Verlust von Franz, dieses Gefühl der Endgültigkeit war übermächtig.

∗

Ungebetene Besucher

Das Streichen der Fensterläden hatte jetzt etwas Therapeutisches. Ich pinselte gegen meine Traurigkeit an und hing meinen Gedanken nach. Vor meinem inneren Auge sah ich Franz, wie er mich als tapsiger Welpe auf Schritt und Tritt begleitete, wie er vor Müdigkeit über dem Futternapf einschlief, wie er mit Richard um die Wette schnarchte. Ab und zu rollten Tränen über meine Wangen, aber gleichzeitig trösteten mich die Erinnerungen. Mit jedem Pinselstrich konnte ich etwas mehr loslassen. Passend zu meiner Stimmung wählte ich aus meiner Playlist die melancholischen Songs aus dem Soundtrack der Fantasy-Serie »Game of Thrones«, deren acht Staffeln ich allesamt verschlungen hatte. Sorgfältig trug ich die Farbe auf das Holz auf, im Takt des Songs, zu dem mein Serienheld Jon Schnee der Drachenkönigin Daenerys Targaryen den Dolch ins Herz rammt, wofür er mit der Verbannung ins ewige Eis bestraft wird. Das Ende einer tragischen Lovestory, mit dem ich überhaupt nicht einverstanden war.

Erst durch das aufgeregte Bellen von Willi landete ich gedanklich wieder im Hier und Jetzt. Zu spät bemerkte ich die schweren Schritte im Flur. Ich hatte vergessen, die Haustür abzusperren. Vor mir tauchten zwar nicht die Horrorgestalten der Weißen Wanderer oder eine Abordnung von Wildlingen auf, und leider auch nicht der schöne Jon Schnee. Dafür aber Herr Beil, der sich breit und ohne jede Vorankündigung in der Veranda aufbaute. Ich erschrak dermaßen, dass mir der Pinsel aus der Hand fiel, als ich gegen den Campingtisch taumelte. Aus der Farbdose schwappte ein Schwall über meine Malutensilien und den Teebecher. In letzter Sekunde schnappte ich mein Handy und rettete es vor dem Untergang.

»Machen Sie sich keine Mühe«, sagte Herr Beil, der meine hektische Reaktion offenbar als Willkommensgeste missinterpretierte. Er dehnte seine Hosenträger, justierte seinen Gürtel und fuhr unbeirrt fort: »Ich wollte mich nur mal wieder umschauen, kenn mich hier ja aus.«

Er griente und schob den verschreckten Willi mit dem Fuß beiseite wie einen lästigen Käfer. In Sorge um meinen Hund wollte ich protestieren, klappte den Mund jedoch wieder zu, ohne etwas gesagt zu haben. Da war Herr Beil schon auf dem Weg über die improvisierte Leiter nach oben. Während ich dem Knarzen der Dielen im Dachgeschoss lauschte, überlegte ich fieberhaft, wie ich auf dieses anmaßende Verhalten reagieren sollte. Privatsphäre, Ruhestörung, Stalking waren sicher keine hilfreichen Schlagworte. Als Herr Beil erneut um die Ecke bog, flankiert von einem nunmehr hysterisch kläffenden Willi, hatte ich mich gesammelt. Zum ersten Mal war mir das schrille Gebell meines Terriers nicht peinlich. Willi, der manchmal Tonlagen erreichte, die weit über das hohe C hinausgingen, und damit den Eindruck erweckte, er würde gerade schlimm misshandelt, hätte in diesem Moment endlos weiterbellen dürfen. Was er auch tat. Guter Hund, lobte ich Willi in Gedanken, und an Herrn Beil gewandt sagte ich laut: »Wenn Sie das nächste Mal vorbeischauen möchten, sagen Sie vorher bitte Bescheid. Sie haben ja meine Nummer. Dann kann ich mich auf Ihren Besuch einstellen und erschrecke mich nicht jedes Mal zu Tode.« Herr Beil reagierte nicht. Es war, als hätte ich mit der Wand kommuniziert. »Das Haus ist ja gar nicht wiederzuerkennen, da steht ja kein Stein mehr auf dem andern.« Er streckte seinen

Zeigefinger Richtung Verandadecke. »Eine totale Entkernung sozusagen.« Ob es sich um Anerkennung oder Kritik handelte, behielt er für sich. In diesem Moment klingelte mein Handy. Selten zuvor hatte ich einen eingehenden Anruf als dermaßen erlösend empfunden. Es war Olaf, der sich hellseherisch und zum wiederholten Mal als Lebensretter erwies. Ich hob die Hand als Zeichen dafür, dass die Besuchszeit beendet war, und überließ Herrn Beil seinem Schicksal. Mit dem Telefon am Ohr schlenderte ich betont langsam in den Garten, Richtung See. Erst als ich sicher war, dass Herr Beil das Grundstück verlassen hatte, entspannte ich mich und schilderte Olaf den Überfall.

»Der Typ ist echt übergriffig, das musst du dir nicht gefallen lassen«, fand Olaf. »Erinnerst du dich, dass sich im Erdgeschoss der Orangerie früher der Konsum befand? Da sind alle ein- und ausgegangen und haben ihre Einkäufe erledigt. Und plötzlich waren wir dann die Eigentümer, was einige nicht akzeptieren konnten. Man fragte uns, warum es denn nun einen Zaun gäbe und was wir zu zweit mit den vielen Quadratmetern anfangen wollten, auf denen doch früher mehrere Familien wohnten. Über Nacht hatte dann jemand ›Volkseigentum‹ in Knallrot an unsere Hauswand gesprüht. Also, vergiss diese Schilder ›Privatgrundstück – kein Zutritt‹. Da fühlt sich manch einer erst recht ermutigt.«

Ich stimmte Olaf zu und erzählte ihm von einem Vorfall, der sich im Frühjahr ereignet hatte. Ein Radfahrer mittleren Alters, der zuvor sein Rennrad an unseren Zaun gestellt hatte, spazierte geradewegs am Bach entlang, das Hinweisschild »Baustelle – Betreten verboten« und meine Blicke ignorierend. Er tat das mit einer Selbstverständlichkeit, die etwas Einschüchterndes hatte. Als er jedoch begann, neben der Landschaft auch unser Haus zu fotografieren, regte sich mein Widerstand. Freundlich erklärte ich ihm, dass er sich auf einem Privatgrundstück befände und die Fotos von unserem Haus bitte löschen solle. Der

152

Typ reagierte pampig: »Ich kann ja wohl fotografieren, was ich will.« Bevor er zu seinem Fahrrad zurückging, fiel sein Blick auf das Berliner Kennzeichen meines Wagens, woraufhin er blaffte: »Jetzt kaufen uns die Buletten auch hier noch die Grundstücke weg. Bleibt doch in der Hauptstadt, wo ihr hingehört!«

»Tja«, sagte Olaf mitfühlend, »es ist schade, dass das von einigen so gesehen wird. Aber der Fahrradfahrer steht glücklicherweise nicht für die Mehrheit. Du wirst sehen, irgendwann lässt der Reiz des Neuen nach. Bei uns war das auch so, das Interesse erlahmte, sowohl am Haus als auch an unserer Männerwirtschaft, dem Herrgott sei Dank.«

»Amen«, sagte ich und musste lachen, zum ersten Mal seit Tagen. »Du hast recht. Ich habe ja auch schon etliche freundliche Kommentare von Wanderern bekommen. Die stammen teils aus der Gegend und kennen das Forsthaus von früher, haben hier als Kinder in der Scheune und am Bach gespielt. Ein älteres Pärchen hat unseren Einsatz gelobt und freut sich, dass wir uns jetzt um das Haus kümmern.«

»Siehst du?« Ich konnte Olafs Lächeln förmlich hören. »Du musst vor allem eins, Darling: Haustür und Gartentor abschließen. Und für Besucher hängst du eine Glocke an den Zaun.« Und genau das nahm ich mir vor.

Willkommen sein fühlt sich anders an

Der Magen hing mir mittlerweile in der Kniekehle. Ich hatte das Gefühl, wenn ich nicht sofort etwas äße, würde ich auf der Stelle ins Koma fallen. An meine Thermoskanne mit heißem Earl-Grey-Tee hatte ich gedacht, als ich am Morgen von Berlin

Richtung Forsthaus gestartet war, aber mein kleines Stullenpaket lag immer noch zu Hause im Kühlschrank. Nicht gut im brandenburgischen Nirgendwo, fernab jeder Zivilisation. Weit und breit gab es keinen Tante-Emma-Laden, geschweige denn ein Café oder ein Restaurant. Obwohl die Gegend auf Radsportler und Wanderer setzte und bemüht war, die einzigartige Naturlandschaft der Spreetäler in der touristischen Wahrnehmung zu verankern, waren die wenigen Gasthöfe in der Umgebung an Wochentagen geschlossen. Am Wochenende boten sie oft nur mäßige Essensqualität und unterdurchschnittlichen Service.

An einem Sonntag im vergangenen Winter waren Richard und ich einmal spontan in die alte Fachwerkmühle gefahren, ein Restaurant, das uns Ulrich Hartmann wegen der hervorragenden Küche und der idyllischen Lage am Mühlenteich empfohlen hatte. Wir kamen von unserer Baustelle, hatten einen Waldspaziergang hinter uns und waren total durchgefroren. Als wir die gemütliche Gaststube betraten, in deren Mitte ein großer Bollerofen für behagliche Wärme sorgte, verstummten augenblicklich sämtliche Gespräche an den umliegenden Tischen. Wir hatten zuvor gegrüßt und per Blickkontakt versucht, den Wirt ausfindig zu machen. Vergeblich. Stattdessen scannte uns ein Dutzend Augenpaare, als würde ihnen ein Barcode auf unserer Stirn verraten, dass wir nicht aus der Gegend stammten. Wir fühlten uns wie Eindringlinge.

»Ist hier noch frei?«, fragte ich ein Pärchen, das zu zweit an einem Vierertisch saß, die Jacken auf den Stühlen vor sich. Beide schüttelten nur wortlos den Kopf. »Komm, Rosa, wir gehen«, sagte Richard deutlich hörbar in die Stille und schob mich Richtung Tür.

»Einen schönen Tag noch«, sagte ich beim Hinausgehen und fühlte mich plötzlich wie in einer verkehrten Welt. War das hier die Art, wie man Leuten von auswärts begegnete? Mit Skepsis und Ablehnung? Oder hatten wir etwas falsch gemacht, war unser »Hallo« vielleicht zu laut oder zu leise geraten, hätten wir uns einfach irgendwo hinsetzen sollen? Ich wusste es nicht. Ich wusste nur, dass wir uns alles andere als willkommen fühlten. Ich dachte nach. Die einzige Möglichkeit, meinen Hunger um diese Uhrzeit zu stillen, wäre ein Abstecher zur Tankstelle in Wüsteritz gewesen. Ich entschied mich, direkt nach Hause zu fahren, verstaute Pinsel und Farbdosen, schloss Fenster und Türen, kommandierte Willi ins Auto. Einen Kaugummi nach dem anderen kauend raste ich so schnell es die zahlreichen Geschwindigkeitsbegrenzungen zuließen zurück nach Berlin.

Mädelsabend

Ich war mit meinen Freundinnen in dem neuen indischen Restaurant verabredet. Der Inder hatte sich schnell zum Szeneliebling in Prenzlauer Berg entwickelt, und trotz der sommeruntypischen Temperaturen saßen die Gäste draußen an langen Bänken unter Heizstrahlern, um »Chicken Tikka Masala«, ein scharfes Hähnchencurry oder »Chilli Cheese Dosa«, pikant gefüllte, knusprig-dünne Teigtaschen, zu genießen. Die Schärfe der Zutaten heizte dem Körper zusätzlich von innen ein. Später hüllten wir uns in Wolldecken, die der Kellner verteilte, und waren so gewappnet gegen die einsetzende Kühle der Nacht. Richard schrieb mir eine kurze SMS, es gäbe gute Nachrichten, er würde mir später Genaueres berichten. Das klang doch vielversprechend. Überhaupt war der Abend ganz nach meinem Geschmack. Ich liebte es, in diese Gruppe inspirierender Frauen einzutauchen, die nicht unterschiedlicher hätten sein können. Sie stammten aus Italien, den USA, Kolumbien, aus Leipzig, Köln und dem Westerwald. Nicht eine von uns hatte das, was man original Berliner Wurzeln nennt. Wir alle waren Zugereiste, die sich in dem Moloch Berlin zufällig begegnet waren.

»Ich lach mich schlapp«, prustete Freddy, die als Veterinärin im Ministerium für Landwirtschaft arbeitete. Gerade hatte ich von meinem hartnäckigen Besucher, dem Schnauzbartmann, berichtet. »Da haste ja wohl einen neuen Verehrer.«

»Si, Rrrosssaaa, isch denke, es wird Zeit, dass wir da draußen mal nach dem Rechten schauen … *spero* … bald!« Keine konnte das »R« so schön rollen wie Paola.

»Du Arme.« Bella, meine beste Freundin seit Studientagen, tätschelte meinen Arm. »Ich hätte mir vor Angst in die Hose gemacht, wenn da so ein aufgeplusterter Kugelblitz auftaucht und sich benimmt wie die Axt im Walde.« Alle lachten. Sowohl Bella als auch Mary, Olga und Peggy kannten das Forsthaus bislang nur aus meinen Erzählungen, obwohl seit über einem Jahr unser Herzblut, unsere Energie und unser Geld in dieses Projekt flossen. Zugegeben, die Bewirtung von Gästen war zum jetzigen Zeitpunkt kaum machbar. Aber ein Picknick wie kürzlich mit Maik und Doreen ließ sich bestimmt organisieren. Wenn auch nur spontan bei diesem unzuverlässigen Sommerwetter. Ich ahnte, dass es wohl die Fahrzeit war, die die eine oder andere abschreckte, weshalb sich unsere Besucherzahlen nach wie vor im einstelligen Bereich bewegten.

»Auf uns!« Olga, die in Berlin eine der angesagtesten Partylocations managte, erhob das Glas zum ersten Toast des Abends. »Eine gute Wahl, Paola.« Jedes Mal oblag es einer von uns, das Restaurant für den Mädelsabend zu organisieren, was bei der kulinarischen Angebotsvielfalt Berlins einfach war. Jedenfalls deutlich einfacher, als diesen Hummeltopf viel beschäftigter Frauen unter einen Hut zu bekommen. Schwierig wurde es allenfalls bei der Auswahl des Essens. Mary, unsere gestählte Fitnessexpertin, reagierte allergisch auf Knoblauch. Peggy, die gegenüber unserer Wohnung eine kleine Boutique betrieb und damit meine persönliche Styleberaterin war, aß nur vegetarisch. Mit den Fingern rollte ich die leicht ölige Dosa zusammen und erzählte von dem alten Gasthof in Sorgerow, der seit einem Jahr umgebaut wurde. Unter alten Kastanien, mit Blick auf die vorbeifließende Spree, hätte hier ein romantischer Biergarten entstehen können. Stattdessen hatten die Betreiber den wohl schönsten Parkplatz Brandenburgs errichtet, den grünen Rasen gegen graue Betonpflastersteine ausgetauscht, die sich nun unterhalb der Wirtshausterrasse vollflächig bis an die Uferkante erstreckten. Nur im Stehen war es den Gästen noch möglich, einen Blick auf das Wasser zu erhaschen, vorbei an den in Zweierreihen geparkten Autos.

»Ich würde was darum geben, einen Biergarten unter ausladenden Kastanien direkt am Wasser zu betreiben«, sagte Olga. »Zünftig, mit rot karierten Tischtüchern und schönem Steingutgeschirr …«

»Warum versuchst du es nicht einfach?«, ermunterte ich sie. »Da ist immer noch eine echte Marktlücke für gutes, bodenständiges Essen. Es gibt bereits einige Gastronomen, die Berlin den Rücken gekehrt haben und nun auf dem Land ihren Traum von der eigenen Kneipe realisieren. Und das spricht sich rum.«

»Tolle Idee! So ein Biergarten ist doch genau das, was sich der Wanderer am Ende einer Tour erhofft. In einem netten Lokal einkehren und mit schöner Aussicht ein Radler zischen«, meinte Freddy.

»Könnte ich mir auch vorstellen«, sagte Mary, »die sind noch erfüllt von ihrem Naturerlebnis und erschöpft von Trekking- oder Radwandertouren …«

»… oder vom Waldbaden«, warf Bella lachend ein.

»Waldbaden, was ist das?«, wollte Paola wissen.

»Stressgeplagte Manager gehen in den Wald und umarmen Bäume«, antwortete Bella und grinste.

»Ich glaub schon, dass da was dran ist«, sagte Freddy. »Waldspaziergänge senken den Blutdruck, stärken das Immunsystem und die Lungenkapazität. Angeblich wird sogar das Selbstwertgefühl gesteigert.«

»Klingt gut, Frau Doktor«, sagte ich und lachte, »dann müsste ich ja tiefenentspannt und voller Selbstvertrauen sein.« Die anderen stimmten in mein Lachen ein.

Wir debattierten über die aktuellen Kinostarts, gerade gelesene Bücher und nach der zweiten Proseccorunde über die Wirksamkeit von wachstumsfördernden Wimpern-Seren und über Sinn und Unsinn von Influencern. Von Peggy erfuhren wir alles über nachhaltige Modetrends für Ladies jenseits der Vierzig, Freddy berichtete über den neuesten Schweineskandal, Paola über ein italienisches Ökolabel, für das sie jetzt tätig war, und Bella schwärmte von dem kleinen französischen Bistro, das sie in PR-Fragen beriet. Eine bunte Themenmischung, die ausnahmsweise mal nicht um die Baustelle kreiste und mich damit auf willkommene Weise von den Problemen dort ablenkte.

»Das war so ein schöner Abend«, rief ich beim Nachhausekommen in Richtung Wohnzimmer, wo ich Richard vermutete. Er hatte es sich auf dem Balkon mit einem Glas Weißwein gemütlich gemacht, und ich setzte mich beschwingt neben ihn. Interessiert lauschte er meiner kurzen Zusammenfassung des Abends, nippte zwischendurch an seinem Wein und schenkte mir auch ein Glas ein.

»Meine gute Nachricht ist …«, Richard machte eine kleine Kunstpause, bevor er feierlich verkündete: »… die Bank gibt uns den Kredit. Zusammen mit dem Erlös deiner Lebensversicherung kann's auf der Baustelle also weitergehen.«

»Großartig!« Begeistert und erleichtert fiel ich ihm um den Hals.

»Unter einer Bedingung: Es darf nichts mehr schiefgehen!« Er betonte vor allem das letzte Wort.

»Willst du damit sagen, dass *ich* für die ganzen bisherigen Katastrophen verantwortlich bin?«

»Nein, natürlich nicht. Ich will damit sagen, dass *wir* uns noch mehr kümmern müssen. Noch mal Geld nachschießen ist definitiv ausgeschlossen.«

»Mit wir meinst du wohl mich?«

»Glaub mir, ich würde gerne mit dir tauschen, aber wie du weißt, geht das mit meinem Job leider nicht.«

Meine gute Laune verpuffte augenblicklich. Um den Abend nicht zu ruinieren oder gar einen Streit heraufzubeschwören, sagte ich nichts. Aber ich wusste, was das bedeutete: Jeden Tag rausfahren, jeden Tag allein drei Stunden Autofahrt. Die Handwerker koordinieren und kontrollieren. Und wenn dann etwas schiefging, war es meine Schuld? Ein Gefühl der Angst beschlich mich. Aber was war die Alternative?

»Okay«, sagte ich. »Ich kümmere mich.«

✳

Mein persönliches Armageddon

Wenn die äußere Hülle eines Hauses steht, denkt der Optimist: geschafft! Oder: fast fertig! Das Einzugsdatum wird geplant und die Möbel im Geiste schon positioniert. Ein Irrglaube. Denn jetzt geht die Arbeit erst richtig los. Der Innenausbau eines Hauses in vergleichbarer Größe zu unserem Objekt dauert für gewöhnlich vier, fünf Monate, vorausgesetzt, es handelt sich um einen glatten Durchmarsch. Der Innenausbau unseres Forsthauses zog sich über ein Jahr und begann mit dem Trockenbau, der nach dem dubiosen Verschwinden von Tomek und seinen Leuten von einer ortsansässigen Firma ausgeführt werden sollte – mal wieder auf Anraten von Hartmann. »Bedenken Sie die positive Signalwirkung nach außen, wenn Sie sich für hiesige Handwerker entscheiden.«

Ein Argument, das uns einleuchtete. Begegnungen wie die mit Herrn Beil hatten schließlich deutlich gemacht, dass wir durchaus unter Beobachtung standen. Auffällig an Hartmanns Verfahren der Handwerkerbeauftragung war, dass es kein Verfahren gab. Auf Ausschreibungen verzichtete er. Hartmann prüfte das ihm vorliegende Angebot, machte hier und da kleinere Abstriche, sagte uns dann, das sei so okay. Und wir glaubten ihm. Später kamen mir Zweifel, ob Hartmann von dieser Praxis möglicherweise persönlich profitierte. Er kannte die Firmenchefs teilweise seit Jahrzehnten, bedachte bei den Deals die guten alten Freunde, pflegte somit seine Beziehungen. Womöglich ein Paradebeispiel für Vetternwirtschaft, die bekanntermaßen eine weit verbreitete Krankheit im Baugewerbe war. Skandale über Skandale, über die man immer wieder hörte und las, mit denen man alles Mögliche in Verbindung brachte, am wenigsten jedoch die Frage nach fachlicher Qualifikation.

So staunte selbst Ulrich Hartmann, als der Boss der Firma »Trockenbau-Montage Wüsteritz« nicht die eigenen Leute schickte, sondern einen Subunternehmer. Er erklärte diese Entscheidung mit einer nicht zu bewältigenden Auftragslage. »Zu viel zu tun. Wir können uns vor Projekten kaum retten.« Er wäre froh, uns überhaupt eine Lösung anbieten zu können. Weil wir unseren Innenausbau endlich vorantreiben wollten, schluckten wir die Kröte, die uns im Laufe der kommenden Wochen noch übel aufstoßen sollte.

Auch meine Hoffnung, dass jetzt Schluss sei mit Machosprüchen und anzüglichen Bemerkungen, erwies sich als Trugschluss. Von dem Prädikat »chauvinistenfreie Zone« war unsere

Baustelle weiter entfernt denn je. Denn Trockenbaumonteur und Subunternehmer Caspar Quecke übertraf alles bisher Dagewesene.

Mit einem aufgemotzten Dodge-Ram-Pick-up in Camouflage-Lackierung fuhr er auf der Baustelle vor, auf der Ladefläche sein Gefolge, drei Glatzen in Lederkutten, deren aufgepumpte Oberkörper mit Totenkopf- und Runenmotiven tätowiert waren. Und als wollten sie auch noch den finalen Beweis für ihre politische Gesinnung liefern, trugen sie Thor-Steinar-Shirts mit dem Aufdruck *Blood and Honour*. Blut und Ehre, dem zweifelhaften Motto der Hitlerjugend.

Ich wandte mich angewidert ab. Menschen mit dieser kranken Geisteshaltung duldete ich weder in meinem privaten Umfeld noch auf meiner Baustelle. Ich überlegte, wie ich vorgehen und was ich sagen sollte. Wenn ich mich zu den provokanten Outfits dieser Schlägertypen äußerte, riskierte ich womöglich eine Baustelle in Flammen. Ratlos wandte ich mich an Hartmann und bat ihn um Unterstützung. Erstmalig seit unserem Disput war ich froh über seine Anwesenheit. Denn was auch immer er Caspar Quecke in einem anschließenden Vieraugengespräch über dessen Mitarbeiter sagte, verfehlte seine Wirkung nicht. Noch bevor sich die Nazi-Gang auf der Baustelle einrichtete, saß sie auch schon wieder auf dem Pick-up und wurde abtransportiert. Tags drauf erschien Caspar Quecke mit neuen Kandidaten, denen er in fließendem Polnisch erklärte, welche Arbeiten zu verrichten seien. Damit schloss sich der imaginäre Kreis, den wir glaubten, längst verlassen zu haben.

Doch das wahre Übel war Quecke. Mehr noch, er wurde zu meinem persönlichen Armageddon. Caspar Quecke, der anfangs noch versuchte, durch scheinbar kontrollierte und schnelle Herangehensweise zu überzeugen. Ein bulliger Mittfünfziger, aus dessen nikotinverfärbten, gelbbraunen Zahnreihen vollmundige Versprechungen quollen: »Wir arbeiten so lange, bis alles fertig ist.« Oder: »Keine Sorge, wir kümmern uns. Auch am Wochenende.« Doch Quecke war der schlimmste Pfuscher auf unserer Baustelle. Und einer der Durchtriebensten, der glaubte, an meiner fehlenden Erfahrung vorbeitricksen zu können, indem er zu dicke Dämmplatten an die Außenfassade montierte. Bis ich auf die Idee kam, die Plattenstärke nachzumessen, und er alle wieder abreißen musste. Als ich im Garten auf einen Haufen von Plastikfolien stieß, die Queckes Leute kurzerhand im Altholz-Container entsorgt hatten, konnte ich einen weiteren Betrugsversuch vereiteln.

»Hier steht eindeutig *Boden*dämmplatten«, sagte ich zu Quecke und schob ihm den Aufdruck der Plastikfolie unter die Nase. »Und die wollen Sie an unsere Wand kleben?«

»Eigentlich sind das Universalplatten«, entgegnete Caspar Quecke ohne eine Spur von Verunsicherung, aber mit einem dreisten Augenzwinkern. »Wenn Sie darauf bestehen, nehmen wir andere.« Genau das tat ich und stellte ihm obendrein die Entsorgung des mittlerweile überquellenden Abfallcontainers in Rechnung, aus dem Windböen schon zahlreiche gelbe und grüne Styroporbrocken in die Landschaft gestreut hatten.

Quecke, der als Kind von seiner aus Krakau stammenden Großmutter Polnisch gelernt hatte, war durchaus wortgewandt. Und das bilingual. Auf seine anmaßenden Alleingänge angesprochen, redete er sich geschickt raus, scheute dabei weder den direkten Augenkontakt noch fuhr er sich mit unsicherer Geste durch seinen ergrauten Dreitagebart. Er sah sich als ein Mann der Entscheidungen. Rohre, die er als zu lang erachtete, schnitt er ab. Er verputzte die Enden, um sie anschließend in Sisyphusarbeit wieder freizulegen, weil sie natürlich doch nicht zu lang gewesen waren. Den Estrich brachte er zu hoch auf, sodass der Dielenboden anschließend nicht wie geplant verlegt werden konnte. Meistens jedoch tat er nichts. Er stand behäbig rum, stets mit einer Kippe im Mundwinkel. »Die Bandscheibe, wissen Sie«, erklärte er kurzatmig, wobei er sich mit einer kreisenden Handbewegung an den unteren Rücken fasste. »Jeden schweren körperlichen Einsatz soll ich vermeiden.« Dafür ließ er seine Leute umso mehr schuften und bellte Befehle in deutsch-polnischem Stakkato, begleitet von schlechten Witzen, die er mit dem heiseren Lachen eines Kettenrauchers untermalte.

Mit jedem neuen Vorfall, jeder daraus resultierenden Streitfrage und Queckes Chuzpe wuchs unsere Empörung, und wir drohten seinem Auftraggeber, dem Chef der Wüsteritzer Trockenbaufirma, mit Konsequenzen und Vertragskündigung. Es blieb bei der Drohung. Hartmann hatte keinen Ersatz in der Pipeline. Was die Stimmung zu Hause nicht besser machte.

»Das gibt's doch nicht«, tobte Richard. »Wie kann es sein, dass dieser Vollidiot vor deinen Augen Material verwendet, das er auf anderen Baustellen einsammelt und nun versucht, uns unterzujubeln? Wir hatten ausgemacht, dass du dich kümmerst, oder nicht? Stattdessen pinselst du irgendwelche Fensterläden an …« Seine als Fragen formulierten Vorwürfe verlangten keine Antworten. Das war auch gut so, denn mir wären die Worte im Hals stecken geblieben. Zu sehr musste ich mich darauf konzentrieren, gegen die Tränen anzukämpfen, die, kaum dass ich die Badezimmertür hinter mir zugedonnert hatte, in Sturzbächen über meine Wangen liefen. Richard kam kurz darauf hinterher, entschuldigte sich durch die geschlossene Tür, sagte, es täte ihm leid, ihm seien die Nerven durchgegangen. Es sei einfach gerade alles ein bisschen zu viel. »Rosa, Schatz … sorry, ich hab's nicht so gemeint.«

Dabei war der Gipfel der Stümpereien noch gar nicht erreicht. Als Richard und ich am Wochenende gemeinsam zur Baustelle fuhren, hörten wir schon beim Aussteigen ein unheilvolles Sägegeräusch. Und tatsächlich: Caspar Quecke schickte sich in diesem Moment an, den letzten von insgesamt acht antiken Eichenbalken, die für die Verandadecke vorgesehen waren, mit der Kreissäge zu halbieren.

»Halt, stopp!«, brüllte Richard gegen den spitzen Schrei des Sägeblatts an. »Was machen Sie denn da? Sind Sie jetzt von allen guten Geistern verlassen?« Vor uns lagen die Balken, fein säuberlich durchtrennt und aufeinandergestapelt, umgeben von einem beachtlichen Haufen Sägespänen.

»Die Dinger waren viel zu dick. Die hätten wir so nicht an die Decke gekriegt«, erklärte Quecke lapidar. »Hätte außerdem auch nicht gut ausgesehen.«

»Was? Hab ich mich gerade verhört? Ich diskutiere mit Ihnen doch keine Geschmacksfragen. Was zerbrechen Sie sich überhaupt den Kopf darüber?« Richard rang nach Worten, was selten vorkam. »Sie zerstören mal eben hundert Jahre alte Balken, ohne vorher einmal mit uns Rücksprache zu halten! Ticken Sie noch ganz richtig? Was fällt Ihnen ein!«

»Wir können die Balken wieder zusammenkleben, wenn Sie wollen«, erklärte Caspar Quecke mit ausdrucksloser Miene.

Aber Richard hatte sich bereits umgedreht und war wütend davongestampft.

Krisenmanagement

Ich ließ Caspar Quecke ebenfalls stehen und lief Richard hinterher. Er hatte das Grundstück im Stechschritt verlassen und marschierte wie ein Getriebener durch den Wald. Erst nach etlichen Minuten hatte ich ihn eingeholt, und er verlangsamte den Schritt. Schweigend gingen wir nebeneinanderher. Mit jedem zurückgelegten Meter sank meine Anspannung, der eben noch empfundene Ärger, das ganze Adrenalin verdampften in den Wipfeln der uns umgebenden Kiefern. Unsere Schritte federten auf dem samtig bemoosten Waldweg. Ich atmete die kühle Luft durch die Nase ein und durch den leicht geöffneten Mund wieder aus. Achtsames Atmen, wie ich es vom Yoga kannte. Der Waldweg war gesäumt von erhabenen Baumgiganten, deren Imposanz mir zum ersten Mal bewusst wurde. Nun, da ich unmittelbar vor ihnen stand, kam ich mir vor wie geschrumpft. Obwohl ich schon seit vielen Monaten durch diesen Wald fuhr, betrachtete ich ihn heute aus einer völlig neuen Perspektive. Die Kiefern standen in Reih und Glied, wie ein Heer von Soldaten, das zum Appell angetreten war. Ich mochte die Parallelität der Baumstämme, die, fernab jeder ökologischen Vernunft, nur auf ihre gewinnbringende Weiterverarbeitung ausgerichtet war. Ihre schlanken, beinahe spitzen Kronen wirkten wie Dächer, an den Ästen wuchsen silbrig-graue Nadeln, dazwischen kugelförmige Zapfen. Die Nachmittagssonne warf ihre Schatten und ließ die Stämme rötlich schimmern. Das Überraschendste war, dass um uns herum absolute Stille herrschte. Ein Kiefernwald dämpft nicht nur sämtliche Geräusche, er ist stumm. Es gibt dort kein Unterholz und somit für die meisten Singvögel keine Nistplätze. Und deshalb kein Vogelgezwitscher, kein Specht, der zu einem Trommelwirbel ansetzt, kein Blätterrauschen. Nur das Rauschen in meinen Ohren, das anschwoll, je mehr ich mich bemühte, in die Natur hineinzulauschen. Ich erschrak, als mich plötzlich ein Knacken aus meinen Betrachtungen riss. Leider nahm Richard dieses Geräusch, das ein kleiner Ast unter meinen Füßen verursacht hatte, zum Anlass, um seinem Groll über Caspar Quecke Luft zu machen.

»Ich hätte dem Typen am liebsten eine reingehauen.«

»Hm ...« Ich nickte, wenn auch nicht überzeugt von der Sinnhaftigkeit dieser Idee. In diesem Moment verspürte ich weder das Bedürfnis, über den Kerl zu sprechen, noch mit körperlicher Gewalt gegen ihn vorzugehen. Die Balken waren durchtrennt, daran war nichts mehr zu ändern. Woher ich diese plötzliche Gelassenheit nahm, war mir im Nachhinein ein Rätsel, aber in diesem mystischen Märchenwald signalisierten meine inneren Antennen Konfliktvermeidung, und zwar in alle Richtungen. Ich hakte mich bei Richard ein und unterbreitete ihm meine Strategie zum künftigen Krisenmanagement.

»Weißt du, ich glaube, es reicht nicht, morgens erst um neun und damit als Letzte auf der Baustelle einzutreffen. Bis dahin haben Quecke & Co ausreichend Zeit für jede Menge Murks.«

»Stimmt. Und was hast du vor?«

»Um sieben Uhr auf der Baustelle sein, vor allen anderen.«

»Okay.« Richard schaute mich ein wenig zweifelnd an. »Du stehst dann künftig morgens um vier auf – im Ernst?«

»Nein. Ich ziehe aufs Land.«

»Du tust was?«

Ich erläuterte Richard den Plan, über den ich schon mehrere Tage sinniert hatte. Da der CO_2-Fußabdruck riesig ist, wenn man täglich zig Kilometer über die Autobahn brettert, war es besser, diesem Nachhaltigkeitsdefizit entgegenzuwirken, indem ich mich in einem Gasthof einmietete. Meine Wahl war auf die Pension Buntspecht in Friededorf gefallen, die mir Martina Hartmann, die Frau unseres Architekten, empfohlen hatte. Deren anfängliche Zurückhaltung mir gegenüber war einer interessierten Zugewandtheit gewichen, was mich sehr freute. Frau Specht, die Wirtin der Pension Buntspecht, hatte mir mit anrührendem Stolz die hübsche kleine Ferienwohnung gezeigt, ein komplett ausgestattetes Maisonette-Apartment, das neben Küche, Wohnzimmer und Bad sogar über zwei Schlafzimmer verfügte. Für umgerechnet eine viertel Tankfüllung pro Nacht würde ich hier ab sofort logieren. Die Lage war perfekt, einen Katzensprung entfernt von unserer Baustelle. Von diesem

Standort aus war ich jederzeit in der Lage, das Verputzen der Hausfassade oder das Einziehen der Trockenbauwände zu kontrollieren und dem Schlendrian eines Caspar Quecke Einhalt zu gebieten. Ich fand die Pensions-Idee super. Und Richard nach anfänglichem Zögern auch.

✶

Fürs Leben lernen

Als Nichtraucher hat man im Handwerk einen schweren Stand. Gemeinsames Schmöken vor, während und nach der Arbeit war der Ritus, der auf einer Baustelle alle Handwerker verband, weshalb Rauchen in dieser Branche offenbar zur Stellenbeschreibung gehörte. Mit dem Ergebnis, dass eine Baustelle schnell aussah wie ein begehbarer XXL-Aschenbecher. Denn Kippen wurden nur in Ausnahmefällen eingesammelt und entsorgt. Für gewöhnlich blieben sie einfach liegen, frei nach dem Motto »Tritt sich fest«.

Anders als Gerd Giersch, dessen dünne Mentholzigaretten an die Marke »Kim« erinnerten und damit auf mich reichlich feminin wirkten – was vielleicht auch daran lag, dass meine Mutter die Marke in den Siebzigern schachtelweise konsumiert hatte –, qualmten Quecke und Konsorten zumeist polnische Rauchwaren, die ein Drittel günstiger waren. Was den Konsum offensichtlich noch mehr anheizte. Irgendwann erlahmte jedenfalls meine Bereitschaft, die einzelnen Zigarettenstummel zu entfernen, weshalb ich Quecke mitteilte, dass Glimmstängel ab sofort ordnungsgemäß zu beseitigen seien.

»Kippen werden künftig im Mülleimer entsorgt und nicht mehr auf dem Boden«, sagte ich mit fester Stimme. »Sie kümmern sich bitte darum.« Und Quecke gehorchte. Ich war überrascht von der Wirkung meiner Worte. Aber offenbar funktionierte es genau so. Ja, bei einem Bauprojekt lernt man fürs Leben.

Lektion eins: Vergiss den Konjunktiv. Hätte, wäre, könnte, würde. Eine Baustelle verlangt klare Ansagen. Ich will. Basta. Da muss man auch keine Sorge haben, dass die Handwerker denken, man sei arrogant oder überheblich. Zugegebenermaßen macht es aber einen Unterschied, ob man bestimmt und entschieden auftritt oder arrogant und überheblich.

Lektion zwei: Formuliere präzise, was gemacht werden soll. Man darf von niemandem erwarten, dass er das Richtige aus einer vagen Aussage herausfiltert, auch von Handwerkern nicht. Handwerker setzen das um, was man ihnen sagt. Eine eindeutige Aufgabenstellung wird in den meisten Fällen nicht nur akzeptiert. Sie allein führt zum Ziel.

Lektion drei: Sei weder Verbündeter noch Kumpel deiner Handwerker. Duzen ist genauso zu vermeiden wie ein allzu vertraulicher, freundschaftlicher Ton. Das sorgt nur für Missverständnisse und verwischt die Grenzen. Hierzu fällt mir eine Lebensweisheit meines Vaters ein: »Du Arschloch!« sagt sich immer leichter als »Sie Arschloch!«

Lektion vier: Halte alles schriftlich fest. Hashtag Gesprächsprotokoll. Dank Ulrich Hartmann hatte ich diesen Punkt zwangsläufig verinnerlicht.

Lektion fünf: Zeig dich entschlossen. Zögern, zaudern, zweifeln wird als Schwäche ausgelegt, die augenblicklich ausgenutzt wird. Der Architekt denkt, leichtes Spiel, ich übernehme das Ruder. Der Handwerker denkt, super, die haben keine Ahnung, ich mach es so, wie ich will.

Lektion sechs: Diskussionen, Meinungsverschiedenheiten oder gar Streitigkeiten mit dem Partner auf der Baustelle und in Gegenwart der Handwerker sind tunlichst zu vermeiden.

Dass nicht immer alles von Anfang an gelingt, sollte einen nicht entmutigen. Schließlich wächst man bekanntlich an seinen Aufgaben, wie mein Feldversuch mit Dachdecker Giersch gezeigt hatte, an dem ich den Kommandoton erstmals ausprobierte. Eine im Nachhinein betrachtet leichte Übung, da Gerd Giersch zu dem Zeitpunkt noch von Alkohol benebelt war. Meine Zielsetzung lautete daher, klare Anweisungen auch dann zu formulieren, wenn das Gegenüber nicht unter Drogeneinfluss stand. Mit der unmissverständlichen Botschaft an Caspar Quecke hatte ich somit eine neue Ebene erreicht, die mich geradezu beflügelte. Vorerst zumindest.

Bonjour, Paris!

Für meinen bevorstehenden Außeneinsatz stand die Reisetasche mit baustellentauglichen Klamotten bereits parat, als der Anruf eines meiner Auftraggeber, ein Wohnmagazin im Hochglanzformat, meine Pläne für das brandenburgische Exil ein wenig durcheinanderwirbelte. Ob ich Zeit und Lust hätte, für eine mehrseitige Reportage nach Paris zu fliegen und auf der weltgrößten Interiormesse, der »Maison et Objet«, die neuesten Einrichtungstrends zu recherchieren, fragte der Ressortleiter. *Mais oui, avec plaisir!* Also wurden Gummistiefel, Jeans, T-Shirts und Wollpullover ausgetauscht gegen einen plissierten Faltenrock, Seidenbluse und Blazer. Auch die bequemen Sneaker mussten mit, denn über ein Messegelände zu laufen gleicht einem Halbmarathon mit entsprechender Anzahl an Kilometern.
Drei Tage Paris! Ich freute mich riesig auf die vor mir liegende Zeit, auf den Tapetenwechsel und das Wiedersehen mit meiner

Freundin Maria, bei der ich wie immer in ihrem entzückenden Stadthaus logieren würde. Drei Tage in meiner erklärten Lieblingsstadt, drei sorglose Tage nur für mich – das nahm ich mir vor, als ich mit meinem kleinen Koffer in den Air-France-Flieger stieg. Die Baustelle am Waldsee musste nun einmal ohne mich auskommen.

Richard hatte die Nachricht über meine bevorstehende Dienstreise weniger enthusiastisch aufgenommen. »Du willst die Baustelle drei volle Tage sich selbst überlassen? Obwohl du doch gerade selbst festgestellt hast, dass deine Anwesenheit sogar rund um die Uhr notwendig ist?«

»Es geht um einen Arbeitstag«, konterte ich. »Am Wochenende ist doch niemand auf der Baustelle. Also ist nur der Montag betroffen, und für den gibt es klare Vorgaben, die von Hartmann gecheckt werden. Das habe ich schon mit ihm besprochen.«

»Ach, hast du das?«

»Mensch, Richard, du klingst ja beinahe so, als würdest du mir den Auftrag nicht gönnen! Das ist keine vergnügliche Pressereise, sondern arbeitsintensive Themenrecherche, die obendrein gut bezahlt wird.« Ich hatte hier offenbar den Finger in die Wunde gelegt. Es war allerdings kein Neid, der Richards Skepsis entfachte, es war schlichtweg Eifersucht. Im tiefsten Inneren war er davon überzeugt, dass man in die Stadt der Liebe nicht ohne den Partner fährt. Was mich insgeheim rührte.

Dabei war so ein Auftrag ein Glücksfall. Kaum jemand rief an mit der Frage: »Frau Vonderweide, Sie schreiben doch so schön, wollen Sie für unsere nächste Ausgabe auf die Bahamas fliegen und das neue Spa- und Wellnesshotel testen?« Wie für die meisten Freelancer gehörten Klinkenputzen und Kontaktpflege zu meinem täglichen Geschäft. War ein Projekt eingetütet, musste ich mich um Anschlussaufträge bemühen. Oftmals streckte ich die Reisekosten vor, um Print- oder Onlinemedien die fertigen Texte anbieten zu können. Die letzten Wochen hatte ich für ein

Urlaubsmagazin an einer Serie über die oberitalienische Seenplatte geschrieben und war damit an Abgabetermine gebunden. Klar, ich konnte mir meine Zeit am Schreibtisch frei einteilen, womit ich Richard gegenüber deutlich im Vorteil war. Aber daraus Unterbeschäftigung abzuleiten oder eine Allzeit-Verfügbarkeit, empfand ich als unfair.

Ich deponierte meinen Koffer an der Garderobe in Halle eins des Messegeländes, einer von insgesamt acht Hallen, in denen die Aussteller themenorientiert ihre Produkte präsentierten. Mein Eintrittsticket war die Zugangsberechtigung in die Welt des schönen Scheins, die Tausende von Ausstellungsbesuchern einlullte, ihnen Notwendigkeiten vorgaukelte, die keine waren. Auf beeindruckend großen Verkaufsflächen waren fantasievoll gestaltete Wohnlandschaften inszeniert, je nach Marke und Anbieter mal minimalistisch, mal opulent, aber alle mit dem gleichen Ziel: Einzelhändler, Einrichter und Einkäufer großer Möbelhäuser zum Kauf zu bewegen. Vor einer voll besetzten, futuristisch anmutenden Sitzgruppe referierte eine Trendforscherin zum Thema »Das Zuhause als Insel der Glückseligkeit«, gefolgt von einem Vortrag ihres Kollegen über das »Comeback des Landhausstils«. Dann betrat *der* Guru der Einrichtungsszene das Podium, dessen Englisch mehr nach Französisch klang, um exklusiv seine *Ins and Outs* für die bevorstehende Saison zu verraten. Er erhielt meine volle Aufmerksamkeit, als er den Lieblingstrend der Einrichtungsbranche vom Thron stieß, indem er den *Industrial Chic* als nicht mehr zeitgemäß einstufte. Haha, frohlockte meine innere Stimme, wer brauchte da noch Metallfenster? Der Guru lieferte mir auch den Aufhänger für meinen Artikel: *Cocooning* hieß das kontemporäre Zauberwort in der Welt des Interiors, was so viel bedeutete wie sich zurückziehen ins eigene Schneckenhaus. Cocooning, das klang nach Gemütlichkeit, nach Heimeligkeit, vor allem klang es neu. Das war es, wonach mein Auftraggeber verlangte. Denn nur das noch nie Dagewesene schaffte es auf die Titelseite. Nur damit ließ sich Auflage machen. Der Guru benannte alle notwendigen Zutaten für die Umsetzung des von ihm auserkorenen Zeitgeistes, vor allem natürliche und warme Materialien, denn Nachhaltigkeit war auch hier plötzlich angesagt.

Stundenlang wanderte ich durch die Hallen, suchte nach den passenden Anbietern, die mit ihrer Produktpalette das Thema Cocooning bedienten. Dabei stieß ich auf meterlange Holztische aus recycelten Bohlen, Leinenware aus alten Mehlsäcken und entdeckte einen französischen Lieferanten, der sich auf Altholz für die Wand- und Bodengestaltung spezialisiert hatte, das er zu schwindelerregenden Quadratmeterpreisen anbot.

An diesem Tag schaffte ich gerade mal vier Hallen. Mit müdem Kopf und noch müderen Füßen ergatterte ich den letzten freien Platz in der Métro Richtung Saint-Germain-des-Prés. Während ich meine Notizen über die Messeneuheiten mit Anmerkungen ergänzte, kamen mir Zweifel an meiner eigenen Manipulierbarkeit. Da stellte sich einer hin, gab die aktuelle Stilrichtung vor, und alle marschierten Beifall klatschend hinterher. Was letztlich dazu führte, dass das Angebot in Einrichtungsläden beliebig und austauschbar war, genauso wie die Inhalte vieler Wohnzeitschriften. Ich nahm mir vor, bei der Gestaltung unseres Forsthauses meinem Bauchgefühl zu vertrauen, losgelöst von jedem Trend. Denn die Einrichtung und Ausstattung sollten uns auch noch in Zukunft gefallen, ohne Verfallsdatum und Halbwertzeit.

*

Freundinnen

Meine Freundin Maria war eine waschechte Münchnerin, die als junge Frau ihre bayrische Heimat verlassen hatte, um in Paris Design zu studieren. Seit dreißig Jahren lebte sie in der französischen Hauptstadt, wo sie als Designerin für einen renommierten Stoffhersteller eine luxuriöse Kollektion für eine anspruchsvolle, verwöhnte Klientel verantwortete. Sie hatte uns einen Tisch in einem Bistro auf der Rue Jacob reserviert, unweit des malerischen Place de Furstenberg. Ich freute mich auf einen lauschigen Abend mit meiner Freundin, der endlich ein wenig *Savoir-vivre* versprach. Maria, groß, blond und mit ihrer selbstverständlichen Pariser Eleganz stets die Blicke auf sich ziehend, saß bereits an einem Ecktisch und winkte mir zu, als ich das Restaurant betrat. Uns verband eine nunmehr zehnjährige Freundschaft, die wir unseren Kindern zu verdanken hatten. Marias älteste Tochter Claire hatte per Annonce eine Brieffreundin gesucht. Sophie zeigte mir die Anzeige, auf der eine sympathisch aussehende vierköpfige Familie vor einer romantischen Villa mit den für Paris typischen Fensterläden und schmiedeeisernen Balkonen posierte, ein Haus, das dem Film »Die fabelhafte Welt der Amélie« hätte entsprungen sein können. Sophie schrieb Claire noch am selben Tag, und diese antwortete postwendend. Keine drei Wochen später lernten wir uns alle persönlich kennen. Maria begleitete ihre Tochter zunächst in unser Haus nach Schleswig-Holstein, anschließend fuhr ich mit Sophie nach Paris. Seither besuchten sich unsere Töchter regelmäßig in den Ferien, und wie bei den Mädchen entwickelte sich auch zwischen uns Müttern eine enge, vertrauensvolle Freundschaft, die wir mit gegenseitigen Besuchen in Berlin oder Paris pflegten.

Wir umarmten uns herzlich und feierten unser Wiedersehen bei einem *Coupe de Champagne* und *Moules-frites*. Schampus, Muscheln, Pommes waren genau das, was ich nun brauchte.

»Und, *ma chère*, wie läuft's zu Hause?«

»Ist gerade nicht so einfach, ehrlich gesagt. Probleme auf der Baustelle, explodierende Kosten, Geldsorgen. Das belastet unsere Beziehung.« Ich merkte, wie mir die Stimme versagte. »Sorry«, sagte ich schniefend und nahm dankbar das Taschentuch, das mir Maria reichte. »Seit Monaten habe ich so nah am Wasser gebaut. Ich bin die reinste Heulsuse.« Ich putzte mir die Nase, bevor ich fortfuhr. »Alles läuft irgendwie schief, und ich habe oft das Gefühl, dass *ich* allein verantwortlich bin, dass ich nicht genüge, nichts richtig mache …«

»Von wegen.« Maria nahm tröstend meine Hand. »Sieh nur mal die Fortschritte auf eurer Baustelle. All das, was jetzt realisiert wurde, geht auf deine Kreativität und dein Engagement zurück. Und das weiß Richard.«

»Es geht ja nicht nur um die Baustelle. Letztlich geht's immer wieder um Anerkennung.« Ich betrachtete die Schüssel mit den dampfenden Muscheln, die der Kellner gerade servierte. »Richard zieht täglich für die Familie in die Schlacht, um uns dieses Leben zu ermöglichen … um es mal mit seinen Worten zu sagen. Er fühlt sich in seiner Leistung nicht ausreichend gewürdigt und ich mich nicht in meiner.«

»Du hast ihm den Rücken freigehalten, dich um die Kinder, euer Zuhause, euer Sozialleben gekümmert. Und das war doch immer sein expliziter Wunsch, oder nicht?«

»Ja, und es war damals auch sinnvoll, so zu entscheiden. Sein Job war der besser bezahlte und Elternzeit für Väter ein Karrierekiller. Trotzdem denke ich oft, dass es falsch war. Nach all den Jahren zu Hause war mein Karrierezug abgefahren. Du weißt ja, wie sehr ich mich heute um jeden Auftrag bemühen muss.« Maria sah mich nachdenklich an. »Ich hätte mir nach der Scheidung von Pierre manches Mal gewünscht, mich als Hausfrau intensiver um die Kinder kümmern zu können. Stattdessen wurde ich abgestempelt als berufstätige Rabenmutter. Glaub mir, ich war oft hoffnungslos überfordert und hätte gerne mit dir getauscht.«

Ich nickte. »Weißt du, was ich meinen Mädchen beinahe schon gebetsmühlenartig predige? Dass sie in einer Partnerschaft ihre finanzielle Unabhängigkeit bewahren.« Ich nahm einen Schluck von dem köstlichen Champagner. »Das Gute ist, die Generation unserer Kinder hat aus dem, was wir ihr vorleben, ihre eigenen Schlüsse gezogen. Unsere Mädchen werden die Diskussionen, die wir geführt haben, in der Form nicht mehr führen müssen. Sie werden sich Kinder, Haus und Job mit ihren Partnern gleichberechtigt teilen. Und das ist ein echter Fortschritt!« Maria lächelte. »Ich bin sicher, dass deine Mädchen um deine Zerrissenheit wissen und anerkennen, was du für sie und die Familie geleistet hast.« Meine Freundin drückte erneut meine Hand und griff nach ihrem Glas. »Auf uns Frauen.«

Geschmacksfragen

Meine Reise nach Paris fühlte sich im Nachhinein an wie der Besuch einer Parallelwelt. Zumindest aus Baustellen-Perspektive betrachtet. Doch mit diesem Ausflug hatte ich meine Batterien wieder aufgeladen, ich war positiv gestimmt und optimistisch. Ich freute mich auf den gemeinsamen Abend mit Richard und erzählte bei frischem Baguette und Käse, den ich im Duty-free-Shop gekauft hatte, ausführlich von meinen Messeeindrücken und der einen oder anderen Inspiration, die ich von dort für das Forsthaus mitgenommen hatte. Denn bei aller berechtigten Kritik an Kommerz und Überfluss war die Messe ein unvergleichlicher Ideenpool.

Auch Richard hatte die Zeit meiner Abwesenheit genutzt. Er zeigte mir Fotos mit Einrichtungsideen, die ihm gefielen, die geschmacklich jedoch Universen entfernt waren von dem, was mir vorschwebte. Und das waren definitiv keine klobigen Chesterfieldsofas in Cognacbraun. Überhaupt, warum entwickelte er plötzlich den Drang, sich in die Innenausstattung und damit in mein Metier einzumischen? In all den Jahren unseres Zusammenwohnens war das stets mein Zuständigkeitsbereich. Ich war die Lifestyle-Expertin mit unangefochtenem Sinn für Optik, wenn auch nur mit selbst verliehenem Geschmacksdiplom, er hingegen der Business-Stratege, der erfolgreich Optimierungsprozesse managte. Als Team hatten wir auch deshalb über all die Jahre harmoniert, weil die Aufgaben und Kompetenzen klar verteilt waren. Woher also rührte Richards plötzlicher Eifer? Danach befragt, antwortete Richard nur: »An allem, was mir gefällt, mäkelst du rum. Das ist auch mein Haus. Ich will mich da schließlich auch wohlfühlen.«

»Heißt das, du fühlst dich in der Berliner Wohnung nicht wohl und hast dich auch in unserem Haus in Schleswig-Holstein nie wohlgefühlt?«

»Das habe ich so weder gesagt noch behauptet. Außerdem ist das Forsthaus etwas völlig anderes.«

»Inwiefern?«

»Wir sind zum ersten Mal in unserem Leben Hausbesitzer, und es ist unser gemeinsames Projekt. Da möchte ich mich nicht auf die Rolle des Geldbeschaffers reduzieren lassen.«

»Das tue ich doch auch gar nicht«, entgegnete ich ein wenig schuldbewusst. »Jedenfalls nicht mit Absicht.«

Das entsprach zwar nicht so ganz der Wahrheit, aber Richard schien sich mit der Antwort erst einmal zufriedenzugeben. So konkret wusste er ohnehin nicht, wie er sich meinem Einrichtungskonzept entgegenstellen sollte. Er wirkte ein bisschen hilflos, wie der kleine Junge, den die anderen Kinder nicht mitspielen lassen wollen, obwohl er so gerne dabei gewesen wäre. Richard tat mir auf einmal leid.

Mein Mitgefühl legte allerdings eine kleine Verschnaufpause ein, als Richard mich in einen Einrichtungsladen in Prenzlauer Berg lotste, der sich auf Möbeldesign aus gebrauchten Europaletten spezialisiert hatte. Begeistert zeigte er mir Regale und Konsolen, das Repertoire umfasste sogar Betten und großflächige Sitzlandschaften, allesamt aus rudimentären Brettern und Klötzen zusammengenagelt. Die Palettentische und -bänke passten perfekt in jede Kiez-Kneipe oder ein Hipster-Loft in Berlin-Wedding, aber doch nicht ins Wohnzimmer unseres Forsthauses. Das war zumindest meine Meinung. Richard interpretierte meinen wenig entzückten Gesichtsausdruck genau richtig und kaufte demonstrativ einen weiß angepinselten Palettensessel mit knallrotem Sitzpolster, den er trotzig und schwer atmend nach Hause schleppte. Ich vermied jeden Kommentar und lenkte das Gespräch geschickt in eine andere Richtung, was nicht die Lösung darstellte, zumindest aber keine weitere Debatte über Geschmacksfragen provozierte.

Pension Buntspecht

Am nächsten Morgen nahm ich Kurs auf mein Baustellen- und Pensionsleben, mit Willi auf dem Beifahrersitz und meinem Gepäck im Kofferraum. Neben meiner Leidenschaft für Hörbücher hatte ich durch die vielen Autofahrten auch eine Vorliebe für Radio entwickelt, speziell für die Nachrichten auf »Inforadio«, denen alle zwanzig Minuten Meldungen über die aktuelle Verkehrslage vorausgingen. Dass diese häufig länger waren als der eigentliche Nachrichtenblock, belegte eindrucksvoll das Verkehrschaos auf den Ausfallstraßen der Hauptstadt. An den Berliner Dauerbaustellen kalkulierte man am besten von vornherein lange Wartezeiten ein, das schonte die Nerven und bot zudem Gelegenheit, aufgeschobene Telefonate mit den Eltern oder dem Steuerberater abzuarbeiten. Leider boten die öffentlichen Verkehrsmittel keine Alternative, im Gegenteil, die Verbindungen der Regionalbahn nach Sorgerow oder Himmelmark waren vor einigen Jahren eingestellt worden, dasselbe galt für die Buslinie, die einst Friededorf im Stundentakt angefahren hatte, jetzt nur noch zwei Mal täglich dort hielt und am Wochenende gar nicht. Auf dem Land lief ohne Auto nichts, ob man das nun gut fand oder nicht.

Wer einen Stau umfahren will, sollte jedoch das Radio rechtzeitig einschalten. Nun war es bereits zu spät, ich steckte mittendrin im Stau-Schlamassel. Was insofern blöd war, als dass mich Frau Specht zur verabredeten Uhrzeit in der Pension erwartete und ich nicht durch eine massive Verspätung den Eindruck der Unzuverlässigkeit vermitteln wollte. Außerdem hatte ich mit dem schwedischen Möbelhaus einen Vermessungstermin für unsere neue Einbauküche vereinbart, was mich zusätzlich unter Zeitdruck setzte. Allein deswegen würde sich die Entscheidung für mein künftiges Pensionsexil als richtig erweisen. Denn verkehrsbedingtes Zuspätkommen, weil irgendwo ein Lkw ungebremst in einen anderen gebrettert war, weil der Fahrer, der, Gott sei Dank unverletzt, vermutlich eingenickt war und nun alle anderen den Sekundenschlaf dieses Pechvogels ausbaden mussten, weil man wegen ausgetretener Flüssigkeiten die komplette Fahrbahn gesperrt hatte und der angestaute Verkehr über die enge Landstraße im Zeitlupentempo umgeleitet wurde: All das würde fortan für mich kein Thema mehr sein. Aber in diesem Moment war es eins. Und da auch ich mir in einem Stau die Frage nach zu schnellem Fahren unter Missachtung der zulässigen Höchstgeschwindigkeit sparen konnte, entschied ich mich zu einer fokussiert durchgeführten Atemübung und versuchte meine zusammengepresste Kieferpartie zu entspannen. Ich akzeptierte, dass ich meine unpünktliche Ankunft nicht verhindern konnte.

Trotz einstündiger Verspätung empfing mich Frau Specht, eine resolute Endsechzigerin, mit Herzlichkeit und einem mütterlichen Lächeln. Meine wortreiche Entschuldigung beantwortete sie mit einem verständnisvollen Blick, der »ist schon gut« zu sagen schien. Routiniert erklärte sie die Ausstattung des Apartments. Sie hatte mir einen Korb mit Äpfeln aus ihrem Garten hingestellt und einige Flaschen Friedetaler Pilsener, was mich sehr rührte, obwohl ich außerhalb des Oktoberfestes eigentlich kein Bier trank. Ich ließ mich auf die mit Frotteewäsche bezogene Bettdecke plumpsen, die intensiv nach Weichspüler duftete, und wäre am liebsten liegen geblieben. Ging aber nicht. Die Ikea-Technikerin würde jeden Moment auf der Baustelle eintreffen. Ich schrieb Richard noch eine fixe WhatsApp-Nachricht: »Bin gut angekommen, bis später, Kuss.«

Dass ich es in der Pension Buntspecht richtig nett angetroffen hatte, behielt ich vorerst für mich. Wozu schlafende Hunde wecken? Ferien auf dem Bauernhof wollte ich mir nun wirklich nicht unterstellen lassen. Schweren Herzens verließ ich mein neues Landquartier und landete abrupt in der Forsthaus-Wirklichkeit. Die Ikea-Technikerin traf ebenfalls verspätet ein. Ihr Navigationsgerät hatte plötzlich den GPS-Empfang verweigert, weshalb sie eine Weile im Wald herumgeirrt war. Durch einen Zufall war sie auf einen verwitterten, kaum noch lesbaren Wegweiser gestoßen, der sie schließlich zu unserem Haus führte. Sie staunte über die abgeschiedene Lage, die schiefen Wände und am meisten über die Rohbausituation. »Normalerweise komme ich für das Aufmaß der Küchenplanung erst, wenn der Innenausbau abgeschlossen ist«, sagte sie und deutete mit einer

Kopfbewegung, der ihre starren Bob-Marley-Dreadlocks nicht folgen wollten, auf den nackten Estrich.

»Hier ist nichts normal, leider«, sagte ich mit aufrichtigem Bedauern, was die Ikea-Frau mit einem Stirnrunzeln über den gepiercten Augenbrauen quittierte. Ich beantwortete ihre Frage nach dem künftigen Fußbodenaufbau, bevor sie die Küche von allen Seiten fotografierte und anschließend vermaß. »So exakt wie möglich«, betonte sie bei der Verabschiedung erneut. »Bei den schiefen Wänden … na ja, hoffentlich steht sie dann gerade, Ihre neue Küche. Aber ein fähiger Küchenbauer kriegt das schon hin. Wie gesagt, hoffentlich. Na dann, tschüssikowski!« Weg war sie.

»Warum die Eile, in Gottes Namen?« Ich sah Olafs fragenden Blick selbst durchs Telefon hindurch, als ich ihm kurz darauf von der Küchenvermessung erzählte. »Nun hat das alles schon ewig gedauert, da kommt es doch auf ein paar Monate auch nicht mehr an.«

»Olaf! Deine Witze waren auch schon origineller. Um deine Frage zu beantworten: Ja, es ist eigentlich noch zu früh, aber ich will unbedingt den Gratis-Geschirrspüler. Und den gibt es nur, wenn ich die Küche jetzt bestelle.« Ein unschlagbares Argument, dem selbst Olaf nichts entgegnen konnte.

Das nicht ganz so friedvolle Friededorf

Namen und Worte können manchmal trügerisch sein. Zum Beispiel der Name Friedetal. Was erst einmal verheißungsvoll nach *Love and Peace* klang, bedeutete noch lange nicht, dass es hier immer friedlich zugegangen wäre. Ich blätterte in der Dorfchronik, die mir Frau Specht als Gute-Nacht-Lektüre aufs Kopfkissen gelegt hatte. Dort las ich, dass das Friedetal schon historisch betrachtet keine Oase beständigen Friedens war. Im sechzehnten Jahrhundert hatten hier Pest und Cholera gewütet, während des Dreißigjährigen Krieges die schwedischen Truppen, danach Napoleon mit seinen Mannen. Auch die beiden Weltkriege hatten Spuren hinterlassen. Mit der von mir einst bejubelten friedlichen Aura des Friedetals war es jedenfalls nicht weit her. Ein klassischer Anfängerfehler, die neue Umgebung durch die rosarote Brille zu verklären und zu glauben, sich dort von sämtlichem altem Ballast befreien zu können.

Der nächste Hort menschlicher Zivilisation jenseits des Forsthauses hieß Friededorf. Warum uns das Navigationssystem bei unseren ersten Fahrten stets an Friededorf vorbei über eine zwei Kilometer längere Route gelotst hatte, blieb ein Rätsel und bedeutete Umwege für ahnungslose Auswärtige. Deshalb hatten wir Friededorf anfangs nie richtig auf dem Schirm gehabt. Aber das sollte sich ja nun ändern.

Als Gast der Pension Buntspecht weilte ich mittendrin in dem für Brandenburg charakteristischen Angerdorf, in dem Häuser und Gehöfte um einen zentralen Platz – den Anger – angelegt waren. Den Mittelpunkt bildeten Dorfkirche, Pfarrhaus und Kriegerdenkmal. Ein Ensemble, um das beidseitig die von Linden gesäumte Dorfstraße führte, deren einstiger Feldsteinbelag einem nunmehr sanierungsbedürftigen Asphalt gewichen war. Auf der Dorfstraße, die zu DDR-Zeiten »Straße des sozialistischen Friedens« geheißen hatte und nach der Wende sofort umbenannt wurde, befanden sich auch die Bushaltestelle, das Feuerwehrhäuschen und die Gaststätte, die verwaist wirkte. Die Öffnungszeiten des Friedetaler Krugs konnte ich dem vage formulierten Hinweis an der Tür entnehmen, den die hochbetagten Betreiber in zittriger Handschrift verfasst hatten: »Im

Sommer nach Bedarf geöffnet, im Winter meistens geschlossen« – was auf einen gewissen Sinn für Humor schließen ließ. Von Frau Specht hatte ich erfahren, dass der Krug momentan Donnerstag bis Sonntag *meistens* geöffnet habe und zu besonderen Anlässen wie Familienfeiern oder Feuerwehrfesten, was aufgrund der innerdörflichen Verwandtschaftsverhältnisse auf dasselbe hinauslief.

Sie erzählte mir, dass die Dörfler über die Jahrhunderte trotz einiger Fehden, die mitunter über Generationen weitervererbt wurden und deren konkrete Ursache die wenigsten noch erinnerten, vorzugsweise unter sich blieben. Das galt auch für Heiratswillige. Allgemein wurde erwartet, dass bei der Wahl des Ehepartners zunächst der dorfeigene Heiratsmarkt inspiziert wurde. Gab der nichts her, durfte man auch mal einen Blick auf das Angebot im Nachbardorf werfen. Kamen die künftige Braut oder der Bräutigam in spe gar aus Wüsteritz, galt das noch in den sechziger Jahren als besonderes Zugeständnis. Frau Specht, eine gebürtige Leipzigerin, die ihre Herkunft beinahe trotzig in breitem Sächsisch verteidigte, hatte nach wie vor keinen leichten Stand innerhalb der Dorfhierarchie. Obwohl sie seit beinahe fünfundvierzig Jahren in Friededorf lebte, bis vor Kurzem noch mit ihrem Mann, der einer der alteingesessenen Familien entstammte und nun verstorben war.

Während man sich zu DDR-Zeiten gegenseitig half und unterstützte, prägten nun oft Neid und Missgunst das dörfliche Miteinander. »Früher war man froh über seinen Trabi, verbrachte die Ferien an der Ostsee und trug Niethosen«, erinnerte sich Frau Specht bei einer unserer gemeinsamen Teestündchen in ihrer gemütlichen Küche. Sie bemerkte meinen fragenden Blick. »Niethosen war der offizielle Begriff für DDR-Jeans, die im sächsischen Lößnitz produziert wurden.« Sie lächelte. »Heute ist das anders. Da wird genau hingesehen, wer welche Automarke fährt, wo man Urlaub macht, wie oft der Paketbote vor der Tür hält.« Friededorf war also keineswegs ein durchweg friedliches Dorf. Und einige Querulanten taten eine Menge dafür, dass das so blieb.

∗

Bockwurst und Kartoffelsalat

Bei unserer ersten Fahrt durch Friededorf war mir am Ortseingang ein überdimensional großes Plakat aufgefallen, auf dem »Keine Windräder im Friedetal« proklamiert weg wurde. Auf einem weiteren, deutlich kleineren Schild war zu lesen »750 Jahre Friededorf im Friedetal«. Und auf dem kleinsten stand »Willkommen in Friededorf«. Ich fragte mich, ob es sich dabei um eine willkürliche Reihenfolge oder um einen Hinweis auf die Priorisierung der Dörfler handelte. Im Dorf sahen wir damals nicht einen einzigen Bewohner, niemand, der unter den erhabenen alten Linden spazieren ging, niemand, der am Nachbarzaun ein Schwätzchen hielt, keinen einzigen Fahrradfahrer, keine spielenden Kinder. Einmal kam uns ein Wagen auf der maroden Straße entgegen, ein anderes Mal bemerkte ich am Straßenrand ein parkendes Einsatzfahrzeug der Johanniter, die sich offenbar um einen der älteren Dorfbewohner kümmerten. Das einzige Anzeichen für Leben hinter den eingezäunten Grundstücken war hier und da Hundegebell, das unser vorbeifahrendes Auto begleitete.
Friededorf hatte auf mich irgendwie tot gewirkt. Ausgestorben. Ein Dorf im Abwehrmodus, ein Eindruck, der durch heruntergelassene Außenrollos noch verstärkt wurde. Vielleicht ein Relikt aus DDR-Zeiten, wo man keinem richtig traute und anderen mit äußerster Vorsicht begegnete? Nur als die Weih-

183

nachtszeit nahte, waren die Jalousien einen Spaltbreit geöffnet und gaben den Blick frei auf handgearbeitete Holzpyramiden aus dem Erzgebirge und bunt blinkende Lichterketten, die ziemlich wahrscheinlich nicht aus dem Erzgebirge stammten.

Die gemeinsame Tasse Tee mit Frau Specht wurde zu einem frühabendlichen Ritual, auf das wir uns beide freuten und bei dem sich Frau Specht mehr und mehr öffnete. Ich erfuhr, dass sie sich gleich nach der Wende an die Gauck-Behörde in Berlin gewandt hatte, um herauszufinden, wer der Spion war, den man auf sie angesetzt hatte. »Dass die Stasi nach der Zersetzungsmethode arbeitete, indem sie Angst und Unsicherheit verbreitete, wusste man ja«, berichtete Frau Specht. »Aber ich konnte kaum glauben, dass im Jahr des Mauerfalls landesweit immer noch über 90 000 hauptamtliche und 150 000 inoffizielle Mitarbeiter als Spitzel tätig waren. Allein in Friededorf gab es drei IMs, die auf einhundertfünfdreißig Dorfbewohner angesetzt waren! Können Sie sich das vorstellen?«

»Klingt nach einer bemerkenswerten Quote.«

»So ist es. Im DDR-Durchschnitt war ein Spitzel für das Ausspionieren von einhundert Einwohnern zuständig. Ich habe mich oft gefragt, warum es in Friededorf die dreifache Menge an IMs gab. Unser Dorf war nun wirklich alles andere als ein Sammelbecken für konterrevolutionäre Kräfte.« Frau Specht rieb sich über die Augenlider und rückte ihre Brille zurecht. »Trotz der gegenseitigen Unterstützung im Alltag hab ich mir immer genau überlegt, auf wen ich mich verlassen kann. Und dass das mit dem Denunzieren hier richtig gut funktionierte, haben einige von uns hautnah erlebt«, sagte sie und rührte nachdenklich in ihrer Tasse. »Jeder, wirklich jeder, der einen verantwortungsvollen Posten hatte, ob im Rathaus, im Stahlwerk oder bei der LPG, musste an seinen Vorgesetzten berichten.« Frau Specht griff nach ihrer Tasse und nahm einen Schluck Tee. »Aber jeder konnte entscheiden, ob er einen

Kollegen denunzierte oder eine geplante Republikflucht meldete. Man hat immer eine Wahl.« Sie selber hatte sich jahrelang in der evangelischen Kirche engagiert und im Geheimen ihre Verbindungen zur Leipziger Nikolaikirche, der Keimzelle der Friedlichen Revolution '89, gepflegt, was den Augen der Stasi natürlich nicht verborgen blieb. »Umso enttäuschender waren meine Nachforschungen in Berlin. Sämtliche Namen meiner Akte waren aus Datenschutzgründen geschwärzt.« Frau Specht schüttelte resigniert den Kopf. »War vielleicht auch besser so.« »Und ein Neuanfang woanders war nie eine Option?« Sie schüttelte erneut, dafür umso entschiedener den Kopf. »Das wär mir nie in den Sinn gekommen. Hier ist mein Zuhause. Hier ist meine Familie, hier sind meine Freunde.«

Es dämmerte bereits, als ich mir Willi und die Hundeleine für einen kleinen Abendspaziergang schnappte. Ich lief die Dorfstraße hinunter, vorbei am ehemaligen Konsum, der früheren Bäckerei und der einstigen Eierannahmestelle, die, wie ich von Frau Specht wusste, bis zur Wende für viele Dorfbewohner eine zusätzliche Einnahmequelle gewesen war, denn für jedes abgelieferte Ei erhielt man zwanzig Pfennige. Nun rollten hier wöchentlich Bofrost-Wagen, die mobilen Bäcker und Fleischer an, um vor allem die Älteren mit Lebensmitteln zu versorgen. Nach der Wende waren es vorwiegend die Jungen, die ihren Heimatdörfern den Rücken gekehrt hatten. Unter ihnen gut ausgebildete Frauen in technischen Berufen, die ihre Zukunft überall sahen, nur nicht in der brandenburgischen Provinz. Somit war die Einwohnerzahl in Friededorf auf achtundachtzig gesunken. Ein Beispiel für den viel zitierten Bevölkerungsschwund, der sich Ende der neunziger Jahre großflächig in den neuen Bundesländern verbreitete. Doch seit einigen Jahren zeichnete sich ein Wandel ab, die Jungen kehrten zurück, um im ländlichen Umfeld und auf erschwinglichem Bauland ein

Heim für ihre Familien zu verwirklichen. Und mit ihnen kamen großstadtmüde Land-Enthusiasten wie Richard und ich.

Im spärlichen Licht der Straßenlaternen warfen die abgedunkelten Häuser Friededorfs lange Schatten. Nur die Fenster des Friedetaler Krugs waren erleuchtet, durch die geöffnete Tür drangen Stimmen. Willi spitzte die Ohren, ich verlangsamte meinen Schritt, und einem Impuls folgend trat ich ein.

Der Wirt, ein gepflegter älterer Herr mit akkuratem Scheitel im weißen Haar und Bügelfalte in den karierten Hemdsärmeln, stand bierzapfend hinter dem Tresen und erwiderte freundlich meinen Gruß.

»Hunde müssen eigentlich draußen bleiben«, erklärte er. »Aber der ist ja so klein, da machen wir mal eine Ausnahme. Bringen Sie ihn ruhig mit rein.« Er zeigte auf einen leeren Vierertisch am Fenster, das mit einer halbhohen Gardine und diversen Grünpflanzen Ein- und Ausblicke verhinderte. »Nehmen Sie Platz, ich bin gleich bei Ihnen.« Er sprach akzentuiert in reinstem Hochdeutsch.

Willi verkroch sich brav unter den Tisch, auf dem ein bunt besticktes Tischtuch lag, darauf Bierdeckel und eine Vase mit ausgeblichenen Plastiktulpen. Mein Blick wanderte durch den Gastraum, an dessen holzvertäfelten Wänden unzählige Jagdtrophäen die waidmännischen Aktivitäten des Besitzers dokumentierten. Ich fühlte mich wie in der Kulisse eines Defa-Films samt original 60er-Jahre-Möblierung. Links vom Tresen bemerkte ich vier Männer, die wie Statisten rauchend und schweigend vor ihren Herrengedecken saßen. Sie hatten in dem Moment ihre Unterhaltung unterbrochen, als ich den Raum betrat. Erst als der Wirt zu mir an den Tisch kam, um meine Bestellung zu notieren, nahm die Stammtischrunde ihr Gespräch wieder auf, ganz so, als sei nichts gewesen und ich nicht anwesend.

Eine Speisekarte gab es nicht. Das Menü bestand aus Bockwurst mit Senf und Kartoffelsalat oder aus Bockwurst mit Senf und Brot. Das Weinangebot im offenen Ausschank umfasste einen halbtrockenen Mosel-Saar-Ruwer und einen Weißwein aus der Lausitz. Ich entschied mich sicherheitshalber für ein Alsterwasser. »Darf's auch ein Radler sein?«, fragte der Wirt. »Oder möchten Sie vielleicht mal ein Potsdamer probieren?« Keine Minute später stellte er ein Bier gemischt mit Fassbrause vor mir ab, das kopfschmerzverdächtig rot aussah, aber dennoch gut schmeckte, genauso wie die Wurst und der Kartoffelsalat. »Das dachte ich mir schon, dass Sie aus dem Forsthaus sind«, sagte der nette Wirt. Er staunte nicht schlecht, als ich ihm erzählte, dass ich momentan in der Pension Buntspecht wohnte. Immerhin, Frau Specht schien diskret. »Schön, dass das Haus nach all den Jahren nicht mehr leer steht. Es gab ja einige, die es kaufen wollten, aber der ganze Sanierungsaufwand … na ja, wem erzähl ich das.« Er nickte nachdenklich, und in seinen Augen lag so etwas wie Mitgefühl. »Wissen Sie, vielen fehlte auch die Vorstellung, was man daraus hätte machen können. Aber letztlich hat das Problem mit dem Wasser wohl alle abgeschreckt.« Nun war ich es, die nachdenklich nickte. Ich war aber zu müde, um das Gespräch an dieser Stelle zu vertiefen. Ich zahlte und verabschiedete mich mit dem Versprechen, bald wiederzukommen.

»Das Problem mit dem Wasser« – hatte ich diesen Satz nicht auch schon von Herrn Beil gehört? Die Worte klangen noch nach, als ich eine halbe Stunde später im Bett lag. Der Duft von Frau Spechts Frotteebettwäsche ließ mich wie eine Vollnarkose in den Tiefschlaf sinken.

✳

Frauen auf Baustellen

»Wusstest du, dass neun von zehn Beschäftigten im Baugewerbe nach wie vor männlich sind?«, fragte ich Olaf, der anrief, als ich gerade im »Zeit-Magazin« einen Artikel über patriarchalisch geprägte Berufsgruppen las.

»Hm«, sinnierte Olaf, »jetzt, wo du's sagst … Maurerinnen, Monteurinnen oder Malerinnen sind auf einer Baustelle tatsächlich so gut wie nie anzutreffen.«

»Ich finde das ehrlich gesagt unglaublich, dass die Baubranche immer noch so ein Macho-Haufen ist.«

»Das fällt dir natürlich auch deshalb auf, weil du es bei Hartmann und Konsorten mit Paradebeispielen zu tun hast«, unterbrach mich Olaf.

»… und Frauen als Architektinnen oder Büroassistentinnen meistens hinterm Schreibtisch arbeiten«, fuhr ich unbeirrt fort. »Und das ist sicher nicht nur auf den Umstand zurückzuführen, dass bestimmte Tätigkeiten körperlichen Krafteinsatz erfordern.«

»Na, jetzt mal ehrlich, die wenigsten Frauen wollen doch mit den frisch manikürten Nägeln im Dreck wühlen.« Er lachte. »Ich freu mich jedenfalls, wenn ich im Straßenbau an gestählten nackten Oberkörpern vorbeifahre. Allein dafür würdet ihr Frauen euch doch schon mal nicht eignen.«

»Das, mein Lieber, würden viele deiner Geschlechtsgenossen sicher anders sehen.« Dieses Mal lachten wir beide.

Auch unsere Baustelle war fest in Männerhand, es gab dort keine einzige Frau bis auf mich. Klang es deshalb stets ein bisschen seltsam, wenn die Handwerker mich als Chefin ansprachen? »Geh mal zur Bauherrin, die weiß hier Bescheid.« Haftete dieser Aussage nicht etwas eindeutig Zweideutiges an? Eine Respektsbekundung, gewürzt mit einer Prise Ironie? Sobald Hartmann oder Richard auf der Baustelle erschienen, herrschte ein hörbar

188

anderer Ton. Obendrein wandten sich die Handwerker mit ihren Fragen dann an den Architekten oder den Bauherrn und nicht mehr an mich.

Gleichstellungsthemen waren geradezu prädestiniert, um auf einer langweiligen Dinnerparty genüsslich zerlegt zu werden. Vorausgesetzt, es fand sich ein geeignetes Gegenüber. Häufig liebten es Gastgeber, geladene Paare auseinanderzusetzen, platzierten sie an verschiedenen Tischen und neben vermeintlich interessanten Personen, um neue Impulse zu setzen. Vielen Paaren wurde damit sogar ein Gefallen getan, immerhin ging man sich so offiziell aus dem Weg und musste nicht bei den immer gleichen Anekdoten des Partners in applaudierendes Gelächter ausbrechen. Richard und ich waren keine Fans dieser zwanghaften Sitzordnung, im Gegenteil. Wir freuten uns auf einen gemeinsamen Abend. Meistens ergab sich mit dieser Art des *Placements* ohnehin nur *Small Talk*, mit Höflichkeitsfragen über die Kunstsammlung, und wenn man die nicht hatte, über Reisen oder Haustiere. Und wenn man weder Hunde, Katzen noch Zwergkaninchen besaß, dann über die Bundesliga. Themen wie schlechtes Wetter, todbringende Krankheiten und provokative Thesen zur Politik galt es zu vermeiden. Oft genug schon hatte ich neben einem selbstverliebten, monologisierenden Wichtigtuer ausharren müssen, der sich nicht die Bohne für mich interessierte.
An jenem Abend hatte ich Glück. Neben mir saß Gesine, eine emeritierte, sehr agile Dozentin der Sprachwissenschaften, die mich mit ihrem silbergrauen Schopf, der überdimensionalen schwarzen Intellektuellenbrille und dem knallroten Lippenstift an die New Yorker Stilikone Iris Apfel erinnerte. Amüsiert und interessiert folgte sie meinen Schilderungen aus der Welt des Häuslebauers. Sie war die ideale, und, wie sich zeigte, äußerst kompetente Gesprächspartnerin, die die richtigen Antworten fand.

»Wieso heißt es eigentlich Bauherrin und nicht Baufrau?«, wollte ich wissen.

»Gute Frage.« Sie überlegte kurz, derweil sie den gerade nachgeschenkten Weißwein kostete. »Weil das Wort Herrin Besitz und Macht suggeriert. Eine Herrin war eine gebietende, höhergestellte Frau«, erklärte Gesine. Ich erfuhr, dass sich der Begriff, wen wundert's, von »Herr« ableitete und sein Ursprung ins sechzehnte Jahrhundert zurückreichte. Gesine nannte Begriffe wie Herrscherin, Landesherrin, Schirmherrin, Schlossherrin oder Hausherrin. »Worte, die auf Frau oder Dame enden, haben oft eine andere Bedeutung. Denken Sie nur an Hausfrau und Hausdame.«

»Aber es heißt doch auch Kauffrau.«

»Eine Kaufdame oder Kaufherrin gibt es nicht, das Wort Kauffrau ist somit eindeutig. Zumal Begriffe, an die wir uns gewöhnt haben, nicht weiter befremdlich klingen. Stellen Sie sich doch auf Ihrer Baustelle künftig als Bauverantwortliche vor.« Sie leerte ihr Weinglas in einem Zug, wobei die Armreifen an ihrem Handgelenk klirrten. Mit einem Lächeln fügte sie hinzu: »Und überlegen Sie mal, ob Sie die vermeintliche Ironie aus der Bezeichnung Bauherrin heraushören, weil Sie sie heraushören wollen.« Ihr Lächeln hatte gleichermaßen etwas Vielsagendes wie Ermutigendes.

Ich beschloss, mir meine Verunsicherung in Zukunft nicht mehr anmerken zu lassen und, wann immer nötig, meine sechs Lektionen zu beherzigen. Schon in wenigen Tagen würde es dazu Gelegenheit geben, bei der Besprechung mit Dennis Müßig, dem netten Juniorchef der Heizungs- und Sanitärfirma »Müßig & Sohn«. Ein Termin, zu dem Richard und ich auch Ulrich Hartmann gebeten hatten.

*

Der nette Herr Müßig

Die Vertragsmodalitäten hatte ich bereits im Vorfeld mit Müßig Junior verhandelt und war stolz, dass wir uns nach etlichen Diskussionen auf einen Festpreis einigen konnten, der mir nicht nur Richards Anerkennung einbrachte, sondern auch diverse Leistungen wie das Verlegen neuer Wasserrohre und Leitungen sowie die Montage der Heizungsanlage und der Wasserhähne beinhaltete.

Dennis Müßig war Mitte dreißig und trug einen beinah militärisch kurzen Bürstenhaarschnitt, bei dem kein Haar aus der Reihe tanzte. So korrekt wie sein Haarschnitt war der ganze Mann. Er erzählte, dass er Ingenieurwissenschaften studiert habe, bevor er den väterlichen Betrieb übernahm, den er, mit Rücksicht auf den Seniorchef, behutsam umstrukturierte, um ihn den Markterfordernissen anzupassen. Dennis Müßig gehörte zu einer Generation, die mit einem völlig anderen Frauenbild aufgewachsen war als dem von Ulrich Hartmann, Gerd Giersch oder Caspar Quecke verinnerlichten. Was mich wunderte. Schließlich waren alle drei in der DDR groß geworden, in der Frauen zumindest offiziell als gleichberechtigt galten. Das aber war ein Anspruch, der mit der damaligen Wirklichkeit nicht viel zu tun hatte.

»Wir Frauen sollten zwar nach sozialistischem Idealbild voll berufstätig sein, und das sogar in männertypischen Berufen. Aber glauben Sie mal ja nicht, dass wir deshalb auch dieselbe Bezahlung bekommen hätten.« Frau Specht machte eine wegwerfende Handbewegung und schickte ihr einen tiefen Seufzer hinterher. »Eine Neunzig-Stunden-Woche mit Arbeit, Kindern und Haushalt war bei uns nicht die Ausnahme, sondern der Regelfall. Wissen Sie, wie man das nannte? Die zweite Schicht.« Ich begriff, dass das traditionelle Rollenverständnis in den Köpfen älterer Ost-Männer damit genauso verankert war wie in den Köpfen ihrer westlichen Geschlechtsgenossen.

Dennis Müßig hingegen hatte mir von Anfang an signalisiert, dass er es gewohnt war, Frauen auf Augenhöhe zu begegnen. Umso erstaunter war ich, als er vom Frauenversteher in den Modus des weichgespülten Softies verfiel und sich vor Hartmann duckte, sobald dieser das Wort ergriff.

»Nur damit ich das richtig verstehe«, schnarrte der Architekt, »Sie wollen die Waschbecken nicht an die Wand montieren? Wohin denn dann?«

»Die Becken werden auf alten Holztischen stehen.« Meine Antwort klang maximal entschlossen.

»Wieso auf Holztischen? Waschbecken gehören an die Wand und nicht auf Tischplatten.«

»Ähm, ich glaube, dass Frau Vonderweide keine Hängewaschbecken wünscht, sondern Aufsatzwaschbecken«, schaltete sich Dennis Müßig vorsichtig ein.

»Genau«, bekräftigte ich. »Und im Gäste-WC sollen die Wasserhähne an die Wand, nicht aufs Becken.«

»Wandarmaturen«, dolmetschte Dennis Müßig.

»Das geht nicht«, insistierte Hartmann, »dafür ist die Wand nicht geeignet.«

»Wenn ich kurz mal unterbrechen darf …«, wagte Dennis Müßig einen erneuten Vorstoß, den Hartmann geflissentlich ignorierte und den Beschuss auf mich ungerührt fortsetzte.

»Wieso kommen Sie mit Ihren Extravaganzen immer um die Ecke, wenn's dafür schon zu spät ist? Warum machen Sie nicht einfach mal das, was üblich ist? Becken an die Wand und fertig.«

»Weil es mein Badezimmer ist, Herr Hartmann.«

Während Dennis Müßig sich bemühte, Lösungen aufzuzeigen, wie man den Wasserhahn doch noch an die Wand bekäme, stand Hartmann wieder einmal genervt und wie unbeteiligt daneben. Am Abend checkte ich meine alten Mails und fand eine Nachricht an Hartmann aus dem vorigen Jahr. Betreff:

Gäste-WC, im Anhang ein Foto mit der bestellten Wandarmatur samt technischer Daten. Sollte ich sie ausdrucken und Hartmann morgen als Beweisstück vor die Füße werfen? Ach was, wozu. An Hartmanns Einstellung oder seinem Verhalten mir gegenüber würde das nichts ändern.

Ich spürte den aufkeimenden Ärger schon in meiner Magengegend, aber anstatt ihm die gewohnte Aufmerksamkeit zu schenken und ihm bereitwillig Platz zu machen, begann ich mit geschlossenen Augen zu atmen. Tief ein und tief aus. Ich atmete Hartmann einfach weg. Als ich die Augen wieder öffnete, klickte ich auf die gerade eingegangene E-Mail von Dennis Müßig. Ein Gesprächsprotokoll vom Nachmittagsmeeting, das dieser gewissenhaft bis ins Detail verfasst hatte, samt einer Skizze für die Installation der Wandarmatur. Mich überkam eine Welle tiefer Genugtuung. Ich war Hartmann gegenüber nicht eingeknickt. Das Ergebnis würde ein schicker Messingwasserhahn mit passenden Kreuzgriffen in unserem Gäste-WC sein, darunter der alte Spülstein auf einer einhundert Jahre alten, handdicken Eichenplatte. Wir waren allerdings Lichtjahre entfernt von dem Moment, wo aus dem Hahn Wasser fließen würde. Und daran war der nette Dennis Müßig schuld.

*

»Cholerne gówno!«

»Hello, Darling!« Olaf umarmte mich zur Begrüßung und drückte mir einen Schmatzer auf die Wange. Ich freute mich über seinen Überraschungsbesuch auf der Baustelle, den er als »kleine Motivationsspritze« bezeichnete. Schließlich hatte er wie kaum ein anderer die Höhen und Tiefen des Projektes mit uns durchlebt oder vielmehr durchlitten. Und ich war dankbar für sein scharfes Auge, seine Hinweise, seine endlose Geduld in Hinblick auf mein Seelenheil und gelegentliche Stimmungsschwankungen. Mit Hartmanns Entgleisungen durfte ich Richard seit der Beinahe-Kündigung unseres Architekten nicht mehr kommen. Das war meine Aufgabe, weshalb ich Hartmann mittlerweile als Teil meiner selbst verordneten Nachhilfe in Krisenmanagement betrachtete. Und Olaf war mein Supervisor.

»Immer wenn es darum geht, dem Haus eine individuelle Note zu verpassen, zickt Hartmann rum und schaltet auf stur. Ich krieg die Anzahl seiner Blockadeversuche schon gar nicht mehr zusammen.«

»Der Mann ist eben ein typischer *Mansplainer*, der Frauen sagt, wo's langgeht. Du bist für ihn die perfekte Zielscheibe.«

»Dieses ›Geht nicht, gibt's nicht‹ oder ›Wie sieht das denn aus‹-Gelaber … ich kann's echt nicht mehr hören!«

»Ohren zu und durch. Hartmann wird sich nicht mehr ändern. Das hat er nun schon mehrfach demonstriert. Versuche, ihm keine weitere Angriffsfläche zu bieten. Er bevorzugt halt einfache Lösungen, die sich schnell umsetzen lassen – wie zum Beispiel Hängewaschbecken.« Olaf grinste.

»Aber das steht doch im krassen Gegensatz zu seinem eigenen Anspruch an Ästhetik.«

»Mag sein, aber hier geht's weder um sein Haus noch um sein Äußeres. Ich glaube, er ist manchmal ein bisschen neidisch auf deine Kreativität«, meinte Olaf. »Es kränkt ihn in seiner Berufsehre, dass die besonderen Ideen von dir kommen und nicht auf seinem Mist gewachsen sind. Lass dich nicht beirren. Und denk immer daran, du bist die Bauherrin.«

Ich musste laut lachen und erzählte dem irritiert dreinblickenden Olaf von meinem kürzlich geführten Gespräch mit Gesine, der Sprachwissenschaftlerin.

Olaf lobte den erkennbaren Sanierungsfortschritt im Forsthaus, die Großzügigkeit der Veranda, er begutachtete den Rauputz der Wände und den offenen Sandsteinkamin, den der Kaminbauer vor einigen Tagen eingebaut hatte.

»Ja da schau her … Das sieht ja schon richtig nach einem Haus aus!« Olaf gab sich euphorisch. Er zeigte auf die Zierbalken, die Quecke natürlich nicht wieder zusammengeklebt, sondern in halbiertem Zustand unter die Decke geschraubt hatte, was zugegebenermaßen besser aussah als erwartet.

»Aber alles dauert und zieht sich endlos, wenn man bedenkt, dass wir schon längst fertig sein wollten«, jammerte ich.

»Geduld, Rosa! Ich kenne kein Bauvorhaben, wo es anders gelaufen ist. In fast allen Fällen dauert es länger, und fast immer wird es teurer«, lauteten Olafs tröstende Worte, und mit einem Zwinkern fügte er hinzu: »Du weißt ja, der liebe Gott hat uns Zeit geschenkt, aber von Eile hat er nichts gesagt.«

Im Dachgeschoss war bereits ein großzügiger Duschbereich zu erkennen mit separater Toilette, an die sich ein einziger, durchgehender Raum anschloss, den man durch die einst totsanierte Flügeltür betrat, die nun nicht mehr ganz so totsaniert aussah. Ich hatte es tatsächlich geschafft, die ranzigen Ölschichten abzutragen und die Tür passend im Farbton des künftigen Holzbodens zu beizen, sodass sie sich harmonisch in den Raum einfügte, als sei sie schon immer dort gewesen.

Zwei Mitarbeiter von Caspar Quecke waren gerade dabei, die gespachtelten Wände zu schleifen, was eine gewaltige Staubwolke verursachte. Unzählige Partikel rieselten wie Schneeflocken auf die Arbeiter runter und verwandelten sie in weiße Gespenster. Dass keiner der Männer eine Atemschutzmaske trug, empörte mich. »Unglaublich, dass dieser Mistkerl auch noch an der Schutzausrüstung seiner Mitarbeiter spart«, flüsterte ich Olaf zu und beschloss, Quecke, der draußen die Arbeiten an der Außenfassade vorbereitete, sogleich auf dieses Versäumnis anzusprechen. Doch dazu sollte es nicht kommen.

»Cholerne gówno! Cholerne gówno!«, schallte es in diesem Moment aus dem Garten zu uns hoch, gefolgt von erregtem Stimmengewirr. Irritiert beobachtete ich, wie die Arbeiter die Bauleiter beinahe hinunterflogen.

»Ich glaub, das heißt so was wie verfluchte Scheiße«, wagte Olaf eine Übersetzung. Und damit lag er ziemlich richtig. Olaf und ich stürzten den Arbeitern hinterher und konnten nur noch zusehen, wie aus einem Wasserrohr, das Caspar Quecke soeben mit seinem Minibagger gekappt hatte, ein enormer Schwall den ausgehobenen Graben rings um das Haus flutete. Unser Haus, dessen durchfeuchtete Mauern wir mit monatelangem Aufwand trockengelegt hatten, wurde binnen Sekunden zu einer Wasserburg. Während die anwesenden Handwerker auf die Fontäne starrten, als sei sie ein faszinierender Bestandteil der verschwenderischen Wasserspiele in den Wüstenstädten Dubai oder Las Vegas, kletterte ich in den Brunnenschacht, scannte mit einem absolut ahnungslosen Blick die surrende Technik, die dicken Rohre, die elektrischen Leitungen und das Herzstück, die Pumpe, und betätigte auf Verdacht den größten Schalter, den ich ausmachen konnte. Volltreffer, es war der Hauptschalter, der Strahl verebbte tatsächlich. Was blieb, war ein kniehoch befüllter Graben.

»Was 'n Scheiß«, kommentierte Caspar Quecke nun noch mal auf Deutsch das von ihm angerichtete Malheur und nestelte an seiner Zigarettenpackung.

»Da haben Sie ausnahmsweise einmal recht«, antwortete ich und bedachte Quecke mit einem bitterbösen Blick.

Im selben Moment erschien ein wutschnaubender Ulrich Hartmann und überschüttete Quecke mit einem Vokabular, das ich Hartmann gar nicht zugetraut hätte. »Sie unfähiger Vollpfosten, dämlicher Hornochse, grenzdebiler Obertrottel, kolossales Rindvieh« waren da noch die gemäßigteren Begriffe.

196

»Von Ihnen hab ich dermaßen die Schnauze voll, das ahnen Sie nicht mal im Ansatz!« Hartmanns Worten folgten Taten. Caspar Quecke war gefeuert, und ich musste mir dabei nicht mal die Hände schmutzig machen. Er verschwand samt Entourage noch am selben Tag. Jeder war ersetzbar, auch ein Caspar Quecke. Die restlichen Fassadenarbeiten würde der Maler aus Sorgerow ausführen, wenn auch wetterbedingt erst im nächsten Jahr. Dafür aber zu unserer allergrößten Zufriedenheit.

*

Insiderwissen

Ulrich Hartmanns Auftrag endete vertragsgemäß mit dem fertiggestellten Trockenbau. »Um den Kleinkram kann sich ja Ihre Frau kümmern«, hörte ich Hartmann zu Richard sagen. »Das kriegt sie auch ohne mich hin. Wenn Not am Mann ist, weiß sie ja, wo sie mich findet.« Über diesen Spruch hätte ich mich vor Wochen noch stundenlang aufgeregt. Nun zeigte mein Selbstoptimierungsversuch erste Resultate, ich beruhigte mein inneres Ich und atmete beides – Hartmann und den aufflackernden Groll – wieder einmal weg. Der »Kleinkram« umfasste immerhin sieben Gewerke und ihre Abläufe, die ich ab sofort koordinieren würde. Fliesenleger, Tischler, Elektriker, Maler und die Heizungs- und Sanitärfirma, die alle parallel auf der Baustelle rumwuselten. Nicht zu vergessen den Brunnenbauer, der immer noch an der Verbesserung der Wasserqualität tüftelte, damit aus Brauchwasser Trinkwasser würde und aus den Wasserhähnen im Haus endlich Wasser sprudelte.
Ich fühlte mich wie die Dirigentin eines Orchesters, die sowohl auf den richtigen Einsatz der Instrumente zu achten hatte als

auch auf die musikalische Intonierung und die einfühlsame Interpretation des Werkes.

Für das Bad hatte ich grau melierte Metrofliesen ausgesucht. Ein Auslaufmodell, für das mir der Verkäufer einen zusätzlichen Preisnachlass einräumte, was die Attraktivität der Fliesen in meinen Augen noch einmal steigerte. Damit der Effekt des Farbverlaufs auch so zur Geltung kam, wie ich es in den Ausstellungsräumen der Sanitärfirma gesehen hatte, sollte der Fliesenleger darauf achten, dass nicht drei farbgleiche Exemplare nebeneinander angebracht wurden. Ein Gespür für die Fliesenfarbe zu entwickeln, gelang ihm aber selbst nach dem dritten Hinweis nicht. Was nun?, überlegte ich. Den Mann verprellen und seine Kompetenz komplett infrage zu stellen, war keine gute Idee, zumal er bemüht und sympathisch war und außerdem der Schwager des Malermeisters. Klein beigeben und sagen: »Ach, dann ist es eben so« – Nein, nicht mit mir! Die Fliesen würden unverrückbar an der Wand kleben, wo ich sie jedes Mal beim Händewaschen oder Duschen anstarren und mich ärgern würde. Und das wahrscheinlich bis zu meinem Lebensende.

»Wissen Sie was? Wir beide machen das jetzt zusammen, okay?«, lautete meine kreative Lösung. »Darf ich?« Ich kniete mich neben den Handwerker und legte die Reihenfolge jeder einzelnen Fliese fest. Der schien darüber weder erbost noch beleidigt, sondern wirkte vielmehr erleichtert.

Auch über die Fugenfarbe konnte man durchaus unterschiedlicher Auffassung sein. Da das Thema ebenfalls in den Aufgabenbereich des Fliesenlegers fiel, kam es prompt zu einem weiteren Missverständnis.

Wie das mit der richtigen Farbe für Fugen funktioniert, hatte ich von Ralf erfahren, dem Mann einer ziemlich bekannten Schauspielerin. Beide waren Gäste auf jener Dinnerparty ge-

wesen, auf der ich mich so angeregt mit Gesine, der Sprachwissenschaftlerin, unterhalten hatte. Nachdem sich Gesine
verabschiedet hatte, war ich mit Ralf ins Gespräch gekommen.
Er saß mir gegenüber und hatte das Wort »Baustelle« aufge-
schnappt. Schon hatten wir ein gemeinsames und, wie sich
zeigte, uns gleichermaßen faszinierendes Thema, das uns für
den Rest des Abends in einen intensiven Austausch brachte.
Was weder der Schauspielerin noch Richard sonderlich zu gefallen schien, denn ich spürte argwöhnische Blicke von beiden
im Nacken. Aus meiner Sicht war jedes Misstrauen völlig unnötig, denn Ralf war weder mein Typ noch das, was man gemein-
hin als Augenweide bezeichnet. Aber das konnte ich Richard in
dem Moment wohl kaum mitteilen.

»Mit altem Mauerwerk kenne ich mich aus«, hatte Ralf meine
Gedanken unterbrochen und dabei auf angenehme Weise un-
eitel geklungen. Er zeigte mir Fotos von seinem Vierseithof im
Potsdamer Umland, den er mit der Schauspielerin, den gemeinsamen Kindern und einem Kleintierzoo, bestehend aus Hüh-
nern, Ziegen, Hausschweinen und einem Esel, bewohnte. Ralf
hatte die ehemals heruntergekommenen Gebäude so gekonnt
und stilsicher restauriert, dass sich für ihn Folgeaufträge ergaben. Als Autodidakt hatte er sein Hobby schließlich zu einem
professionellen Gewerbe ausgebaut. Von Fugen hatte er also erkennbar Ahnung. »Das Geheimnis der richtigen Farbe ist eine
Prise Weißzement im Mörtel«, fachsimpelte Ralf. »Der hellt die
Fuge auf und verleiht ihr die gewünschte Patina.«

»Das klingt doch eigentlich ganz einfach«, fand ich und schickte noch am selben Abend eine Mail mit meinem frisch erwor-
benen Insiderwissen an den Fliesenleger, versehen mit dem
Hinweis, dass er die Fugen mit einem Rundholz ausstreichen
sollte, damit sie sich leicht nach innen wölben. Ob er die Nachricht übersehen, nicht verstanden oder vergessen hatte, änderte
nichts an der Tatsache, dass er die Fugen um die alten Ziegel-

steine mit einem herkömmlichen Mörtel in Dunkelgrau verputzte. »Mir war nicht klar, dass Ihnen die Farbe so wichtig ist«,
beantwortete der Fliesenleger meinen entsetzten Aufschrei und
die damit einhergehende ängstliche Frage, ob die Fugen mit
der Zeit noch heller würden. »Nee, nicht so wirklich.« Er kratz-
te sich verlegen am Kopf. »Aber vielleicht kann man die weiß
überpinseln?« Vielleicht. Vielleicht auch nicht. Sicher war nur
die wiederholte Erkenntnis, dass man bei allem danebenstehen
muss. Bei *allem! Immer!* Wer das nicht schafft, muss lernen, mit
unschönen Kompromissen zu leben.

Invasion von Außerirdischen

Punkt vier war auf der Baustelle normalerweise Feierabend,
was gerade im Spätherbst sinnvoll erschien, da es um die Zeit
bereits dämmerte und sich nur wenig später totale Finsternis
über das Forsthaus legte. Daran hatte der Wald mit seinen hohen Kiefern maßgeblichen Anteil, die jedes verbliebene Licht
schluckten. Bei schönem Wetter fielen durch die Kronen vereinzelte Strahlen der untergehenden Sonne und ließen den
Wald noch einmal aufleuchten, bevor sich der Tag endgültig
verabschiedete.
Nur Eddy, der Elektriker, der über die vielen Jahre als unser
Haushandwerker zu einem Freund geworden war und schon
in der Berliner Wohnung all die Dinge reparierte, von denen
Richard und ich keine Ahnung hatten, blieb für gewöhnlich
länger, um die Arbeitszeit bis in den Abend hinein vollends
auszuschöpfen. Eddy war ein vegan lebender Öko, der noch nie
in seinem Leben ein Bier getrunken hatte und Alkohol, wenn

überhaupt, ausschließlich als chemisches Lösungsmittel wahrnahm. Er gehörte damit zu einer Spezies, die auf Baustellen und insbesondere unter Handwerkern eher selten anzutreffen ist. Da Eddy, der eigentlich Edgar hieß und aus Braunschweig stammte, ebenfalls in Berlin wohnte, bildeten wir gelegentlich eine Fahrgemeinschaft. Das sparte Spritkosten und Nerven, je nachdem, wer von uns beiden am Steuer saß. Eddy bewegte seinen museumsreifen, penibel gepflegten VW-Kombi tendenziell eher unterhalb der zulässigen Höchstgeschwindigkeit, während ich dazu neigte, Verkehrsvorschriften großzügiger auszulegen. Deshalb musste ich den Führerschein wegen des Verstoßes gegen die Straßenverkehrsordnung auch schon mal abgeben, hatte ein Punktekonto in Flensburg und war überdies in regelmäßigem Briefkontakt mit der Bußgeldstelle Berlin. Tatsachen, die auf Eddys tiefstes Unverständnis stießen und ihm in seinen sechsundvierzig Lebensjahren noch nicht einmal untergekommen waren. Neuerdings übernachtete Eddy ebenfalls in der Pension Buntspecht, da es in meinem Ferienapartment ja noch ein zweites Schlafzimmer gab. Frau Specht hatte keine Einwände, im Gegenteil, sie nutzte die Anwesenheit eines handwerklich begabten Mannes und bat Eddy, die Glühlampen im Bad auszuwechseln und nach dem brummenden Kühlschrank zu schauen. Dass Eddy Nichtraucher war, brachte ihm einen weiteren Pluspunkt auf der Gäste-Beliebtheitsskala von Frau Specht.

Es war schon halb zehn, und Eddy war gerade dabei, seinen Werkzeugkoffer zusammenzupacken. Mein Magen knurrte so laut, dass es mir ein wenig unangenehm war. Umso mehr freute ich mich auf die Pizzas, die wir am Morgen bei Edeka in Wüsteritz gekauft hatten. Für Eddy eine glutenfreie Margherita mit veganem Mozzarella, für mich eine Vierkäsepizza, auf der ich noch eine großzügige Portion extra Streukäse verteilen würde. Allein der Gedanke daran ließ mir das Wasser im Munde zusammenlaufen. Leider blieb es zunächst bei der appetitanregenden Vorstellung, denn durchs Fenster sah ich plötzlich grelle Blitze, die die Dunkelheit durchzuckten. Sie mutierten zu riesigen Lichtkegeln, die wie Laserschwerter wild über den Nachthimmel tanzten. Ausgeschlossen, das waren nicht die Boten eines nahenden Gewitters! Was zunächst wie eine Invasion von Außerirdischen wirkte, entpuppte sich nach wenigen Augenblicken als eine Horde Zweibeiner, nach meiner Schätzung vier junge Typen, die sich mit LED-Stabtaschenlampen bewaffnet von der Uferseite des Bachs zielgerichtet dem Haus näherten, was um die Uhrzeit nichts Gutes verhieß. Eddy hatte die Eindringlinge mittlerweile auch bemerkt und schaute leicht verunsichert zu mir rüber.

»Was machen wir?« In Eddys Stimme lag ein Anflug von Nervosität.

»Herausfinden, was die hier wollen.« Ich versuchte, mir meine eigene Verunsicherung nicht anmerken zu lassen. »Komm schon, Eddy, du lässt mich doch jetzt nicht allein da rausgehen, oder? Und nimm den Bolzenschneider mit … nur für alle Fälle.« Eddy guckte mich unentschlossen an und fragte lahm: »Was … was soll ich mit dem Bolzenschneider?«

»Nimm ihn einfach mit, vorsichtshalber, oder willst du den Aliens etwa unbewaffnet gegenübertreten?«

Eddys wenig ausgeprägtes Heldentum überraschte mich nicht sonderlich, ich kannte ihn schließlich lange genug und wusste, dass er nicht einmal einer Spinne ein Haar krümmen konnte – während ich krabbelndes oder fliegendes Getier durchaus mal mit der Fliegenklatsche oder dem Teleskoprohr meines Staubsaugers eliminierte.

Die Vorstellung, auf möglicherweise gewaltbereite Kriminelle zu stoßen, behagte mir indes ebenso wenig wie Eddy. Trotzdem wollte ich mich weder einschüchtern noch bedrohen lassen. In Sekundenschnelle war ich in meine Gummistiefel geschlüpft und hatte meinen Parka übergeworfen. Mit meiner Walther-Pro-Turbo-Stablampe, dem laut bellenden und kaum zu bändigenden Willi sowie dem etwas zögerlichen Eddy im Schlepptau ging ich den ungebetenen Besuchern entgegen. Und sah gerade noch, wie zwei der Kerle in ein am Waldweg geparktes Auto sprangen, das mit aufheulendem Motor und durchdrehenden Reifen davonschoss. Eddy fotografierte geistesgegenwärtig das fliehende Fahrzeug, einen tiefergelegten Kleinwagen mit reflektierenden Rallyestreifen.

»Hey«, rief ich mit entschlossener Stimme und richtete den viertausendfünfhundert Lumen starken Strahl meiner Lampe auf die beiden verbliebenen Typen, den Finger startklar auf dem Tactical-Defense-Strobe-Auslöser, ein Modus, der laut Hersteller »mit schnellen Lichtblitzen jeden Angreifer blendet und in seiner Orientierung trübt«.

Zunächst einmal galt es zu klären, mit wem wir es überhaupt zu tun hatten. »Was macht ihr hier?«, fragte ich lauter als nötig, um mein eigenes, wild pochendes Herz zu übertönen.

»Wir, äh … ähm, wir wollten … äh, nur mal gucken«, stotterte der eine, der klein war und ziemlich dick und wie sein Kumpel komplett schwarz gekleidet.

»Na, wer's glaubt, wird selig! Mitten in der Nacht in ein fremdes Grundstück eindringen und die Anwohner ein bisschen erschrecken, oder wie?«

»Nee, keene Ahnung«, erwiderte der Kumpel kleinlaut, ein langer Lulatsch und damit optisch das genaue Gegenteil vom Dicken. »Echt jetzt. Wir wollt'n nur ma 'n bisken kieken, allet total harmlos …« Mit beiden Händen bemühte er sich, seine Augen vor dem grellen Licht meiner Lampe zu schützen.

»Ich finde das überhaupt nicht harmlos. Das ist Hausfriedensbruch!«, behauptete ich. »Eure Autokennzeichen werde ich der Polizei durchgeben, und unsere Kameras haben ohnehin alles aufgezeichnet. Sagt das auch den anderen beiden! Verstanden?«

Ich deutete auf die Überwachungskamera, die unter dem Giebel befestigt war und im Sekundentakt rot blinkte. Der kleine Dicke glotzte entgeistert Richtung Kamera, stammelte noch etwas wie »Sorry«, bevor sich beide umdrehten und zu ihrem Wagen liefen. Sie würgten den Motor beim ersten Startversuch ab und fuhren mit knirschendem Getriebe und im falschen Gang in den nächtlichen Wald. Am Heck des Wagens leuchtete tatsächlich ein roter »A«-Aufkleber.

»Anfänger, sag ich doch.« Ich war unsagbar erleichtert. Eddy offensichtlich auch. Die Sache hätte auch ganz anders laufen können.

Eddy grinste und deutete zufrieden auf die Kamera an der Hauswand. »Eine tolle Qualität für einen Fake.« Er hatte gleich zwei Exemplare zum Schnäppchenpreis im Baumarkt gekauft, als Übergangslösung bis zur Installation einer richtigen Überwachungsanlage – wenn es unsere finanziellen Möglichkeiten denn irgendwann einmal erlaubten.

»Auf unsere Besucher haben die Dinger jedenfalls einen gewissen Eindruck gemacht«, bemerkte ich anerkennend, wobei ich immer noch meinen bis zum Hals schlagenden Puls spürte.

Ich informierte umgehend Richard, der meine Unerschrockenheit lobte und beeindruckt war, dass wir die Kfz-Kennzeichen hatten. »Super gemacht! Ruf sicherheitshalber die Polizei an und schildere den Vorfall.« Das hatte ich bereits getan. Keine zwanzig Minuten später stand ein Einsatzfahrzeug mit zwei Beamten vor der Tür. Ich hatte mich in der Zwischenzeit ein wenig beruhigt und entschuldigte mich bei den freundlichen Polizisten, dass ich sie, im Nachhinein betrachtet, wegen einer Lappalie herbemüht hatte.

»Das muss Ihnen nicht unangenehm sein«, erwiderte die Polizistin, »wir kommen lieber einmal zu viel als zu spät.«

»Außerdem hatten wir bis jetzt nicht auf dem Schirm, dass das Haus wieder bewohnt ist«, ergänzte ihr Kollege.

»Ich habe immer noch nicht verstanden, was die Typen eigentlich vorhatten«, gab ich zu. »Wollten sie auschecken, was es hier zu holen gibt, wollten sie uns lediglich einen Schrecken einjagen?« Ich schilderte den Zustand der Scheune und die Spuren vergangener Partys, auf die Richard und ich bei unserem ersten Ausflug ins Forsthaus gestoßen waren. »Vielleicht haben die hier früher Partys gefeiert?«

»Jungen Leuten fehlt es in den Dörfern an attraktiven Freizeitangeboten. Sie sind unterfordert, langweilen sich und kommen dann auf dumme Gedanken«, sagte der Polizist. »Bitte verstehen Sie mich nicht falsch, das ist natürlich noch lange kein Grund, ahnungslose Bürger zu erschrecken, zumal schon manche Mutprobe in einem Fiasko geendet ist. Das hier war wohl trotzdem eher ein Dummejungenstreich.«

»Die Kennzeichen der beiden Fahrzeuge haben wir jedenfalls überprüft, die Halter sind wohnhaft hier in der Gegend«, erläuterte die Polizistin. »Und sie sind bislang nicht polizeibekannt.«

»Aber was nicht ist, kann ja noch werden«, sagte Eddy, kaum dass die Polizisten abgefahren waren.

Xavier

Der wilde Wein an unserer Scheune und das Laub an den Bäumen hatten sich inzwischen bunt verfärbt, die Blätter raschelten leise im Wind und bildeten in der Oktobersonne ein leuchtendes Dach über Wiese und See. Es war ein beinahe kitschig anmutender goldener Herbst, wie er auf Fototapeten in den siebziger Jahren die Wände von Wohnzimmern oder Kellerbars zierte. Der Anblick versöhnte mich mit all dem Ärger und

Frust der vergangenen Monate. Jetzt überwogen das Gute und die Zuversicht, dass wir auch noch den Rest auf der Baustelle irgendwie hinbekämen. Bald schon, so hoffte ich, würden wir hier richtig einziehen können.

Richard und ich betraten das Forsthaus, das uns durch die seit Monaten voll aufgedrehten Heizkörper mit einer wohligen Wärme empfing. Erschöpft von unserer mehrstündigen Wanderung durch den Wald, aber in gelöster Stimmung machten wir es uns auf der alten Gartenliege und dem Hocker vorm Kamin gemütlich, in dem zum ersten Mal ein richtiges Feuer brannte. Ich servierte Tee aus der Thermoskanne und Butterkuchen vom Bäcker aus Wüsteritz. Wir kuschelten uns unter meine alte Notfalldecke, ein verfilztes Wollplaid, das ich aus dem Kofferraum gefischt hatte, und schauten in das leise vor sich hin knisternde Kaminfeuer.

Wer jetzt kein Haus hat, baut sich keines mehr. Wer jetzt allein ist, wird es lange bleiben, wird wachen, lesen, lange Briefe schreiben und wird in den Alleen hin und her unruhig wandern, wenn die Blätter treiben.

Nichts auf der Welt hätte in dem Moment meine Dankbarkeit und mein Glücksgefühl über unser Häuschen im Friedetal besser ausdrücken können als Rilkes Gedicht »Herbsttag«. Draußen breitete sich nebliger Dunst über den See, anfangs in feinen Schleiern, als würde die Natur zur Nacht gebettet. Es dauerte nicht lange und der Nebel waberte in dicken Schwaden durch den Garten und legte sich wie eine Hülle über das Haus.

»Da draußen braut sich was zusammen, sieht aus wie eine Szene aus ›Nebel des Grauens‹«, flüsterte Richard mit gespielter Dramatik in der Stimme und drückte mich an sich. »Wir sollten aufbrechen.« Die Fahrt zurück nach Berlin gestaltete sich schwierig. Wir fuhren im Schritttempo, vor uns eine scheinbar undurchdringliche Wand, man konnte buchstäblich nicht die Hand vor Augen sehen, und das war mindestens genauso gefährlich wie der Nebel des Grauens. Tatsächlich war dieser Wetterumschwung der Vorbote für das eigentliche Grauen, ein nordatlantisches Tiefdruckgebiet, das die Meteorologen Xavier nannten. Es sollte sich als eines der zerstörerischsten Sturmtiefs der letzten Jahre erweisen. Xavier hinterließ eine Schneise der Verwüstung. In Berlin deckte der Sturm ganze Dächer ab, umgestürzte Bäume begruben Züge und Autos unter sich und mit ihnen die Menschen, die in den Karosserien gefangen waren. Umherfliegende Gegenstände verletzten Fußgänger, orkanartige Windböen schleuderten Passanten wie willenlose Marionetten über die Gehwege. Zwischen Sorgerow und Seelendorf hatte Xavier in einem einzigen Kahlschlag eine der schönsten Birkenalleen Brandenburgs nahezu komplett entwurzelt. Gigantische Wurzelballen waren aus dem Boden gehievt worden und lagen nun verstreut wie gefallene Krieger auf dem Schlachtfeld.

Am darauffolgenden Morgen zogen die Tiefausläufer von Xavier weiter gen Osten. Noch Tage danach galt die Warnung, Wälder wegen umstürzender Bäume zu meiden. Aber ich hatte nun mal eine Baustelle zu betreuen, also brach ich auf. Es war Montag, und ich rechnete fest mit dem Erscheinen der Handwerker. Ich hockte mich auf eine Bierkiste, lauschte den Regentropfen, die im Stakkato gegen die Fensterscheiben trommelten, beobachtete die sich biegenden Kiefern, die sich willenlos den immer noch stürmischen Böen ergaben, vernahm das Rauschen des Windes, das wie eine aufgepeitschte Meeresbrandung klang.

Ich war beeindruckt von der Kraft, die die Natur so scheinbar mühelos entfaltete. Dieses gleichermaßen Faszinierende wie Dramatische führte mir auch vor Augen, wie hilflos man den Gewalten ausgeliefert war, eine Wahrnehmung, die durch die einsame Lage verstärkt wurde. Ob Polizei oder Feuerwehr bei so einem Wetter überhaupt in ein Waldgebiet ausrückten? Wenn jetzt ein Baum auf das Haus fiele: Richard war genauso wenig greifbar wie der nächste Nachbar oder Ulrich Hartmann. Es war niemand da. Ich war hier ganz und gar auf mich gestellt. Ich sah auf die Uhr. Dass die Handwerker nicht erschienen waren, mehr noch, dass sie ihr Fernbleiben noch nicht einmal telefonisch entschuldigt hatten, sollte mich daher nicht wirklich wundern. Ich hätte es wissen müssen. Bei so einem Wetter jagte man keinen Hund vor die Tür.

*

Im Tal der Ahnungslosen

Als wir das Haus kauften, betrachteten Richard und ich die Alleinlage als größten Pluspunkt. Dass dieser Umstand auch eine potenzielle Gefahr bedeutete, rückte erst später in unser Bewusstsein. Jeder Einbrecher konnte hier in aller Seelenruhe die Bude ausräumen, ohne dass er dabei gestört würde. Also mussten Maßnahmen ergriffen werden, die ich mit Ingo, dem Mann der angstgesteuerten Dörte, bereits diskutiert hatte. Als ehemaliger Vorstand eines börsennotierten Versicherungsunternehmens war Ingo mit seiner jetzigen Position im Aufsichtsrat offensichtlich nur mäßig ausgelastet, weshalb er nun als Sicherheitsexperte reüssierte. Ingo wusste genau, was uns und unserem Haus fehlte, was er ja mit der Empfehlung eines Panic Rooms bereits fachkundig unter Beweis gestellt hatte.
»Ihr braucht Smarthome«, erklärte Ingo nun. »So wird aus eurem Forsthaus ein sicheres und darüber hinaus intelligentes Zuhause. Das Ganze bedeutet übrigens nichts anderes als die Steuerung des Eigenheims mit einer mobilen App.« Vorausgesetzt, man hatte die dafür notwendigen Module. In unserem

Fall Tür- und Fensterkontakte, Bewegungsmelder, Innen- und Außensirenen samt den dazugehörigen Kameras.

»Wenn du vergisst, ein Fenster zu schließen, dann bekommst du automatisch eine Meldung auf dein Handy. Du wirst auch sofort informiert, wenn jemand versucht, sich gewaltsam Zugang zu verschaffen. Der Einbrecher löst die Sirenen aus und wird von den Kameras gefilmt«, erklärte Ingo.

»Und die Rauchmelder versprühen dann Tränengas und setzen den Bösewicht außer Gefecht, bis die Polizei eintrifft?« Meine lustig gemeinte Frage entlockte Ingo nur ein irritiertes Blinzeln. Darüber machte man keine Witze. Das Thema war einfach *zu* ernst. Er gab mir noch den Tipp, dass die Telekom die umfangreichste Produktpalette für Smarthome anbot und dass man damit sogar Backofen, Fernseher, Lampen, eigentlich das ganze Leben steuern konnte. Ja, es würde ihn nicht wundern, wenn der Kühlschrank in naher Zukunft »*feed me*« sagte, als Hinweis darauf, dass er nahezu leer und keine Milch mehr vorhanden war.

Hätte ich es nicht besser gewusst, ich hätte Ingo für einen am Umsatz beteiligten Telekom-Verkäufer gehalten. Ich war derartig beeindruckt von den technischen Möglichkeiten und den sicherheitsrelevanten Aspekten, dass ich eine Woche später sämtliche von Ingo empfohlenen Teile erworben hatte. Für ein Schweinegeld.

Die Sache hatte nur einen Haken. Wer Smarthome-Komponenten per App steuern wollte, brauchte Internet. Ohne Netz kein intelligentes Haus. Und genau das konnte uns die Telekom im Forsthaus nicht anbieten, wie sich leider erst sehr viel später herausstellen sollte. Waren wir tatsächlich im Tal der Ahnungslosen 2.0 gestrandet? Zurück in der terrestrischen Steinzeit, in der ganze Landstriche wie Vorpommern und das Dresdner Umland kein Westfernsehen empfangen konnten? Keine Frage, das Tal der Ahnungslosen war ins Friedetal rübermäandert. Und nicht nur dorthin. Die Funklöcher in Brandenburg ließen sich aufgrund des schlechten oder nicht ausgebauten Breitbandnetzes kaum zählen, was auch das Telefonieren während einer Autofahrt nahezu unmöglich machte.

Zwölf Monate lang informierte mich die Telekom mit sogenannten Zwischenbescheiden über ihre eigene Unfähigkeit: »Der geplante Termin verschiebt sich leider noch einmal. Das liegt daran, dass die technischen Arbeiten in Ihrem Anschlussbereich umfangreicher sind als gedacht.« Ein neuer Termin wurde benannt, um ihn vier Wochen später mit einem weiteren Standardschreiben abzusagen.

Diese Hinhaltetaktik, die darauf abzielte, dass man irgendwann den Kopf in den digitalen Sand steckte, bewirkte bei mir jedoch das genaue Gegenteil. Ich wollte mich nicht einfach so abspeisen lassen, zumal Richard auch im Forsthaus auf das Online-Portal seiner Firma zugreifen musste und ich dort mein Homeoffice einrichten wollte.

Wieder einmal kam uns der Zufall zur Hilfe. Richard hatte bei einem Empfang den Referenten eines einflussreichen Telekom-Entscheiders kennengelernt, dem er beiläufig von unseren fruchtlosen Bemühungen um einen Breitbandzugang erzählte. Der Referent hörte Storys wie diese eindeutig nicht zum ersten Mal und versprach, sich des Vorgangs anzunehmen.

Ich hatte in dieser Angelegenheit schon Stunden in telefonischen Endlosschleifen verbracht und mich durch ellenlange Menüs und automatisierte Vorabfragen gequält. Einmal hatte mich die Computerstimme sogar abgewürgt mit dem Verweis *»aggressiver Teilnehmer«*. Klick. Aufgehängt. Das Telefonat war beendet. Und zwar von einem virtuellen, durch und durch unrealen, dreisten Zombie! Einfach so! Dabei hatte ich doch nur in den Hörer geschrien, dass ich verdammt noch mal endlich mit einer lebenden Person, einem echten Menschen sprechen wollte. War das denn zu viel verlangt? Nun also kümmerte sich der persönliche Referent. Und wenige Tage später erhielt ich einen Anruf der Telekom-Serviceabteilung für Bauherren.

»Wir können Ihnen die erfreuliche Mitteilung machen, dass wir Glasfaserkabel und damit Internet an Ihr Haus legen«, erklärte ein echter Mensch am anderen Ende der Leitung in feierlichem Ton.

»Wow, das sind ja mal gute Neuigkeiten«, sagte ich.

»An welche E-Mail-Adresse darf ich den Kostenvoranschlag senden?«

»Kostenvoranschlag? Was für einen Kostenvoranschlag?«

»Nun ja«, die menschliche Stimme am anderen Ende zögerte und klang plötzlich noch menschlicher, »es entstehen Kosten, die Ihnen als Auftraggeber in Rechnung gestellt werden.«

»Ich dachte, die Telekom hat eine Versorgungspflicht oder wie das heißt.«

»Sie haben Anspruch auf die Grundversorgung in Form eines Telefonanschlusses. Aber nicht auf einen Breitband-Internetanschluss.«

»Ach so? Und über welche Kosten reden wir?«

»Moment, ich schau mal nach. Der KV, ähm, also der Kostenvoranschlag beläuft sich auf dreihundertachtzigtausend Euro. Da sind dann aber auch schon alle Nebenkosten mit drin.«

…

»Frau Vonderweide, sind Sie noch dran?«

»Äh …« Ich hatte meine Sprache noch nicht ganz wiedergefunden. Da ich wusste, dass der Mann am anderen Ende nur der Überbringer unerfreulicher Nachrichten war, blieb ich bemüht freundlich. »Also, ich bin überrascht, sag ich Ihnen ganz ehrlich. Diese Summe für ein paar Kabel … da kann es sich doch nur um einen Irrtum handeln, oder?«

»Na ja, Sie müssen bedenken, dass es bis zum nächsten Anschlusspunkt knapp zwei Kilometer sind, einmal quer durch den Wald sozusagen.« Seine Stimme klang verlegen. »Mit wie viel würden Sie sich denn beteiligen?«

»Wie bitte? Das ist jetzt aber kein Telefonstreich? Versteckte Kamera oder so?« Ich räusperte mich kurz und sagte dann: »Wir beteiligen uns null Komma null.«

Damit war also klar, dass es kein Internet geben würde. Jedenfalls nicht mit der Telekom, denn wir würden definitiv nicht miteinander ins Geschäft kommen. Ebenso klar war, dass meine Einkaufsorgie in Sachen Smarthome-Komponenten vorauseilendem Aktionismus gleichgekommen war. Die Tür- und Fensterkontakte sowie sämtliche andere Teile, die unsere Tochter Sophie folgerichtig als »Elektroschrott« bezeichnete, waren nicht kompatibel mit den Smarthome-Systemen anderer Anbieter. Ich verkaufte sie über eBay-Kleinanzeigen. Zu einem Spottpreis.

Blut fließt

Als Mitglied der Ikea-Family wurde ich regelmäßig mit Werbeprospekten über alle Angebotswochen des schwedischen Möbelhauses unterrichtet. Ob Jul, Knut oder Midsommar, die Schweden ließen keine Gelegenheit aus, um die Kunden in die Möbelhäuser zu locken und ihnen dabei das Geld aus der Tasche zu ziehen. Ich kannte niemanden, der, wenn er schon mal da war, in der Markthalle nicht zumindest Teelichter, Servietten und Marabu-Schokolade kaufte, obwohl er eigentlich nur mal gucken wollte.

Schon vor Monaten hatten mich die Schweden darüber informiert, dass es mit dem Erwerb einer Einbauküche den

Geschirrspüler gratis dazu gäbe. Eine Aktion, die zeitlich allerdings begrenzt war. Um mir das Gratisgerät zu sichern, hatte ich deshalb noch während der Rohbauphase einen Aufmaßtermin auf der Baustelle gebucht, gefolgt von einem Ausflug ins Ikea-Möbelhaus, um die Küche detailliert zu planen. Der voll motivierte Berater zeigte mir per Mausklick diverse Optionen und visualisierte ganz nebenbei noch viele weitere, wobei jeder Klick automatisch im Warenkorb landete. Ich konnte auf seinem Bildschirm verfolgen, wie aus einer Aneinanderreihung diverser Ober-, Unter- und Drehschränke, Tür- und Schubladenfronten plus einem halben Dutzend Elektrogeräten meine Traumküche entstand, was ich mit »Super!« oder »Das sieht ja toll aus!« kommentierte. Das Innenleben meiner künftigen Landhausküche wurde zudem mit allerhand Zubehör und Schnickschnack ausgestattet, was sich am Ende in einer stattlichen Gesamtsumme niederschlug. Wer glaubt, bei Ikea sei alles billig, ja nahezu umsonst, der irrt gewaltig. Immerhin beinhaltete der Preis meine Wunschfarbe, ein helles Grau, »Soft Close«-Türdämpfer und beleuchtete Schubladen mit Bambus-Einsätzen. Nicht zu vergessen den Gratis-Geschirrspüler, der mein aufflackerndes schlechtes Gewissen etwas beruhigte, da ich ja wenigstens an einer Stelle gespart hatte.

Das Forsthaus war zwar immer noch eine Baustelle und damit nicht an dem Punkt, wo normalerweise Küchenmöbel aufgebaut werden. Den Termin der Anlieferung hatte ich aber schon dreimal verschoben, sehr zum Missfallen der Schweden. Noch mal verschieben ging nicht.

Somit ließ sich nicht verhindern, dass sich die angelieferten Pakete über Wochen in der von Baustaub und Schmutz überzogenen Veranda stapelten, was den Handwerkern gar nicht in den Kram passte, da sie um die unzähligen Kartons herumarbeiten mussten wie in einem Hindernisparcours. Erst mit dem Eintreffen des Küchenbauers, der sinnigerweise Koch hieß, kam Bewegung in die Sache. Er überprüfte sogleich die gelieferte Ware auf Vollständigkeit. »Montageservice Koch & Company« hatte sich auf Einbau und Optimierung von Ikea-Küchen spezialisiert. Herr Koch legte Wert darauf, dass er und sein Kollege die Teile nicht einfach nur lieblos zusammenkloppten, sondern diese mit handwerklichem Geschick anzupassen wussten. Nach dem Motto »Was nicht passt, wird passend gemacht«. Bei den schiefen Wänden des Forsthauses war das auch notwendig. Herr Koch hatte sich im Vorfeld mit dem Grundriss und den Planungsunterlagen vertraut gemacht und kalkulierte für den Aufbau drei Tage.

Als Erstes förderte er ein in mehrere Teile zerbrochenes Keramikspülbecken zutage, das ich umgehend reklamierte. Auch die Ersatzlieferung war ein einziger Scherbenhaufen, erst im dritten Anlauf war das Spülbecken einwandfrei und funktionstüchtig. Das galt auch für den BioFresh-NoFrost-Kühlschrank mit integriertem Icemaker, der zweimal ausgetauscht werden musste, da hier nicht nur ein defektes, sondern obendrein auch noch falsches Modell ohne den Eiswürfelmacher geliefert worden war. Von diesen kleinen *Malheurs* abgesehen hätte der Aufbau der Küche eigentlich reibungslos verlaufen können. Wenn da nicht die Sache mit dem Dübel gewesen wäre.

Neben seinem handwerklichen Geschick beeindruckte Herr Koch mit einem schier unerschöpflichen Repertoire an Kalauern. Auf Willis laut bellende Begrüßung sagte Koch: »Letzte Worte eines Briefträgers? Na, du bist ja ein süßes Hündchen.« Jedem Arbeitsvorgang ging ein neuer Spruch voraus, Witze wie vom Fließband, was für pausenlose, teils angestrengte Heiterkeit auf der Baustelle sorgte. Herr Koch lachte stets kräftig mit, wobei sein Kopf auf und ab hüpfte wie bei einem Wackeldackel. »Welche Handwerker haben den größten Appetit? Maurer. Sie verputzen sogar ganze Häuser.« Vielleicht war es der Kopfbewegung oder mangelnder Konzentration geschuldet, jedenfalls rutschte Herr Koch beim Kürzen eines Dübels mit dem Cutter so schwungvoll ab, dass er mit der scharfen Klinge nicht nur den Dübel, sondern auch gleich noch den halben Zeigefinger seiner linken Hand durchtrennte. Als ich seinen schmerzerfüllten Schrei vernahm und in die Küche eilte, brüllte Koch: »Scheiße, Scheiße, Scheiße!«, wobei er die Hand mit dem angesägten Finger durch die Luft schleuderte, als wollte er ihn so schnell wie möglich loswerden. Kochs Bewegung erinnerte mich an den Streber in meiner Grundschulklasse, der im Sachkundeunterricht seine schnipsenden Finger hin und her wedelnd durch die Luft schwang und »Herr Lehrer, ich weiß es!« rief. Der arme Herr Koch hingegen wusste nur, dass sich das hier gerade nicht gut anfühlte. Eine Blutfontäne spritzte aus seiner offenen Wunde und übersäte die frisch gemalerten Küchenwände samt Decke mit tiefroten Sprenkeln.

Mit dem ziemlich blassen und ziemlich einsilbigen Herrn Koch und einer improvisierten Kompresse um dessen verletzten Finger raste ich im Auto nach Wüsteritz. Dort gab es zu unser aller Erleichterung eine unfallchirurgische Notfallaufnahme. Die Blutung war inzwischen zum Stillstand gekommen, und der lädierte Finger musste nicht in einer komplizierten Operation angenäht werden.

»Es wächst zusammen, was zusammengehört«, sagte Herr Koch, als er nach einer knappen Stunde wieder in meinem Auto saß. Er sollte seinen Finger, der nun in einem unspektakulären Fingerling-Verband steckte, ruhig halten, hatte ihm der behandelnde Arzt mit auf den Weg gegeben, was für den stets unter Strom stehenden Küchenbauer eine zusätzliche Belastung bedeutete. Umständehalber endete also der Arbeitseinsatz von Koch & Company an dieser Stelle. Mit seiner Verletzung sah sich Herr Koch verständlicherweise nicht in der Lage, den Auftrag zu beenden.

»Jedenfalls nicht heute. Sagen Sie Bescheid, wenn Spülbecken und Kühlschrank ausgetauscht wurden, bis dahin wird der dusselige Finger ja wohl wieder einsatzbereit sein. Dann machen wir einen neuen Termin.« Selbst jetzt entging Kochs Aufmerksamkeit nicht, dass während unseres Krankenhausausflugs etwas schiefgegangen war. Er zeigte auf die Regalbretter, die sein Kollege über der halb fertig montierten Küchenzeile angebracht hatte. Allesamt verkehrt herum. Die dicken, ungesäumten Bohlen, die aus der Holzlieferung von Tomek stammten und nun auf schmiedeeisernen Regalträgern an der Backsteinwand hingen, zeigten mit der Oberseite nach unten.

»Wir ändern das noch, bevor wir abzischen«, beauftragte er seinen Kollegen. »Das hat doch Zeit bis zum nächsten Mal«, setzte ich zu einem Widerspruch an.

»Nee, glauben Sie mir, aus langjähriger Erfahrung weiß ich, dass die Dinge gleich richtig gemacht werden müssen. Denn nichts ist so beständig wie das Provisorium.«

$$*$$

Haus fertig, Ehe auch

Bisher hatten wir das Planungsbüro Hartmann als One-Man-Show mit Ulrich Hartmann als alleinigem Hauptdarsteller kennengelernt, obwohl auf dem Schild vor der Hartmann'schen Villa »Architekten und Ingenieure« stand. Der Plural klang wohl einfach besser und sollte mehr Kompetenz signalisieren. Als Ingenieur war Hartmann jedoch nur zuständig fürs Grobe, während Martina Hartmann, die Architektin, der kreative Kopf des Planungsbüros war. Dass sie nie richtig in Erscheinung trat, wunderte mich nicht, nachdem ich mir von Ulrich Hartmann ein eigenes Bild machen konnte. Mit einem wie Hartmann verheiratet zu sein, war sicher schon anstrengend genug. Mit ihm darüber hinaus auch noch zusammenzuarbeiten, war für Frau Hartmann bestimmt eine besondere Herausforderung. Für mich wäre das völlig unvorstellbar gewesen.

Bei einer der früheren Baubesprechungen hatten uns die Hartmanns in ihre Küche gebeten, die im Erdgeschoss der imposanten Gründerzeitvilla lag. Martina Hartmann, eine sportliche Mittfünfzigerin, deren langes blondes Haar zu einem lässigen Nackenknoten zusammengeschlungen war, hatte den Tisch mit dem Porzellanklassiker »Kurland« eingedeckt. Anders als ihr Mann, der in seinem grauen Slim-fit-Anzug und den gewienerten Budapestern aussah, als würde er gleich zur Aufsichtsratssitzung der Lausitz Energie AG in Cottbus aufbrechen, steckten Frau Hartmanns Füße in bequemen Birkenstocks, dazu trug sie eine Jeans und einen selbst gestrickten Rolli. Sie reichte ofenwarme Kekse und frisch aufgebrühten Tee. Interessanterweise wiesen weder die grün lasierte Vollholzküche noch das dunkle Blau der Wände Parallelen zu den durchdesignten weißen Büroräumen der Beletage auf. Frau Hartmann begegnete meinem überraschten Blick und erklärte selbstbewusst, dass sie sich bei der Gestaltung durchgesetzt habe. »Die Küche ist der Raum, in dem wir uns am meisten aufhalten.« Das glaubte ich ihr sofort. »Baue ein Haus, und du siehst, wie stabil deine Beziehung ist«, zitierte Herr Hartmann die Volksweisheit, woraufhin seine Frau unmerklich die Augen verdrehte. »Im Ernst«, fuhr Ulrich Hartmann fort, »Sie wären nicht die ersten Bauherren, für die das Bauvorhaben beim Scheidungsanwalt endet. Nach dem Motto: Haus fertig, Ehe auch.« In hartmann'scher Manier verfiel er in anhaltendes Gelächter, in das Richard und ich nur halbherzig einstimmten.
»Genau deshalb sollten Sie diesen Artikel über bauende Ehepartner lesen, von wegen durch dick und dünn. Das krasse Gegenteil ist der Fall.« Hartmann schob die Ausgabe eines

Fachmagazins über den Tisch, das titelte: »Schon beim Hausbau an Scheidung denken.«

»Sie unterschätzen unser Durchhaltevermögen, Herr Hartmann«, hatte ich lachend erwidert. »Mein Mann und ich haben schon ganz andere Krisen zusammen durchgestanden. Oder wollen Sie uns das Projekt ausreden?« Hartmann wäre nicht Hartmann, hätte er darauf nicht die passende Antwort parat gehabt. »Warum sollte ich? Ich will nur, dass Sie auf alle Eventualitäten vorbereitet sind, Frau Vonderweide. Wussten Sie, dass etliche bauwillige Eheleute am Rande des Nervenzusammenbruchs in die Praxen von Paartherapeuten und Hausbau-Coaches strömen, um dort den Trümmerhaufen ihrer Beziehung zu kitten?« Ja, das wusste ich. Meine Freundin Susanne, die Psychologin, hatte mir von einigen Fällen aus ihrer Praxis als Paartherapeutin erzählt. Von genervten Bauherren, deren Traum vom Eigenheim in einem verzweifelten Hilferuf gemündet war: »Nie, nie, nie hätten wir uns auf das scheiß Haus einlassen dürfen!« Sie riet deshalb ausschließlich Paaren in stabilen Beziehungen zu so einem anstrengenden Projekt, bei dem im Vorfeld die Zuständigkeiten und Details, insbesondere die finanziellen und geschmacklichen, geklärt werden sollten. Wer sich das nicht zutraute, blieb besser da, wo er war. Dabei erlebten längst nicht alle Bauherren so viele Katastrophen wie Richard und ich. Meistens wurde gestritten über Farben und Formate von Fliesen, über das Design von Wasserhähnen und Waschbecken, über geräucherte oder gekalkte Dielenbretter für den Fußboden.

Auch im Internet beschäftigten sich diverse Ratgeberforen mit der zentralen Frage, wie man es vermied, seine Beziehung bei einem Bauvorhaben gegen die Wand zu fahren.

»Warum ist das so?«, hatte ich Susanne gefragt.

»Weil die eigenen Prioritäten und Erwartungen nicht mit denen des Partners übereinstimmen. Weil sich der eine mehr bei

218

dem Projekt engagiert als der andere, sich vielleicht sogar nur noch darauf fokussiert und dabei die Zweisamkeit und das Sozialleben vernachlässigt. Und das über einen Zeitraum von zwei bis fünf Jahren, denn so lange dauert ein Bauprojekt im Durchschnitt. Nicht alle halten das aus.«

Als ich bei Ikea mit dem Kundenberater unsere Landhausküche geplant hatte, wurde ich Zeuge einer äußerst unangenehmen Auseinandersetzung. Am Nachbartisch saß ein Paar mittleren Alters, ebenfalls in die Planung seiner neuen Küche vertieft. Anfangs in normaler Lautstärke, doch nach einer Weile kam es zu einem unüberhörbaren, ziemlich handfesten Streit. »Wozu tust du 'n extra Jefrierschrank brauch'n, dafür ham wa keen Platz in die kleene Bude«, sagte der Mann noch in halbwegs normalem Ton. Und dann etwas lauter: »Induktion? Wat is dit'n? Een normala Herd tut's doch ooch!«

»Davon verstehst du nicht die Bohne! Oder kannste plötzlich koch'n?« Trotz des Publikums, das sich um die Streithähne formiert hatte, wirkte die Frau nicht verlegen oder beschämt. Sie war einfach nur genervt.

»Reg dir nich so künstlich uff, is schließlich meene Kohle, von der dit Janze hier bezahlt wird.«

»Du hast doch keene Ahnung, nich mal 'n Dampfjarer tust du mir gönn'n!«

»Du imma mit den übaflüssj'n Scheiß!«, schrie er nun ohne jede Hemmung, wobei er mit der Faust auf den Tisch des Ikea-Beraters schlug. »Mir reicht's jetze! Aba so wat von! Dumme Kuh!«

»Du kannst mir mal, hau doch ab!«, rief sie ihm hinterher, hinein in die Menge staunender Gaffer, die dem verbalen Schlagabtausch wie einem Pingpong-Spiel gefolgt war. Dazwischen saß stumm der überforderte Küchenplaner, der beinahe entschuldigend die Arme hob.

Hier ging es vermutlich schon lange nicht mehr um sachliche Argumente, hier ging es einfach nur darum, den anderen fertigzumachen. Garantiert hatte keiner der beiden Schreihälse das von Hartmann empfohlene Magazin gelesen oder im Vorfeld irgendwelche Details miteinander geklärt. Nur die Höhe des Budgets festzulegen reichte eben nicht.

∗

Interdisziplinäre Friedensangebote

Der angesägte Finger von Küchenbauer Koch heilte nur langsam, was die Fertigstellung der Küche um mehrere Wochen verzögerte. Immerhin stand der Korpus der Kücheninsel, sodass der Steinmetz aus Wüsteritz die Arbeitsplatte aus Naturstein einsetzen konnte, die er auf den Millimeter genau angepasst hatte.

In die Suche nach der richtigen Arbeitsplatte hatte ich viel Zeit investiert, bis ich ausgerechnet im Baumarkt über einen Restposten Belgischer Blaustein stolperte. »Alles muss raus!« stand in verblichenen Buchstaben auf einem Plakat, das auf dem Stein klebte. Wenn das kein Zeichen ist, dachte ich und griff zu. Mich faszinierte das anthrazitfarbene Sedimentgestein, das mit seinen fossilen Einschlüssen Millionen Jahre der Evolution in sich bewahrte und, anders als Granit oder Marmor, im Küchenbereich selten Verwendung fand. Dieser Naturstein war etwas Besonderes und würde der Ikea-Küche das gewisse Extra verleihen, wie die Sahnehaube auf dem Baiser.

»Stellt euch vor, vier Männer waren nötig, um die tonnenschwere Platte auf die Kücheninsel zu hieven«, erzählte ich Richard und Olaf beim Abendessen. »Der eine Typ hatte schweißnasse Hände und rief plötzlich: ›Ich kann das Ding nicht mehr halten, sie rutscht ab!‹« Ich hielt mir theatralisch die Hände vor die

Augen in Erinnerung an den Beinahe-Unfall, der sich wenige Stunden zuvor im Forsthaus zugetragen hatte. »Puh, das war eine echte Zitterpartie.«

»Siehste, Olaf, das meine ich. Es muss natürlich tonnenschwerer Belgischer Blaustein sein«, sagte Richard mit leicht bissigem Unterton. »Eine Arbeitsplatte aus Holz ist nicht gut genug fürs Forsthaus.«

Dein Einsatz, Rosa!, stichelte meine innere Stimme. Nun sag ihm schon, dass das ein Schnäppchen war und andere Arbeitsplatten genauso teuer gewesen wären. Schnabel halten, zischte ich meiner inneren Stimme zu. Ich hatte keine Lust, mich provozieren zu lassen. Und während sich Richard und Olaf das Video ansahen, das ich von der aufregenden Aktion gemacht hatte, beobachtete ich die Eiswürfel in meiner Apfelschorle, die der Kellner vor mir abgestellt hatte. Wir hatten Olaf in den neuen Burgerladen bei uns um die Ecke eingeladen, als Dankeschön für seinen kreativen Input und die fortlaufende Unterstützung. Gleichzeitig sollte das Treffen die Wogen glätten, die sich mal wieder zwischen Richard und mir aufgetürmt hatten.

Eskaliert war das Ganze vor wenigen Tagen. Eddy und ich hatten Wandlampen aus Messing in Antik-Finish über den Küchenregalen angebracht, als Richard plötzlich aufgetaucht war. Er betrachtete die Vintagelampen mit abfälligem Blick. Und dann ging es los. Wie eine Nachwehe von Sturmtief Xavier tobte er durch das Forsthaus und nahm es verbal auseinander. »Die Wandfliesen sieht man mittlerweile in jedem Backshop, die Lampen sind total spießig, ja geradezu hässlich, und die Küche ist zu … zu grau!« Nein, das Haus habe definitiv nichts mehr mit ihm zu tun. Er wüsste nicht, was er hier noch länger solle. Wütend war er ins Auto gesprungen und verschwunden. Eddy und ich hatten uns ratlos und betroffen angesehen. Ihm gegenüber war mir die Situation mehr als peinlich, weshalb ich den unerschütterlichen Olaf ins Vertrauen gezogen hatte.

»Und was meinst du, welche Laus ist Richard über die Leber gelaufen?«, hatte mich Olaf gefragt. »Hier geht's doch nicht um Lampen und Fliesen, oder?« Ich wusste es nicht. Wochenlang hatte sich Richard nach seinem Ausraster auf der Baustelle nicht blicken lassen und stattdessen in seinem Schmollwinkel verharrt. Mir war es weder gelungen, ihn da rauszuholen, noch den konkreten Grund seiner anhaltend miesen Laune zu erfahren. Ich war mir nicht sicher, ob Richard selber wusste, was mit ihm los war. Denn normalerweise sprachen wir über das, was den anderen bewegte oder belastete.

Das wollte ich nun zusammen mit Olaf tun. Ich war gesprächsbereit, vertraute auf Olafs diplomatisches Geschick und freute mich auf meinen Burger mit gegrillter Birne und Ziegenkäse. Die Männer hatten sich für die klassische Burger-Variante aus brandenburgischen Wildbeständen entschieden.

»Schön, dass im Haus tatsächlich mal was auf Anhieb geklappt hat«, sagte Richard und betrachtete nachdenklich den Bildschirmschoner meines Handys, der in gestochen scharfer HD-Qualität den Waldsee im Sommer zeigte. »Ganz ehrlich, hätte ich vorher gewusst, was uns bei dem Projekt erwartet, dann hätte ich die Finger davon gelassen. So viel Ärger, so viele schlaflose Nächte, die vielen Diskussionen ...«

»Ich weiß, so ein Umbau ist eine totale Strapaze«, stimmte Olaf zu. »Dabei verliert man schnell den Blick auf das Positive. Aber sieh mal, ihr habt euch mit dem Haus euren Traum vom Leben im Grünen erfüllt. Und ist es nicht das, was am Ende zählt?« Olaf prostete Richard mit dem frisch gezapften Pils zu. »Wer glaubt, der Neubau eines Hauses sei ein Abenteuer, der hat vermutlich noch keinen Altbau saniert. Gott sei Dank erinnert man sich später nicht mehr an den ganzen Ärger. Im Nachhinein bist du nur noch stolz und freust dich über das Erreichte.«

»Wie bei einer Geburt«, sagte ich. »Wehen, Dammrisse, Kaiserschnitte geraten doch ziemlich schnell in Vergessenheit, wenn man das Baby erst einmal im Arm hält.«

»Und das ist ja auch gut so, sonst würdet ihr Frauen maximal ein Kind ausbrüten«, feixte Olaf und wandte sich erneut Richard zu. »Immerhin seid ihr nun mit der Sanierung auf der Zielgeraden!«

»Ich frage mich trotzdem, wieso sich Hartmann so verrechnen konnte. Seine Kalkulation hat nichts, aber auch gar nichts mit den tatsächlich entstandenen Kosten gemeinsam.« Richard wischte sich den Bierschaum von der Oberlippe. »Wenn ich nur daran denke, was allein der Elektriker kostet … und der ist noch lange nicht fertig.«

»Ich schätze, dass Hartmann von einer minimalen Grundausstattung ausging, pro Raum ein Lichtschalter und ein, zwei Steckdosen«, mutmaßte Olaf.

»Richtig!«, grätschte Richard dazwischen. »Und nicht die dreifache Materialmenge für Rosas kompliziertes *Lichtkonzept*.« Er betonte das Wort, als handelte es sich um das Unwort des Jahres. »Und jetzt sind da überall diese vielen Lichtschalter, vier, fünf Dinger übereinander, und niemand weiß, wo welche Lampe an- oder ausgeht. Ich dreh noch durch!«

»Ihr habt einen ganz besonderen Ort geschaffen, ein richtiges Zuhause. Weit mehr als nur ein Wochenendhaus«, versuchte sich Olaf weiterhin tapfer in seiner Rolle als Mediator.

»Ich habe da gar nichts geschaffen, da ist nichts von mir«, sagte Richard. »Ich war lediglich der Dukatenesel. Alles andere ist Rosas Werk.«

»Das ist nicht fair«, sagte ich. »Ich habe dich in den entscheidenden Fragen immer miteinbezogen.«

»Du hast dich komplett ausgetobt, hast das gemacht, was dir gefällt«, giftete Richard, und an Olaf gewandt: »Kannst du dir vorstellen, dass allein Hunderte Meter Elektrokabel verlegt

223

wurden? In der kleinen Hütte? Kein Wunder, dass die Kosten so explodiert sind.«

»Du wirst dich später vielleicht freuen, dass es in der Küche nicht nur eine Steckdose gibt, um das Handy aufzuladen. Das ist bei Robert und mir zurzeit ganz oben auf der Liste der beliebtesten Streitthemen, weil es natürlich immer mein Handy ist, das die Steckdose blockiert. Im Ernst, mit einer Ausstattung auf diesem Niveau steigert ihr auch den Wert der Immobilie«, gab Olaf zu bedenken und zählte weitere Argumente auf, die bei einem möglichen Wiederverkauf des Forsthauses von Bedeutung wären.

»Hm«, grummelte Richard, einen Bierdeckel auf seinem Finger jonglierend.

Das gilt im Übrigen auch für eine Arbeitsplatte aus tonnenschwerem Belgischen Blaustein, dachte ich, behielt es aber für mich. »Wenn du dich übergangen fühlst, dann tut mir das leid«, sagte ich stattdessen an Richard gewandt. »Du hattest mich gebeten, mich zu kümmern. Und ich habe mich gekümmert.«

Und zwar mit vollem Einsatz. Dass ich tagsüber vor dem aufgeklappten Laptop saß, war berufsbedingt und deshalb unumgänglich. In den letzten Monaten hatte ich jedoch auch ganze Nächte in der Welt des Internets verbracht, auf der Suche nach der richtigen Ausstattung für unser Haus. Ich recherchierte nach Anbietern für historische Baumaterialien, nach Bodenbelägen und Kaminmasken, der passenden Badausstattung. Ich verglich die Preise von Dusch- und Wannenarmaturen, suchte Fliesen und Farben aus, fertigte Muster auf DIN-A2-Bögen an, auf die ich Farben auftrug mit so klangvollen Namen wie *Card Room Green*, *Green Smoke* oder *Breakfast Room Green*, die ich Richard bei verschiedenen Lichteinflüssen präsentierte. »Was meinst du?«, hatte ich ihn gefragt, »eher das helle Grün oder eines der beiden dunkleren?« Ich stellte *Moodboards* sämtlicher Materialien zusammen und zeigte sie Richard, wartete dabei auf den geeigneten Moment, wenn er den Kopf frei hatte und nicht mit einem Ohr am Telefon hing. Oft sagte er dann, ihm gefielen alle oder er wüsste es nicht und ich solle entscheiden. Und genau das tat ich.

Ich freute mich über Richards Vertrauen, das er mir entgegenbrachte, war glücklich über die gestalterischen Freiheiten, die sich mir im Rahmen unserer finanziellen Möglichkeiten boten. Und ja, tatsächlich gab es ein Konzept für die Beleuchtung. Es sorgte dafür, dass die Einbauspots in der Decke punktgenau das Kochfeld ausleuchteten und nicht die Fläche dahinter. Dass man das Licht von zwei Seiten eines Raumes ein- und wieder ausschalten konnte. Dass es Anschlusspunkte gab für eine Gegensprechanlage, die wir uns vielleicht irgendwann einmal leisten würden.

Ich atmete tief ein. Als ich Richard an dem einfachen Holztisch mir gegenübersitzen sah, musste ich plötzlich daran denken, was er mir von seinen Kindertagen im Schleswig-Holsteinischen Sachsenwald erzählt hatte, wo seine Großeltern zusammen mit Freunden ein Häuschen inmitten eines verwilderten Gartens besessen hatten. Sie hatten sich in den 1920er-Jahren bei den Wandervögeln kennengelernt, einer Jugendbewegung, die auf der Suche nach dem Leben in freier Natur, fernab von traditionellen und gesellschaftlichen Strukturen gewesen war. Im Sachsenwald hatten sie die Wochenenden und die Ferien verbracht, hatten in totaler Einfachheit gelebt, ohne Strom und fließendes Wasser, mit einem Plumpsklo im Garten. Gegessen wurde an einem langen Holztisch, an dem man sich auf harten Bänken niederließ. Über allem hatte der Geruch von offenem Kaminfeuer und Petroleumlampen gelegen. Man schlief in zwei Kammern unterm Dach, die Männer links, die Frauen rechts. »Sie waren wie eine Kommune, die ersten Hippies«, schwärmte Richard. Es war vor allem die intensive Zeit an der Seite seines Großvaters, der sein großes Vorbild gewesen war und, anders als sein Vater, Zeit für den kleinen Richard gehabt hatte. Der ihm die Flora und Fauna näherbrachte, ihm zeigte, wie man mit Steinen ein Lagerfeuer entzündete und mit einem scharfen Messer Pfeile schnitzte. Pfadfinderromantik pur. Bis die Freunde der Großeltern nach und nach verstarben und deren Erben in den siebziger Jahren entschieden, das Idyll im Wald zu verkaufen. Richard hatte erst seine Großeltern, dann Vater und Mutter bekniet, geradezu beschworen, den Verkauf abzuwenden oder besser noch, den anderen ihre Grundstücksanteile abzukaufen. Er selber wollte sein ganzes Erspartes dazutun, einhundert Mark. Der elfjährige Richard hätte alles getan, um diesen Hort seiner Kindheit zu bewahren. Vergebens. Der geforderte Preis überstieg die Möglichkeiten der Familie. Über diese sehnsuchtsvolle Erinnerung hatte Richard im Laufe der Jahre die archaische Einfachheit von damals glorifiziert und zur idealen Lebensform verklärt. Unser Forsthaus, das in seiner ursprünglichen Form durchaus an diese Einfachheit hätte anknüpfen können, stand mit seiner jetzigen Ausstattung für das genaue Gegenteil. Das wurde mir auf einmal deutlich.

Und hier saßen wir nun, im besten Burger-Restaurant des Viertels, bei Wild-Frikadellen, zwei abgestandenen Bieren und einer Saftschorle, in der die Eiswürfel längst geschmolzen waren. Was Richard bemerkte und für uns drei eine weitere Runde bestellte. Ich betrachtete das als ein interdisziplinäres Friedensangebot. Die Zeichen standen auf Entspannung.

*

Von Fledermäusen, Hornissen und anderem Getier

Schädlingsbekämpfer Rudi Lüttke war ein schmächtiger Mann in den Vierzigern, der sich und seine Unscheinbarkeit noch mit einem mausgrauen Arbeitsoverall unterstrich. »Wo laufen sie denn?«, fragte er und blickte mich aus dicken Brillengläsern an, die seine Augen übernatürlich groß erscheinen ließen. Ich bat ihn ins Haus und zeigte auf den schmalen Spalt zwischen Holzboden und Scheuerleiste, in dem ich die Maus hatte verschwinden sehen.

»*Eine* Maus?« Rudi Lüttke beugte sich über eine Ansammlung spindelförmiger schwarzer Kötel. »Die Menge lässt eher auf mehrere Mäuse schließen.« Er leuchtete entlang der Küchenschränke und fand tatsächlich weitere Kotpillen, die seinen Verdacht bestätigten. Schon seit mehreren Tagen hatte ich das Gefühl, dass kleine Schatten an mir vorbeiflitzten. Bis ich eine Maus auf frischer Tat ertappte, als sie sich in aller Ruhe über die restlichen Krümel meiner Pizza hermachte, die ich beim Abwischen des Esstisches übersehen hatte.

»Ich fass es nicht, wir sind noch nicht mal richtig eingezogen, da hat es sich hier schon eine Mäusefamilie gemütlich gemacht.« Lüttke nickte eifrig. »Und die Tiere sind sehr aktiv. Sie begnügen sich nicht nur mit Pizzakrümeln. Mäuse fressen sich durch nahezu alles, sogar durch Dämmmaterial.« Er zeigte auf den Spalt im Fußboden und zog mit dem Zeigefinger eine Luftlinie Richtung Decke. »Die Nager gelangen so in Zwischendecken und Winkel des Mauerwerks, in denen man sie kaum noch erreichen kann. Sie bauen dort ihre Nester und vermehren sich *explosionsartig*.« Eine Dramatik, die Lüttkes Augäpfel zum Tanzen brachte und beinahe in Gänze aus den Augenhöhlen katapultierte. Er deponierte nach einem ausgeklügelten System mehrere Giftköder und klassische Fallen. »Mäuse nutzen in dieser Jahreszeit jede Gelegenheit, ins Warme zu gelangen. Sie müssen also unbedingt drauf achten, dass *sämtliche* Türen geschlossen bleiben.«

Was in der Theorie einfach klingt, erweist sich in der Praxis häufig als schwer umsetzbar. Ich versah alle Türen mit dem Hinweis »Tür zu!« und bat die aus und ein gehenden Handwerker um ihre Mithilfe. Einer der Maler erzählte mir freimütig, dass die Maus schon häufiger völlig angstfrei an ihm vorbei ins Haus gelaufen sei. Warum er seine Beobachtung für sich behalten hatte, verriet er mir nicht. Wie der *Doorman* eines Fünfsternehotels hatte ich fortan die Türen im Visier. Und wenig später erste Verwesungsgerüche in der Nase. Die Mäuse waren den Ködern offenbar auf den Leim gegangen.

Es war nicht das erste Mal, dass ich Schädlingsbekämpfer Lüttke im Kampf gegen Naturgewalten konsultierte. Im Sommer hatten wir im Gebälk der Scheune und unterhalb einer Dachgaube am Haus mehrere Hornissennester von beträchtlicher Größe entdeckt. Als Richard eines Abends zur Scheune ging, um ein Licht auszuknipsen, umschwirrten die Hornissen nicht nur sichtlich erregt die Lampe, sondern attackierten auch Richard, der zurückweichen musste und den Lampenstecker erst am nächsten Morgen ziehen konnte. Auf diese Weise verteidigten die Hornissen im Spätsommer auch die Früchte des Birnbaums, die sie nahezu vollständig für sich beanspruchten und nicht ansatzweise daran dachten, die zuckersüße Beute mit uns zu teilen. Sobald ich mich dem Baum auch nur näherte, riskierte ich, Opfer eines Hornissengeschwaders zu werden. Ich erntete keine einzige Birne. Ein Leben in friedlicher Koexistenz mit der knapp drei Zentimeter großen Wespenart schien ausgeschlossen.

»Ausräuchern? Das können Sie vergessen«, sagte Rudi Lüttke streng. »Hornissen stehen unter Artenschutz. Die *Vespa Crab-*

ro kann höchstens umgesiedelt werden. Und das auch nur mit Sondergenehmigung«, dozierte er. Lüttke nutzte bevorzugt den lateinischen Namen der jeweiligen Gattung, wohl als Ausdruck seiner fachlichen Kompetenz. Mit der drakonischen Naturschutzverordnung argumentierte der Schädlingsbekämpfer auch, als ich ihn nach dem ersten Mäuseeinsatz ein weiteres Mal um Rat ersuchte. Beim Putzen der Fenster war ich erneut auf Kötel gestoßen, die an der Hausfassade klebten und sich auf den äußeren Fensterbänken türmten. Zunächst hatte ich sie arglos mit dem Finger weggeschnippt. Sie wurden aber nicht weniger. Jeden Morgen stand ich ratlos vor neuen Haufen, die sowohl die Hauswände, die Fensterläden, die Fensterbänke, einfach alles stark verschmutzten. Bis ich Gequieke vernahm, das aus dem Hohlraum der holzvertäfelten Dachumrandung drang. Ich spähte hoch, und da sah ich sie: Fledermäuse. Nicht eine oder zwei. Es waren Dutzende. Dicht gedrängt hingen sie nebeneinander im Schutz des Dachüberstandes und der Regenrinne, nur einen knappen Meter über meinem Kopf. Unser Haus war zur Brutstätte einer ganzen Fledermauskolonie geworden. Ein Umstand, der jeden Tierschützer in einen Freudentaumel versetzt hätte, in mir jedoch das genaue Gegenteil auslöste.

»Da können Sie gar nichts machen«, sagte der Schädlingsbekämpfer zu meinem Verdruss. »Wie Hornissen ist auch die *Microchiroptera* streng geschützt.« Er setzte eine Feinstaubschutzmaske auf und zog sich Handschuhe über. »Den Kot niemals ohne Schutzausrüstung entsorgen«, erklärte er meinen fragenden Blick. »In den Hinterlassenschaften der Fledermäuse lauern massenweise Krankheitserreger wie Viren oder Bakterien.«

»Mist! Ich hatte direkten Hautkontakt mit den Köteln, und das gleich mehrfach.« Mir wurde ganz schwindelig bei dem Gedanken, welch potenzieller Gefahr ich mich ausgesetzt hatte. Rudi Lüttke entging das nicht. Mehr noch, meine aufkeimende Panik schien ihn geradezu in einen Rausch zu versetzen, denn prompt wartete er mit der nächsten Horrorgeschichte auf. Er berichtete von einer Kundin, die beim Betreten ihrer Datsche eine Fledermaus aufgescheucht hatte und sich dabei von dem überraschten Tier einen Kratzer einfing. »Die Frau hatte Glück, kam sofort ins Krankenhaus. Schließlich hat ihr eine Notimpfung das Leben gerettet.« Er machte eine kleine, durchaus wirkungsvolle Pause, bevor er fortfuhr: »Sie wissen schon, dass die Fledermaus das einzige Tier in Europa ist, das Tollwut überträgt? Der Kontakt mit dem Speichel einer infizierten Fledermaus reicht schon aus für eine Übertragung. Und gegen Tollwut ist kein Kraut gewachsen. Wer sich damit ansteckt, verreckt jämmerlich.«

»Und ich bin diesen virenschleudernden Vampiren hier schutzlos ausgesetzt«, entgegnete ich entsetzt. »Sie hängen über sämtlichen Fenstern und Türen. Wie soll ich ihnen da aus dem Weg gehen?«

»Das ist schwierig, vor allem, wenn die Fledermäuse seit Jahren hier ansässig sind. Bieten Sie den Tieren Alternativen, zum Beispiel Quartierkästen. Die sehen aus wie Nistkästen für Vögel. Man bringt sie mit etwas Abstand zum Haus an den Bäumen an. Mit Glück ziehen die Fledermäuse dann um«, lautete der Rat von Rudi Lüttke. »Wenn Sie häufiger im Haus sind, wird's den Fledermäusen möglicherweise ohnehin zu unruhig, und sie suchen sich schon deswegen eine neue Bleibe.« Er entsorgte die zusammengefegten Fledermauskötel in einem Spezialbehälter und verstaute seine Sicherheitsausrüstung.

Kaum dass sich Schädlingsbekämpfer Lüttke verabschiedet hatte, rief ich meine Hausärztin an und vereinbarte einen sofortigen Impftermin. An Tollwut würde *ich* ganz gewiss nicht jämmerlich krepieren.

Die Häufung von tierischen Zwischenfällen rund um das Forsthaus führte dazu, dass der Schädlingsbekämpfer zu einer Art

Dauergast wurde. Rudi Lüttke vertrieb Wühlmäuse aus dem Garten, Ratten aus der Scheune und Ameisen aus dem Haus. »Ach du lieber Gott, Rosa! Du hättest von vornherein ein Abonnement oder so eine Art Wartungsvertrag mit Bonusprogramm abschließen sollen«, kommentierte Olaf glucksend. »Das nächste Mal bittest du ihn um Mengenrabatt!« Ich stimmte in sein Lachen ein. Nicht ahnend, dass uns das schlimmste tierische Unheil noch bevorstand.

*

Zu Hause

Mit dem Umzug von Schleswig-Holstein nach Berlin hatten wir uns nicht nur von unserer Heimat verabschieden müssen, sondern auch von etlichen Teilen unseres Hausstandes, für die es in der neuen Wohnung keinen Platz gab. Mit dem Dachgeschoss in Prenzlauer Berg hatten wir eine schöne Bleibe gefunden, aber mit deutlich weniger Quadratmetern an Wohnfläche. Sophie und Valerie waren lange aus dem Lillifee-und Barbiepuppen-Alter raus, der Auszug damit eine gute Gelegenheit, Kinderhaus, Rutsche, Faschingskostüme, Fahrräder, aufblasbare Schwimmbecken, Federballspiele, Tischtennisplatte, aber auch Gartengeräte, Richards heiß geliebten Aufsitzmäher, Bierbänke, Hunderte Kinderbücher und Bildbände zu verschenken oder auf eBay zu verkaufen. Aktenordner, meine ehemaligen Schulbücher und alte Studienunterlagen, in die ich seit dem Abschluss nicht einmal reingeschaut hatte und es auch in Zukunft nicht tun würde, wanderten allesamt in den bereitgestellten Müllcontainer, der im Handumdrehen bis an den Rand gefüllt war. In acht Tagen verpackten wir achtzehn Jahre Vergangenheit und konservierten die Erinnerungen an eine unwiederbringliche Zeit. Mit dem neuen Berliner Umfeld war das Kapitel Landleben abgeschlossen. Eine Wiederbelebung schien äußerst unwahrscheinlich. Denn was wir dort erlebt hatten, war einmalig, das Haus war einmalig, die Lage ohnehin. Eine Wiederaufnahme irgendwo am Berliner Stadtrand wäre nur einem lauwarmen Aufguss gleichgekommen. Umso leichter fiel uns der Abschied von Bauernschränken, gekälkten Kommoden und karierten Raffrollos.

Was nicht verkauft wurde, wurde eingelagert. Ich fragte mich, ob die Möbel und Umzugskartons nach all den Jahren im ehemaligen Kuhstall des Bauern Schaden genommen hatten. Wie mochten sich Temperaturschwankungen und Feuchtigkeit auf den Zustand von Bettdecken, Handtüchern, auf Bücher und Geschirr ausgewirkt haben? Die Möbelpacker waren damals nicht gerade zimperlich mit den Kartons umgegangen, die sie wahllos aufeinanderstapelten, ohne dabei das Gewicht zu berücksichtigen.

»Da wird einiges zu Bruch gegangen sein«, vermutete Richard, »bereite dich darauf besser schon mal vor, dann bist du nicht allzu sehr enttäuscht.«

Dank Olafs geschickter Intervention hatte Richard seine sture Schweigsamkeit überwunden und ich meine beleidigte Reserviertheit. Nun rückte Weihnachten näher. Mit der Planung der Festtage fanden wir wieder ins Gespräch. Wir hatten die Idee, das Forsthaus, so weit das unter den gegebenen Umständen möglich war, mit unseren alten Möbeln einzurichten, um dort zusammen mit den Kindern den ersten Weihnachtstag zu verbringen. Zu gerne hätten wir das gesamte Weihnachtsfest dort verlebt, aber das war nicht möglich, denn es gab nach wie vor kein Wasser im Haus, weder in der Küche noch im Bad, obwohl uns der Brunnenbauer wie in Dauerschleife versprach, *bald* eine akzeptable Wasserqualität zu liefern.

Als Richard und Maik mit dem angemieteten Siebeneinhalbtonner am Forsthaus vorfuhren, spürte ich eine innere Anspannung. Wie würde es sich anfühlen, nach all den Jahren das damals etwas stiefmütterlich eingelagerte Inventar wieder in Augenschein zu nehmen? Richard drückte mir zur Begrüßung einen Schmatzer auf die Wange. Er wirkte müde, ihm waren die Anstrengung des Transports und die lange Fahrtzeit anzumerken. Wir entluden den voll beladenen Lkw mithilfe von Maik und Eddy. Gartenmöbel, Rankgitter und Pflanzgefäße wurden in unserer Scheune verstaut, die Umzugskartons, die ich penibel mit einem Inhaltsverzeichnis beschriftet hatte, türmten sich in der Veranda und entlang der Wohnzimmerwand. Die gemütlichen braunen Samtsessel, eine unserer ersten gemeinsamen Anschaffungen, rochen ziemlich muffig, die Sitzkissen fühlten sich klamm an, insgesamt waren sie jedoch in einem guten Zustand. Auslüften, ausbürsten und aufschütteln würde sie wieder in die alte Form bringen. Erstaunlicherweise gab es nur einen einzigen durchfeuchteten Umzugskarton, aus dem ich muffige Kissen und Decken herausfischte. Alle anderen Textilien hatten die Einlagerung ohne Stockflecken oder Vergilbungen überstanden. Einmal bei sechzig Grad in die Waschmaschine, und alles würde wie vorher sein. Ich unterzog sämtliche Kartons einem Schnellcheck und stellte fest, dass auch unsere Bücher die Jahre im Exil unversehrt und ohne welligen Einband überlebt hatten.

»Schau mal, was ich gefunden habe!«, rief ich verzückt und hielt Richard ein Wandlampenpaar entgegen, das ich kurz nach unserem Zusammenziehen in einem Münchner Trödelladen aufgestöbert hatte. In die filigranen Margeritenblüten, die sich um grüne Metallarme rankten, hatte ich mich gleich verliebt. Ich war so lange um die Lampen herumgeschlichen, bis die Ladenbesitzerin meinen angebotenen Preis akzeptierte – und mich und meine Beharrlichkeit los war.

Stolz präsentierte ich Richard nun einen kleinen Lüster mit bunten Früchten aus Muranoglas, den wir auf unserer Hochzeitsreise in Venedig erstanden hatten. »Erinnerst du dich noch an die *Sorellas* und ihren vollgestopften Laden in einer dieser Seitenstraßen am Markusplatz?« Richard schaute mich fragend an. »Na, an die beiden betagten Schwestern, die die passenden Schirme für den Leuchter angefertigt haben?« Ich wühlte mich durch die Kisten in der Hoffnung, die Schirme zu ertasten, die die beiden Damen im Eiltempo bis zum Tag unserer Abreise angefertigt hatten. »*Si*, Schatzi, *naturalmente!*«, feixte Richard. »Gleich hinter dem Durchgang mit der Uhr, neben San Marco, dann rechts über die dritte Brücke, und schon war man da!« Richard lachte, er konnte sich weder an den Glaslüster noch an die Lampenschirme erinnern, geschweige denn an die Sorellas. Er freute sich über meine Begeisterung und die Wiedersehensfreude, die ich beim Auspacken des Hausrats empfand. Gute Stimmung konnte gerade nicht schaden. Einzig unser Sofatisch hatte während des Einlagerungsprozesses leichten Rost angesetzt. Wir hatten den Tisch mit dem geschwungenen Eisengestell während einer Urlaubsreise auf einem Flohmarkt in Südfrankreich entdeckt. Dieser Tisch hatte es sein müssen, nie wieder hätten wir einen vergleichbaren gefunden, das war doch klar. Was zur Folge hatte, dass ich die gesamte Rückreise eingeklemmt zwischen Koffern und Reisetaschen auf der Rückbank verharren musste, weil der Tisch nur auf dem Beifahrersitz Platz hatte.

Die Sachen wieder in den Händen zu halten, löste in mir ein Gefühl aus, das ich im Forsthaus bisher noch nicht gespürt hatte: Heimeligkeit. Endlich fühlte es sich an wie unser Zuhause.

∗

Asche über mein Haupt

Seit Monaten standen die Überreste von Franz, unserem Labrador, in einer schmucklosen Pappschachtel des Tierkrematoriums auf dem Hochglanzsideboard in unserer Berliner Wohnung. Ein Anblick, der in mir jedes Mal eine tiefe Melancholie auslöste und mir verdeutlichte, wie sehr ich den Hund immer noch vermisste. Gleichzeitig lag darin aber auch etwas Tröstliches, denn da war ja noch ein Teil von ihm, etwas, das Franz eine gewisse Präsenz verschaffte. Richard sah das offenbar anders, denn er fragte mich beinahe täglich, wie lange dieser traurige Altar aus roter Schachtel, Schwarz-Weiß-Fotografie und Trauerkerze noch stehen bleiben sollte.

»Nur noch so lange, bis die Mädchen für die Weihnachtsferien nach Hause kommen«, antwortete ich dann in besänftigendem Ton. Ich hatte Sophie und Valerie versprochen, dass sie bei der Verabschiedungszeremonie dabei sein würden. Franz sollte seine allerletzte Reise dort antreten, wo er in seinen letzten Lebensjahren am glücklichsten gewesen war.

Der Morgen des ersten Weihnachtstages überraschte uns mit einer dünnen Schneedecke, als wir nach einem ausgiebigen Festtagsfrühstück zum Forsthaus aufbrachen. Die Mädchen saßen auf der Rückbank, zwischen ihnen die Pappschachtel, um die Valerie schützend ihren Arm gelegt hatte, obwohl die Schachtel vorsichtshalber auf dem Mittelsitz festgeschnallt war. »Wir wollen ja nicht, dass uns Franz im Falle einer abrupten Bremsung um die Ohren fliegt«, sagte Richard, der Tage zuvor unterhalb des Birnbaums eine kleine Grube ausgehoben und mit Tannenzweigen präpariert hatte. Franz' letzte Ruhestätte, in der wir einen Teil seiner Asche zusammen mit seinem Schmusekissen und seinem Kauknochen begraben würden. Den anderen Teil wollten wir über dem See verstreuen, in dem unser

Hund unabhängig von Wetter und Wassertemperatur so gerne eingetaucht war.

Zu viert standen wir nun am Ufer, an der Stelle, die Franz zu seiner persönlichen Badestelle auserkoren hatte. »Möchtest du das machen?«, fragte Richard und reichte mir die geöffnete Schachtel mit der Asche, die viel grobkörniger war, als ich es erwartet hätte. Sie glich auch nicht den grau-schwarzen Überresten von verbranntem Holz, sondern erinnerte in ihrer Konsistenz eher an hellen Muschelkalk.

Die Mädchen bibberten trotz dicker Boots und warmer Parkas, zu denen ich sie vor der Abfahrt überredet hatte, denn auf dem Land war es spürbar kälter als in der Stadt. Sophie schaute mit feucht schimmernden Augen auf die gekräuselte Wasseroberfläche, auf der sich gleich die Reste von Franz verteilen würden. Valerie wischte sich ein paar Tränen von der Wange.

»Tschüss, Franzi, du lieber Hund«, sagte ich leise, »im Hundehimmel soll's viele Knochen geben!« Es war ziemlich windig, weshalb sich Richard mit angefeuchtetem Finger vorsichtshalber der Windrichtung vergewisserte. Ich strich mir eine Haarsträhne aus der Stirn, die sich aus meinem gezwirbelten Dutt gelöst hatte, drückte noch einmal die Schachtel an mich, bevor ich ihren Inhalt mit Schwung über das Wasser schleuderte. Just in dem Moment drehte der Wind, eine kräftige Böe trieb die Asche zurück und hüllte uns in eine dichte Wolke. Gelbliche Schlieren verteilten sich in unseren Haaren, in den Augen, auf der Kleidung. Arme fuchtelten hilflos durch die Luft. »Mund zu«, rief Richard. »Oh nein, ich hab das Zeug sogar in der Nase«, schniefte Sophie, Valerie hustete. »Franz, für immer in meinem Herzen – und in deinen Haaren«, sagte Valerie lachend zu ihrer Schwester, wobei sie ihr über den Kopf wuschelte.

»Er lässt sich eben nicht einfach so abschütteln, der gute Franz. Wer weiß, vielleicht wollte er damit den Pathos aus unserer Zeremonie nehmen«, scherzte Richard, klopfte sich den Staub von seiner Jacke und blickte auf Willi, der die ganze Zeit mucksmäuschenstill neben ihm gesessen und – entgegen seiner sonstigen Gepflogenheit – kein einziges Mal gebellt hatte. Ich rieb mir die Augen und spähte durch die noch immer von herumfliegenden Partikeln getrübte Luft. Da erkannte ich Franz, wie er gemächlich über den schmalen Wildpfad an der gegenüberliegenden Uferseite lief, innehielt, seinen Kopf wandte und mich ansah. Ich blinzelte abermals, schloss die Augen und öffnete sie gleich darauf wieder. Aber da war Franz endgültig verschwunden.

*

Ein Kamin, ein Kamin!

Die Mühe, die wir in die improvisierte Herrichtung des Hauses und in die Weihnachtsdekoration gesteckt hatten, verfehlte ihre Wirkung nicht. Für die Mädchen war es der erste gemeinsame Besuch seit dem verunglückten Ausflug vor eineinhalb Jahren, der in einer allseitig großen Enttäuschung geendet hatte. Nun war die graue Tristesse der Hausfassade einem weißen Putz gewichen, dessen finaler Anstrich witterungsbedingt erst im Frühjahr erfolgen würde, weshalb die Giebel noch eingerüstet waren. Auch im Hausinneren hatte sich vieles verändert. »Wow, das ist doch unmöglich dasselbe Haus?«, stieß Sophie überrascht aus und betrachtete unsere alten Teppiche, die ich provisorisch über dem neu verlegten Dielenfußboden verteilt hatte. Sie lächelte beim Anblick ihres Kinderstuhls, auf dessen gedrechselten Arm- und Rückenlehnen die Patentante rosa Girlanden und ihren Namen in kunstvoller Kalligrafie gezeichnet hatte und der nun zum Beistelltischchen umfunktioniert war. »Kaum zu glauben, dass ich da mal drauf gesessen habe.«

»Na, du hast dich ja seitdem auch verdoppelt«, neckte Valerie ihre gertenschlanke Schwester. Die Retourkutsche folgte sofort. »Der Elefant im Glashaus, du weißt schon …« Die Mädchen kicherten und erkundeten jeden Winkel des Hauses, begleitet von Richards wortreichen Schilderungen sämtlicher Zwischenfälle, von denen etliche jetzt schon einen anekdotenhaften Charakter hatten. Ganz so, als sei er stets vor Ort gewesen, dachte ich amüsiert und ohne jeden Groll. Im Gegenteil, der Stolz, mit dem Richard das Haus präsentierte, machte mich froh.

Obwohl etliche Dinge noch fehlten, vieles noch nicht ausgepackt war oder abgedeckt unter Plastikfolien, ergab sich insgesamt ein Bild, auf das die Mädchen mit aufrichtiger Begeisterung reagierten. »Mami, Papi, es ist so schön hier, einfach unglaublich, was ihr aus dem Haus gemacht habt!« Valerie war entzückt.

»Das ist in allererster Linie das Verdienst eurer Mutter«, antwortete Richard. »Sie hat sich hier viele Monate mit den Handwerkern und allen Problemen herumgeschlagen.«

Wir saßen auf der großen Eckbank, die der von Ulrich Hartmann empfohlene, sehr patente Tischler aus Friededorf angefertigt hatte. Davor der lange Esstisch, den ich mit Zapfen, duftenden Kiefernzweigen und unserem traditionellen Weihnachtsgeschirr eingedeckt hatte, von dem mir meine Mutter über viele Jahre zu jedem Weihnachtsfest ein ergänzendes Teil geschenkt hatte. Von hier aus konnten wir die kleine Nordmanntanne betrachten, die Richard im Wald geschlagen hatte und die nun in einem mit Sand gefüllten Eimer steckte. Auf der Tannenspitze thronte der Rauschgoldengel, dessen plissierter Papierrock im Laufe der Jahrzehnte etwas von seiner goldenen Pracht eingebüßt hatte. Dieses stets gehütete Erbstück meiner Großmutter schmückte nun also den ersten Weihnachtsbaum im Forsthaus, zusammen mit den grünen und roten Kugeln unserer Sammlung, die wir jedes Jahr beim gemeinsamen Bummel über den Weihnachtsmarkt mit einem neuen Fundstück ergänzten. »Sieht toll aus, Mami, wie früher«, sagte Valerie und umarmte mich.

»Der schönste Baum, den wir je hatten«, erklärte Sophie und schloss sich unserer Umarmung an. »Das finde ich auch«, sagte Richard und legte seine Arme um die Mädchen und mich. Kostbare Momente, die ich immer in meinem Herzen bewahren würde.

Nicht nur Kugeln und Möbel erinnerten an unser früheres Zuhause, die ganze Szenerie glich der Auferstehung eines Lebensgefühls, das wir mit dem Auszug aus unserem alten Zuhause glaubten verloren zu haben. Wie schon in all den Jahren in Schleswig-Holstein übernahm Richard auch hier wieder die Aufgabe des Feuermeisters, stapelte hingebungsvoll Holzscheite für das perfekte Kaminfeuer und war erst zufrieden, als in der Feuerstelle mächtige Flammen loderten. Den Hinweis des Kaminbauers, das übermäßige Hitze dem gemauerten Schornstein schaden könnte, schob Richard gelassen beiseite.

So weit sollte es allerdings auch nicht kommen. Dieses Mal hatte Richard nämlich auf das falsche Holz gesetzt. Wir hatten die Kaffeetafel gerade aufgehoben, das Geschirr und die Reste des Dresdner Christstollens in Tupperware verstaut und noch ein paar Erinnerungsfotos geknipst, als plötzlich dichter, beißender Rauch aus der Kaminöffnung drang und in Sekundenschnelle das gesamte Erdgeschoss vernebelte. Die Schleimhäute brannten, wir rangen nach Luft, rissen die Fenster auf, was die Qualmbildung aber nur beschleunigte. Blind und hustend tasteten wir uns durch die Räume.

Trotz Stoßlüftung wollte der Rauch nicht weichen. Die Frage von Valerie, ob es einen Feuerlöscher gäbe für den Fall der Fälle, weil es doch kein Wasser im Haus gab, konnte ich immerhin bejahen. Dass der üble Rauchgeruch nun womöglich wochen- oder monatelang an Wänden, Polstern und Vorhängen haftete, versuchte ich zu verdrängen. Jetzt bloß keine schlechte Laune verbreiten und damit die schöne Erinnerung an diesen Familientag im Forsthaus trüben. Am frühen Abend beschlossen wir, zurück nach Berlin zu fahren. Im Auto herrschte das Aroma einer Räucherkammer, wir stanken aus allen Poren. »Ein denkwürdiger und unvergesslicher Nachmittag«, bemerkte Sophie lachend, in deren lockigen Haaren immer noch Aschereste von Franz klebten. »Aber ein schöner«, fügte Valerie hinzu, die den immer noch reichlich verschreckten Willi im Arm hielt. »Man sieht, wie viel Überlegung du da reingesteckt hast, Mami. Jedes Detail ist mit so viel Bedacht und Liebe ausgesucht.« Ich war gerührt und griff nach Valeries Hand, mit der sie mir über die Schulter strich. »Finde ich auch«, bekräftige Sophie, »und ein gutes Investment ist es sowieso. Also, wenn ihr die Immobilie mal verkaufen wollt oder so.«

»Ach ja?« Richard schaute amüsiert in den Rückspiegel und zwinkerte Sophie zu. »Dann bin ich ja froh, dass wir doch alles richtig gemacht haben.« Er schaute kurz zu mir. In seinem Blick lag etwas Zärtliches, Zufriedenes. Zum ersten Mal seit langer Zeit.

*

Happy New Year

Wie kein anderer Tag des Jahres war Silvester mein Moment der inneren Einkehr. Kurz bevor sich die Familie am frühen Abend bei einem Gläschen Schampus und mit Pflaumenmus gefüllten Berlinern zu »Dinner for One« versammelte, ließ ich die vergangenen zwölf Monate noch einmal Revue passieren. *The same procedure as every year.* Meist wurde ich ein bisschen nostalgisch, manchmal wehmütig, wenn Urlaubsbilder aus dem Sommer aufflackerten. Diesmal dachte ich an den Streit mit Richard über Hartmann und die Baustelle. Die arbeitsintensive Reportage über eine Kunstausstellung, an der ich viele Tage für ein eher bescheidenes Honorar gearbeitet hatte. Das Weihnachtsessen mit der Familie, als wir hoch konzentriert »Malefiz« gespielt und darüber den Festtagsbraten im Ofen vergessen hatten. Doch dieses Silvester war ich meilenweit davon entfernt, der Sentimentalität zu verfallen. Im Gegenteil. Ich konnte es kaum erwarten, das alte Jahr endlich hinter mir zu lassen. Wie sagte Olaf so schön? »Den ganzen Mist der letzten dreihundertvierundsechzig Tage in die Tonne treten.«

Später beobachteten wir das Silvesterfeuerwerk über Berlin von der Dachterrasse unserer Freunde, die gefüllten Sektgläser in den Händen. »Rosa, es kann nur besser werden!« Richard mühte sich, gegen den Krach von Böllern und Feuerwerksraketen anzuschreien. »Ich bin sicher, dass das Schlimmste hinter uns liegt. Du wirst sehen, auf der Baustelle geht's nun zügig voran, und in ein paar Monaten lachen wir über all das, was wir durchgestanden haben.«

Genau das wollte ich hören. Worte der Hoffnung und der Zuversicht. »Cheers, mein Schatz, auf uns und das neue Jahr«, sagte ich, küsste und umarmte ihn. Ich schaute ihm in die Augen und betrachte sie, als seien sie zwei weissagende Kristallkugeln. Er klang so überzeugt, dass ich etwaige Zweifel gar nicht erst aufkommen lassen wollte.

Bereits in der ersten Januarwoche herrschte Aufbruchsstimmung. Die Mädchen mussten zurück nach Wien und Barcelona, wo sie mittlerweile studierten. Mir stand ebenfalls eine räumliche Veränderung bevor, denn mein Quartier in der Pension Buntspecht gab ich auf und damit auch die fürsorgliche Obhut von Frau Specht. Ich wollte nun wieder mehr in Berlin und bei Richard sein und würde, falls nötig, im Forsthaus übernachten.

»Wir haben immer ein freies Plätzchen für Sie, Rosa.« In Frau Spechts Stimme lag ein Anflug von Bedauern. »Falls Ihnen mal die Decke auf den Kopf fallen sollte …«

»Das will ich nicht hoffen«, antwortete ich lachend und tippte mir mit der Hand an die Stirn. »Dreimal auf Holz geklopft. Sie müssen mich bald im Forsthaus besuchen, ja?«

»Na klar«, versprach sie und tätschelte meinen Arm, »bin ja schließlich neugierig, was Sie aus dem alten Haus gezaubert haben.«

∗

Unfreiwillige Flugabenteuer

Nur zwei Wochen nach der Beerdigung von Franz fiel Willi vom Dach. Schuld daran waren Hartmann und die Badewanne. Die frei stehende Wanne sollte das optische Highlight unseres offenen Badezimmers im Dachgeschoss werden. Ein Modell in Überlänge, das mit silberfarbenen Löwenfüßen ausgestattet war und damit mehr Richards Vorstellung von einer Traumbadewanne entsprach als meiner. Meine Zustimmung zu diesem Wannentyp würdigte Richard als Zeichen meiner Kompromissbereitschaft, und das war für unser partnerschaftliches Miteinander und Richards Einbindung in die Ausstattung des Hauses wichtig. Dieser Traum einer Badewanne wurde allerdings ohne die dazugehörigen Löwenfüße geliefert, was ich umgehend reklamierte. Anstatt sich nun für die naheliegende Lösung zu entscheiden und die fehlenden Löwenpfoten mit der Post zu versenden, bestand der Hersteller auf einen Komplettaustausch der Ware, nach dem Motto »Warum einfach, wenn's auch kompliziert geht«. Eine Badewanne transportgerecht zu verpacken, war an sich schon eine schwierige und lästige Aufgabe. Nun aber hatte der Tischler zwischenzeitlich die schöne Eichentreppe, die vom Erdgeschoss ins Dach führte, mitsamt ihrem gedrechselten Geländer und den gerundeten Antrittspfosten eingebaut. Und das war die eigentliche Herausforderung. Denn damit gab es für die voluminöse Wanne kein Zurück nach unten. Jedenfalls nicht über die schmale Treppe. Wieder einmal zeigte es sich, dass es von Vorteil war, auf die Handwerker vor Ort zu vertrauen, denn Tischler Silbereisen hatte einen befreundeten Bauunternehmer aus Friededorf gebeten, mit einem Gabelstapler den Austausch der Wannen über das Verandadach vorzunehmen. Die Idee war, die Wannen durch eines der drei Gaubenfenster zu heben. Der Fehler war, dass Richard und Silbereisen das Dach über die falsche Gaube betraten. Diese Gaube wies – im Gegensatz zu den anderen beiden – einen eklatanten und von Hartmann zu verantwortenden Konstruktionsfehler auf. Denn nur durch den linken Fensterflügel gelangte man auf das Verandadach. Unterhalb des rechten Fensterflügels klaffte die Tiefe. Als Richard und Silbereisen beide Fensterflügel öffneten und durch die linke Seite raustraten, passierte das Unglück.

Willi, der uns seit Franz' Tod keinen Millimeter von der Seite wich, sprang Richard hinterher, allerdings durch den rechten und damit den falschen Fensterflügel. Willi fiel. Tonlos stürzte unser Terrier vier Meter in die Tiefe. Bevor ich etwas sagen konnte oder den Gedanken »Oh Gott, bitte, bitte nicht noch ein toter Hund« zu Ende denken konnte, stürmte ich die Treppe runter, riss die Haustür auf und sprintete in den Garten. Willi lag reglos an der Stelle, auf der er Sekunden zuvor gelandet war, dem weichen, sandigen Waldboden Brandenburgs, auf dem wir irgendwann mal Granitplatten für eine Terrasse verlegen würden.

»Willi, mein Willilein …« Meine Stimme klang heiser, meine Kehle war wie zugeschnürt. Der Hund hob langsam den Kopf und schaute mich aus verwirrten Augen an. Er richtete sich mit reichlich wackeligen Beinen auf und schüttelte sich. Ich hockte mich neben ihn, sprach beruhigend auf ihn ein. Dann hob ich ihn behutsam hoch. Ein kleines, zitterndes Angstknäuel, das ich vorsichtig an mich drückte. Nie zuvor war ich dankbarer, dass wir einen Baustein der Sanierung noch nicht hatten umsetzen können. Einen Sturz aus der Höhe auf eine steinharte Oberfläche hätte unser Hund vermutlich nicht überlebt. Richard kam atemlos dazu, umarmte mich mitsamt dem Hund. »Terrier halt, die haben sieben Leben«, kommentierte einer der Handwerker das Geschehen und grinste unbeholfen in die Runde. Davon hatte ich zwar noch nie gehört, aber sicher war, dass Willi unfassbares Glück und einen Schutzengel gehabt hatte.

Richard blickte nachdenklich auf den Hund, dann zum Haus. »Es war klar, dass so was irgendwann passieren musste. Und die Verantwortung dafür tragen wir, Rosa. Du und ich.« Ich sah ihn ungläubig an. »Wir haben die Gefahr ausgeblendet und es versäumt, eine bauliche Alternative einzufordern. Hartmann die alleinige Schuld in die Schuhe zu schieben, funktioniert nicht.«

»Wir hätten doch wegen der ganzen Auflagen gar keine baulichen Veränderungen an der Veranda vornehmen können. Bestandspflicht oder wie das heißt«, sagte ich, immer noch aufgewühlt.

»Ich weiß. Und sich im Nachhinein Vorwürfe zu machen führt auch zu nichts. Aber wir müssen dafür sorgen, dass künftig niemand Zugang zu der Gaube hat. Sie dauerhaft abriegeln, verrammeln, was weiß ich. Dieser Zustand ist lebensgefährlich.«

Ich nickte mühsam, als hätte der gerade durchlebte Schrecken meine Nackenmuskulatur gelähmt.

Wir schauten zu Willi, der sich jetzt auf der Wiese wälzte, als sei nichts geschehen. Doch er hatte etwas gelernt. Auf die Dachterrasse würde er niemals mehr auch nur eine Pfote setzen.

∗

Die Wasserkanister-Story

In den kommenden Tagen sollte das schwedische Möbelhaus zwei bequeme Boxspringbetten liefern, eines für künftige Gäste, das andere für Richard und mich. Der Liefertermin wurde mir per E-Mail avisiert. Den darin enthaltenen Passus »nur bis zur Bordsteinkante« hatte ich irgendwie nicht richtig zur Kenntnis genommen. Was möglicherweise darauf zurückzuführen war, dass es bei uns keine Bordsteinkante gab. Es gab nur einen vom langanhaltenden Regen aufgeweichten, modderigen Waldboden.

Die beiden Russisch sprechenden Mitarbeiter der Spedition entluden Möbelkorpusse und Matratzen deshalb mitten auf dem Waldweg.

»Könnten Sie die Teile vielleicht ins Haus tragen?«, fragte ich freundlich und zeigte auf die Haustür. Die Männer ignorierten meine Bitte und auch den Geldschein, den ich ihnen entgegenstreckte. »Ich nix verstehn«, entgegnete der eine Typ gleichgültig, als er sich zurück in den Sprinter schwang, ohne mich dabei anzusehen.

Doch mein Unmut hielt nicht lange an, denn Eddy und die anwesenden Maler kamen mir zu Hilfe. Sie bugsierten die schweren Möbelstücke ins Haus. Die Teile für das große Bett schleppten wir hinauf ins Dachgeschoss, wo Eddy und ich die Bettumrandung aufbauten. Wir verschraubten Füße und Betthaupt, wuchteten den Bezug, einen angerauten grauen Wollstoff, über den Korpus und rollten die Matratzenauflage aus. »Kaum zu glauben, dass ich heute Abend das erste Mal darauf schlafen werden«, sagte ich zu Eddy. »Ich gebe zu, dass ich mir die erste Nacht im Forsthaus atmosphärisch etwas anders vorgestellt habe.« Mit dem Zeigefinger fuhr ich durch die Staubschicht auf der Fensterbank. Immerhin hatten wir hier oben schon die aufgeklebten Pappen vom Fußboden entfernt und ihn, so gut es eben ohne fließendes Wasser ging, gesäubert.

Eddy befestigte noch die Nachttischlampen an der Wand, bevor er seine Werkzeugkoffer zusammenklappte und in sein Auto lud, bereit für die Rückfahrt nach Berlin. Es war schon spät am Abend, als ich das quietschende Tor hinter ihm schloss, eilig ins Haus zurücklief und den Schlüssel in der Haustür bis zum Anschlag umdrehte. »Sicher ist sicher.«

Nicht zum ersten Mal war ich hier draußen allein. Aber es war das erste Mal, dass ich hier übernachtete. Mitten im Wald, zweieinhalb Kilometer entfernt von Friededorf, kein Nachbar in Sichtweite, nirgendwo ein erleuchtetes Fenster oder das Licht einer Straßenlaterne. Hier draußen war nur Dunkelheit, die alles zu verschlucken schien. In der man selber nichts sah, aber von anderen durchaus gesehen werden konnte. Ob wieder die Chaoten von neulich mit ihren »Star-Wars«-Lichtschwertern rumschlichen? Doch solche Gedanken musste ich augenblicklich aus meinem Kopf verbannen. Ich kochte mir einen Tee und sprach laut mit Willi, der jede meiner Bewegungen genauestens verfolgte, wobei er seinen Kopf schief legte, sich streckte oder hin und wieder schüttelte. »Wer so süß ist, wird mit einem Leckerli belohnt«, sagte ich zu meinem Hund und musste über den intellektuellen Tiefgang meiner einseitig geführten Konversation grinsen.

Ich betrachtete die beiden großen Kanister, die ich einige Tage zuvor im Baumarkt erstanden und in Berlin randvoll mit Wasser gefüllt hatte. Dieser Wasservorrat würde es mir ermöglichen, für knapp drei Tage im Forsthaus zu bleiben. Ich musste lernen, mir das Wasser genau einzuteilen, inklusive Katzenwäsche und Zähneputzen über einer Waschschüssel. Gedankenlose Verschwendung, wozu minutenlang aufgedrehte Wasserhähne zählten, hatte ich mir ohnehin längst abgewöhnt. Oder sollte ich besser sagen, sie wurde mir abgewöhnt? Vor vielen Jahren waren wir zu Besuch bei Freunden in deren spanischer Finca. Sie bezogen ihr Wasser über eine Zisterne und baten gleich zu Beginn unseres Aufenthaltes um einen sparsamen Umgang mit der Ressource. Bei der Bitte allein blieb es nicht. Als ich einmal mit Zahnpastaschaum im Mund vor dem laufenden Wasserhahn stand, bereit, den Spülvorgang durchzuführen, schob sich plötzlich unsere Gastgeberin durch die Badezimmertür, stürzte auf das Becken zu, drehte den Wasserhahn ab und sah mich tadelnd an.

Im Forsthaus ging es nun aber darum, ein richtiges Wassermanagement zu betreiben. Auch dass Brauchwasser, das ich beim Händewaschen in einer pinkfarbenen Plastikschüssel auffing, wollte ich weiterverwenden. Ich hatte noch Richards sorgenvolle Worte bei der Verabschiedung am Morgen im Ohr: »Wie willst du das machen, so ganz ohne Leitungswasser?«

»Ich werde meine Belastungsgrenze ausloten«, antwortete ich lachend. »Immerhin gibt es ja das Dixi-Klo.«

»Ahh, richtig! Sind es jetzt nicht schon beinahe zwei Jahre? Deutschlands teuerstes Dixi-Klo! Und das steht ausgerechnet in *unserem* Garten!«, höhnte Richard. »Wir hätten es nicht mieten, wir hätten es gleich kaufen sollen. Wäre mit Sicherheit billiger gewesen!«

»Morgen kommt der Brunnenbauer mit den Ergebnissen der letzten Wasserproben. Ich hoffe, dass die Nitratwerte dann endlich in Ordnung sind.«

»Das müssen sie. Wenn er uns den Wasserhahn nicht aufdreht, drehen wir ihm eben den Geldhahn ab.«

»Also wirklich, Richard. Der Mann kann doch nichts für die Bodenwerte und die Qualität des Grundwassers. Lass uns bis morgen abwarten, okay?«

*

Deutschlands teuerstes Dixi-Klo

Unser Dixi-Klo hatten wir auf Anraten Hartmanns angemietet, in erster Linie für die Handwerker, die das Klohäuschen nach meinen Beobachtungen auch rege nutzten. Es stieß aber nicht bei jedermann auf uneingeschränkte Begeisterung. Kurz nach Weihnachten hatte sich ein langjähriger Freund von Richard für eine Stippvisite angekündigt. Er renovierte gerade einen ehemaligen Schweinestall und war auf der Suche nach Inspirationen. Richard hatte ihn vorgewarnt, dass im Forsthaus vieles noch nicht funktionierte, inklusive der Toiletten, die deshalb auch immer noch mit einer Schutzfolie abgeklebt waren. Der Freund lobte Lage und Haus in den höchsten Tönen und war so beschäftigt mit dem Fotografieren einzelner Details, dass er unsere Bitte, die Notdurft draußen zu verrichten, offensichtlich im entscheidenden Moment vergaß – oder vielmehr ignorierte. Kurz nachdem er und Richard wieder abgefahren waren, bemerkte ich den durchdringenden Geruch aus der Gästetoilette. Zehn Eimer gefüllt mit Seewasser schleppte ich laut fluchend durch den Garten ins Haus, um die Hinterlassenschaften unseres Gastes in der bis dahin jungfräulichen Kloschüssel wegzuspülen. Es war Richard, der sich für das gedankenlose Verhalten seines Freundes bei mir entschuldigte.

Ich löschte die Lichter im Erdgeschoss und ging über die frisch eingebaute Treppe nach oben. Auf jeder Stufe verharrte ich für einen Moment. Weniger aus Respekt vor dem Handwerk als einem Gefühl leichter Beklommenheit, das mich trotz aller laut geführten Selbstgespräche überkam. Es waren meine eigenen Schritte, die den Stufen ein leises Knarzen entlockten. Ich rief nach Willi, der an mir vorbei die Treppe nach oben stürmte und in sein Körbchen sprang, das direkt neben meinem Bett stand, als mein Handy klingelte.

»Ich wollte dir noch eine gute Nacht wünschen. Und dir sagen, dass ich dich für deinen Mut bewundere«, sagte Richard und klang dabei ein bisschen besorgt, »so ganz allein da draußen …«

»Gott sei Dank bin ich nicht ganz allein, hab ja meinen vierbeinigen Bodyguard dabei. Aber ich vermisse dich.«

»Und ich dich. Tja, eigentlich bin ich davon ausgegangen, dass wir die erste Nacht in unserem neuen Haus gemeinsam verbringen. Schlaf gut und träum was Schönes, mein Schatz. Du weißt ja, was man in der ersten Nacht im neuen Heim träumt, geht in Erfüllung.«

Ich lag auf dem neuen Bett in meinen Schlafsack gerollt und betrachtete die Schatten des Fensterkreuzes, die das Mondlicht auf die Dachschräge warf. Ich stand auf, schaute hinaus und bemerkte den orange schimmernden Vollmond, der hinter einer Baumgruppe aufgetaucht war, nun über der Seemitte verharrte und Garten, See und Wald in ein beinahe unwirklich fahles Licht tauchte. Buchen, Eichen und Birken hatten sich in schwarze Riesen verwandelt, deren Silhouetten wie überdimensionale Scherenschnitte in den Nachthimmel ragten. Ein Bild wie eine Theaterkulisse. Ich öffnete das Fenster und lauschte. Das Rauschen des Baches hörte sich plötzlich viel lauter an und überlagerte sämtliche Geräusche des Waldes und seiner Bewohner. Der Klangteppich, der sich nachts über dem Wald ausbreitete, schien verstummt. Kein mystischer Ruf der Eule, der in jeder nächtlichen Spielfilmszene für schaurige Gänsehautmomente sorgt. Weder das Bellen des Fuchses, das Kreischen des Waschbären noch das Röhren des Hirsches konnte ich ausmachen. Ich vergewisserte mich, dass Willi in seinem Körbchen schlummerte, und krabbelte zurück ins Bett.

Gegen zwei Uhr wachte ich auf. Ich musste aufs Klo. Dringend. Ich knipste Nachttischlampe, Decken- und Treppenhausbeleuchtung an, als wollte ich der dunklen Welt da draußen signalisieren: Achtung, ich komm jetzt raus. Vorsichtig tappte ich die Stufen hinunter, hielt erneut inne, konzentrierte mich auf meine Sinnesorgane. Irgendetwas *musste* man doch hören. Hatte nicht jedes Haus eine Stimme, die zu den Bewohnern sprach? Hier ein Knacken, dort ein Ächzen, so erinnerte ich es aus unserem Haus in Schleswig-Holstein. Besonders wenn draußen der Wind um die Mauern fegte, hatte das Haus wehgeklagt, als trüge es die Last der Welt. Das Forsthaus hingegen gab keinen Mucks von sich, es lag einfach nur da in friedvoller Stille. Ich schlüpfte in Parka und Gummistiefel, nahm die Stabtaschenlampe und die Klopapierrolle und schloss die Haustür auf, atmete tief ein und öffnete sie. Keine fünf Meter entfernt stand schräg gegenüber das Dixi-Klo in absoluter Finsternis, nur vom Kegel der Taschenlampe erleuchtet. Ich zog die Tür der blauen Plastikkabine auf, aus der mir ein penetranter Gestank entgegenschlug. Aber das war mir in dem Moment egal, denn ich war entschlossen, die Sache so schnell wie nur irgend möglich hinter mich zu bringen. Und obgleich dieses Dixi-Klo einmal die Woche geleert, gesäubert und desinfiziert wurde, hatte ich Mühe, meinen Ekel zu unterdrücken. Umständlich hantierte ich mit der schweren Lampe und dem Klopapier, das zu allem Überfluss auch noch auf den schmutzigen Boden fiel. »Auch das noch«, murmelte ich, als ich vor Schreck innehielt. Laut und durchdringend, als säße er direkt über mir, ertönte plötzlich der langgezogene Ruf des Waldkauzes. »Huuh-huhuhu-hu-

250

uh, huuh-huhuhu-huuh …« Ich raffte meine Sachen, sprintete aus der Plastikkabine, rannte die Stufen zum Haus hinauf und knallte die Tür hinter mir zu. Mein Herz raste, hämmerte so wild gegen meinen Brustkorb, dass es ihn womöglich gleich zerriss. Ich schlotterte am ganzen Körper. Atmen, Rosa, atmen, sagte meine innere Stimme. Tief ein und aus. Ein, aus. Noch ehe sich mein Puls wieder einigermaßen beruhigt hatte, beschloss ich, ab sofort auf das altbewährte Nachttopfprinzip zu vertrauen. Nichts und niemand würde mich je wieder mitten in der Nacht, nur mit einer Taschenlampe bewaffnet, in so eine furchterregende Lage bringen.

Waldspaziergang

Willis kalte Hundeschnauze beschnüffelte mein Gesicht, das er nebenbei hingebungsvoll ableckte. »Guten Morgen, meine kleine Fellnase!« Ich blinzelte und brauchte einen Moment, um zu mir zu kommen. »Ahhhh … Willilein … stimmt, wir sind ja im Häuschen«, sagte ich schläfrig zu meinem Hund, wobei ich ihm gedankenverloren die Ohren und den Nacken kraulte. Ich reckte und streckte mich auf dem neuen Bett in alle Richtungen und stellte zufrieden fest, dass es sich ausgesprochen komfortabel darauf liegen ließ. Überdies hatte ich, nachdem sich meine Atmung und mein Gedankenkarussell nach den Aufregungen der letzten Nacht wieder beruhigt hatten, so tief und fest geschlafen wie schon lange nicht mehr. Jetzt schien die Wintersonne warm durch die Fenster und brachte den Raum mit seinen hell gestrichenen Dachschrägen zum Leuchten. Ich kletterte aus meinem Schlafsack, öffnete beide Fensterflügel und genoss die kühle Luft, die sich wie eine erfrischende Gesichtsmaske auf meine Haut legte. Das Rauschen des Baches war nur noch halb so dramatisch wie noch wenige Stunden zuvor, er plätscherte dahin wie immer, als hätte jemand am Lautstärkeregler gedreht. Ich lauschte dem Gezwitscher einer Amsel, beobachtete Rotkehlchen und Spatzen beim morgendlichen Bad in der Regenrinne, das sie mit aufgeregtem Tschilpen begleiteten, indessen zwei Blaumeisen den eingefallenen Nistkasten im Birnbaum inspizierten. Vielleicht waren das schon die ersten Boten des Frühlings, die gegen die winterlichen Temperaturen anträllerten?

Beschwingt ließ ich mich zurück auf das Bett plumpsen und stellte fest, dass unser Plan aufgegangen war: Von hier hatte man einen herrlichen Blick auf den See. Ein Panorama, so wunderbar, dass es einer geschönten Ansichtskarte glich. Ich hätte stundenlang liegen bleiben können, einfach nur hinausschauen, zuhören, mich erfreuen an dem, was ich sah. Der perfekte Moment, den ich als Foto festzuhalten suchte, um es Richard zusammen mit einigen Herz-Emojis auf WhatsApp zu senden. »Und, wie war die Nacht?«, lautete seine Nachricht. »Fabelhaft«, tippte ich und schickte einen verzückt dreinblickenden Smiley. Die Begegnung mit den nächtlichen Geistern überm Dixi-Klo hatte ich schon fast vergessen. Nur an einen Traum, den ersten im Forsthaus, konnte ich mich absolut nicht erinnern.

Bis zu meiner Verabredung mit dem Brunnenbauer hatte ich noch Zeit. Ich kleidete mich rasch an und beschloss, mit Willi einen Spaziergang zu machen. Die Morgensonne konnte nicht darüber hinwegtäuschen, dass draußen ein frischer Wind wehte. Ich zog meine Mütze tief über Ohren und Stirn und streifte Willi das Hundemäntelchen über, was er stoisch und wenig begeistert über sich ergehen ließ. Ich entschied mich für die kleine Runde, die vorbei am Nutzwald mit seinen schnurgeraden Kiefernreihen führte.

Wie sähe dieser Wald wohl ohne den Menschen aus, überlegte ich. Vermutlich wüchsen nur hier und da ein paar Nadelbäume, und der Wald bestünde überwiegend aus Eichen, Buchen, Birken und Linden. An geeigneten Standorten gäbe es vielleicht auch Ahorn, Eschen, Ulmen und Kastanien, in den Niederungen Weiden und Erlen. Seitdem man das Friedetal vor Jahrzehnten zum Naturpark ernannt hatte, wurde die Landschaft renaturiert und Monokulturen schrittweise zu Mischwald umgeforstet. Maßnahmen, die das Immunsystem des Waldes stärken und ihn weniger anfällig für die Folgen des Klimawandels machen sollten. Auch die Vermehrung schädlicher Insekten wie Borkenkäfer wollte man so stoppen. Ich blieb stehen, betrachtete die Bäume, denen die Trockenheit der vergangenen Sommer zusätzlichen Stress bereitet hatte. Mein Blick wanderte hinauf zu den Baumwipfeln, als würde ich auf eine Erleuchtung hoffen, wie man jetzt und sofort das Elend von der Natur abwenden könnte. Das Wunder blieb erwartungsgemäß aus. Meine fröhliche Leichtigkeit, mit der ich am Morgen aufgestanden war, sie war wie weggeblasen. Mit dem Besuch des Brunnenbauers wurde meine Stimmung leider auch nicht besser.

Agent 007

Einer der ersten Handwerker auf der Baustelle war Konrad Kleemann gewesen, der Brunnenbauer. Und er war immer noch da. Ein stiller Sonderling, der dank seiner athletischen Statur äußerst gelenkig in den Brunnenschacht kletterte, um Stunden später verschmiert und verschwitzt wieder aufzutauchen. Dabei gelang es ihm, sich beinahe unsichtbar zu machen, was nicht nur an seinem unterirdischen Arbeitsplatz lag, sondern an den vielen dramatischen Ereignissen auf der Baustelle, die unsere Aufmerksamkeit absorbierten und Kleemanns Auftrag auf der Skala der Wichtigkeit einen der unteren Ränge zuwies. Ihn im Blick zu behalten, wäre durchaus sinnvoll gewesen. Hinzu kam, dass wir die »nicht ganz optimale Wassersituation« lange nicht richtig einzuschätzen vermochten. So hatte Professor Petterson, der vorherige Eigentümer des Forsthauses, beim Notartermin den Sachverhalt bezeichnet. Beiläufig formuliert als Nebensatz, sodass weder Richard noch ich einen Verdacht schöpften, geschweige denn die Problematik vollumfänglich erfassten.

Die Nichtverfügbarkeit von Trinkwasser erschien im Angesicht eines Waldsees vor der Tür geradezu grotesk. Ein See im Naturschutzgebiet, in dem sich zig Fischarten, Frösche, Muscheln, Ringelnattern, Flusskrebse und Enten tummelten. Mehr Beweise für eine astreine Wasserqualität konnte es doch kaum geben. Das Wort »Problem« manifestierte sich erst dann in unserem Bewusstsein, als auch nach Monaten kein einziger Tropfen aus dem Hahn kam, obwohl man ihn bis zum Anschlag aufgedreht hatte.

Konrad Kleemann hatte es sich also zur Angewohnheit gemacht, nach jedem Einsatz wie ein Schemen von der Baustelle zu huschen. Er startete seinen betagten Pritschenwagen, auf dem er ein verrostetes Ersatzteillager transportierte, dessen Funktionalität oder Nutzbarkeit höchst fraglich schien. Morbides Gerümpel, das eher so aussah, als hätte es schon zu DDR-Zeiten seinen Geist aufgegeben.

Wenn es mir doch mal gelang, Kleemann abzufangen, um mich nach dem aktuellen Stand seiner Arbeit zu erkundigen, interpretierte ich sein knapp formuliertes »Das wird schon« als verheißungsvolles Versprechen. In einem solchen Moment konnte ich den warmen Strahl der Dusche förmlich auf meiner Haut spüren. Wenn Kleemann sagte »Ich bin dran«, verlieh ihm das etwas Geheimnisumwittertes. Kleemann als Agent 007, im

Dienste Ihrer Majestät, unterwegs in einer wichtigen Mission. Und wenn Konrad Kleemann sich mit »Kriegen wir hin« verabschiedete, hinterließ er stets ein Fünkchen Hoffnung. Und in mir die Vorstellung, dass die Ära des Dixi-Klos ihrem Ende entgegensteuerte.

Schon seit Monaten füllte Kleemann Wasser ab, das er in wechselnden Farbschattierungen aus achtzig Metern Tiefe zutage förderte. Als Behältnisse für die Proben, die er in einem Labor auf Keime und Schadstoffe untersuchen ließ, benutzte er leere Mineralwasserflaschen, die er zuvor aus dem Sammelsurium seines Pritschenwagens geklaubt hatte. Flaschen, die mit ziemlicher Sicherheit alles andere als steril waren.

Auch Eddy, unser Elektriker, beäugte das Treiben Konrad Kleemanns misstrauisch. Denn neben Kleemanns ausgeprägtem Hang zu Secondhand-Technik legte er eine geradezu skrupellose Unerschrockenheit an den Tag, wenn es darum ging, zweifelsfrei ungeeignetes Material zu verbauen. So montierte er Telefonadapter, Computerladegeräte und Steckdosenleisten im Brunnenschacht, einem ausgewiesenen Nassbereich.

»Jetzt schau dir das bitte mal an«, schimpfte Eddy. »Auf den Dingern steht doch deutlich ›Nur für den Innenbereich‹! Und der Typ baut das Zeug hier draußen ein! Ich fasse es nicht!« Eddy war außer sich. »Und dann das hier: Der wickelt 'n Klebeband um ein defektes Kabel und von oben tropft das Schwitzwasser drauf! Hat der Mann schon mal was von Stromschlag gehört? So blöd kann doch auch ein Kleemann nicht sein!«

Ich nickte stumm. Was hätte ich auch antworten sollen? Mehrfach hatte ich Kleemann schon gebeten, die von Eddy installierten Schutzschalter und Abdeckungen nicht mit tumber Gewalt aufzureißen, nur weil er in dem Moment das passende Werkzeug nicht griffbereit hatte. Ohne Erfolg. Eddy wurde regelmäßig einbestellt, um die Sicherheitsstandards, die Kleemann in seinen Hauruck-Aktionen kurzerhand außer Kraft gesetzt hatte, wiederherzustellen. Denn Konrad Kleemann war für uns alternativlos. Nur er war in der Lage, diesen Bastelsatz einer Brunnenanlage am Laufen zu halten. Und es gab niemanden, der es vor ihm geschafft hatte, überhaupt Wasser zu finden. Das machte ihn nahezu unantastbar. Das wussten wir. Und das wusste auch Kleemann.

Schon von Weitem konnte ich jetzt seinen scheppernden Pritschenwagen hören. Es klang, als würde er eine ganze Armada klimpernder Blechdosen hinter sich herziehen, wie das Auto frisch vermählter Brautleute.

»Die gute Nachricht ist«, begann Kleemann und zündete sich die selbst gedrehte Zigarette an, die bereits in seinem Mundwinkel klemmte, »dass sich in den letzten Wasserproben keine Spuren von coliformen Keimen und Sporen nachweisen ließen.« Er inhalierte tief und wischte sich einen Tabakkrümel von der Lippe.

»Und was bedeutet das im Klartext?«, fragte ich und blickte den Rauchkringeln hinterher, die Kleemann stoßweise aus Mund und Nase Richtung Himmel blies.

»Na, dass das Wasser nun Trinkwasserqualität hat.«

»Echt jetzt?« Ich traute mich nicht, Kleemanns Worten einfach so Glauben zu schenken. »Und die schlechte?«

»Dennis Müßig. Der Heizungsfutzi. Er weigert sich, die Wasserzufuhr zum Haus freizugeben.«

»Sie meinen die Sanitärfirma Müßig & Sohn?«, fragte ich stirnrunzelnd. »Aber warum entscheidet er, ob das Wasser ins Haus geleitet wird oder nicht?«

»Is so. Haftungsgründe, was weiß ich. Er muss sein Okay geben.«
Und genau das wollte Müßig offenbar nicht.

∗

Socializing

Tischlerei Silbereisen hatten einen ausgezeichneten Ruf, der weit über das Friedetal hinausreichte. Selbst aus den entlegensten Ecken Brandenburgs gingen in dem Handwerksbetrieb Anfragen und Bestellungen ein. Berti Silbereisen war somit ein viel beschäftigter Mann. Trotz der allgemeinen Wertschätzung und randvoller Auftragsbücher blieb der Tischlermeister, hinter dessen rechtem Ohr stets ein Bleistift klemmte, bescheiden. Einer, der präzise und zuverlässig arbeitete. Und Berti Silbereisen war ausgesprochen hilfsbereit. Wenn Not am Mann war, packte er mit an. Dafür schätzten die Friededörfler ihren Berti. Was Berti Silbereisen tat, sagte und dachte, hatte Gewicht. Ein Umstand, von dem Richard und ich profitierten. Denn es lag auf der Hand, dass die Dörfler ihm mehr oder weniger neugierige Fragen über die neuen Bewohner des Forsthauses stellten, schließlich saß Berti schon seit Monaten an der Quelle und wusste über die dortigen Geschehnisse genauestens Bescheid. Vielleicht gab er ein paar Anekdoten zum Besten, erzählte von dem einen oder anderen Schlamassel, wie den Zimmertüren, die er aus »ollen Brettern« schreinern sollte, als Sonderanfertigung, weil sich der Architekt dummerweise verrechnet hatte. Oder wie er aus vergrautem Scheunenholz, das irgendjemand mal in Polen abgeschraubt hatte, eine Wandvertäfelung zurechtgesägt hatte.
Vielleicht merkte Silbereisen aber auch lediglich an, dass die neuen Forsthausbesitzer »ganz okay« oder »sympathische Leute« seien. Was auch immer er geäußert haben mochte, eine Woche vor Ostern steckte in unserem Briefkasten jedenfalls eine Einladung zum »Friededorfer Osterfeuer«, zu dem der Vorstand des Landvereins einlud. An Karsamstag wolle man bei Grillwurst und Fassbier die neue Jahreszeit einläuten. Man freue sich über zahlreiches Erscheinen. Spenden fürs Buffet als auch für die Feuerwehrkasse seien wie immer willkommen.

»Guck mal, wie nett«, sagte ich zu Richard. »Da gehen wir hin, oder? Ein bisschen *Socializing* kann nicht schaden.«

»Hm«, brummte Richard. »Wenn's denn sein muss.«

»Komm schon, Richard! Zum Landleben gehört auch, dass man sich seinen Nachbarn zumindest einmal vorstellt.«

»Aber nicht, wenn zur selben Zeit die Sportschau läuft …«

»Ich sage dir, die Ergebnisse dieses Abends werden jedes Resultat der Bundesliga in den Schatten stellen.« Und damit sollte ich recht behalten.

*

Vernünftige Leute

Schon von Weitem war der Schein des Feuers zu sehen, das den nächtlichen Himmel erleuchtete. Unmittelbar in Ufernähe des Friedeteichs hatte man einen gewaltigen Holzstapel aufgeschichtet, in dessen Mitte nach altem Brandenburger Brauch eine mannshohe Birke steckte. Sie brannte bereits lichterloh und trotzte mit letzter Kraft dem Unvermeidlichen. In nur wenigen Augenblicken würde sie kippen. Tatsächlich, mit einem satten Ächzen und sprühendem Funkenflug krachte die Birke zu Boden. Ihre brennenden Überreste bugsierte einer der Friededorfer Bauern mit seinem betagten, aber gut erhaltenen Schaufellader, der offenbar noch aus alten LPG-Beständen stammte und eine Zierde für jedes Oldtimer-Museum gewesen wäre, zurück in die meterhohen Flammen. Angespornt von den Rufen und Pfiffen der Dorfjugend und dem Applaus kleinerer Gruppen, die einträchtig das Feuer umlagerten. Eine Männertruppe hatte sich um die Bierzapfanlage versammelt, die Dorfältesten saßen an Festzeltgarnituren unter dem Schutz eines Pavillons, von dem man die Rollatoren und das Geschehen rund um das Feuer sowie den nächtlichen See im Blick hatte. Es machte den Anschein, als habe sich ganz Friededorf hier eingefunden, aber niemand machte Anstalten, Richard und mich zu begrüßen. Ich spürte Richards Hand in meinem Rücken, die mich anschob und mir signalisierte: »Du wolltest hier schließlich her.« Auf mein »Hallo und guten Abend allerseits!« verstummte das Stimmengewirr für einen Moment. Einhunderteinundzwanzig Augenpaare richteten sich auf Richard und mich, taxierten uns kurz, einige erwiderten den Gruß, bevor die Gespräche nahtlos wieder aufgenommen wurden.

»Na, da sind Se ja, die Försters!« Somit war klar, wie man uns in Friededorf nannte. Ein selbstbewusster Zweimetermann um die vierzig schälte sich aus der Männertruppe und kam auf Richard und mich mit ausgestreckter Hand zu. »Matschke, René, Mitglied des Vereinsvorstandes« stellte er sich vor. Wir schüttelten ihm die Hand und im Laufe des restlichen Abends noch etliche weitere. Kleine, große, trockene, feuchte, raue, zarte Hände. Denn Handgeben war Sitte im Osten, eine, mit der man nie brach, nicht mal während der Grippewelle. Was Richard augenscheinlich nichts auszumachen schien. Mir und meiner ausgeprägten Keimphobie dafür umso mehr. Am Ende beneidete ich einmal mehr die Queen, die beim *Shakehands* stets Handschuhe trug.

Ich steuerte Richtung Buffet, um dort meinen Beitrag, einen Apfelkuchen von der Bäckerei in Wüsteritz, zu platzieren, und lernte gleich die nächste Lektion. Hier kam nichts Gekauftes auf den Tisch. Die gute Hausfrau kochte und buk selber. Dementsprechend stapelten sich Platten mit Hackbällchen, Pizza und frischem Obstkuchen, Schalen mit Nudel- und Kartoffelsalat, die Hälfte davon schon leer gefuttert. Denn, das war die dritte Lektion des Abends, man erschien pünktlich. Nicht eine halbe Stunde später, wie es unter Großstädtern üblich war. Während Richard in der Männertruppe an der Bierschänke verschwand, zu der auch Tischler Silbereisen gehörte, setzte ich meine Begrüßungsrunde fort. Ich schüttelte gerade die Hände der Friededorfer Senioren, die wie die Abordnung eines Ältestenrates aussahen, ergraute Eminenzen, die auf den Bierbänken thronten und an deren Urteil kein Weg vorbeiführte. Unter ihnen ein kurzsichtiger Herr mit schlohweißen Haaren und zittrig hoher Stimme. »Wer is'n die?«, fragte er seinen Sitznachbarn und zeigte dabei mit ausgestrecktem Finger auf mich.

»Na Mensch, Paule, dit is doch die neue Försterin.«

»Die neue Försterin?«

»Na, die aus 'm Forsthaus. Weißte doch.«

»Ah, die. Ja, weeß ick …« Paule musterte mich aus trüben Augen. »Se jrüß'n ja ooch imma so nett.«

»Und wink'n tut se ooch«, sagte ein anderer, der mit seiner Bemerkung zustimmendes Kopfnicken erntete.

»Jenau. Wir seh'n hier nämlich allet.« Paule schlug seine von Gicht gezeichnete Hand auf den Tisch, und alle lachten. Ich stimmte in das Lachen ein, fragte mich gleichzeitig, wie die Dörfler es anstellten, alles zu sehen, ohne selber gesehen zu werden. Da blieb ja nur der Blick durch die halb geschlossene Gardine, durch die Schlitze der Außenrollos, aus dem Halbschatten der Hauswand. »Wie machen Sie das?«, fragte ich freundlich, »Friededorf wirkt jedes Mal wie ausgestorben, wenn wir hier durchfahren, ganz so, als sei niemand zu Hause.« Wieder verfiel der gesamte Tisch in kollektives Lachen, bis Paule das Wort ergriff und mich aufklärte. »Jahrzehntelanges Training, junge Frau. Wir kenn'n alle Tricks, wir wiss'n, wie man allet sieht und sich dabei dünne mach'n tut.« Der mehrstimmige Chor prustete erneut lautstark los.

»Dit is jed'nfalls schön, dass Se hier sind. Mit Ihn'n sind da wenigstens 'n paar vernünftje Leute hin. Da sind wir janz froh drüba«, sagte eine sehr rüstige Dörflerin, die von allen Oma Elli genannt wurde.

Sollten Grüßen, Winken und Fahren in Schrittgeschwindigkeit tatsächlich für einen ersten positiven Eindruck ausgereicht haben? Der Status »vernünftige Leute« wurde hier sicher nicht so ohne Weiteres verliehen. Ich lächelte in die Runde, klopfte mit der Hand auf den Tisch, wünschte den Senioren einen schönen Abend und schlenderte zum Getränkestand, der neben Fassbrause, Cola und Limo halbtrockenen Rotkäppchensekt bereithielt. Als ich gerade überlegte, ob ich das Kopfschmerz-Risiko eingehen und den Spumante mit Melonengeschmack probieren sollte, gesellten sich zwei der älteren Dorfbewohnerinnen zu mir, eine davon Oma Elli.

»Ham Se denn gar keene Angst, so janz alleene mitt'n im Wald?« Sie hob ihren Gehstock und schwang ihn durch die Luft.

»Ich habe ja meinen kleinen Beschützer, und der bellt ziemlich laut«, antwortete ich, woraufhin die beiden Alten kicherten.

»Na, und der Berti, der hat ja ooch richtich zu tun bei Ihn'n, stimmt's?«, fragte Oma Elli übergangslos.

»Nun fall doch nich gleich mit der Tür ins Haus, Elli«, tadelte die andere. Sie verzichtete auf die Anrede Oma, vermutlich, weil sie im gleichen Alter war.

»Is doch keen Jeheimnis, Magda, dass der Berti da allet einjebaut hat. Is schon doll, was Se aus der einjefall'nen Hütte jemacht hab'n. Dit Forsthaus is jar nich wiedazuerkenn'n.«

Ich freute mich über die lobenden Worte, wunderte mich aber über die detailreichen Kenntnisse der Damen. Zumal ich Silbereisen eher der verschwiegeneren Sorte Mensch zugeordnet hatte, einer, der mit Klatsch und Tratsch nichts am Hut hatte. Sollte ich mich etwa getäuscht haben?

Wie sich später herausstellte, konnte Berti Silbereisen einfach nicht Nein sagen. Insbesondere Frauen vermochte er keine Bitte abzuschlagen. Und als Oma Elli und Magda ihn fragten, ob sie nicht mal ein bisschen im Forsthaus kieken dürften, nur mal kurz, würde ja keiner merken, konnte Berti Silbereisen wieder nicht Nein sagen. Er hatte einen Schlüssel zum Haus und damit uneingeschränkten Zugang, um den neugierigen Damen eine kleine, konspirative Führung zu geben. Dass er dabei auf die Verschwiegenheit der anderen baute, erwies sich als Trugschluss. Denn am Ende sickerte die Wahrheit natürlich durch. Oma Elli quatschte ungebremst weiter. »Ick bin ja von hier und kenn mir aus, dit könn' Se mir glob'n. Früha war allet anders. Da war mehr Zusammenhalt.« Elli machte eine kurze Pause, die ich nutzte, um nach Magda Ausschau zu halten. Deren Unterstützung blieb jedoch aus, da sie sich den munteren Gesprächen der neben uns stehenden Frauen zugewandt hatte. »Ooch mit die LPGs. Is ja heute allet nich mehr«, fuhr Elli ungerührt fort. »Macht ja nu jeda seen eijnes Ding. Keene Jemeinschaft, nüschte.« Ich blickte hinüber zu den Kindern, die Stockbrot in den Flammen rösteten, begleitet vom Lachen des Ältestenrates und den klirrenden Bierkrügen der Männertruppe. »Keine Gemeinschaft« sah in meinen Augen anders aus. »Und meen Neffe, der Hardy, der war mal een hohet Tier bei die LPG, und nu is e'n Harzer, schon seit der Wiedavereinjung. Keen Job, die Frau is ooch weg, wat bleibt 'n da noch?« vernahm ich Oma Elli erneut. »Krieg'n tun doch nur die janz'n Asylant'n, komm'n hierher und schnapp'n uns die Arbeet und allet weg. Dit is doch nich in Ordnung …«

Weder in Friededorf noch in den benachbarten Dörfern war ich jemals auch nur einem Asylanten begegnet. Dabei war Brandenburg schon zu Theodor Fontanes Zeiten ein Land der Einwanderer. Auf der Suche nach einer neuen Heimat kamen sie vor zweihundert Jahren aus Hessen, Württemberg, der Pfalz, aus Österreich und der Schweiz. Nach dem damaligen Verständnis war auch das ein Aufeinanderprallen unterschiedlicher Kulturen. Ein Multikulti anno dazumal. Aber hätte ich eine ältere Dame mit hiesigen Wurzeln darauf hinweisen sollen, dass Migration so alt ist wie die Menschheitsgeschichte? Ausgerechnet ich, der Neuzugang aus der Großstadt und dann auch noch aus dem Westen? Ich hielt das für keine gute Idee und wartete auf einen geeigneten Moment, um mich Oma Ellis verbaler Umklammerung zu entziehen. Meine Rettung war Frau Specht, meine ehemalige Wirtin, die mich aus der Frauengruppe heraus erblickte und offenbar meine Bedrängnis spürte. »Na, Oma Elli, was erzählst du denn hier wieder für Geschichten …« Frau Specht zwinkerte mir zu. »Schuld sind immer die anderen, was, Elli?« Oma Elli blickte Frau Specht verdutzt an, der Sarkasmus war ihr nicht entgangen. Elli ließ sich dennoch von der Jüngeren, die behutsam den Arm um sie gelegt hatte, hinüber zum Pavillon und den Bierbänken begleiten. Im Weggehen drehte sie sich noch einmal zu mir um. Auf ihrem vom Feuer erleuchteten Gesicht lag ein verschwörerischer Ausdruck.

Ich erinnerte mich an eines unserer Teegespräche in Frau Spechts gemütlicher Küche. »Es ist schon erstaunlich, dass die Vergangenheit in vielen Köpfen als Paradies abgespeichert wurde«, hatte Frau Specht sinniert. »Sie erinnern sich an die DDR als ein Land der sozialen Sicherheit, wo jeder seinen Platz hatte, wo jeder einen Krippenplatz bekam. Arbeitslosigkeit gab es nur hinter dem antifaschistischen Schutzwall, war somit ein West-Phänomen, das bei uns nicht existierte. Aber dafür eben auch keine Meinungsfreiheit.« Frau Specht hielt für einen Moment inne. »Manche vergessen, dass sie als Rentner in der DDR mit einhundertzwanzig Mark abgespeist worden wären. All das wird verdrängt, ist vorbei und vergessen. Da wird ein Heiligenschein drübergelegt, und mit jedem Jahr wird der Sozialismus schöner.« Sie hatte den Kopf geschüttelt. »Und heute? Es sind doch die Rentner, die die eigentlichen Gewinner der Wende sind. Wissen Sie, Rosa, diese miese Stimmung im Land, die Unzufriedenheit, finde ich oft unerträglich. Aber Rummeckern ist eben auch so ein DDR-Relikt.«

Ich erspähte Richard, der im Schatten des Osterfeuers immer noch in der Männerrunde um den Zapfhahn und damit an der Bierquelle verharrte. Sicher hatte er auch schon das eine oder andere konsumiert. Längst hatte ich ihm mit einer kurzen Kopfbewegung signalisiert, dass ich bereit zum Gehen war, was Richard jedoch nicht zu bemerken schien. Als ich mich der Gruppe näherte, waren er und Berti Silbereisen gerade in ein Zweiergespräch vertieft. »Die Telekom können Sie in unserer Gegend vergessen.« Silbereisen nickte mir kurz zu, um sich dann erneut Richard zuzuwenden. »Die ist hier ja bekannt für ihre flächendeckende digitale Unterversorgung. Sie brauchen einen anderen Anbieter.« Er erzählte, dass die Konkurrenz in Himmelmark einen sogenannten Long-Term-Evolution-Sendemast installiert hatte und damit einen Mobilfunk-Standard, der Silbereisen wie auch alle anderen im Dorf zuverlässig mit WLAN und Internet versorgte. Das Einzige, was man zu diesem Zugang ins digitale Zeitalter benötigte, waren ein Vertrag mit dem Betreiber und eine LTE-Antenne auf dem Dach. Aber das waren Peanuts im Vergleich zu dem erfolglosen Verhandlungsmarathon mit der Telekom. Zweifelsohne war dieser Tipp von Tischler Silbereisen Gold wert und *die* Erkenntnis des Abends. Das war unser Ticket aus dem Tunnel der digitalen Düsternis.

*

Stolz und Vorurteil

Die Begegnungen beim Friededorfer Osterfeuer hatten uns nicht nur eine Perspektive aus der digitalen Isolation aufgezeigt. Sie hatten uns sogar den Eindruck vermittelt, dass unsere Anwesenheit im Friedetal von den meisten Dörflern positiv gesehen wurde. Und die Friededörfler gingen sogar noch einen Schritt weiter, indem sie sich darauf einigten, Richard und mir die Mitgliedschaft im Landverein anzutragen. Am Wochenende nach Ostern stand René Matschke vor unserer Tür, in der einen Hand die Antragsformulare, die er »im Namen des Vorstandes« übergab. In der anderen Hand einen Weidekorb mit selbst gebackenem Brot und einem Töpfchen Salz. »Mit schönen Grüßen von meiner Frau.« Er reichte mir das in einem karierten Handtuch hübsch verpackte Einzugsgeschenk, das ich erfreut entgegennahm. Matschke hängte seine Jack-Wolfskin-Wetterjacke an die gusseisernen Hirschköpfe unserer Garderobe und schlüpfte aus riesigen Outdoorstiefeln in das größte Puschenpaar, das unsere Auswahl an Besucherpantoffeln bereithielt. Richard bat unseren Gast in die Veranda und bot ihm ein Friedetaler Pilsener an. Ich setzte mich mit einer Tasse Tee dazu. Wir plauderten über das Osterfeuer am Friedeteich, dessen Organisation und Ausrichtung die Dorfbewohner aktiv unterstützt hatten. Richard lobte das Engagement des Landvereins und die Idee dahinter, das Dorfleben und den Dialog wiederzubeleben.

Ich wusste von Frau Specht, dass etliche Kontakte, jedes Miteinander in der Vergangenheit nahezu erlahmt waren, nicht zuletzt auch wegen verschiedener Fehden einzelner Familien. Und obwohl man die Gründe oft gar nicht mehr erinnerte, vermied man die persönliche Begegnung und erst recht das persönliche Gespräch. Das betraf zwar nur ein paar wenige Streithähne, aber es hatte ausgereicht, die Dorfgemeinschaft für lange Zeit komplett auf Eis zu legen. Frau Specht, die von Beginn an wegen ihrer sächsischen Herkunft einen schweren Stand hatte, musste darüber hinaus Anfeindungen ertragen, weil sie ihre Meinung kundtat und dabei kein Blatt vor den Mund nahm. Ihre Kritiker waren dieselben Leute, die auch René Matschke mit Argwohn begegneten, dessen selbstbewusstes Auftreten ihnen ein Dorn im Auge war.

René Matschke hielt sich, was das Ausplaudern von innerdörflichen Querelen betraf, auf angenehme Weise zurück. Von ihm erfuhren wir nur, dass seine Familie in fünfter Generation in Friededorf lebte und er sich deshalb dem Ort und den Menschen verbunden fühlte. Abgesehen von den Jahren seines Studiums in Passau, an das erste berufliche Aktivitäten »quer durch die Republik« anknüpften, war er Friededorf stets treu geblieben. In Wüsteritz hatte er seit einigen Jahren einen Job als Personalleiter bei einem mittelständischen Unternehmen. Allesamt Informationen, die auch in seiner Vita auf der Website der »Friedetaler Wählergemeinschaft« nachzulesen waren, zu dessen Gründungsmitgliedern René Matschke zählte und als deren Sprecher er auftrat. Mit seiner Frau und drei Kindern lebte er auf einem der wenigen noch erhaltenen Vierseithöfen Friededorfs, den er eigenhändig saniert hatte und in dem auch seine Eltern wohnten. »Mehrere Generationen unter einem Dach, wenn auch in unserem Fall einem recht großen, ist auf dem Land nach wie vor sehr verbreitet«, erklärte Matschke nicht ohne Stolz. »Hier werden die Alten nicht einfach abgeschoben und wegorganisiert, sondern aktiv mit eingebunden.« Und weil er sich wünschte, dass seine Kinder frei von innerdörflichen Kommunikationsbarrieren und Vorurteilen aufwuchsen, war ihm, zusammen mit einigen Gleichgesinnten, die Idee zur Gründung des Landvereins gekommen. »Wir haben uns dabei bewusst gegen den Begriff Heimatverein entschieden«, erklärte er. »Wobei Heimat an sich ja ein schönes, ein emotionales Wort ist. Nur wird es von bestimmten politischen Gruppierungen missbraucht. Leider.«

Richard nickte. »Als selbst ernannte Heimatparteien haben die schnell erkannt, mit welchen Themen und Schlagworten sie erfolgreich auf Wählerfang gehen können.«

»So isses. Bei den letzten Kommunalwahlen haben die Rechtspopulisten ein Drittel der Wählerstimmen im Friedetal geholt. Und für die soll unser Verein weder eine Bühne sein noch sonst irgendeine Anziehungskraft haben.« Wie zur Bekräftigung dieser Aussage griffen Richard und Matschke gleichzeitig zur Bierflasche und nahmen einen Schluck.

»Uns geht es um das dörfliche Miteinander, um das Gemeinschaftsgefühl, und wir freuen uns über eure Unterstützung.«

»Gerne. Ich bin zwar nur an den Wochenenden hier …«, sagte Richard.

»… aber ich dafür umso häufiger«, warf ich ein.

»Alles ganz entspannt, wie ihr Zeit und Lust habt«, schob Matschke vorsorglich hinterher. Während des Osterfeuers war er Richard gegenüber zum vertraulichen Du übergegangen, was mich offenbar gleich mit einschloss. »Seitdem ich mich in der Lokalpolitik engagiere, hab ich auch nicht mehr die Zeit, bei jedem Volleyballtraining dabei zu sein.« Mit einem Augenzwinkern fügte er hinzu: »Und auf meinen Einsatz bei den ›Friedetaler Spatzen‹, unserem Dorfchor, verzichtet man auch ohne allzu großes Bedauern. Aber die wöchentlichen Radtouren lass ich mir nach Möglichkeit nicht entgehen. So ganz ohne sportliche Betätigung geht's eben doch nicht.« Matschke klopfte sich auf den nicht vorhandenen Bauchansatz und erhob sich. Er informierte uns noch über den Termin der nächsten Mitgliederversammlung zur Vorbereitung des anstehenden Sommerfestes. »Die Gruppe Brotbacken sucht noch Interessierte«, sagte er, wobei er Richard und mich gleichermaßen anschaute und ich mir ein Grinsen nicht verkneifen konnte.

»Das ist bei uns eher Frauensache«, antwortete ich in Anspielung auf Richards demonstrative Abneigung gegenüber allen Küchenaktivitäten. »Aber nur, weil du mich nichts machen lässt«, verteidigte sich Richard. »Ich mach ja immer alles falsch.« »Schwacher Versuch, Richard! Immerhin, Staubsaugen kriegst du ja schon ganz gut hin.« Wir lachten.

»Ist bei uns ehrlich gesagt nicht viel anders«, räumte René Matschke freimütig ein. Er nahm die Vereinsformulare an sich, die Richard und ich zuvor unterschrieben hatten. »Willkommen in Friededorf und unserem Landverein!« René Matschkes Stimme klang beinahe ein wenig feierlich.

*

Biberplage

»Also«, Richard räusperte sich, »wir kamen gerade von einem Waldspaziergang zurück, zusammen mit den Hunden …«

»Zu dem Zeitpunkt lebte Franz noch«, warf ich ein.

Richard nickte. »Jedenfalls waren wir erst seit Kurzem Forsthausbesitzer und hatten vom Leben in der Wildnis wenig Ahnung«, fuhr er fort. »Plötzlich waren die Hunde sehr unruhig. Sie preschten zwar nicht vor, waren aber spürbar angespannt, reckten die Köpfe und schnüffelten. Irgendetwas lag in der Luft. Willi schien noch ängstlicher als sonst. Und Franz, der sonst nie einen Laut von sich gab, bellte mehrmals. Aus gutem Grund …« Richard hielt inne und ließ sich von Magnus, unserem Galeristenfreund, Weißwein einschenken. Magnus war nicht nur Kunst- und Weinexperte, er war auch ein begnadeter Hobbykoch und hatte an diesem Abend zu einem Essen in kleiner Runde geladen. Wir hatten uns an seinem beeindruckenden, vier Meter langen Holztisch niedergelassen, dessen massive Platte aus einem einzigen Stück gearbeitet war. An den Wänden seiner repräsentativen Altbauwohnung hing hochkarätige Kunst.

Neben Dörte und Ingo waren auch Barbara und Matti gekommen. Barbara hatte gerade noch ihren Arztkittel an der Garderobe verstaut und Matti seinen Aktenkoffer, den er als Banker wie eine berufsnotwendige Requisite stets bei sich trug. Wie immer warteten wir mit dem Hauptgang auf Yasemin und Jochen, unsere notorischen Zuspätkommer, beide erfolgreiche Architekten mit Büros in Istanbul und Berlin und stets unter Zeitdruck. Gleich zu Beginn unseres Berliner Lebens hatten Richard und ich die anderen auf einer der Ausstellungseröffnungen in Magnus' Galerie kennengelernt. Aus zufälligen Begegnungen waren über die Jahre echte Freundschaften geworden. Während die Vorspeisenplatte mit den Meeresfrüchten kreiste, richtete sich die Aufmerksamkeit aller wieder auf Richard. »Und da hörten wir es plötzlich …« Richard machte eine wirkungsvolle Pause, bevor er grunzende Laute von sich gab. »Direkt aus dem Gestrüpp neben unserer Auffahrt, keine zehn Meter vom Haus entfernt.«

Dörtes Augen weiteten sich. »Wildschweine?«, fragte sie und griff instinktiv nach meiner Hand, als könne sie mich im Nachhinein vor dem Schlimmsten bewahren. Richard kostete den Wein, wobei er unserem Gastgeber anerkennend zunickte. »›Geh langsam zum Haus zurück und schließ die Haustür auf‹, sagte ich zu Rosa. Das Geraschel und Grunzen aus dem Gebüsch wurde lauter, kam immer näher. Ich schnappte mir Willi, Franz war glücklicherweise schon an der Leine, und habe mich ebenfalls vorsichtig rückwärts zum Haus bewegt. Kaum, dass ich den Türrahmen greifen konnte, kam aus dem Dickicht eine Bache zum Vorschein, mit drei Frischlingen im Gefolge.«

»Ein weibliches Wildschwein«, raunte Ingo zu Dörte, die ihn mit einem ausdruckslosen, ja beinahe spöttischen Blick bedachte. Ingo zuckte mit der Schulter und sank in seinen Stuhl zurück.

Matti, unser passionierter Freizeitjäger, erklärte: »Die Sauen sind besonders angriffslustig, wenn sie Nachwuchs haben.«

»Genau«, pflichtete Richard ihm bei.

»Und, gab's danach einen ordentlichen Wildschweinbraten?«, feixte Magnus.

»Na klar«, sagte ich, »nachdem ich sie eigenhändig gefangen und ausgeweidet habe.« Die Männer prusteten. Dörte hielt sich die Hände vor die Augen. Und Barbara, die als Unfallchirurgin täglich mit Skalpellen hantierte, erklärte lakonisch: »Ein Grund mehr, warum ich vegetarisch lebe.«

Wir stießen miteinander an. »Auf Richard, der Rosa so heldenhaft beschützt hat«, brachte Ingo einen Toast aus.

»Und auf Rosa, die sich da draußen offenbar auch ganz gut allein zu helfen weiß«, sagte Barbara, bedachte Ingo mit einem ironischen Lächeln, erhob ihr Glas und zwinkerte mir zu. Geschichten vom Land waren für unsere Stadtfreunde stets eine willkommene Abwechslung, lenkten sie doch ab von den eigenen Baustellen und Befindlichkeiten, eröffneten Themenfelder, die man als Städter eher selten betrat. Und es galt mittlerweile als gesetzt, dass Richard und ich jedes Mal eine neue Story auf Lager hatten.

»Unglaublich, was ihr das draußen alles erlebt«, sagte Dörte mit sorgenvoller Stimme. Barbara hingegen klang deutlich euphorischer. »Ich find's toll: Leben, wo andere Urlaub machen! Das können doch die wenigsten von sich sagen.« Das fand ich auch. Ich schwärmte den beiden von den einhundertvierzig Vogelarten vor, die es im Naturpark Friedetal geben soll. So stand es kürzlich in einem Artikel im »Friedetaler Kurier«, der die intakte Natur des Friedetals hervorhob, für die der Kuckuck der beste Beweis sei.

»Der Kuckuck ist ein schlaues Kerlchen, weil er sich immer Gebiete aussucht, in denen viele Vogelarten leben. Dort ist seine

Chance am größten, dass seine Artgenossen ihm und seinem parasitären Verhalten nicht auf die Schliche kommen.«

»Weil der Kuckuck seine Eier von anderen Vögeln ausbrüten lässt?«, fragte Dörte.

Ich nickte. »Das Leben da draußen ist voller Überraschungen. Ich trete morgens aus der Tür und höre als Erstes ›Kuckuck, Kuckuck‹. Im Laufe des Tages wechselt der Kuckuck aber seinen Standort, sodass er sich gegen Abend meistens von der anderen Seeseite mit seinem Lockruf verabschiedet.«

»Wie romantisch.« Dörte war hingerissen.

»Ja, das ist es, wenn auch nicht immer.« Dörte und Barbara schauten mich fragend an. Selbst als »Landbewohner in Teilzeit«, wie Richard unseren Status gerne beschrieb, sahen wir uns plötzlich mit Problemen konfrontiert, die wir vorher nur vom Hörensagen oder aus der Zeitung kannten. »Die Lage unseres Grundstücks am See und dem Bach ist natürlich auch ein Eldorado für Biber. Das klingt erst mal wildromantisch …«

»Ganz wunderbar! Die sind ja einfach zu putzig«, rief Dörte überschwänglich. Diesmal war ich es, die die Hände über dem Kopf zusammenschlug. »Na ja, Dörte, wie man's nimmt. Als wir das Haus vor ein paar Jahren gekauft haben, gab's rund um den See etliche Laubbäume. Die meisten hat der Biber seither zur Strecke gebracht.«

»Wirklich?« Dörtes Verzückung wich echter Bestürzung.

Erst vor ein paar Tagen hatte ich mich bei unserem Revierförster über die Biberschäden am Ufer unseres Waldsees beklagt. Ein Thema, mit dem ich bei ihm offene Türen einrannte. Ich erfuhr, dass ein einziger Biber im Jahr rund zweihundert Laubbäume fällt, bevorzugt Buchen und Birken. Als zweitgrößtes Nagetier der Welt frisst er die Rinde kiloweise, und weil ihm die feinen Zweige und Knospen der Baumkronen am besten schmecken, fällt der Nager mit seinen scharfen, orangegelben Schneidezähnen kurzerhand das komplette Gehölz. Mit den Ästen und

Stämmen baut er ausgeklügelte Staudämme. Er stoppt so den Ablauf des Wassers, um seine Behausung, die Biberburg, und die darin befindlichen Jungen zu schützen. Auf diese Weise schafft der Biber neue Lebensräume, er verändert aber auch Fluss- und Bachlandschaften, unterhöhlt Deiche, Tunnel, Straßen.

»Der Biber ist ein talentierter Baumeister«, fuhr ich fort, »aber leider hat er mit seinen Dämmen unser Grundstück schon mehrfach geflutet. Er verstopft den Bachlauf, das Seewasser schwappt über die Uferkante, und zack, stehen Haus und Garten unter Wasser. Die Uferkante ist mittlerweile löchrig wie ein Schweizer Käse, so krass, dass ich in einem Loch abgerutscht bin und bis zum Oberschenkel feststeckte.« Ich rieb das Bein, das immer noch schmerzte.

»Du hast Glück gehabt, dass du dir nicht die Haxen gebrochen hast«, sagte Barbara.

»Ich weiß. Das nennt man dann Kollateralschäden, die man mit dem Erwerb einer Immobilie inmitten der Natur in Kauf nehmen muss.« Wir lachten.

Die Geschichte ging aber noch weiter. Als die Biber in einer einzigen Nacht sieben junge Erlen killten, die direkt neben unserer Scheune standen, war es mit meiner Biberbegeisterung endgültig vorbei. »Wann hört das endlich auf?«, hatte ich den Förster gefragt.

»Wenn nichts mehr da ist, was in den Speiseplan des Bibers passt«, lautete seine Antwort, aber sein verdrießlicher Tonfall signalisierte, dass ich mit diesem Thema einen wunden Punkt getroffen hatte.

»Heißt das, dass wir tatenlos zusehen müssen, wie er auch noch den letzten Laubbaum fällt?«

»Zumindest ist dann die Chance groß, dass er sich ein neues Revier sucht. Biber haben hierzulande keine natürlichen Feinde. Sie vermehren sich deshalb unkontrolliert, da kann von biologischem Gleichgewicht kaum noch die Rede sein. Wir sind machtlos und müssen zuschauen, wie der Biber unsere Bemühungen um die Renaturierung des Waldes torpediert. Trotzdem ist er streng geschützt.«

Richard und ich waren längst übereingekommen, dass wir nicht zusehen würden, wie die Nager unsere frisch gepflanzten Obstbäume und die restlichen Baumbestände vernichteten. Wir ummantelten sie zum Schutz mit Kaninchendraht. Nur bei einer beinahe einhundert Jahre alten Eiche kamen wir zu spät. Eigentlich eine Baumart, die der Biber für gewöhnlich verschmähte. Nun aber hatte sie augenscheinlich in die Menüfolge gepasst. Der Stamm war bereits so stark geschädigt, dass die Eiche nicht mehr zu retten war. Es brach mir das Herz, dass der Biber es geschafft hatte, diesem altehrwürdigen Baum den Garaus zu machen.

»Vielleicht sollte die grundsätzliche Annahme, dass sich die Natur selber reguliert, neu bewertet werden.« Dörte und ich schauten Barbara fragend an. »Ich meine damit flexible Maßnahmen. Wenn nötig auch den Abschuss einzelner Tiere. Zumindest dort, wo sich Natur und Mensch in unmittelbarer Koexistenz befinden. Das wäre doch sinnvoll.« Wir nickten zustimmend. »Immerhin geht es um die Sicherheit des Menschen«, fuhr Barbara fort, während sie den Stiel ihres Weinglases zwischen Daumen und Zeigefinger drehte. »Nun ja, es ist schon verrückt, welche Themen euch als Landbewohner plötzlich begegnen.« Sie prostete mir aufmunternd zu.

»Tja, eigentlich wollten wir da draußen den Kopf freibekommen, am Haus rumpuzzeln, ein bisschen gärtnern, die Natur genießen.« Ich seufzte. »Mittlerweile hab ich kapiert, dass das Landleben kein Waldspaziergang ist, sondern eine beständige Auseinandersetzung.« Die härteste Lektion stand uns allerdings noch bevor.

*

Ein feierlicher Moment

Genau zwei Minuten und einunddreißig Sekunden dauerte das Video, das ich von der Abholung des Dixi-Klos erstellte. Der Film zeigte, wie der Lkw auf unserer Auffahrt hielt, die die vorherigen Forsthausbewohner großflächig mit grauen Rasengittersteinen zugepflastert hatten. Mit Zoom auf den Minikran und den Lkw-Fahrer dokumentierte ich, wie die Baustellentoilette auf die Ladefläche gehievt und festgeschnallt wurde. Dann tuckerte der Lkw über den Waldweg davon und mit ihm das blaue Plastikhäuschen, das nun für immer aus meinen Augen, meiner Nase und meiner Wahrnehmung verschwand. Das Einzige, was in den kommenden Wochen noch an die Ära erinnern sollte, war ein platt gedrückter gelber Fleck auf der Wiese, auf der Deutschlands teuerstes Dixi-Klo über zwei Jahre lang gestanden hatte. Ich kommentierte das Video aus dem Off mit einem lauten »Juchhu« und »Bye, bye, Dixi-Klo«, bearbeitete es im Zeitraffer-Modus, fügte zahlreiche klatschende Emojis hinzu und lud den fertigen Film in unsere WhatsApp-Familiengruppe. Richard, Sophie und Valerie reagierten wie erwartet mit frenetischem Jubel.

Gleich danach weihte ich die blitzblanke Toilette im Forsthaus ein. Es war weniger ein dringlicher als ein feierlicher Moment, der von der Betätigung der Spültaste gekrönt wurde. Fasziniert beobachtete ich, wie sich die Kloschüssel mit Wasser füllte. So fühlt sich Glück an. Beim anschließenden Händewaschen stellte ich zufrieden fest, dass nicht nur Wasser aus dem Wasserhahn strömte, sondern der Hahn auch im richtigen Abstand montiert worden war. Wie oft hatte ich mich in Hotels schon darüber geärgert, wenn Wasserhähne zwar schön aussahen, aber total unpraktisch waren. Entweder befanden sie sich zu nah am Beckenrand, sodass für die Hände kaum noch Platz war. Oder sie hingen zu hoch, was schnell zu einer Überschwemmung des Waschtisches führen konnte. Ja, Design ist eben nicht alles, dachte ich. Das Wichtigste aber war, dass unser Wasser, das mir aus der Armatur entgegensprudelte, aussah wie normales Wasser. Ich fing es mit beiden Händen auf, studierte es eingehend und spritze mir ein paar Tropfen ins Gesicht. Es roch weder metallisch noch hatte es irgendwelche Verfärbungen.

»Ach Gottchen, Rosa! Was für eine wunderbare Nachricht! Dass ich das noch erleben darf«, scherzte Olaf, mit dem ich meine positiven Erkenntnisse sofort teilen musste. »Wer hätte gedacht, dass die blaue Keimzelle tatsächlich noch mal aus eurem Leben verschwindet. Wie habt ihr das geschafft? Ich will alles wissen.« Detailliert berichtete ich ihm von dem zähen Verhandlungsmarathon mit Kleemann und Müßig, der dem Ganzen vorausgegangen war.

Verhandlungssache

Dennis Müßig, Juniorchef der Heizungs- und Sanitärfirma Müßig & Sohn, hielt an den Vorschriften der Trinkwasserverordnung fest wie ein Ertrinkender am Rettungsreifen. Das Brunnenwasser durfte nicht ins Haus. Er begründete seine unnachgiebige Haltung mit den schwankenden Werten aus Konrad Kleemanns Proben, die der Verordnung nicht genügten. Seine Genauigkeit ging so weit, dass er sich seit beinahe zwei Jahren weigerte, das Wasser anzuschließen. In der Folge mussten wir nach wie vor unseren Wasservorrat aus den Kanistern speisen, die ich einst im Baumarkt gekauft hatte und die wir jedes Mal bis an den Rand gefüllt ins Forsthaus transportierten. Trinkwasser kauften wir flaschenweise im Supermarkt. Mit

Brauchwasser verhielt es sich ungleich komplizierter. Entweder opferte ich zum Putzen den Inhalt eines Kanisters oder ich wischte den Fußboden mit Wasser aus dem Waldsee, eine eher suboptimale Lösung.

Nachdem Brunnenbauer Kleemann verkündet hatte, dass die Wasserwerte nun den Richtlinien entsprachen, schien ein Ende in Sicht. Jetzt musste nur noch Dennis Müßig überzeugt werden. Richard und ich hatten ihn deshalb zusammen mit Konrad Kleemann zum Krisengespräch ins Forsthaus gebeten. Auch Ulrich Hartmann war anwesend, er hatte angeboten, die Rolle des Vermittlers zu übernehmen, wobei er diese Aufgabe mit der des Gesprächsleiters zu verwechseln schien. In seiner gewohnt forschen Art eröffnete er ohne großes Vorgeplänkel die Debatte. »Die aktuellen Werte geben Anlass zur Annahme, dass die Einspeisung des Wassers ins Haus unmittelbar bevorsteht.«

»Richtig«, bestätigte Konrad Kleemann, »seit einigen Wochen ist die Wasserqualität weitgehend konstant.«

»Das sehe ich etwas anders«, dämpfte Dennis Müßig die allgemeinen Erwartungen. »Es geht schließlich um Ihre Gesundheit, für die ich nicht garantieren kann, wenn das Wasser nach wie vor belastet ist. Das obliegt immerhin meiner Verantwortung.« Müßig schaute Richard und mich an. Er war ein Mann mit Prinzipien und schließlich ging es auch um seinen guten Leumund. Dennis Müßig war vorbereitet. Für alle Anwesenden hatte er Kopien der letzten Testreihe mitgebracht, die er nun zusammen mit einem Auszug der Trinkwasserverordnung auf unserem Holztisch in der Veranda ausbreitete. Ratlos starrte ich auf die Tabellen mit chemischen Parametern, darunter Begriffe wie Arsen, Epichlorhydrin, Vinylchlorid oder Cadmium, die allesamt klangen, als gehörten sie in einen Giftschrank. Schon in der Schule hatte Chemie zu meinen erklärten Hassfächern gezählt. Mit Schaudern dachte ich an meine alte Chemielehrerin, die mich genauso wenig mochte wie ich sie. Wegen mei-

276

ner schlechten Noten wäre ich als Zehntklässlerin sogar um ein Haar sitzengeblieben. Ich schreckte aus meinen Gedanken hoch, als ich Dennis Müßigs sorgenvollen Blick auf mir spürte. »Hinzu kommt, dass die Werte permanent schwanken, und jedes Mal ist es ein anderer, der sich verändert«, sagte er.

»Worauf wollen Sie hinaus, Herr Müßig?«, fragte Hartmann.

»Dass ich dem Ganzen erst zustimmen kann, wenn zu einhundert Prozent gewährleistet ist, dass das Wasser unbelastet ist«, beharrte Müßig.

»Hundert Prozent, hahaha, das ist doch Mumpitz.« Kleemann lachte genervt.

»Eine hundertprozentige Unbedenklichkeit gibt es nicht mal in der Stadt, Herr Müßig. Das wissen Sie genauso gut wie ich«, sagte Hartmann gereizt.

»Ja … ich meine nein. Damit können Sie doch dem Gesundheitsamt gegenüber nicht argumentieren«, wehrte sich Dennis Müßig. »Vorschrift ist Vorschrift.«

»Eigentlich war ich davon ausgegangen, dass unser heutiges Treffen eine reine Formalie ist. Aber hier geht es ja offenbar um etwas Grundsätzliches. Warum, Herr Müßig?« Ich machte mir nicht die Mühe, meine Enttäuschung zu verbergen. »Wenn Sie auf Ihren Vorschriften bestehen, wird es niemals Wasser im Haus geben.« Für einen Moment sagte niemand etwas.

»Mensch, Müßig, wir reden hier doch nicht über Krankheitserreger wie Salmonellen, Streptokokken oder hochgiftige Substanzen wie Pflanzenschutzmittel!«, donnerte Konrad Kleemann, der in diesem Moment so viele Wörter artikulierte wie normalerweise an einem ganzen Tag. »Fakt ist doch, das Wasser ist nicht kontaminiert. Und ich wette, dass sich bei kontinuierlicher Wasserentnahme die Werte von selber regulieren.«

Dennis Müßig hob kaum merklich die Schultern. Ihm musste klar gewesen sein, dass er heute als Einzelkämpfer antreten würde. Aber er hatte wohl nicht erwartet, dass wir ihn so in die

Mangel nähmen. Irgendwie tat er mir leid, wie er da hockte und alle auf ihn einredeten.

»Wir drehen uns im Kreis. Und das seit Jahren«, schaltete sich Richard ein, der es gewohnt war, Krisengespräche zu führen und diese in die gewünschte Richtung zu lenken. »Seitdem beobachten wir Schwankungen, die mittlerweile aber im Promillebereich liegen. Und es geht dabei nicht um Bakterien oder Keime. Lediglich der Chloridwert ist minimal erhöht, richtig?« Dennis Müßig nickte wortlos. Er wirkte in dem Moment wie ein eingeschüchterter Primaner, der sich nicht traut, dem Blick des Lehrers standzuhalten.

»Okay«, sagte Richard. »Wenn ich Sie also richtig verstanden habe, werden wir es hier immer mal wieder mit unregelmäßigen Wasserwerten zu tun haben, was der Bodenbeschaffenheit geschuldet ist. Stimmen Sie mir zu?« Wieder nickte Dennis Müßig. »Wir können also nur hoffen, dass die Schwankungen weiterhin im unteren Spektrum bleiben und möglicherweise von selber verschwinden, wovon Herr Kleemann ja ausgeht.« Richard machte eine kurze Pause und blickte in die Runde. »Ein Weg, damit umzugehen und die Gesundheit nicht zu gefährden, sind weitere regelmäßige Wasseranalysen und der Verzicht, das Wasser zu trinken. Wäre das eine Option, Herr Müßig?«

»Ähm … schon, aber …«

»Gut, dann schlage ich vor, Sie legen Ihre Verantwortung in die Hände von Herrn und Frau Vonderweide«, übernahm Ulrich Hartmann. Ihm hatte die ganze Diskussion wohl eh schon viel zu lange gedauert.

»Wie meinen Sie das?«, fragte Müßig gepresst.

»Dass nicht *Sie* den finalen Schritt ausführen …«

»… sondern ich«, sagte Richard freundlich und schob dem überrumpelten Dennis Müßig ein vorbereitetes Schreiben über den Tisch, das die Firma Müßig & Sohn von jeder weiteren Verantwortung für gesundheitliche Folgen entband. »Sie berei-

278

ten alles für den Hausanschluss vor, ich lege den Schalter um und leite das Wasser ins Haus. Und Sie sind aus der Nummer raus.«

Und so geschah es.

＊

»Haben Sie denn gar keine Angst?«

Es dämmerte bereits, als ich in den Feldweg einbog. Vielleicht noch eine gute Viertelstunde, dann hätte der Wald das letzte Tageslicht geschluckt und es würde vollständig dunkel sein. Ich beschloss, mich zu beeilen, und gab Gas. Nach Möglichkeit organisierte ich meine Ankunft am Forsthaus vor Einbruch der Dunkelheit. Insbesondere dann, wenn ich, wie dieses Mal, ohne Richard aufs Land fuhr. Denn bevor man auf das Grundstück gelangte, musste man aus dem Wagen steigen, das Gartentor aufschließen und die Torflügel öffnen. Obwohl ich mittlerweile über ein kleines Repertoire an Selbstüberwindungstricks verfügte, indem ich die Fahrertür offen ließ, das Radio auf extra laut stellte und parallel zu Willi sprach, fühlte ich mich während des Rumhantierens mit dem Torschlüssel stets ein wenig unwohl. Die Erfahrung hatte gelehrt, dass mögliche Gefahren wie angriffslustige Wildschweine nicht zwangsläufig vorm Gartenzaun haltmachten, sondern durchaus auch dahinter lauern konnten. Motorgeräusche, Scheinwerferlicht und meine mit einer extra Portion Selbstbewusstsein verstärkte Stimme würden Angreifer jeder Art in die Flucht schlagen. Das hoffte ich zumindest.

»Haben Sie denn hier draußen gar keine Angst?«, lautete die Frage, die mir stets gestellt wurde, noch bevor Handwerker,

Lieferanten oder die Postbotin mich überhaupt begrüßt hatten. »So ganz allein und ohne Nachbarn? Na, Sie trauen sich ja was!«

»Gut'n Tach erst mal«, hätte ich dann gerne in breitestem Norddeutsch geantwortet, sagte aber stattdessen: »Nee, nich die Bohne« oder »Alles halb so wild«. Meine erste Nacht allein im Forsthaus und den nächtlichen Gang zum Außenklo, bei dem ich mir vor Angst beinahe in die Hosen gemacht hätte, ging schließlich niemanden etwas an.

Trotzdem war die Angst manchmal da. Und ich fragte mich, wie ich mit ihr umgehen sollte. Ließ ich es zu, dass sie sich in meinem Bewusstsein einen Platz eroberte, sich dort verankerte und größer wurde? Oder sollte ich die Lage sachlich und ohne Emotionen analysieren? Denn bei Lichte betrachtet war es hier draußen wahrscheinlich ungefährlicher als in der Stadt. Das hatte eine Silvesternacht vor einigen Jahren gezeigt. Richard und ich hatten zusammen mit unseren Freunden in unserem Lieblingsrestaurant gefeiert. Ein lustiger, reichlich beschwipster Abend, der für Richard und mich leider in einem Streit endete, dessen Anlass ich schon nicht mehr erinnerte. Geblieben waren die Bilder in meinem Kopf, wie ich wütend und allein auf meinen High Heels nach Hause gestolpert war, vorbei an Horden pöbelnder Betrunkener und aufgekratzter Feiernder, die immer noch Böller durch die Gegend schossen. Was hätte da alles passieren können? Als ich nach diesem *Walk on the Wild Side* endlich zu Hause angekommen war, hatte Richard dort zähneknirschend und ohne Wohnungsschlüssel vor der Tür auf mich gewartet. Wir hatten uns stumm in den Arm genommen.

Auch den Gedanken an Einbruch und Vandalismus hatte ich längst verbannt, in dem ich entschied, dass Einbrecher wohl nicht gerade dann auftauchen würden, wenn sich einer von uns im Forsthaus aufhielt. Profis würden das Objekt vorher ausspionieren, die Abläufe der Bewohner auskundschaften und die Bude in aller Ruhe in deren Abwesenheit ausräumen, ohne die kreischende Hausherrin im Nacken. Seit einiger Zeit gab es allerdings ein weiteres Thema, das mich zunehmend beschäftigte und sich nicht mit Logik eliminieren ließ. Ein ganz real existierendes obendrein. Und das war der Wolf. Jeder im Friedetal wollte ihn schon gesehen haben. Sogar der Fliesenleger wusste zu berichten, dass der Wolf nach einem Grillgelage im Garten die restlichen Würste vom Grillrost abgeräumt hatte. »Haha, der Wolf, auch noch ein Feinschmecker!«

Aber all das war weit genug weg und nicht auf der eigenen Scholle – so dachte ich. Denn die erste leibhaftige Begegnung ließ nicht mehr lange auf sich warten.

Willkommen im Wolfsland

Als ich mich der kleinen Holzbrücke näherte, über die man das Forsthaus erreichte, nahm ich aus dem Augenwinkel einen Schatten wahr. Intuitiv trat ich das Bremspedal. Und da stand er vor mir, der Graue, mitten auf dem Waldweg, so groß wie ein Kalb und damit viel größer, als ich vermutet hatte. Er starrte mich aus gelb leuchtenden Augen an. Ich hielt seinem Blick stand und starrte zurück wie ein hypnotisiertes Karnickel.

»Der Wolf ist neugierig und hat das Treiben rund ums Forsthaus bestimmt schon beobachtet«, hatte der Förster mal erwähnt. Wusste der Graue, wessen angstgeweitete Augen da gerade auf ihn gerichtet waren? Nach einem kurzen Moment des Innehaltens nahm er Kurs auf die andere Seite des Weges und verschwand gemächlich in der Dunkelheit. Ich verharrte noch eine Ewigkeit in meiner Schreckstarre, saß verkrampft hinter dem Steuer, das ich mit von Angstschweiß nassen Fingern umklammerte.

Da war er also. Ich hatte ihn gesehen. Kurz vor dem Tor unseres Grundstücks, das ich gleich aufschließen würde – wozu ich jedoch das Auto verlassen musste. Was aber, wenn *mein* Wolf nicht allein unterwegs war und seine Kumpels noch hinter einem Busch lauerten, bereit, sogleich über mich herzufallen? Schon im Winter ahnten wir, dass Isegrim von der Fabel im realen Leben angekommen war. Willi weigerte sich plötzlich, am Abend das Haus zu verlassen, und so mussten Richard oder ich den Hund auf seine Pinkelrunde in den Garten begleiten. Beim Waldspaziergang hielt ich Willi stets an der Leine und den Schreckschussrevolver griffbereit in der Jackentasche. Und nun hatte der Wolf seine Spuren im Schnee hinterlassen, direkt unterhalb unserer Veranda, wie ich am nächsten Morgen beim Gang durch den Garten feststellte.

»Oben am Hang haben wir erst vor Kurzem Fährten entdeckt«, berichtete ich dem Förster, den ich um eine Begutachtung meines Pfoten-Fundes bat. Der nickte nur, als er sich über den länglich-ovalen Abdruck beugte.

Mit einem Stöckchen markierte er im Abdruck das sogenannte Karoluskreuz und die Hasenachse, kreuzartige Diagonalen und eine Vertikale. »Schau'n Sie, man kann es an den Abständen der Ballen zu den Linien erkennen, ob es sich um den Abdruck eines Wolfs oder eines Hundes handelt. Und die sind hier eindeutig. Na dann …willkommen im Wolfsland!«

Schwang da ein wenig Ironie mit? »Puh, nun schleicht er also um unser Haus«, sagte ich verzagt.

»Er? Allein im Friedetal leben mittlerweile drei Rudel, einige Paare, hin und wieder ein Einzelgänger. Wir gehen von insgesamt dreißig Tieren aus. Mindestens.«

»So viele?« Mich packte das blanke Entsetzen, ich brauchte einen Moment, um mich zu sammeln. »Das finde ich alles andere als beruhigend.«

»Verständlich. Der Wolf ist immerhin ein Raubtier. Und er ist neugierig. Wir beobachten, dass er den Menschen immer näher kommt, insbesondere dann, wenn er in besiedelten Gebieten leicht Beute machen kann«, erklärte der Förster und deutete mit dem Kinn auf Willi. »Und weil der Wolf nicht bejagt wird, verliert er zunehmend die Scheu.« Er schwieg einen Moment. »Kennen Sie das Sprichwort ›Der Wolf verliert Zähne, aber nicht das Gedächtnis‹?« Als ich den Kopf schüttelte, redete er gleich weiter. »Er lernt schnell, vor allem, wenn er Erfolg hat.«

»Warum wird er nicht bejagt? Dann würde er lernen, Abstand zu den Menschen zu halten. Zumal er doch keine natürlichen Feinde hat, oder?«

»Stimmt. Über Wolfsregulierung durch Abschuss streitet die Politik seit Langem. Wer einen Wolf unerlaubt schießt, begeht eine Straftat. Und das wird teuer. Bis zu fünfundsechzigtausend Euro – plus Gefängnis.« Dem Förster entfuhr ein unüberhörbarer Seufzer. »Wissen Sie, das Thema ist im Grunde vergleichbar mit der Handhabung des Biberbestandes. Die Wolfsverordnung wird auf Regierungsebene entschieden, und da freut man sich zusammen mit den Naturschützern und Biologen, dass der Wolf wieder da ist.«

Willkommen im Wolfsland. Als wir das Forsthaus gekauft hatten, war vom Wolf nicht die Rede gewesen. Es gab in der Region keine Wölfe, das Wort »Überpopulation« hatte man nicht mal gedacht. Jetzt aber dachte ich an die Schilderungen des Försters und musste zugeben, dass mir die Wölfe unheimlich waren. Ich war hin- und hergerissen. Einerseits hatte ich die Rückkehr des Wolfs in hiesige Wälder stets als eine Bereicherung der Artenvielfalt empfunden. Was aber, wenn es immer mehr wurden? Schon jetzt gab es wegen der Wölfe kaum noch Reh-, Dam- und Schwarzwild im Friedetal. Aber gehörten Rehe, Hirsche und Wildschweine nicht genauso in unsere Wälder?

Dass der Wolf ein Raubtier ist, demonstrierte er äußerst brutal nur eine Woche nach meinem Spurenfund. Ich kam gerade vom Einkaufen aus Wüsteritz, als ich meinen voll beladenen Wagen durch Friededorf lenkte und gegenüber der Dorfkirche ein parkendes Polizeiauto bemerkte, um das sich eine aufgebrachte Menschenmenge versammelt hatte. Ich stieg aus und hörte die Stimme von René Matschke, der sich gerade lautstark und wild gestikulierend gegenüber einem mir unbekannten Mann empörte. »Problemwolf! Das können Sie Ihrer Großmutter weismachen, aber nicht mir. Ich bin selber Jäger und weiß, wie dramatisch sich die Wolfsbestände in Brandenburg gerade entwickeln. Einundvierzig Rudel, sag ich nur, mehr als in jedem anderen Bundesland. Allein im Friedetal gibt es mittlerweile über dreißig Wölfe. Und was tun Sie? Sie faseln etwas von Artenschutz und gefährdeten Beständen.«
»Was ist denn passiert?«, fragte ich Frau Specht, die mit etwas Abstand danebenstand. Sie begann zu erzählen. »Die Wölfe kamen mitten in der Nacht, es müssen wenigstens sechs ausgewachsene Tiere gewesen sein, die haben problemlos den Elektrozaun übersprungen. Und der ist hoch, weit über einen Meter fünfzig.« Frau Spechts Stimme geriet ins Stocken. »Und dann haben sie die Schafe gerissen, eins nach dem anderen.« Für einen Moment hielt sie inne, erkennbar um Fassung bemüht. »Lisa, die Enkeltochter von Magda, hat die Schafe am nächsten Morgen gefunden. Das war kein schöner Anblick.« Frau Specht deutete resigniert auf den Mann, dem René Matschke in offensiver Körperhaltung gegenüberstand. Sein Kontrahent war der Wolfsbeauftragte der Region, der sich gerade in einer weiteren

Erklärung versuchte. »Problemwölfe werden beobachtet und dürfen bei entsprechender Lage entnommen werden …«

»Tatsächlich? Nach sechstausend Anträgen und mehrmonatiger Bearbeitungszeit oder wie?« René Matschke lachte höhnisch auf. »So lange bitte ich dann Ihren Problemwolf, mit der nächsten Blutrauschaktion zu warten und unsere Kälber und Lämmer zu verschonen? Ich sag Ihnen jetzt mal was, wir hier in Friededorf haben die Schnauze voll von Ihren realitätsfernen Richtlinien.«

»Genau«, rief ein anderer, »und wir scheißen auf Ihre Ausgleichszahlungen! Das ist mittlerweile der vierte Wolfsüberfall im Dorf, und wir warten noch immer auf das Geld aus der ersten Schadensregulierung.«

»Uns ist bewusst, dass Sie es mit erheblichen, teils ernsten Schäden zu tun haben«, wagte der Wolfsbeauftragte einen erneuten Anlauf. Seine restlichen Worte gingen in den Buhrufen der Umstehenden unter.

»Hier leben mittlerweile zu viele Wölfe, und das wissen Sie so gut wie ich«, polterte René Matschke. Und dann überschlugen sich die Zwischenrufe all derer, die dem Schlagabtausch bislang nur stumm gefolgt waren. »Wann gibt es endlich Abschussquoten?« »Wir verlangen ein aktives Wolfsmanagement und keine Schreibtischbeschlüsse!« »Wölfe merken doch, dass sie nichts zu befürchten haben, und werden immer dreister.«

Der Wolfsbeauftragte rang stumm die Hände, versuchte seine Botschaft an die Friededörfler zu richten, die ihm aber nicht weiter zuhören wollten. Nun schaltete sich Magda ein, von deren Schafen kein einziges die nächtliche Attacke überlebt hatte.

»Es ist doch auffällig, dass Wolfsfreunde wie Sie in der Stadt leben und damit weit weg vom Wolfsgebiet«, sagte sie, während sich alle Augen auf sie richteten. »Mit Ihrer Politik erreichen Sie vielleicht Ihre Wähler in Berlin, aber nicht die Menschen hier draußen auf dem Land.« Sie sprach gefasst. Und als sie geendet hatte, drehte sie sich um und kehrte in ihr Haus zurück.

»Warum knallt Matschke den Problemwolf nicht ab? Als Jäger weiß er doch, wie das geht«, fragte ich Frau Specht leise und wunderte mich gleichzeitig über meine eigene Chuzpe. »Er könnte doch auf Notwehr plädieren.«

»Schwierig. Im Zweifel zieht er den Kürzeren. Gab's auch schon. Ist nie gut für den Jäger ausgegangen.« Sie schwieg einen Moment. »Wissen Sie, Rosa, wir haben unsere Probleme schon immer auf unsere Weise gelöst. Haben Sie schon mal von den drei großen »S« gehört?« Ich schüttelte den Kopf. »Schießen, schaufeln, schweigen.« Wie zur Bekräftigung presste sie ihre Lippen zusammen und legte den Zeigefinger auf den Mund.

*

Der Jahrhundertsommer

Der Jahrhundertsommer begann Mitte April. Keine zwei Wochen zuvor hatte sich noch eine dicke Schneedecke über die Landschaft gelegt, in deren Weiß sich die Sonnenstrahlen brachen, um die funkelnden Eiskristalle innerhalb nur weniger Stunden in ihre Schranken zu verweisen. Auf dem Verandadach des Forsthauses hatte sich der geschmolzene Schnee in Pfützen gesammelt, in denen sich die Sonne spiegelte und das Wasser erwärmte. Nebliger Dampf stieg auf, bis auch der allerletzte Tropfen verdunstet war. Es sollten die letzten Niederschläge in diesem Jahr sein. Danach herrschten ausnahmslos Trockenheit und Dauerhitze. Der Sommer ging als wärmster seit Beginn der Wetteraufzeichnungen in die Geschichte ein. Die außergewöhnliche Hitze verursachte eine dramatische Dürre, die Waldbrände, Ernteausfälle und ausgetrocknete Flüsse zur Folge hatte. Vielerorts stellte man die Binnenschifffahrt ein. In Teichen und Bächen starben Fische und Vögel aufgrund zu hoher Wassertemperaturen. Und auch die Menschen litten, Kreislaufprobleme machten nicht nur den älteren zu schaffen. Es gab etliche Todesfälle.

Im Mai heizte sich unsere Berliner Dachgeschosswohnung tagsüber auf vierzig Grad auf, sodass wir trotz diverser Ventilatoren nachts kein Auge zumachten. Es gab unzählige tropische Nächte, in denen das Thermometer nicht unter zwanzig Grad fiel. In Prenzlauer Berg sah ich gegenüber Nachbarn, die die Nächte in Hängematten auf ihren Balkonen verbrachten. Meine Freundin Olga kampierte draußen im Garten auf einem Feldbett und schwärmte von der unglaublichen Erfahrung unter freiem Himmel. Richard und ich fuhren hin und wieder zum Übernachten aufs Land. Dort war es nicht weniger heiß, aber im Forsthaus war es dank der dicken Außenmauern kühler und somit besser auszuhalten. Die massiven Fensterläden von Tischler Silbereisen taten ein Übriges. Wir ließen sie tagsüber geschlossen, sodass sie wie Schutzschilde die Hitze abhielten.

In ganz Berlin waren derweil Tischlüfter und Klimageräte ausverkauft. Ich wedelte mir Luft mit Handfächern zu, die ich aus Reisesouvenir-Kartons hervorgekramt hatte, bereitete Fußbäder mit Eiswürfeln, mixte selbst gemachten Holunderblütensirup zu erfrischenden Limonaden und kühlte unsere Bettlaken im Gefrierfach. Nein, ich gehörte nicht zu denen, die über die Hitze stöhnten oder sich gar beschwerten. Ich versuchte das Beste daraus zu machen, trotz meiner Sorge über die Folgen dieser Wetteranomalie.

Über den Straßen unseres Kiezes lag südländisches Flair. Fröhliches Stimmengewirr surrte aus den Restaurants, deren Außenbereiche an diesen lauen Abenden bis auf den letzten Platz besetzt waren. Selbst die Eisdiele verkaufte noch bis Mitternacht meine Lieblingssorte »Gesalzenes Karamell«. Es war der Sommer der Flip Flops und der Flatterkleider, der, nur um die

Klamottenfrage für den nächsten Tag abzuklären, jeden Wetterbericht überflüssig machte. Die Sonne schien zuverlässig bis in den November hinein. Damit war der Klimawandel nun auch im Bewusstsein all derer angekommen, die dem Thema bislang wenig Beachtung geschenkt hatten.

Im Juni ächzte der gesamte Norden Europas unter dieser beispiellosen Hitzewelle, mit Berlin als wärmstem Ort Deutschlands. In Brandenburg war es heißer als am Mittelmeer, weshalb wir spontan beschlossen, für eine Woche nach Ibiza zu flüchten – der erste Urlaub seit zwei Jahren, zusammen mit Sophie und Valerie, die unsere Einladung begeistert annahmen. Es machte mich glücklich, dass beide Töchter immer noch gerne Zeit mit uns verbrachten, wobei Richard und ich uns durchaus bewusst waren, dass es den beiden nicht nur um Familienzusammenführung ging.

Vor uns lagen nun sieben unbeschwerte Tage, in denen es mir gelang, nicht ständig an die Baustelle zu denken. Wir genossen die Zeit in der Finca unseres Freundes, in dessen hübschem Gästehaus wir logierten. Noch vor dem Frühstück schwamm ich ein paar Bahnen im Pool und machte anschließend meine Yoga-Übungen im Garten mit Blick auf den angrenzenden Palmenhain. Mittags fuhren wir an den Strand von Es Cavallet, badeten im türkisfarbenen Meer, aßen frischen Fisch im El Chiringuito und trafen unseren Gastgeber am Abend bei Roséwein und köstlichen Antipasti im Café Macao auf der Plaza in Santa Gertrudis, einem pittoresken Ort in der Inselmitte. Erst auf Ibiza und aus der räumlichen Distanz heraus merkte ich, wie sehr die Ereignisse der vergangenen Monate rund um das Forsthaus an meinen und Richards Nerven gezerrt hatten. Ich dachte an die schlaflosen Nächte wegen klammer Konten und offener Handwerkerrechnungen, dachte an unsere Beziehung, die mit der Haussanierung beinahe zu einer rein geschäftsmäßigen abgeflacht war. Gefühle, Hingabe und Begierde füreinander waren dabei ins Abseits geraten. Doch auf Ibiza spürten wir, dass die Liebe immer noch da war.

Den Rückflug verbrachte ich dösend auf meinem Fensterplatz, betrachtete die vorüberziehenden Wolkenformationen und die darunterliegenden Landschaften aus der Vogelperspektive. Wir überflogen eine von Hitze und Dürre gepeinigte Natur. Wo sonst grüne Wiesen und Felder leuchteten, war nun alles braun. Mich überkam ein schlechtes Gewissen. Denn als Reisende in einem Flugzeug trug ich natürlich zu diesen alarmierenden Bildern bei, die trostloser kaum sein konnten. Die eigentliche Schreckensnachricht aber erwartete uns nach der Landung und unserer Ankunft in Berlin.

Brennende Wälder

Schon auf Ibiza hatten wir die Meldungen über die Waldbrände verfolgt, die in verschiedenen Teilen Deutschlands ausgebrochen waren. Kaum waren wir zu Hause, schickte Ulrich Hartmann eine SMS, die wohl unserer Beruhigung dienen sollte, tatsächlich aber das genaue Gegenteil bewirkte. Zumindest mich versetzte Hartmanns Nachricht in helle Aufregung. »Hör dir das an: Der derzeit schlimmste Brand wütet seit mehreren Tagen auf einem ehemaligen Truppenübungsplatz südlich von Berlin«, las ich vor und sah auf. »Das ist nur knapp fünf Kilometer von unserem Forsthaus entfernt.«

»Fünf Kilometer, immerhin.« Und als könnte ich nicht rechnen, ergänzte Richard: »Das ist ein Abstand von fünftausend Metern.«

»Tatsächlich? Ist das die Demarkationslinie, so ’ne Art Firewall, die Waldbränden sagt, bis hierhin und nicht weiter, oder wie meinst du das?«

»Ich meine, dass es keinen Sinn hat, jetzt in Angst und Schrecken zu verfallen, ohne zu wissen, was im Friedetal los ist«, versuchte sich Richard in Zweckoptimismus. »Fahr hin und mach dir ein Bild.«

Kaum hatte ich unser Gepäck zu Hause abgestellt, saß ich auch schon im Auto Richtung Brandenburg. »Pass bitte auf dich auf«, hatte Richard bei der Verabschiedung gesagt. »Geh kein unnötiges Risiko ein und bringe dich nicht in Gefahr. Es ist schließlich nur ein Haus.«

Nur ein Haus? Es war doch unser Traum vom Landleben, der nun mit dem Anstrich der Fassade gerade erst fertiggestellt war. Unser Haus, aus dem nach jahrelanger Sanierung jetzt endlich auch die letzten Handwerker abgerückt waren. Das sollte den Flammen auf dem Silbertablett serviert werden? Ich spürte, wie mich eine Welle der Empörung erfasste, wusste aber nicht, wohin ich sie lenken sollte. Denn jetzt handelte es sich um Naturgewalten, für die nicht mal Hartmann verantwortlich war. Und Richard konnte ich seine Haltung auch nicht ernsthaft übel nehmen. Er betrachtete das Haus als das, was es war. Ein Haus. Aber er sorgte sich um mich, und das rührte mich. Er selbst war, wie so oft, direkt in sein Büro gefahren, wo ihn ein wichtiges Strategiegespräch erwartete.

Ich schaltete »Inforadio« ein, das nonstop von »der größten Brandkatastrophe der letzten Jahrzehnte« berichtete, in die ich vermutlich gerade hineinfuhr. Ich lauschte den Worten der Moderatorin, die aber nicht verlautbarten, was ich mir erhoffte. So etwas wie »Entwarnung«, »alles unter Kontrolle«, »Lage im Griff« sagte sie nicht. Stattdessen sprach sie von einer Vervierfachung der Brände in Brandenburg im Vergleich zum Vorjahr, die jetzt schon mehr als eintausend Hektar

Wald zerstört hätten. Mit bewegter Stimme kündigte sie eine Live-Schalte zu einem Reporter an, der sich vor einem der Dörfer positioniert hatte, das von der Feuerwehr gerade evakuiert wurde.

»Das Feuer ist nur noch einen knappen Kilometer entfernt, und die Bewohner haben dreißig Minuten Zeit, das Notwendigste zusammenzupacken!«, rief der Reporter ins Mikro. Mir lief ein eiskalter Schauer über den Rücken. Was um alles in der Welt würde ich in so einem Moment schnappen? Hund, Handy, Ausweise, Laptop? Die Stimme des Reporters lenkte mich ab. »… seit einer Stunde kreisen hier Löschhelikopter und Wasserwerfer, die pro Flug so viel Wasser abwerfen, wie in zwölf Badewannen passt. Zusätzlich sind Tanklöschfahrzeuge im Einsatz, sogenannte Unimogs, um das Feuer unter Kontrolle zu bringen. Dreitausend Feuerwehrleute, Soldaten und Technisches Hilfswerk arbeiten seit Tagen nonstop und gehen mit ihren Kräften bis ans Limit.« Der Reporter schrie jetzt gegen Martinshörner im Hintergrund an. »Die Trockenheit und Hitze der letzten Wochen und der sandige Boden wirken wie zusätzliche Brandbeschleuniger. Besonders das Unterholz brennt wie Zunder. Die Frage, die sich die Einsatzleitung gerade stellt, ist, ob auffrischender Wind aus unterschiedlichen Richtungen die Schwelfeuer erneut anfachen könnte. Wenn die Baumkronen Feuer fangen, wäre der Brand nicht mehr einzudämmen.«

»Auf ehemaligem militärischem Gebiet befinden sich häufig noch Munitionsaltlasten aus dem Zweiten Weltkrieg«, warf die Studiomoderatorin ein. »Droht hier eine Explosionsgefahr?«

»Ja, tatsächlich gab es bereits einige schwere Detonationen, was die Löscharbeiten zusätzlich erschwert. Das Feuer ist an mehreren Stellen gleichzeitig ausgebrochen, womit sich zunehmend der Verdacht bestätigt, dass es sich hier um Brandstiftung handelt.«

Ich hatte genug gehört und drehte das Radio ab. Ibiza schien plötzlich so weit weg. Mit jedem Meter, den ich mich Friededorf näherte, wuchs meine Sorge und mit ihr die weißen Rauchschwaden, die wie Geschwüre über den Himmel wucherten. Die Landschaft war eingekesselt von einer grauen, stickigen Dunstglocke, die immer dichter und undurchlässiger zu werden schien. Das überraschte mich nicht, selbst im weit entfernten Berlin war die Luft durch vereinzelte Aschepartikel und Brandgeruch getrübt, weshalb die Anwohner der Berliner Randgebiete aufgefordert waren, Fenster und Türen geschlossen zu halten. Ich war auf alles gefasst. Auf beißenden, schwarzen Qualm, züngelnde Flammen, die Kiefernstämme in haushohe Fackeln verwandelten. Ich meinte schon das zischende Knistern zu hören, das an den Bäumen nagte. Der Wald in Flammen und unser Haus mittendrin. Als ich endlich Friededorf erreichte, sah und vernahm ich zunächst nichts dergleichen. Ich beobachtete nur eine für das Dorf ungewohnte Betriebsamkeit. Die Mitglieder der Freiwilligen Feuerwehr hatten sich am Feuerwehrhäuschen versammelt, alle in voller Montur. Ein weiterer Einsatzwagen stand mit blinkenden Lichtern am Straßenrand, offenbar die Verstärkung aus Himmelmark. Beide Mannschaften wirkten konzentriert. Aber das war auch schon alles. Von Hektik keine Spur, auch nicht von einem Flammeninferno.

Ich entdeckte Frau Specht, die zusammen mit Magda und Oma Elli vor der Pension Buntspecht aus der sicheren Entfernung ihres Gartenzauns Position bezogen hatten. Kurz entschlossen hielt ich an und kurbelte die Scheibe meines Beifahrerfensters herunter. In dem Moment stieg mir der Geruch von Feuer in die Nase, der deutlich intensiver und unangenehmer war als in Berlin. »Hallo, die Damen«, grüßte ich. »Und, wie ist die Lage?« »Na, ick hoff doch ma, dat die uns hier nich ooch noch evakuier'n tun«, sagte Oma Elli.

»Dafür gibt es aktuell keinen Grund«, beschwichtigte Frau Specht und deutete mit dem Kopf zum Feuerwehrhaus. »Sagen jedenfalls unsere Männer.«

»Ich hatte schon Schlimmstes befürchtet«, gab ich zu.

»Schlimm ist es für die Dörfer rund um den Truppenübungsplatz, da müssen unsere Jungs und sämtliche Feuerwehren aus den Nachbardörfern hin, die soll'n da die Rettungskräfte unterstützen. Für uns ist das erst mal kein Grund zur Panik.«

»Keene Panik uff de Titanic«, echote Oma Elli. »Hier gab's noch nich ma Alarm oder so wat in der Art.«

Ich schaute fragend in die Runde.

»Oma Elli meint das Frühwarnsystem vom Friededorfer Feuerwachturm, stimmt's, Elli?« Frau Specht tätschelte Ellis Arm und fuhr fort. »Der stammt noch aus DDR-Zeiten, wurde dann vor ein paar Jahren mit optischen Sensoren und einer Fire-Watch-Kamera nachgerüstet. Bei Rauchentwicklung werden die Leitstellen automatisch per Notsignal informiert. Aber hier ist, wie gesagt, bislang alles noch im grünen Bereich.«

»Entscheidend ist die Windrichtung. Die darf sich nicht ändern«, ergänzte Magda.

»Genau. Momentan weht für uns der Wind aus der richtigen Richtung, wenn ich das mal so sagen darf.« Frau Specht lächelte.

Getrieben von dem Gedanken an unser Haus verabschiedete ich mich und fuhr weiter, wurde aber just am Feldweg, der zu unserem Haus führte, gestoppt. Ein Feuerwehrmann klopfte an meine Scheibe. »Nee, hier können Sie jetzt nicht durch, ist alles gesperrt.«

»Aber unser Haus …«, wagte ich einzuwenden.

»Tut mir leid, keine Chance.«

Ich legte den Rückwärtsgang ein. Kurz vorm Ortsausgang winkte ich Frau Specht zu, die mit Magda und Oma Elli immer noch vom Gartenzaun aus die Lage sondierte. Ich beschleunigte den Wagen Richtung Himmelmark und erreichte das Forsthaus von der anderen Seite des Waldes. Niemand hatte mich aufgehalten. Keine Absperrung, keine Rettungskräfte, keine Polizei.

∗

Lara Croft im Friedetal

Über unserem Grundstück lag ein leichter Geruch nach Feuer. Aber von dickem, schwarzem Qualm, züngelnden Flammen und lodernden Kiefernstämmen war nichts zu sehen. Das Haus stand unversehrt, und auf den ersten Blick wirkte alles so, wie wir es verlassen hatten. Es erstaunte mich, wie die Natur in so kurzer Zeit ihr Terrain zurückerobert und das Kommando übernommen hatte. Selbst im Haus hatten eifrige Spinnen ihre Netze gespannt, die nun wie Requisiten eines Horrorfilms an mir klebten. Die massiven Fensterläden waren nach wie vor verschlossen und hielten nicht nur die Hitze draußen, sondern würden auch nicht so leicht brennen wie Kiefer oder Fichte. Der Garten wirkte trocken, aber nicht verdorrt, was sicher auch den angrenzenden Gewässern zu verdanken war. Ich lief zur Scheune, zerrte die Gartenschläuche und die Wasserpumpe auf die Wiese, schloss den Rasensprenger und die Schläuche an, setzte die Pumpe in den Teich und drückte auf die Starttaste. Mein Plan war, Haus, Garten, Scheune, die umliegenden Baumgruppen sowie das Unterholz maximal zu bewässern. Während die Rasensprenger ihren Dienst versahen, hatte ich mich mit einem weiteren Schlauch in Stellung gebracht, bereit, den harten Wasserstrahl unbarmherzig auf meinen flammenden Gegner zu richteten und ihn gnadenlos auszulöschen. Ich fühlte mich dabei ein bisschen wie Lara Croft, nur hielt ich keine Neun-Millimeter-Pistole in der Hand und sah in meinen schmutzig-verschwitzten Arbeitsklamotten und den blauen Gartenclogs auch nicht annähernd so sexy aus.

Die Natur war wie ein Schwamm, der gierig das Wasser aufsog. Ich verlor jedes Zeitgefühl. Erst als es dämmerte und die Mücken über mich herzufallen begannen, blickte ich mich um und betrachtete mein Werk. Auf der Wiese hatten sich hier und da Pfützen gebildet, Wassertropfen perlten an den Bäumen und Tannen sowie an den Fassaden von Haus und Scheune. Richards eingehender Anruf war das Signal für eine Gefechtspause.

»Du hast dich gar nicht gemeldet, wie ist es gelaufen?«, fragte er. Ich schilderte in knappen Worten meine bisherigen Präventivmaßnahmen, die Richard als »sehr vorausschauend« bezeichnete, und erfuhr von ihm sämtliche Neuigkeiten über den Großbrand. »Die Lage scheint sich zu stabilisieren. Man kämpft jetzt noch gegen vereinzelte Schwelfeuer an und hofft, dass der Wind nicht dreht.« Er machte eine kurze Pause. »Ich hab mir echt Sorgen gemacht, Rosa.«

»Musst du nicht, ist alles okay.«

»Und, sind Polizei oder Feuerwehr bei dir aufgetaucht?«

»Nee. Obwohl ich damit gerechnet habe, dass man mich irgendwann zum Aufgeben zwingt und aus dem Wald eskortiert.«

»Die haben dich und das Haus in dieser angespannten Lage gerade nicht auf dem Zettel«, mutmaßte Richard. »Bitte versprich mir, dass du dich sofort in Sicherheit bringst, sollte die Lage im Friedetal doch noch eskalieren, okay?«

»Versprochen.«

Obwohl ich die Anstrengungen des Tages spürte, lag ich hellwach auf dem Bett und konnte nicht einschlafen. Kopf und Körper waren im Alarmmodus, der sich nicht mal eben so runterfahren oder ausschalten ließ. Drang ein Geräusch an mein Ohr, das ich nicht zuordnen konnte, sprang ich in einem Satz aus dem Bett zum Fenster und spähte in den Nachthimmel. Erst in den frühen Morgenstunden fiel ich in einen unruhigen Schlaf. In meinem Traum war ich von Löschwagen der Feuerwehr umzingelt, die mich in meinem Auto gefangen hielten. Es gab kein Entkommen. Während ich überlegte, wie ich den Kreis durchbrechen konnte, wachte ich auf. Dankbar, dass der Traum ein Ende gefunden hatte, schaute ich hinaus in den noch immer rauchgrauen Himmel. Ganz hinten am Horizont erspähte ich einen blauen Fleck, der dem Grau trotzte, sich wie durch einen Spalt hindurchschob und langsam größer wurde.

Räucherrituale

Das Wochenende stand vor der Tür und wir mittendrin in einem der berüchtigten Staus auf den Berliner Ausfallstraßen. Richard passte sich dem vorherrschenden Schneckentempo an, was ihn jedoch nicht aus der Ruhe brachte. Er war zudem ein vorausschauender Fahrer, der wusste, dass permanente Fahrbahnwechsel keinen Zeitgewinn darstellen. Längst war die Fahrt aufs Land ein Ritual geworden, das wir nutzten, um den Stress der Arbeitswoche hinter uns zu lassen. Meist beflügelte uns die Vorfreude auf das Haus, den Garten und den See.
Ich hatte es mir mit einer Apfelsaftschorle auf dem Beifahrersitz bequem gemacht, reckte mein Gesicht dem Schiebedach und der einfallenden Sonne entgegen, schaute aus dem Fenster oder auf meinen Instagramfeed, denn in der Stadt funktionierte das Internet wenigstens noch, während Brandenburg nach wie vor von Funklöchern übersät war. Ein digitaler Flickenteppich, der

von Optimisten liebevoll als »Digital Detox« bezeichnet wird. Vor uns fuhr ein zerbeulter Kleinwagen, auf dessen Heckklappe unübersehbar ein Aufkleber pappte: »Ich bremse für Tiere.«

»Ahhh«, sagte ich lachend, »ein Fahrzeughalter mit Sendungsbewusstsein.«

»Du bremst doch auch für Tiere.« Richard grinste.

»Stimmt, am liebsten für Wölfe. Immerhin hat mein Bremsmanöver die Tüte wieder zutage befördert.« Ich wedelte mit einer ziemlich zerknitterten Papiertüte, auf der ein ausgeblichenes Yin-Yang-Zeichen gedruckt war, und hielt sie Richard unter die Nase. Monatelang hatte sie eingeklemmt unter dem Beifahrersitz meines Minis gelegen. Aber der Inhalt, ein indianisches Wunderkraut, das ich damals in der esoterischen Buchhandlung gekauft hatte, hatte den unbeabsichtigten Einlagerungsprozess unbeschadet überstanden.

»Wundermittel? Lass mich raten. Ein Aphrodisiakum?«

Ich rollte mit den Augen. »Du erinnerst dich doch an den Besuch deiner Schwester im Forsthaus?«

»Du meinst die Geistervertreibung?«

»… die keine war. Caro hatte doch gesagt, dass man Geister nicht vertreiben kann. Man kann sich lediglich mit ihnen gutstellen.«

»Wow, das hat ja echt super geklappt.«

»Das hätte es vielleicht, wenn ich Caros Rat befolgt und das Haus nach der Methode indigener Urvölker gesäubert hätte. Aber weil die Tüte plötzlich weg war, hab ich nicht mehr daran gedacht.«

»Und wie funktioniert diese Methode?«

Ich erzählte Richard von Caros Idee eines Räucherrituals mit weißem Salbei, das negative Energien verbannen sollte.

»Du willst den Hokuspokus tatsächlich jetzt noch ausprobieren? Ein bisschen spät, findest du nicht?«

»Schon, aber warum nicht? Nur weil die Handwerker weg sind, heißt das nicht, dass es die Geister auch sind. Sie haben sich in der Vergangenheit alle Mühe gegeben, uns das Leben schwer zu machen, wer weiß, was ihnen noch so einfällt. Ich betrachte das Räucherritual auch als prophylaktische Maßnahme.«

Wie das mit dem Räuchern funktionierte, konnte ich der Karte entnehmen, die ich später im Forsthaus aus der Papiertüte fischte. Die Karte war zwar ebenfalls knittrig, aber noch lesbar. Räuchern war demnach so alt wie die Menschheit und ein fester Bestandteil vieler Urkulturen. Die Kelten räucherten während ihrer Opferzeremonien. Im alten Ägypten setzte man Weihrauch ein, um die Götter gnädig zu stimmen. Und die Medizinmänner der indigenen Völker zelebrierten Räucherrituale bei Heilungsprozeduren, weshalb man weißen Salbei auch als *indianischen* Räuchersalbei bezeichnete. All diesen Riten lag der Glaube zugrunde, dass Räuchern harmonisiert, alte Energien fortschickt, um Platz für Neues zu schaffen.

Ich nahm den Salbei aus der Tüte, dessen getrocknete Blätter zu einer überdimensionalen Zigarre gewickelt waren. Diesen sogenannten »Smudge Stick« entzündete ich an einem Ende. Ich blies die Flamme aus, fächerte dem glühenden Stick Luft zu, um die Rauchbildung anzuregen, und wartete, bis sich an der Spitze ausreichend Glut gebildet hatte. Bislang hatte sich der Einsatz von Salbei auf meine Küchenaktivitäten beschränkt. Die aromatischen Blätter verliehen Gerichten wie Lammlachse, Kalbsleber oder gefüllten Ricotta-Ravioli den letzten Pepp. Aus Salbeiblättern hatte ich auch schon Tee aufgebrüht, als bewährtes, wenn auch nicht sonderlich schmackhaftes Hausmittel gegen Halsschmerzen.

Der Anweisung folgend begann ich mein Räucherritual an der Haustür. Den »Smudge Stick« hatte ich eigens in eine Räucherschale gelegt, um mit der herunterfallenden Asche nicht die frisch verlegten Eichendielen zu ruinieren, die ich gerade erst mit grauem Farböl und Hartwachs bearbeitet hatte. So zog ich einmal quer durchs Haus, schritt langsam durch jeden Raum, krabbelte über den Fußboden, kroch in jede Ecke. Mit einer Feder strich ich den Rauch über den Rand der Schale, um all das zu verabschieden, für das es künftig keinen Platz mehr im Haus geben sollte. Sämtliche Marotten der Geister eingeschlossen. Ich hielt die Schale, aus der der herbe, ätherische Duft emporstieg, unter die Betten, das Sofa, die Sessel, in geöffnete Schränke und Kommoden. Selbst vor der neuen Waschmaschine machte ich nicht Halt und fächerte die kleinen Rauchwolken in die Trommel. Von Beginn an hatte die Maschine im Schleudergang gerumpelt, als wäre sie ein zehn Jahre altes Auslaufmodell. Wer hätte gedacht, dass die Geister des Forsthauses ihre negativen Schwingungen sogar in nagelneue Haushaltsgeräte entsandten? Ich hielt einen Moment inne und musste kichern. Als Kräuterhexe mit qualmendem Salbei-Stick, der aussah wie ein Riesenjoint, und dem mit Farbklecksen übersäten Herrenhemd gab ich gerade kein Bild ab, das man auf Instagram gepostet oder im Berliner Freundeskreis präsentiert hätte. »Rosa in der Welt der Esoterik« war so ziemlich das Unstylischste, das ich mir vorstellen konnte, und entsprach überhaupt nicht dem Bild, das ich von mir hatte – stets schick in Schale, die Designertasche in der Hand und nicht irgendeine intensiv riechende Wunderkerze. Vermutlich war beides, Tasche und Stick, von zweifelhafter Wirkung. Hatte ich mich nicht schon vor einer Weile ein Stück weit von Glanz und Glamour verabschiedet? Der Schrank war voll und ich so satt. Ich brauchte dieses ganze oberflächliche Chichi nicht mehr. Mein Leben war jetzt ein anderes. Ich öffnete sämtliche Fenster, damit der Rauch abziehen konnte und mit ihm die negative Aura. Ich war bereit für das Positive, für Freude, Harmonie, Glück und Zufriedenheit.

Das Räuchern hatte mich in einen Rausch versetzt, mich geradezu euphorisch gestimmt und mir sprichwörtlich die Sinne vernebelt. Vielleicht hätte ich sonst einen Blick auf die Rückseite der Gebrauchsanweisung geworfen. Dort wurde für einen langfristigen Erfolg eine Wiederholung des Räucherns mit Weihrauchzeder und Beifuß empfohlen, was mir Caro später auch bestätigte. Aber die Karte samt ungelesener Rückseite landete ordnungsgemäß im Altpapier. Ob die empfohlenen Maßnahmen verhindert hätten, was uns als Nächstes widerfahren sollte, wagte ich ohnehin zu bezweifeln. Unseren schlimmsten Feind hätten vermutlich auch Weihrauchzeder und Beifuß nicht aufgehalten. Denn er war bereits im Haus.

Feindesland

Der erste Übernachtungsgast im Forsthaus war Eddy, unser Elektriker und langjähriger Allround-Handwerker aus Berlin. Seine Aufgabenliste war mal wieder so lang, dass er für weit mehr als einen Tag zu tun haben würde, was eine Übernachtung sinnvoll machte. Allein die Installation der Alarmanlage würde viel Zeit erfordern. Richard und ich hatten uns zu diesem Investment durchgerungen, nachdem vor etlichen Monaten ungebetene Besucher in den Garten eingedrungen waren und sich dem Haus genähert hatten. Ich hatte daraufhin die Polizei verständigt, die auch prompt einen Streifenwagen geschickt hatte. Die freundlichen Beamten hatten mir vor allem wertvolle Tipps zur Haussicherung gegeben. »Was Einbrecher gar nicht mögen, ist der Krach einer Alarmsirene«, hatte der Polizist gesagt.
»Auch die Hartgesottenen macht das nervös«, ergänzte seine Kollegin. »Schließlich müssen sie damit rechnen, dass jeden Moment ein Streifenwagen auftaucht.«

Künftig würden also jedem Eindringling einhundert Dezibel des akustischen Alarms um die Ohren fliegen. Parallel dazu würde die Videokamera noch hübsche Erinnerungsfotos und -filme in gestochen scharfer HD-Qualität aufnehmen, allesamt perfekt geeignet für einen späteren Datenabgleich mit dem kriminalpolizeilichen Fahndungsregister. Neben diesen sicherheitsrelevanten Maßnahmen sollte sich Eddy auch um die von Brunnenbauer Kleemann verursachten Schäden kümmern, die dieser mit seiner Grobmotorik zum wiederholten Mal angerichtet hatte. Denn die Wasserqualität musste nach wie vor kontrolliert und die Brunnenanlage optimiert werden.

»Guten Morgen!«, rief ich Eddy fröhlich entgegen, der müde aus dem Gästezimmer in die Küche geschlurft kam. »Und, hast du gut geschlafen?« Ich goss heißen Tee in einen Becher und reichte ihn Eddy.
»Hm, nee, nicht so richtig.« Er nahm den Becher entgegen, um ihn gleich wieder abzustellen. »Ich weiß gar nicht, wie ich's dir sagen soll«, begann er zögernd, »aber in der Wand, also im Holz, da ist was.«
Ich schaute ihn fragend an.
»Ja, ich bin mir sogar ziemlich sicher. Immer dann, wenn ich geglaubt habe, dass es aufgehört hat, ging's woanders wieder los. Die ganze Nacht hindurch.«
Er zeigte mir die verdächtigen Stellen in der mit altem Scheunenholz vertäfelten Wand, vor der das neue Boxspringbett stand. »Da war's.«
Ich lauschte angestrengt, hörte aber nichts.
Eddy drückte sein Ohr an die Wand. »Ganz sicher. Vielleicht wieder die Mäuse«, sagte er und schaute mich nachdenklich an. »Oder Hirngespinste …«
»Da, schon wieder! Also, wenn ich eins weiß, dann, dass Hirngespinste keine Nagegeräusche von sich geben.«

Eddys Einschätzung war mir stets wichtig, gleichwohl ich seine Sorgen und Gedanken, die in einer Art Dauerschleife um den Zustand unseres Planeten kreisten, nicht immer nachvollziehen konnte. In seiner Wahrnehmung lauerten Missstände, Konflikte und mögliche Gefahren allerorten. Für ihn war es fünf nach zwölf und die Welt damit ihrem finalen Untergang geweiht. Was andere zu wenig taten, tat er meiner Meinung nach manchmal zu viel.

»Psst«, machte Eddy, »da ist es wieder, hör doch mal genau hin!« Und tatsächlich, da war etwas. Ein leises Kratzen, ein Schaben, das aus der Holzverschalung drang.

»Hm.« Ich zögerte, noch nicht bereit zuzugeben, dass er recht hatte. »Was kann das sein?«, fragte ich schließlich mit besorgtem Blick.

Eddy schüttelte den Kopf. »Keine Ahnung. Vielleicht ein paar Fliegen, die hinter die Planken geraten sind? Große Brummer, die den Ausgang nicht finden?«

»Okay, und die willst du jetzt retten und alle Bretter abschrauben?« Ich konnte mir ein Grinsen nicht verkneifen. Trotzdem war meine innere Herzfrequenz-Beschleunigungstaste gedrückt, mein Puls ging fühlbar schneller.

Ich rief Tischler Silbereisen an. »Hier stimmt etwas nicht. Können Sie vorbeikommen?« Keine fünfzehn Minuten später lauschten wir zu dritt. »Holzwürmer schließe ich aus. Die arbeiten sich geräuschlos durchs Holz«, sagte Berti Silbereisen. »Wo der Holzwurm ist, da fallen außerdem Späne.« Silbereisens Scherz verfehlte seine Wirkung, weder Eddy noch mir war gerade nach Lachen zumute.

»Wenn es nicht der Holzwurm ist, was ist es dann?« Wir sahen uns ratlos an. »Als Sie die Bretter in Ihrer Werkstatt vorbereitet haben, ist Ihnen da irgendwas aufgefallen?«, bohrte ich weiter.

»Nee, absolut nüschte. Meine Ohren sind aber auch nicht mehr die besten«, räumte Berti Silbereisen ein, »der permanente

Krach in der Werkstatt, die Maschinen- und Sägegeräusche … Na ja, Sie wissen schon. Verschleiß is' überall.« Er drückte mir eine Dose mit einem »Antiinsektenzeug« und eine kleine Aufziehspritze in die Hand. »Versuchen Sie's mal damit. Jeweils eine volle Kanüle in die betreffende Stelle injizieren.« Etwas Besseres fiele ihm momentan leider auch nicht ein, sagte er und versprach, sich noch mal Gedanken zu machen. So etwas sei ihm in all den Jahren noch nicht untergekommen.

»Ist es nicht merkwürdig, dass sich immer alle wegducken, wenn's ein Problem gibt?«, fragte ich Eddy, nachdem Berti Silbereisen außer Sichtweite war. »Ich suche in ihm ja nicht den Schuldigen. Aber wo bleibt die tatkräftige Unterstützung? Ich fühle mich in solchen Momenten total alleingelassen.«

Dabei war Silbereisen beileibe nicht der einzige Handwerker, dessen Zuständigkeit plötzlich endete. Der Dachdecker, der Brunnenbauer, der Küchenbauer, ja selbst der Architekt hatten sich im Laufe der Zeit so oder ähnlich verhalten. Das Forsthaus hatte sie alle herausgefordert und ihnen das Maximale abverlangt. Warum wurde ausgerechnet das kleine Haus im Wald von all diesen Miseren heimgesucht? Wie ein Magnet hatte es jedes auch nur vorstellbare Desaster angezogen. Wenn ich Richard diese Frage stellte, hob er nur müde die Schultern. »Du weißt ja, wie ich darüber denke, ein rechtzeitiger Cut bewahrt meistens vor schlimmeren Folgen. Die feindseligen Signale aus dem Bauamt in Wüsteritz mit der giftspritzenden Frau Grimmke, das waren schon eindeutige Hinweise. Spätestens nach dem mysteriösen Knochenfund hätten wir uns vom Haus trennen sollen. Solche Entscheidungen schmerzen, sparen aber am Ende Nerven und Geld.«

Ich hatte mich aber nicht trennen wollen. Auch nicht vom Haus. Deshalb stand ich nun hier, betrachtete die Dose mit der Flüssigkeit, die ich immer noch in der Hand hielt, und studierte die Warnhinweise des aufgedruckten Etiketts. »Vorsicht,

Gift, nicht einatmen, nur für den Außengebrauch.« Nein, beschloss ich, das Zeug würden wir auf keinen Fall hier drinnen anwenden.

Es war spät geworden, als Eddy zurück nach Berlin fuhr. Als ich endlich ins Bett ging und das Licht ausknipste, war es weit nach Mitternacht. Da war es wieder, das Nagegeräusch vom Morgen. Dieses Mal jedoch direkt über mir. Es kam aus den alten Balken des Dachstuhls. Ich richtete mich auf und konzentrierte mich. Und als hätten die Beteiligten nur auf ihren Einsatz gewartet, fielen sie plötzlich aus allen Richtungen ein in diesen seltsamen Chor. Krrr, Krrr, Krrr, Krrr, Krrrrr … Es knusperte, knabberte und knarzte aus allen Balken und auch in der antiken Flügeltür. Einer dunklen Ahnung folgend tastete ich mich nach unten, horchte in den Windfang, die Küche und die Veranda, ging ins Kaminzimmer, dann weiter ins Wohnzimmer, setzte mich, horchte erneut, wobei ich kaum zu atmen wagte. Es tönte aus sämtlichen von Tischler Silbereisen vertäfelten Wänden, aus den maßgefertigten Türen und den Zargen, den Deckenbalken der Veranda, den Küchenregalen, die wir aus den alten Brettern hatten anfertigen lassen. Ja, selbst das kleine Kiefernbrettchen, das ich als Topfuntersetzer benutzte, war zum Feindesland geworden. *Es* war überall. Krrr, Krrr, Krrrrr … Ein unangenehmes Geräusch, als würde man leise mit Fingernägeln über eine Tischplatte kratzen.

Hatte Valerie mich nicht auch schon einmal darauf aufmerksam gemacht und auf einen »merkwürdigen Sound« hingewiesen? »Ich weiß nicht, ob ich mir das einbilde, aber ich glaube, das Holz an der Wand macht Geräusche.« So etwas Ähnliches hatte sie mal morgens beim Frühstück gesagt.

»Vielleicht liegt es ja an deiner spannenden Lektüre, regt die Fantasie an«, hatte ich geantwortet und auf ihr Buch gedeutet, einen Krimi von Jussi Adler-Olsen. Nun wusste ich, dass es klug gewesen wäre, genauer hinzuhören und die Beobachtung meiner Tochter nicht mit einer flapsigen Bemerkung abzutun. Die vergangene Nacht hatte ich schlaflos vor meinem Laptop verbracht, wo auf diversen Internetseiten die Symptome beschrieben wurden, mit denen wir es offenkundig im Haus zu tun hatten. Mein aufkeimender Verdacht, der sich mit jedem Klick verdichtete, wurde am nächsten Morgen von Schädlingsbekämpfer Rudi Lüttke mit einem verbalen Donnerschlag bestätigt.

»Hier handelt es sich ziemlich sicher um einen Befall des *Hylotrupes Bajulus*, auch bekannt als Balkenbock, Hausbock oder Bockkäfer. Umgangssprachlich wird er auch als Holzbock bezeichnet. Ein Schädling, der sich mit geradezu unbändigem Appetit durchs ganze Haus frisst!« Er machte dabei eine Armbewegung, als wollte er den gesamten Globus umspannen.

Das war die Apokalypse. Ich schaute ihn entgeistert an, während er schonungslos fortfuhr: »Wissen Sie, wie die Käfer aussehen? Sie sind braunschwarz und werden ziemlich groß, bis zu drei Zentimeter! Sie produzieren an die vierhundert Eier, die sie in Holzspalten und Ritzen ablegen! Und das in nur einer einzigen Saison!« Jeder einzelnen Aufzählungen spuckte er noch drei imaginäre Ausrufezeichen hinterher. Keine Frage, Rudi Lüttke war wieder einmal voll in seinem Element. »Die Larven befallen nie frisches Holz, sondern immer altes, gut abgehangenes sozusagen. Am liebsten das Splintholz von Nadelhölzern.« Seine Augen hüpften kurz nach oben Richtung Dachstuhl, wanderten über die vertäfelten Wände und richteten sich dann wieder auf mich. »Einen akuten Befall erkennt man, wie Sie ja nun wissen, an den Geräuschen, die die Larven beim Holzfraß mit ihren Mandibeln erzeugen. Manche Larven überleben auf diese Weise bis zu zwanzig Jahre im Holz, können Sie sich das vorstellen?« Ich schüttelte den Kopf. Nein, das konnte und das wollte ich auch nicht. Unfähig, auch nur einen Laut von mir zu geben, starrte ich ihn weiter an.

»Anders als der *Anobium punctatum*, der Holzwurm, der sich ja durch herausquellendes Holzmehl zu erkennen gibt, bleibt die Aktivität des Holzbocks lange Zeit unbemerkt. Er bohrt im Geheimen.« Rudi Lüttke schüttelte seinen Kopf, als könne er seinen Worten selber kaum glauben. »Entdeckt man ihn, ist es meistens schon zu spät. Von dem einst stabilen Holz bleiben nur noch eine hauchdünne Haut übrig und die ovalen Löcher, aus denen der ausgewachsene Käfer das geschädigte Holz verlässt, um sich an anderer Stelle einzunisten. Es ist wohl keine Übertreibung, wenn ich sage, dass Sie es mit dem hierzulande gefährlichsten tierischen Holzzerstörer zu tun haben.« Rudi Lüttke hatte sich dermaßen in Rage geredet, dass seine übergroßen Augäpfel hinter den dicken Brillengläsern Tango tanzten.

»Was können wir tun?«, fragte ich mit krächzender Stimme, »es muss doch irgendetwas geben, um den Mistviechern den Garaus zu machen, bevor sie unser Haus zerstört haben.«

»Auf den Einsatz von Chemie verzichtet man heute aus gesundheitlichen Gründen.« Lüttke überlegte einen Moment. »Die Begasungsmethode, bei der das Haus komplett mit einem Zelt ummantelt wird, ist effektiv, kostet aber ein *Vermögen*, fünfstellig mindestens. Vielleicht kommt ja eine Mikrowellenbehandlung infrage? Am besten wenden Sie sich da an Spezialisten.« Lüttke wandte sich zum Gehen.

»Sie können nicht helfen?«, wagte ich eine letzte Frage.

»Leider nein. Das ist nicht mein Fachgebiet.« Sein Bedauern klang aufrichtig. Endlich passierte mal etwas Aufregendes im Friedetal. Ein ganzes Haus mit Hausbockbefall, dazu noch ein frisch saniertes. Ein absolutes Novum, das selbst Schädlingsbekämpfer Rudi Lüttke in seinen vielen Berufsjahren noch nicht untergekommen war.

✳

Der Einzug, der ein Auszug war

Am Wochenende räumten wir das Forsthaus aus, in das Richard und ich erst vor wenigen Wochen richtig eingezogen waren. Wir hatten einen Schlachtplan entwickelt, eine Kampfansage an den Feind formuliert, der sich in unserem Territorium breitgemacht hatte. Wir würden uns wehren. Und dafür brauchten wir Platz. Mithilfe von Olaf, der zusammen mit Ehemann Robert seine sofortige Unterstützung angeboten hatte, verfrachteten wir alles, was nicht niet- und nagelfest war, hinüber in die Scheune. »Jesus!«, rief Olaf, wobei er *Jesus* englisch aussprach, »Dschiiiises«, mit extralang gedehntem »i«. »Wie kann es sein, dass in ein so kleines Haus sooo viel reinpasst?« Er begutachtete den Hausrat, den wir bei fünfunddreißig Grad im Schatten durch den Garten geschleppt hatten, wo nun ein erkennbarer Trampelpfad von unserem laufintensiven Arbeitseinsatz zeugte. Sämtliche Kleinmöbel, Teppiche, Lampen und unzählige, bereits ausrangierte Umzugskartons, in die wir Bücher, Bilder, Kissen, Kerzen und anderen Krimskrams gestopft hatten, türmten sich zu einem ansehnlichen Berg unter dem Scheunendach. Nur die Betten, die Einbauküche sowie festinstallierte Regale und Holzmöbel, aus denen ich das knuspernde Geräusche vernommen hatte, waren im Haus verblieben.

»Ich bin völlig k.o.«, stöhnte Olaf und ließ sich mit theatralischer Geste auf eine Gartenliege fallen, »und am Verdursten!« Neben ihm hockte der stille Robert, den die körperliche Anstrengung der vergangenen Stunden noch schweigsamer hatte werden lassen. Mit einem dankbaren Lächeln nahm er das eisgekühlte Bier entgegen, das Richard ihm anbot, derweil Olaf den Prosecco in Gläser goss, mir eins davon reichte und seins in einem Zug leerte.

Der Tisch war eingedeckt, als Maik und Doreen hupend in einem Kastenwagen vorfuhren, den Maik mal wieder von seiner

Firma ausgeliehen hatte. Während die Männer die wertvolle Fracht, zwei auf eBay ersteigerte Saunaöfen, aus dem Auto hievten, bereiteten Doreen und ich Spaghetti Bolognese zu, über die sich dann das gesamte Evakuierungsteam ausgehungert hermachte. Konzentriert kauend sagte erst einmal niemand ein Wort. Bis Richard mit der Gabel an seine Bierflasche klopfte, woraufhin sich fünf Augenpaare auf ihn richteten. »Leute, es ist an der Zeit, euch allen zu danken. Ohne eure tatkräftige Unterstützung, sowohl physisch als auch mental, hätten Rosa und ich angesichts der vielen Horrorszenarien vielleicht doch hingeschmissen. Danke, dass ihr unsere Freunde seid.« Er hob seine Bierflasche und prostete in die Runde. »Eigentlich wäre heute der perfekte Tag gewesen, mit euch die Fertigstellung des Hauses zu feiern, anstatt es auszuräumen …«

»Da kommt ihr trotzdem nicht drum herum«, warf Olaf ein. »Ich freu mich schon auf eine rauschende Gartenparty.« Wir lachten und stießen miteinander an.

»Jetzt erzähl doch mal, Rosa, wozu braucht ihr die Saunaöfen? Ist euch der Sommer noch nicht heiß genug?«, frotzelte Maik, während er sich mit dem Handrücken die Spaghettisoße vom Kinn wischte.

»Uns schon, aber den Biestern nicht.« Die anderen lachten. Ich erläuterte kurz, wie wir dem Holzbock zu Leibe rücken wollten. Im Internet hatte ich herausgefunden, dass bei Holzbockbefall die sogenannte Heißluftmethode eingesetzt wurde, angeblich erfolgreich. Es gab etliche Firmen, die sich darauf spezialisiert hatten, aber, ähnlich wie beim Begasungsverfahren, horrende Preise verlangten. Schnell war ich zu dem Schluss gekommen, dass ein Lottogewinn nötig gewesen wäre, zumindest aber ein weiterer Bankkredit, um Profis mit der Bekämpfung zu beauftragen. Unser Baubudget war längst aufgebraucht, das Konto im Minus. Meine innere Verzweiflung war mit jedem Telefonat gewachsen, bis ich schließlich auf einen gutmütigen Experten gestoßen war, der sich nicht nur als ein äußerst mitteilsamer Gesprächspartner entpuppte, sondern mir bereitwillig die Methode mit der heißen Luft erläutert hatte. Schritt für Schritt, inklusive der dafür benötigten Geräte. Und ich hatte eifrig mitgeschrieben. Am Ende dieses unverbindlichen Informationsgespräches wusste ich, was zu tun war. »Man heizt den Viechern ein, und zwar im wahrsten Wortsinn.«

»Dafür also die Saunaöfen?«, fragte Doreen interessiert.

»Genau. Stell dir vor, Kollege Holzwurm frisst sich durch Möbel oder Bilderrahmen. Dann steckt man die geschädigten Teile für eine Weile in saunaähnliche Wärmekammern. Holzzerstörende Organismen sterben unter Hitzeeinfluss, weil sie zu einem großen Teil aus Eiweißen bestehen. Und Eiweiß gerinnt ab einer gewissen Temperatur.«

»Ahhh, wie beim Eierkochen«, schlussfolgerte Doreen mit erhobenem Daumen.

»Vor allem, wenn *du* Eier kochst«, stichelte Maik mit breitem Grinsen. »Steinhart und damit zu hundert Prozent geronnen, sag ich nur.« Doreen verdrehte die Augen und wandte sich wieder an mich. »Verstehe, also verwandelt ihr das Haus in eine Sauna.«

Ich nickte. »Die Methode gilt als besonders effektiv, sogar für alle Entwicklungsstadien des Ungeziefers. Nicht nur die Larve wird dabei abgetötet, sondern auch die Puppe und das Vollinsekt, also der fertige Käfer. Ein Rundumschlag könnte man sagen.«

»Das Holz hat so eine schöne, silbergraue Patina«, schwärmte Doreen, »da lohnt sich der ganze Aufwand bestimmt.«

»Kam das Holz nicht von Tomek?«, wollte Maik wissen.

»So ist es. Als Wiedergutmachung für all die Dinge, die seine Leute angerichtet haben.« Richard lächelte gequält. »Nicht zu vergessen die verschwundene Schatulle, die das Trio – wie hießen die Typen noch?«

»... Pjotr, Bogdan und Marek«, half ihm Maik.

»Genau, also diese Kiste, die die drei haben verschwinden lassen.«

»Warum habt ihr das Holz eigentlich draußen und nicht in der Scheune gelagert?« Erstmalig mischte sich Robert in die Unterhaltung ein.

»Die Scheune ist kein hermetisch abgeriegelter Raum, Robert, du hast ja gesehen, wie luftdurchlässig das Dach ist«, kommentierte Olaf die zahlreichen defekten Ziegel im Scheunendach.

»Der Holzbock hätte also wohl kaum vorm Scheunentor haltgemacht und sich von seinem Vorhaben abbringen lassen.« Doch ich verstand, worauf Robert anspielte. »Die Bretter kamen zum falschen Zeitpunkt, wir wussten nicht, wohin mit der Ladung. Das Haus war noch im Rohbau, es war zu früh, um das Holz zu verbauen. Also lagerte es unter Planen im Garten«, erklärte ich. »Dass wir damit ein Feuchtbiotop geschaffen haben, ein Paradies und eine Brutstätte für Insekten, war uns nicht bewusst.«

Richard nickte. »Wer weiß, wo Tomek die Bretter aufgetrieben hat und ob sie möglicherweise nicht schon zu dem Zeitpunkt befallen waren, als er sie hier abgeladen hat. Aber das ist nun auch egal, es lässt sich im Nachhinein ohnehin nicht mehr klären.«

»Hättet ihr das befallene Holz nicht einfach rausreißen und durch neues ersetzen können?«, fragte Maik. »Ich bin sicher, Tomek hätte euch wahnsinnig gerne neues Holz geliefert.« Alle lachten, selbst ich fiel in die Salve ein.

Richard schüttelte den Kopf. »Tomek hat auf keinen meiner Anrufe reagiert, er ist komplett abgetaucht. Klar, die Bretter an den Wänden hätte man entfernen können, aber nicht die Balken des Dachstuhls. Außerdem wissen wir nicht, wo sich die Viecher noch eingenistet haben. Da ist es schon sinnvoll, das gesamte Haus zu behandeln. Könnt ihr euch vorstellen, dass Rosa stundenlang mit einem Haarföhn versucht hat, die Übeltäter in der Flügeltür plattzumachen?«

»Mit drei Haarföhnen sogar«, sagte ich seufzend. »Leider ohne Erfolg.«

Während Richard zusammen mit Doreen, Maik und Robert noch die letzten Reste unseres Gelages aufräumte, hakte ich mich bei Olaf unter und schlenderte mit ihm Richtung Gartentor.

»Weißt du, an was mich das Ganze hier erinnert?«, fragte ich Olaf. »An die Geschichte der zehn biblischen Plagen aus dem Alten Testament. Du weißt schon, als Gott Mose nach Ägypten sandte. Er sollte das Volk Israel aus der Sklaverei befreien, um es ins Gelobte Land zu führen. Doch der Pharao wollte sie nicht ziehen lassen, woraufhin Gott dem Pharao und den Ägyptern zehn Plagen schickte, eine schlimmer als die andere.«

»Du meinst also, ihr hättet irgendwie Gottes Zorn auf euch gelenkt?«

»Ich weiß, das klingt jetzt ziemlich weit hergeholt, außerdem bin ich mit dem lieben Herrgott ja auch nicht so wahnsinnig eng, wie du weißt. Aber ist das hier vielleicht eine Prüfung? Die mich, unsere Beziehung, unser Leben, meine Anspruchshaltung hinterfragt? Ich suche ja nur nach einer Erklärung für das, was uns hier passiert.«

»Interessanter Gedanke.« Olaf überlegte einen Moment. »Es wirkt schon so, als würdest du bei jedem Problem ›hier‹ rufen. Vielleicht musst du dich gar nicht immer an allem abarbeiten, sondern die Dinge einfach mal akzeptieren, dich mit ihnen arrangieren.«

»Ich arrangiere mich gerne mit Wühlmäusen und Ameisen, von mir aus auch mit Fledermäusen. Aber nicht mit einem hausvernichtenden Holzbock.«

»Okay, vom Holzbock mal abgesehen. Da geht's schließlich um die Substanz des Hauses. Aber das Wichtigste seid doch ihr, immerhin seid ihr gesund und weitestgehend munter, das ist es, was zählt«, sagte Olaf und knuffte mich in die Seite. »Ich bin sicher, den Holzbock kriegst du in den Griff. Kopf hoch, Rosa-Darling! Die Hoffnung stirbt bekanntlich zuletzt.«

Ich straffte mich und atmete tief durch. Ja, dieses Mal *musste* es klappen.

*

Wie man zur Hausbock-Expertin wird

Es war schon dunkel, als sich unsere Freunde verabschiedeten. Auch Richard fuhr zurück nach Berlin, wenn auch mit schlechtem Gewissen. Doch vor ihm lag eine terminintensive Arbeitswoche, die seine uneingeschränkte Präsenz im Office erforderte. Ich blieb, verriegelte das Tor und die Haustür. Drinnen war es still, kein fröhliches Stimmengewirr mehr, das mich von dem bevorstehenden Manöver hätte ablenken können. Ich wanderte durch die beinahe leeren Räume, die nun wieder so unpersönlich aussahen wie vor wenigen Wochen. Meine Schritte hallten von den Wänden wider, untermalt von dem Knabbern und Knuspern, das unrhythmisch, dafür umso lauter aus dem Holz drang. »Morgen geht's euch an den Kragen, ihr Monster!«, fauchte ich dem unsichtbaren Feind entgegen und schlug meine Faust gegen das Holz, bis sie wehtat. »Wir werden euch so einheizen, dass euch der Knabberspaß vergeht!« Ich war zu allem entschlossen. Leben um Leben, Auge um Auge, Zahn um Zahn!

Für einen Moment hielt ich inne und betrachtete meinen schmerzenden Handballen. Ich war mir gerade selber peinlich. »Hör auf mit dem Unfug, Rosa«, mahnte ich mich, »mach es nicht noch schlimmer, denk lieber mal an das, was Olaf vorhin gesagt hat.«

Oben ließ ich mich rücklings aufs Bett fallen und starrte in die Dunkelheit. Ich spürte in diesem Moment eine so große Erschöpfung, dass ich es nicht einmal schaffte, mir meine verschwitzten Arbeitsklamotten auszuziehen. Aber ich spürte auch, dass ich noch nicht bereit war, mich dem Schicksal zu beugen und die Dinge einfach so hinzunehmen. Wenn der Plan nicht aufging, was dann? Würde der Holzbock einfach immer weitermachen und der Schaden am Haus größer und größer werden? Auf der Suche nach Antworten fiel ich in einen unruhigen Schlaf.

Am nächsten Morgen war Eddy wie immer pünktlich zur Stelle. Zunächst installierte er für die Saunaöfen einen Starkstromanschluss, denn diese leistungsstarken Geräte benötigen mehr Spannung, als eine normale Steckdose hergab. Eddy hatte drei riesige Rollen Luftpolsterfolie gekauft, in der man für gewöhnlich fragile Gegenstände für den Transport verpackt. Für unseren Kampfeinsatz im Forsthaus wurde die Plastikplane kurzerhand zweckentfremdet, wir schnitten sie in lange Bahnen, die wir zwischen Decken und Fußboden befestigten. In jedem Raum entstanden somit Separees und damit kleine Flächen, die sich schneller aufheizen ließen und die heiße Luft gezielt verteilten. Während ich die einzelnen Bahnen mit Klebeband fixierte, hörte ich Eddy leise fluchen.

»Was ist los?«, fragte ich.

»Der eine Saunaofen ist im Eimer, der wird nicht mal lauwarm. Da hat man euch wohl ein defektes Teil angedreht.«

»So eine Schweinerei! Und nun?«

»Nun müssen wir mit einem Ofen auskommen. Dauert also alles länger. Aber keine Sorge. Wir sind ja mittlerweile Meister der Improvisation.« Er kramte aus der Scheune drei verdreckte Umluftöfen hervor, mit denen wir während der Wintermonate die Baustelle beheizt hatten, und stöpselte sie in die Steckdosen.

»Bereit?«, fragte Eddy. Ich nickte. »Dann los!« Er schaltete die Geräte an. »Okay, lass uns die Viecher grillen.«

»Würstchen vom Grill wären mir jetzt lieber«, sagte ich. Eddy guckte mich schief an. »Keine Sorge, für dich natürlich rein vegan und einhundert Prozent Bio.«

Es war drei Uhr am Nachmittag, draußen stand die Sonne hoch am Himmel, das Außenthermometer zeigte dreißig Grad im Schatten. »Die Hitze da draußen beschleunigt unser Vorhaben hier drinnen«, stellte Eddy zufrieden fest. Und tatsächlich. Die Temperatur in der ersten Kammer stieg langsam, aber stetig, und damit auch im Holz, in das die Hitze bis in den Kern vordringen musste, um alles darin befindliche Leben abzutöten. Den Erfolg unseres schweißtreibenden Vernichtungsschlages kontrollierten wir mit einem digitalen Infrarot-Thermometer, das an eine futuristische Pistole erinnerte.

»Sie sollten dem Holzbock mindestens mit sechzig Grad einheizen, und das über mehrere Stunden«, hatte mir der Hausbockexperte am Telefon geraten. »Je länger, desto effizienter.« Ich spürte erste Schweißperlen auf Stirn und Oberlippe und wischte sie mit einem kleinen Frotteehandtuch ab, das ich wie ein Preisboxer um den Hals geschlungen hatte. Als das Display des Pistolenthermometers endlich fünfundsechzig Grad anzeigte, war ich von Kopf bis Fuß nass geschwitzt.

Ob der Dielenboden und die Einbauten von Tischler Silbereisen den extremen Raumtemperaturen wohl standhielten? Die Wandpaneele hatten sich zwischenzeitlich so stark aufgeheizt, dass an etlichen Stellen Baumharz auslief und auf die schönen Eichendielen tropfte. Es roch wie in der Kräutersauna meines Lieblingshotels im Spreewald. Ich hätte alles gegeben, um mich jetzt in diese Wellnessoase zu *beamen*. Einfach nichts tun, nicht denken, nicht entscheiden, nichts verantworten müssen. »Stopp, Rosa«, befahl meine innere Stimme. Jetzt war nicht die Zeit für sentimentale Gedankenausflüge. Jetzt galt es anzupacken.

Am Abend war der Grillprozess in der ersten Kammer abgeschlossen. Wir hatten gerade die Geräte in der nächsten Kam-

314

mer aufgebaut, als mir Eddys Blick auf die Uhr signalisierte, dass er sich demnächst nach Berlin aufmachen würde. »Ich komm zum Ende der Woche noch mal raus«, versprach er. »Schaffst du es bis dahin alleine?« Ich hob resigniert die Arme. Was sollte ich darauf antworten? Ich musste klarkommen. Dass dieses Unterfangen ein zeitintensives wäre, war uns von Anfang an klar gewesen. Dass wir den Feind aber erst Wochen später bezwingen würden, hatten weder Eddy noch ich erwartet.

✳

Do it yourself

Mit dem Erwerb einer Immobilie auf dem Land, insbesondere einer renovierungsbedürftigen, ließ sich vortrefflich die Sehnsucht nach Selbermachen ausleben, was Olaf spöttisch als »Sinnsuche und Ausdruck von Selbstverwirklichung« bezeichnete. Man fühlte sich plötzlich so patent und voller Tatendrang, entdeckt Talente, von denen man gar nicht wusste, dass sie in einem schlummerten. Natürlich waren es häufig finanzielle Engpässe, die diese Talente zutage förderten, basierend auf der alternativlosen Erkenntnis: Entweder man macht es selber oder es bleibt unerledigt.

Auch ich hatte einen Hang zum Praktischen entwickelt, den ich seit dem Umzug von Schleswig-Holstein in die Hauptstadt nicht mehr verspürt hatte. Mit großer Begeisterung verpasste ich Möbeln einen *Shabby-Chic-Look*, kochte Marmelade aus selbst geernteten Holunderblüten, legte Hoch- und Staudenbeete an, wühlte mit den Händen im Humus, ordnete den gärtnerischen Wildwuchs in Reih und Glied. Während mich

Branchennews aus der Medienwelt immer weniger interessierten, klickte ich mich regelmäßig durch die Ratgeberartikel von mein-schoener-garten.de, informierte mich über »die sieben größten Fehler beim Rosenschneiden und den besten Zeitpunkt für das Säen von Tomaten«.

Zog es mich früher regelmäßig in die kleine Boutique meiner Freundin Peggy in meinem Berliner Kiez, waren es nun Bau- und Gartenmärkte, deren Warenwelt mich geradezu elektrisierte und mein Herz höherschlagen ließ. Neulich las ich in einer Wohnzeitschrift, dass die *Do-it-yourself*-Idee mittlerweile in jedem Lebensbereich angekommen war. Dem konnte ich nur zustimmen. Mit meinem tollkühnen Entschluss, als Do-it-yourself-Terminator den schlimmsten Holzzerstörer zu eliminieren, hatte ich mich sogar für die Oberliga der Selbstmach-Bewegung qualifiziert.

Leider musste ich feststellen, dass Enthusiasmus allein nicht reichte. Gründlichkeit war das oberste Gebot, denn Schlampigkeiten strafte der Holzbock mit Renitenz. Wenn auch nur ein Zentimeter im Holz nicht mit der erforderlichen Temperatur erhitzt wurde, verkroch er sich in diesen unerreichten Winkel, verharrte dort, bis die Hitzewelle abebbte. Kurzum, er weigerte sich zu sterben. Und genau das passierte gleich an mehreren Stellen. Ich kam dem Übeltäter erst bei anschließenden Kontrollen auf die Schliche, als sich das Holz längst abgekühlt hatte und sämtliche Heizöfen bereits in einer anderen Kammer auf vollen Touren liefen. Mein Ohr an die behandelte Wand gelehnt, vernahm ich zunächst nur mein eigenes Schlucken, das mir eigentümlich laut erschien. Als ich gerade überlegte, ob wohl auch andere meine Schluckgeräusche als störend empfanden, hörte ich es. Krrr, Krrr, Krrr, Krrr, Krrrrr … Er war noch da. Und ich hatte versagt. Trotz meiner Penibilität, die normalerweise kein Husch, Husch duldete. Da war immer noch Leben, das sich ungeachtet meiner Tötungsabsichten weiter durch das Holz unseres Refugiums bohrte, mit dem unbändigen Appetit einer »Raupe Nimmersatt«. Doch anders als im Bilderbuch von Eric Carle schlüpfte am Ende aus der voll gefressenen Raupe kein schöner Schmetterling, sondern der wohl hässlichste Käfer, den die Welt je gesehen hatte. Ein tierisches Ungeheuer, das unser Haus in ein wertloses und seiner Stabilität beraubtes Konstrukt verwandelte.

Es nützte nichts. Der Grillprozess musste überall dort wiederholt werden, wo es erneut knusperte und knabberte. Auch wenn der Stromzähler seit beinahe zwei Monaten im Akkordtempo ratterte und die nächste Stromrechnung gigantische Ausmaße haben würde.

Mein Dilemma war, dass es mittlerweile auch in meinem Kopf beständig pochte, tönte, dröhnte. Krrr, Krrr … Krrr, Krrr, Krrrrr. Ich presste mir die Hände an die Ohren, trotzdem rumorte es in meinen Gehörgängen, das Geräusch bemächtigte sich meiner Gedanken, ließ sich einfach nicht abstellen. Was war real, was Einbildung? »Knusper, knusper, Knäuschen, wer knabbert an meinem Häuschen? Der Wind, der Wind, das himmlische Kind …« Ach, wär's doch tatsächlich nur der Wind!

»Werde ich jetzt total meschugge?«, fragte ich meine Freundin Bella, als ich ihr von dem Getöse in meinem Kopf erzählte. Sie hatte mich angerufen, um sich nach mir und den Fortschritten in der »Holzbockaffäre« zu erkundigen. »Keine Sorge, Schatzi, nicht du bist bekloppt. Die ganze Geschichte ist mittlerweile so bekloppt, dass man sie erfinden müsste, wenn sie euch nicht tatsächlich passiert wäre.« Ich ließ einen Stoßseufzer los. »Nimm's mir nicht übel«, fuhr Bella mit einem hörbaren Lächeln fort, »aber das Ganze hat ja schon einen gewissen Unterhaltungswert, finde ich.«

»Haha, vor allem ich fühle mich bestens unterhalten«, sagte ich sarkastisch. »Es wird einfach nicht langweilig, nicht einen einzigen Tag!«

»Sorry, Rosa.« Bella wirkte betroffen. »So habe ich das nicht gemeint.«

»Schon gut«, sagte ich und holte tief Luft. »Weißt du, unsere Idee war tatsächlich mal eine andere. Herkommen, wann immer man will, die Tür aufschließen von einem Haus, das man mit einem überschaubaren Zeit- und Geldaufwand in Schuss gebracht hat, und wenn man wieder Lust auf Berlin hat, macht man die Tür einfach hinter sich zu. Ciao, Haus, bis zum nächsten Wochenende. So hatten wir es ursprünglich geplant. Aber alles ist anders gekommen. In den letzten zwei Jahren war ich in erster Linie hier draußen. Zwei Jahre auf *meiner* Baustelle, um die Katastrophen abzuarbeiten, eine nach der anderen. Wenn ich mich davon erholen wollte oder mal ein bisschen Abstand brauchte, bin ich nach Berlin gefahren. Das nennt man wohl verkehrte Welt.«

»Das weiß ich doch. Und für dein Durchhaltevermögen, deine Energie, deinen Mut bewundere ich dich, sehr sogar. Ich hätte schon längst das Handtuch geworfen. Ich will dich unterstützen, indem ich dir sage, richte den Blick nach vorn und nicht zurück. Irgendwann wird das Kapitel Pleiten, Pech und Pannen abgeschlossen sein. Irgendwann wird das Haus keine Baustelle mehr sein.« Für einen Moment schwiegen wir beide. »Hast du mal überlegt, über das Chaos ein Buch zu schreiben?«

»Ein Buch? Was für ein Buch?«

»Schreib den ganzen Mist auf. Schreib ihn dir von der Seele. Es wird dich befreien. ›Mein kleines Horrorhaus‹ oder so könnte es heißen.« Bella lachte, ich musste schmunzeln. Immerhin. »Und als Untertitel ›Erst hatten wir kein Glück, dann kam auch noch Pech dazu‹.« Jetzt lachte auch ich.

»Denk mal darüber nach, okay?«

318

Schwein gehabt

Bevor ich dazu Gelegenheit hatte, fiel mir der heiße Saunaofen auf den Fuß. Erst hatte *ich* kein Glück, dann kam auch noch Pech dazu. Vierhundert Grad Hitze, die nun zur Abwechslung meine Haut grillten statt den Holzfresser. Dafür konnte der Holzfresser nichts, es war einzig und allein meiner Unachtsamkeit geschuldet. Unfälle dieser Art passieren, wenn man glaubt, eine Routine entwickelt zu haben, und sich zu sicher fühlt in dem, was man tut. Die Vorsicht bleibt auf der Strecke und damit auch die Fürsorge für das eigene Wohlergehen. Nicht umsonst passieren die meisten Unfälle zu Hause, wo sie jedes Jahr sogar etliche Todesopfer fordern. Das größte Gefahrenpotenzial meines Grilleinsatzes bargen der Saunaofen und die Temperaturen, die von ihm ausgingen.

»Immer erst den Stecker ziehen und den Ofen bis zu einem gewissen Grad abkühlen lassen, bevor du ihn versetzt«, hatte Eddy mir mehrfach eingeschärft. Anders als Eddy, der sich stets an die Sicherheitsvorschriften hielt, stand mir meine Ungeduld im Weg. Wozu sich mit Nichtigkeiten aufhalten, wenn's ohne deutlich schneller geht? Mit jedem weiteren Tag als Grillmeisterin attestierte ich mir selber mehr Kompetenz. Als »alter Hase« machte ich mir nicht mehr die Mühe, den nervigen Stecker-rauszieh-Abkühlprozess abzuwarten. Was konnte jetzt noch schiefgehen, so kurz vor dem Ziel?

Ich zog also meine mit Teflon beschichteten Grillhandschuhe über und versetzte den Saunaofen Zentimeter um Zentimeter samt dem von Tischler Silbereisen provisorisch zusammengeschraubten Unterbau. Der Ofen war schwer und kaum manövrierfähig, vor allem mit den starren Grillhandschuhen unhandlich und mühsam zu greifen. Hinzu kam die Hitze. Neunzig Grad zeigte das Thermometer im Haus. Dagegen war es draußen mit fünfunddreißig Grad beinahe angenehm kühl.

Schweiß brannte in meinen Augen, lief mir entlang des Nackens den Rücken hinunter, sammelte sich in meinen Armbeugen und tropfte in die Grillhandschuhe, in denen sich meine Hände umso glitschiger anfühlten. Und da passierte es auch schon. Der Ofen rutschte von der Unterkonstruktion, die dazu gedacht war, den Fußboden zu schonen, geriet ins Wanken, kippte nach vorn und landete mit einem metallischen Quietschen auf den Eichendielen, dazwischen klemmte mein linker Fuß – ein platter, nicht besonders effizienter Puffer. Adrenalingesteuert hob ich den Ofen mit einem Ruck an, um den Fuß darunter vorzuziehen, der glücklicherweise in einem stabilen Sneaker steckte und nicht in luftigen Flip Flops, die ich für gewöhnlich an heißen Tagen trug. Trotzdem roch es sofort nach verbranntem Fleisch.

»Nein, bitte nicht«, schoss es mir durch den Kopf, während mein Körper von einer vorausahnenden Angstattacke geschüttelt wurde. Ich sah mich schon in der chirurgischen Notfallaufnahme in Wüsteritz, die mir nach dem blutigen Vorfall mit Küchenbauer Koch bestens vertraut war. Zumindest von außen. »Ruhig bleiben«, sagte ich laut zu mir. »Und atmen ... at-men.« Jetzt war nicht der Zeitpunkt für Selbstmitleid oder hysterische Anfälle, jetzt musste der Verstand übernehmen und die Situation unter Kontrolle bringen. Ich zog sofort sämtliche Stecker, richtete etwas ungelenk den Ofen wieder auf, mich vergewissernd, dass davon keine weitere Gefahr ausgehen würde. Ich humpelte durch die Veranda und ließ mich auf die Eckbank fallen. Vorsichtig entfernte ich den Schuh, dessen Kunststoffteile unter der Hitze sofort zusammengeschmolzen waren, und begutachtete meinen Fuß. Die Haut oberhalb der Zehen war angeschwollen, der Fußrücken stark gerötet und heiß wie eine Herdplatte. Eine Brandblase, die auf eine schwere Verbrennung hingedeutet hätte, entdeckte ich hingegen nicht. Dafür fühlte ich einen durchdringenden Schmerz. Minutenlang kühlte ich den Fuß unter fließendem Wasser, suchte nach dem Verbandskasten und verarztete die Wunde mit einem sterilen Verband, so gut es meine zitternden Hände vermochten. Abgesehen von den pochenden Schmerzen sah das nicht nach einem Fall für die Notaufnahme aus, entschied ich. Schwein gehabt, Rosa.

Mit bandagiertem Fuß hinkte ich raus in den Garten, über die Wiese zum See. Erschöpft ließ ich mich ich einen der Korbstühle am Ufer fallen, wo die ausladenden Zweige der uralten Erle ihr schattiges Dach über mich breiteten. Die Verzweiflung, die während des Sanierungsprozesses in Wellen über mich hinweggeschwappt war und die eben noch laut an meine innere Tür geklopft hatte, spürte ich nicht mehr. Sie war mir auf dem Weg zum See irgendwie abhandengekommen. Was ich fühlte, war nur noch bleierne Leere. Wie beim Autogenen Training wurden meine Arme, Beine, ja, mein ganzer Körper schwer, ganz schwer. Trotz der Nachmittagshitze begann ich zu frösteln. Wahrscheinlich mein Kreislauf, der sich irgendwo ganz unten befand, zusammen mit den letzten Resten meiner Widerstandskraft. Ich konnte nicht mehr. Ende Gelände. Wie festgenagelt saß ich in meinem Sessel, ohne jedes Zeitgefühl und in absoluter Starre. Nicht, weil ich mich nicht bewegen wollte. Sondern weil ich mich nicht bewegen konnte. Die Sorge um das Haus hatte sich wie ein zentnerschwerer Deckel auf mich gelegt. Waren das Anzeichen einer Depression? Ein Fall von *Burn-out?* Hatte die Sanierungsgeschichte des Hauses geschafft, was Ehe, Kinder, Job und sonstige Krisen in zwei Jahrzehnten nicht vermocht hatten?
Etwas Kaltes stupste an meine Wade, eine feuchte Hundeschnauze, die neugierig meinen verbundenen Fuß beschnüffelte. »Willilein, wo kommst du denn her?«, fragte ich ein bisschen blöd meinen Hund, den ich aus Sicherheitsgründen mit Richard nach Berlin zurückgeschickt hatte.

»Na, woher wohl?«, vernahm ich Richards heitere Stimme unmittelbar hinter mir. Ich hatte weder mit ihm gerechnet noch sein Auto kommen hören. »Wir wollten mal nach dir schauen. Willi hatte Sehnsucht und ich auch.« Er beugte sich zu mir, nahm mich in den Arm und drückte mich vorsichtig an sich. »Rosa, Liebling, du siehst mitgenommen aus.« Er sah mich prüfend an, deutete auf meinen lädierten Fuß und setzte sich neben mich.

Ich merkte, wie mir die Tränen kamen, die sich nicht zurückhalten ließen. Ich weinte, erst leise, dann immer heftiger. Ich beweinte die großen und die kleinen Katastrophen, die mir auf der Baustelle im Laufe der letzten Jahre begegnet waren. Und ausgerechnet jetzt, wo ich so weit gekommen war und der Holzbock in nahezu allen Räumen mausetot, knockte ich mich selber aus. Richard nahm mich fester in den Arm, strich besänftigend über meinen Rücken, wartete, bis mein Schluchzen abgeebbt war und ich mich beruhigt hatte.

»Rosa, ich weiß, das war alles ein bisschen viel, und es tut mir leid, dass ich dich nicht mehr unterstützt habe.« Hörte ich da so eine Art Entschuldigung für seine wochenlange Baustellenabstinenz zwischendurch, über die er nie ein Wort verloren hatte? Weder in dem von Olaf moderierten Paargespräch noch später, als er wieder mit mir zusammen zur Baustelle rausgefahren war. Ich blinzelte, wischte mir mit dem Hemdsärmel über die Wangen, sah ihn an und war einfach nur froh, dass er jetzt bei mir war. »Schön, dass du da bist.« Für einen Moment schwiegen wir. »Ist das nicht verrückt?«, sagte ich in die Stille hinein. »Ich meine, das muss man sich mal vorstellen. Wir holen uns den Feind sogar eigenhändig in unser Haus, freiwillig und ohne Not. Eine größere Ironie des Schicksals kann es doch kaum geben.« Richard nickte stumm.

»Warum habe ich die Geräusche im Holz nicht früher bemerkt?«

»Ich habe sie ja ebenso wenig gehört«, sagte Richard. »Und selbst wenn, es hätte den Befall nicht verhindert.«

»Glaubst du wirklich? Nicht mal Valeries Hinweis wollte ich wahrhaben. Ich dachte nur, Schluss jetzt, wir hatten hier schon genug Theater, irgendwann ist's auch mal gut. Irgendwann muss die Pechsträhne doch mal enden.«

»Niemand wird ausschließlich vom Pech verfolgt. Wenn du glaubst, du seist immer im Nachteil, erhöht sich die Wahrscheinlichkeit, dass es genau so kommt. Man nennt das selbst erfüllende Prophezeiung, das kennst du doch«, sagte Richard. »Letztlich geht es um die eigene Einstellung. Glückspilze ziehen auch aus der Bewältigung einer Krise etwas Positives. Glück zu haben heißt also vor allem zu wissen, wie man Probleme auf kreative Weise bewältigt. Und genau das kannst du. Du hast die Herausforderung angenommen, nicht gezaudert und gezögert, sondern losgelegt. Sieh's doch mal so, du bist hier zu einer beinharten Krisenmanagerin geworden. Allein das verdient Respekt.

»Vielleicht wäre es mit einem anderen Objekt einfacher gewesen.«

»Anders, ja, aber einfacher?« Richard lächelte mich an. »Ich bin froh darüber, dass wir genau hier gelandet sind. Für mich ist das Forsthaus im Friedetal ein Paradies, unser Paradies. Schau dich einmal um, wie schön das alles geworden ist.« Er breitete die Arme aus. »Und das ist maßgeblich dein Werk. Sei stolz auf dich, Rosa. Ich bin es jedenfalls.«

Erst jetzt bemerkte ich die kleine Kühltasche und den Picknickkorb, die Richard neben sich ins Gras gestellt hatte. Er zog eine karierte Tischdecke hervor, legte sie sorgfältig auf den klapprigen Campingtisch, dazu Besteck, Servietten und Teller mit dem Logo des »Borchardts«, unserem Berliner Lieblingsrestaurant für besondere Anlässe. »Ein kleiner Gruß aus der Küche«, erklärte Richard mit einem Augenzwinkern, als er Wiener

Schnitzel und Kartoffelsalat servierte und zwei Gläser mit Rosé füllte. Wir stießen an, und ich spürte sofort die Wirkung des ersten Schlucks, das leichte Prickeln, das meine Batterien vom Sparmodus langsam wieder auf Normalbetrieb hochfahren ließ. Ich empfand in diesem Moment große Dankbarkeit. »Du hast recht, es gibt keinen schöneren Ort als diesen«, sagte ich und dachte an das Gespräch mit Olaf und die Parallelen, die sich ergaben.

Richard nickte. »Erinnerst du dich an den Moment, als wir das erste Mal zusammen am See gestanden haben?« In Richards Blick lag etwas Zärtliches. »Ich sagte: ›Das ist es, das kaufen wir!‹ Und ich bin glücklich, Rosa, glücklich, dass wir's getan haben.«

Für einen Moment schwiegen wir beide und sahen der Abendsonne zu, die hinter der Kuppe des Hangs verschwand. Sie legte einen tiefrosa Farbfilter über den Himmel, als Zeichen ihres guten Willens und Versprechen für einen weiteren sonnigen Tag. Ein paar Mücken tanzten auf dem Wasser, in dem sich die Baumriesen in ehrfürchtiger Verneigung spiegelten. Willi lag, die Beine entspannt ausgestreckt, im Gras und schnarchte leise. Eigentlich eine perfekte letzte Szene für das Buch, überlegte ich. Ein Happy End mit ein bisschen Kitsch … Mal schauen. Ich würde darüber nachdenken.

*

Das ist wie bei jeder Wissenschaft, am Schluss stellt sich
dann heraus, dass alles ganz anders war.

Karl Valentin

Dank

Ein Buch zu schreiben ist, wie ein Haus zu bauen: Es macht wahnsinnig viel Spaß, aber es kann einen auch in den Wahnsinn treiben.

Für ihre unendliche Geduld danke ich deshalb zuallererst meiner Familie.

Mein besonderer Dank gilt meinem Agenten Markus Klose, der für einen konstruktiven Austausch immer erreichbar war und mich gelegentlich auf den Boden der Tatsachen zurückgeholt hat, vor allem aber stets an dieses Buch geglaubt hat. Wie auch mein Verlag Langen Müller, dem ich für das entgegengebrachte Vertrauen in unser Projekt und die persönliche Betreuung durch Sissi Klauser und ihrem Team sehr dankbar bin.

Zu guter Letzt danke ich meinen Freundinnen und Freunden und all denen, die mich ermutigt haben, durchzuhalten, dem Architekten und den Handwerkern – sowie meiner Wahlheimat Brandenburg und den Menschen, die hier leben, ohne die ich diese Geschichte nicht hätte erzählen können.